肖菡◎著

见证

新闻里的贵州20年

经济日报出版社

图书在版编目（CIP）数据

见证：新闻里的贵州20年 / 肖菡著. —北京：经
济日报出版社，2021.11
　ISBN 978-7-5196-0948-1

　Ⅰ.①见… Ⅱ.①肖… Ⅲ.①新闻报道—作品集—中
国—当代 Ⅳ.①I253

中国版本图书馆CIP数据核字（2021）第202426号

见证：新闻里的贵州20年

作　　者	肖　菡
责任编辑	梁沂滨
责任校对	王浩宇
出版发行	经济日报出版社
地　　址	北京市西城区白纸坊东街2号A座综合楼710（邮政编码：100054）
电　　话	010-63567684（总编室）
	010-63584556（财经编辑部）
	010-63567687（企业与企业家史编辑部）
	010-63567683（经济与管理学术编辑部）
	010-63538621 63567692（发行部）
网　　址	www.edpbook.com.cn
E-mail	edpbook@126.com
经　　销	全国新华书店
印　　刷	天津中印联印务有限公司
开　　本	710毫米×1000毫米 1/16
印　　张	32
字　　数	428千字
版　　次	2021年11月第一版
印　　次	2021年11月第一次印刷
书　　号	ISBN 978-7-5196-0948-1
定　　价	88.00元

2014 年全国两会期间，就贵州"锦绣计划"采访全国人大代表，
时任贵州省妇联党组书记、主席，现任贵州省政协副主席罗宁。

采访贵州妇女特色手工技能大赛上的贵州绣娘。

在贵州省黔东南州榕江县采访中。

在贵州基层采访少数民族妇女。

在贵州基层采访少数民族妇女。

作为中国青年代表团代表赴越南友好会见活动期间和越南小朋友在一起。

参加粤桂滇黔"泛珠东盟·新南行记"采访团赴中缅边境采访。

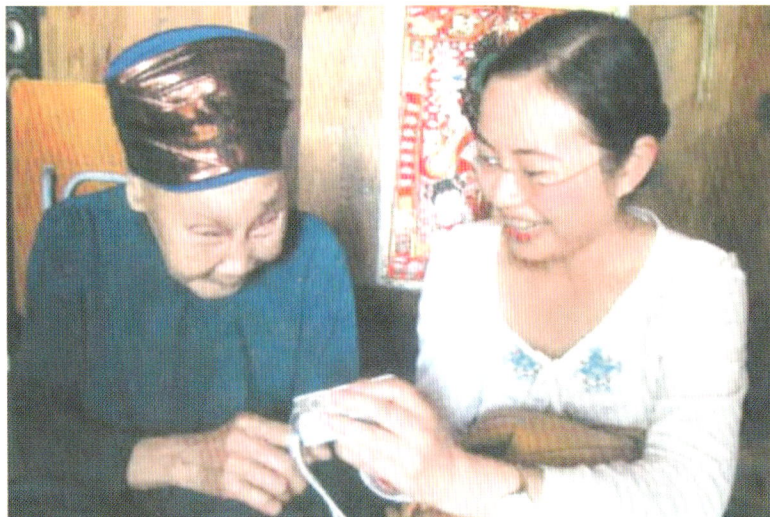

采访贵州黔东南州黄平县百岁老人。

采访全国残疾人运动会上贵州残疾人运动员。

作为贵州妇女代表在人民大会堂参加中国妇女第十一次代表大会（左三）。

在深入基层"走转改"中和贵州少数民族妇女同劳动。

序 言

见证历史 鉴证自己

张 兴

经过有效传播的新闻，是历史的一个重要组成部分；记录和传播新闻，就是为历史留下生动可信的见证。肖蕴这本《见证——新闻里的贵州 20 年》，让人感觉到恰如其分。既表明了她在二十多年记者生涯中持之以恒的初心，又通过对过往作品的梳理回顾，令人信顾地展示了新闻这种不可替代的特定功能。

本书中有篇"自序"，其中一段话读来格外令我感动，她这样坦言心声："许多重要事件、重要活动、重要会议，记者有幸参与、知情、采写，并与许多重要和普通的人有幸对话、交流、交友。记者生涯由此让人生变得更有深度、广度、厚度，视野的丰富多彩也能让人在纷繁复杂中保持几分笃定。"进而，不容置疑得出结论："用笔和文字记录和见证时代，这正是新闻作品穿越时光后最大的价值所在。它让后来的读者，能够看到今日生活的来时路，体会到当下幸福生活的创造过程。"

其实，这不仅仅是作者在总结自己一段难忘的人生历程，跃然纸上的，还有一位有幸见证历史者火热的情怀和使命感、责任感、获得感。通读《见证》集中选收的一百多篇作品，正好能与她的这些感受和结论形成互补互动的印证。诚如作者所言，作品集"字里行间见证了贵州发展的脚步和印记。"

尽管这种"见证"有其特定的观察和叙事范围，不可能涵盖发展的方方面面，也不会全然回荡着黄钟大吕的声音，其中不少篇什，本是源

1

自生活的一些瞬间镜头，让人伴随小桥流水、云淡风轻的感觉就能读下去，可产生的阅读效果却是"见微知著"。不同的作品，从不同的角度，在整体上见证了一个时代的风起云涌，见证了奋斗者们为创造历史的真情付出、不懈奋斗和可敬可亲，同时，也见证了寻常百姓对生活变化的真切感受。用笔和文字，见证发展中的贵州历史，作为事实，这已经断然无争。

新闻作品怎样才能获得如此效果？当然需要生活在一个伟大时代的作者，面对脚下这片土地上日新月异的变化和催人奋进的人与事，能够长久保持泉涌般绵延不绝的激情，能够矢志不移地去观察去守望去倾诉去表达。然而，这些充其量只能算作一个前提条件，更重要的是，记者面对丰富的新闻资源，思想的向度、观察的角度、表现的维度，都必须保持鲜明的个性。唯如此，见证历史的作品才会有力度、有温度，才能在可信、可感、可思的氛围中，启示人、鼓舞人、引导人。

《见证——新闻里的贵州20年》告诉我们，肖菡一直在朝着这个方向前行。

通过梳理浸润点染在作品中的努力痕迹，可以认为她为了准确真实地见证历史，在自己的新闻写作中一以贯之地秉持着"四性"。

——坚持新闻作品在传播上的首发性。

首发性与新闻报道的权威性、可信度和导向作用密切关联。一般社会公众，对于某些重要会议、重大活动、关键决策过程，乃至那些不可不关注的事物走向，在与闻上往往受到各种条件限制，呈现着"不在现场"的遗憾。有思想、有责任心的记者，应该当好读者的"眼睛"和"耳朵"，勉力为公众构建和重现最接近事实真相，最包含事件核心内容的"新闻现场"，尽可能满足人们对"首发效应"的渴求。

肖菡作为一位曾经较长时间从事时政报道的记者，运用并发挥在新闻资源上先知情、先获取甚至先参与的优势，对"优先"获得的新闻素材精心梳理、用心剪裁、倾心组合，追求这种读者既渴盼又认同的效应，而且追求的天地不断拓展，延伸到时政以外的其他报道领域。这在她的新闻作品中有迹可循。

全国"两会"年年开，读者年年希望在会议报道的"首发性"上有所突破，有所创新。我曾经十余次参与或组织贵州日报全国"两会"报道，深知其中艰辛和不易。读肖菡收入《见证》集中此类题材作品，却让人产生眼前一亮的感觉。2013年3月，她参加了全国人大会议贵州代表团专场记者会，会场里吸引了上百家境内外媒体近300名中外记者，频频向作为全国人大代表的贵州省领导同志提出事关贵州的种种问题。作者在《祝福一片起飞的土地——贵州代表团专场记者会侧记》一文中，却只紧紧瞄准一个关注点：欠发达地区如何与全国同步实现全面小康？贵州人想告诉外面的人他们在干什么，外面的人想知道贵州人将怎么干？如此一来，"新闻眼"再加"首发优势"，一件篇幅不长的新闻品作品就有了沉甸甸的传播分量。

《贵州旅游再造地质血统》，则把我们带入另一种风景。旅游、地质，两个看似隔山般的行业，能不能联袂为贵州旅游资源开发利用另辟蹊径？读者需要记者的"首发"解惑释疑。记者把观察、思考和传播上升到一个高度——贵州的旅游资源要上档次，创品牌，就必须提升旅游产品的科技含量和文化内涵，打出独特旗帜。用新闻事实印证了两个新鲜观点：让地质科技代替浅显的旅游解说词；地质调查研究成果应该在旅游开发中发挥新作用。一篇注重"首发性"的作品，为读者的认知和想象拓展出全新的天地。

《奏响贵州科学发展后发赶超最强音——省第十一次党代会报告诞生记》《旱灾面前 我们亲如一家》《向前梦想 满帆启航——中国妇女第十一次全国代表大会贵州代表团侧记》……《见证》集中多篇作品，都称得上注重"首发性"的精心之作。选择多种角度，运用不同手法，通过"首发"力求把更多读者带入"新闻现场"。这样来见证历史，显现出坚实的力度。

——追求新闻作品在表达上的故事性。

古人云，文以载道。从特定角度解释，这种"文"就是既有逻辑性、又富感染力的"文采"，新闻作品要有文彩，通过故事性来体现是一个重要手段。肖菡通过自己的新闻作品证明：勤于、乐于也善于讲故事，对历史的见证，就会除了力度，还有温度，就会更加深入人心，打动人心。

从《见证》作品集中，不难寻到这样的实例。

来自基层的村党支部书记、全国人大代表刘乔英，在北京开会期间，手机上突然收到将近500字的短信。千里之外的一位青年农民工，辗转连线女代表，想请她转达希望国家加大对贫困地区农村信用社帮助和支持力度，更好地为"三农"和农民工服务的心声。记者肖菡不仅仅止步于对事情的新奇感，更进一步挖掘后面的故事和人物关系，写出的短通讯《手机短信里的心里话》，称得上是一个隽永的新闻小品，既映射了人民代表与人民血肉关系，也见证了人民代表确实心系人民。

系列新闻故事《为了妈妈 好好读书》《美在孝心善行 贵在责任担当》《鲲鹏基金献出爱心 道德呼唤丈夫归来》《爸爸归来 我会克服困难撑起家》《爱心牵挂小哥俩》，读后发人深省。

作者似乎有意无意间借鉴了中国古代章回小说的手法，一环扣一环，一波接一波地展开贵阳"摆摊救母"小哥俩故事所引发的社会关注，由此见证社会主义制度的优越性，见证中华民族传统美德的当今价值。省委书记真情牵挂，社会各界倾力关爱，出走的丈夫和父亲被道德呼唤回归，小哥俩在大爱滋润下愈发坚定创造新生活的信心……一个个新闻事件变成了一个个温馨的故事，"润物细无声"地传播正能量，其效果是更让人感同身受，心悦诚服。

这样的传播方法，这样有感染力的新闻作品，在《见证》一书中远不止一例两例。

——体现新闻作品与读者之间的亲近性。

高高在上、指手画脚的新闻作品，对生活领域、生活内容和生活情趣不断丰富的公众读者，越来越没有吸引力。怎样与他们之间建立平视互动的关系，让新闻作品更有亲近性，于新闻写作者而言，是不可回避的急迫问题。不如此，你所希望见证的历史，读者会在认同感上产生较大的距离。

肖菡写生态文明，把它定格为一种生活方式，而且与几个普通市民群众的生活场景联系起来，给我们讲述了发生在他们身上的一些"凡人小事"，口号和理念顿然变换为个性化的"亲近感"。随之自然而然得出结论：每个人都能通过生活方式的选择和参与，直接影响和推动生态文明建设的进程。（《生态文明是一种生活方式》）

残疾人，是她在新闻写作中观察较细、着墨甚多的一个社会群体。在一篇篇相关文稿中，"亲近性"被体现得淋漓尽致。《一样的生命 一样的阳光——第八届全国残运会贵州代表团直击》，让我们听得到摘取首金游泳选手的心灵律动，引我们走进爱心撑起的羽毛球之家，还能体会到志愿者和盲人运动员姐妹情深，进而相信每个梦都有机会怒放。

亲近性产生吸引力，吸引力决定新闻传播和见证历史的质量，这应该是肖菡新闻作品的重要特色之一。

——突出新闻作品在内容上的思辨性。

要把思辨色彩浓烈的新闻作品写好，很考验作者的眼力、心力和功力。

收入《见证》集中的《我省软件业蓄势待发》《筑城飞来一只美国"鸡"》《"夜郎"：贵州当仁不让的品牌》《苗绣"牵手"国际时尚品牌》等几篇新闻作品，细读之后，看得出作者尽心尽力的探索轨迹。这些稿件的写作往往因问题疑惑而源起，有些则是由某种现象引发的前瞻性展望，但一个共同特点是：凭借新闻事实说话，要么释疑解惑、要么鼓舞士气，思辨的光芒，始终巧妙地同作者的思考、新闻人物的思考、新闻事件展示的必然走势交织在一起，使作品在力度、温度、亲和度之外，又增添了深度。相信大家在品读以后，定然会做出自己的判断，催发出新的思考。

肖菡想通过新闻作品见证的贵州二十年，波澜壮阔、跌宕起伏，"新闻里的贵州20年"不可能将难忘的二十年风景尽收眼底。但她一直不言放弃，一直在奋斗，一直在拼搏，见证历史的同时，也在鉴证自己。这正是《见证》作品集最引人注目、最令人感奋的亮点。

是为序。

（作者系国务院特殊津贴专家、贵州省省管专家、原贵州日报报业集团副总编辑）

自　序

记者生涯二十余年，弹指一挥间。然而，往事并不如烟。

新闻和历史是完全不同的专业，却在时间轴上有着惊人的重合轨迹。在曾刊登在《贵州日报》的2800多篇新闻稿里，笔者初筛出190余篇尚具有时代特征和时代意义的新闻作品，每看一遍，都仿佛细嚼着历史，穿越着时光，见证着时代。

二十多年来，笔者采写的新闻涉及时政、经济、社会、文化、教育、体育、旅游、民生等各个行业领域。曾多次参与采访报道过全国"两会"、全省"两会"、省党代会、生态文明贵阳国际论坛、数博会等重要会议。其中，有八年时间专职负责省委领导新闻报道，这类时政属性很强的作品基本未收录。同时，有幸一直在贵州妇女儿童事业领域鼓与呼十多年，这个部分选出的稿件相对较多。尽管写的新闻作品水平参差不齐，但集纳在一起的选篇，大多数都是认真对待、用心采写，不少还是践行"四力"，按照走基层转作风改文风要求，深入一线采访报道的新闻。

作为新闻学专业的毕业生，笔者始终记得老师教诲，要坚持正确的导向，遵循新闻传播规律，不断改进和创新报道内容和方式，并在工作中一直努力朝这个方向迈进。

重读这些昨日的"新闻"，笔者感慨于曾经在字里行间见证着改革开放40多年来，贵州发展的脚步和印记。许多重要事件、重要活动、重要会议，笔者有幸参与、知情、采写，并与许多重要或普通的人有幸对话、交流、交友。记者生涯由此让人生变得更有深度、广度、厚度，视野的丰富多彩也能让人在纷繁复杂里保持几分笃定。

字里行间，每个事件、每个人物、每个观察、每个思考，都烙下深深的时代印记，成为时代过去式。久远的时光和记忆，在筛选中又一点点重拾。搜集作品时，笔者常感叹：传呼机、小灵通……这些当年新闻里的热词，放在今天，估计没有几个00后朋友能知所言为何物。

新闻是易碎品。今天的新闻，就是明天的旧闻，未来的历史。在新闻"易碎品"里，笔者读来还能产生共鸣的，大多是充满温情、爱心、善意、奉献的正能量题材和作品。报纸新闻人，用笔和文字记录和见证时代，这也是新闻作品穿越时光后最大的价值所在，它让后来的读者，能够看到今日生活的来时路，体会到当下幸福生活的创造过程，能够看到多彩贵州不断抢抓机遇，开创新绩的奋进之路。

选出的新闻作品，有个别是与同事或通讯员合作产生的，但大多是本人是否作为执笔者为筛选原则进行选录。在此，感谢领导同事们的付出，大家相互学习，共同成长，缔结了深情厚谊，感恩不忘。此外，由于新闻作品收录时间跨度较大，笔者不得已酌情进行了删减改动。另外，部分作品在文前用【】符号注明了发表时的栏目，意在让读者对筛选的新闻作品写作刊发的缘由有所了解。各章中的新闻作品均按照发稿时间顺序进行排列。

今天，移动互联网时代的到来，加速了传统媒体深度融合转型的步伐。新媒体的传播让新闻发布的载体变了，更让新闻表达的方式变了，图文、视频、音频、H5、动漫、长图等，十八般武艺都要用上。笔者认为，无论时代怎么变，大众传播不会变，大众对新鲜资讯的需求不会变。满足大众对权威信息的需求，传播新近发生的事实的报道，从参与者、记录者、见证者的角度为历史留下注脚，这就是新闻人永远在路上的最大动力吧！

作为一名新闻人，编著此书，意在时刻提醒自己：不忘初心，笃定信念，继续前行！

以此为序。

目　录

第一章

党旗飘扬·时政视线

邹市明：以成绩回报厚爱

人物档案：邹市明，男，汉族，省体育局体育工作大队拳击队运动员。

代表风采：尽管党龄才三年，但邹市明对即将召开的十七大充满了期待。因为，这一次，他将第一次以党代表的身份亲身参与此次盛会。

当然，这个荣誉的获得，与邹市明征战国际国内拳坛取得的卓越战绩紧密相连，更与他为贵州体育事业的发展和推动中国拳击事业的进步做出的贡献密不可分。

年仅 26 岁的邹市明已经为中国拳击创造了三项纪录：2003 年获得第十二届世界拳击锦标赛亚军，这是当时中国在世界拳坛的最好成绩；2004 年获得雅典奥运会拳击铜牌，创造了中国在奥运拳击比赛上的最好成绩；2005 年获得第十三届世界拳击锦标赛冠军，成为中国赢得世界拳击冠军的第一人。

"努力训练，比赛取得好成绩，让世界对中国选手刮目相看。"这是邹市明作为一名中国运动员的最大目标。

刚入队时技术水平和身体素质并不突出，但邹市明始终刻苦认真地对待每一堂训练课，对待每一个细小的技术动作，力求做到精益求精。除保质保量地完成教练员安排的训练计划外，他还根据自身特点，加强薄弱环节练习，特别是注重挖掘贵州小级别运动员快、灵、变的技术特点，使自己专项技术水平和各项身体素质短期内迅速提高，为我国拳击事业争得了一个又一个荣誉。

如今，邹市明已经向世界亮出了拳头："2008 年北京奥运会，如果是第二名，我都是失败的。"

【代表心语】早在今年4月，我就在自己的博客上这样写道："最近有两件值得高兴的事，第一是贵州体育系统推荐我成为贵州省第十届党代会年龄最小的代表；第二是在会上当选了党的十七大代表。对于党龄才几年，资历还甚浅的我来说，真是既荣幸又惭愧。为此，我要取得像2008年奥运会冠军这样的成绩，来回报所有人对我的期望和信任。"

虽然我曾先后获得"全国先进工作者""贵州省五一劳动奖章""贵州省十大杰出青年"等殊荣，但作为一名年轻党员，能够当选党的十七大代表，不仅是一种光荣、一种动力，更是一份责任。这是人生中很难得的机会，能参加此次盛会，将是一个精彩的人生经历。这也是党和人民对自己工作的肯定，对自己的信任，更是对自己的鞭策。

希望可以借助自己的影响力，提高中国拳击在国际上的地位，也可以从事一些社会公益事业，去帮助需要帮助的人。同时作为一名基层党代表，我将从反映社情民意着眼，以饱满的热情，全身心投入，积极参与每一个环节，行使神圣的权利，履行应尽的义务。

（原载于2007年10月12日《贵州日报》）

选出咱村当家人

——花溪区清溪街道办事处陈亮村"村官""海选"直击

12月13日一大早，花溪区清溪街道办事处陈亮村村委会操场上已经人头攒动，热闹非凡。村子里今天可有大喜事——近千村民放下手中的活路，早早赶来，只为亲眼看看竞选人，亲耳听听竞职演讲，亲手投下神圣一票，认真选出村子的"当家人"。

上午9点，鞭炮齐鸣，彩条飞舞。在庄严的国歌声中，作为花溪区"村官"海选试点的陈亮村第七届村委会换届选举大会正式开始。虽然6名村委主任候选人、13名村委委员候选人的照片、简历、工作思路、治村方略都已上了展板，但是今天他们还将以竞职演说的方式，向村民们"亮"出自己。

"我今天有勇气站在这里，就是想给乡亲们说说心里话。竞选委员，我不是为了捞油水，而是觉得我们村需要踏实干事的人。"

"如果我当选，我要抓住陈三公路开通、草莓基地开发的大好时机，引进外来投资者在我村安家落户，彻底改变村民生活面貌，走上致富轨道……"

"我想利用我们村丰富的山水良田资源，建设鸟语花香的生态园林式村庄，发展乡村旅游，建设新农村……"

"我将坚决做到，哪里有困难和矛盾，都及时调解，使全村成为一个和谐的大家庭。"

"我要让陈亮村的村民无论走到哪里都以自己是陈亮村人而无比骄傲！"

......

一句句发自肺腑的就职演说，一个个令人激动的治村方案，深深吸引了在场的每个村民。精彩之处，村民们激动得给予热烈的掌声。

看见儿子在台上竞选，村民吴昌贵高兴地说："海选方式让有能力的年轻人能够走上台毛遂自荐，也让村民们能够了解竞选人，还可以避免徇私舞弊。我们欢迎这样的方式。"

"家长当得好，家庭才会好。我们要选为群众办实事，为百姓当家作主的人！"88岁的肖汉碧老婆婆冒着寒风认真地听着演讲，心情非常激动。

在深圳打工两年的赵勇接到村选委会和家人的通知，专程赶回来。他对记者说："我是一名党员，要使用好自己的民主权利，为我们村选出真正能办事的人！"

演讲完毕，"海选"进入了村民填写选票阶段。在办事处工作人员的周密安排和组织下，乡亲们分成四组，将选民证换成选票，并到指定地点填写，然后投进票箱。整个现场井然有序。

清溪街道办事处主任孙昕表示，为了保证辖区3个海选试点村的顺利选举，工作人员精心组织，考虑细节，为本次"海选"做好了充分的准备工作。

经过计票，村委会主任竞选人票数均没有过半。第二日，在补选中，思想活跃、聪明能干，在全村已经带头致富的肖兴会当选为新一届村委会主任。四名新一届村委会委员也顺利产生。

（原载于2007年12月24日《贵州日报》）

处处彰显代表情

——我省各级人大代表抗凝救灾保民生剪影回顾

在我省遭遇 50 年不遇的凝冻灾害之时，全省各级人大代表积极投身抗灾救灾和灾后恢复重建工作，在人民最需要他们的时刻，始终站在前，冲在前。他们以实际行动践行了"人民代表为人民"的光荣职责。

抢修现场女代表不让须眉

在江口县双江镇境内的铜江输电线路抢修现场，有一位忙碌的个高体瘦的女人身影。她就是省十一届人大代表饶丽。

1 月 29 日，省人代会结束后，冒雪回家的饶丽看到供电部门人员到处寻请线路抢修民工。面对高危险、大强度的作业，一些群众不愿参加，使抢修进展缓慢。面对此，饶丽主动上门做群众思想工作，动员 30 多名群众参与抗灾保电队伍，而她自己也身先士卒，主动加入男人们的队伍中。

施工难度大、抢修物资人力运送距离最远的艾门坳，正是饶丽家所在地。由于坡陡路窄，树木丛生，杆位距起运点高达 400 米，笨重的电力抢修设备运送十分艰难。当几个男人抬着 1 吨多重的水泥电杆寸步向上移动时，饶丽便担当起开路先锋，在厚达 20 厘米的冰山丛中挥刀砍枝、举锹铲冰。当 1 吨多重的电杆上移到 300 多米时，不慎又滑落下来，不少民工胶鞋里灌满了带冰的碴，裤腿湿透。饶丽见此，将自家仅有的 4 捆柴分五次扛上去，燃起大火供电力抢修民工烘烤，鼓励大家不要气馁。

抢修需要砍伐树木、占用土地，需要和当地村民商量。为此，在三天的抢修时间里，饶丽冒着冰雪，在山上与山下之间，来来回回跑了十几公里做群众思想工作，确保了输电线路抢修过程中运杆、立杆、树木砍伐等工作顺利进行，使江口县及周边地方尽快恢复供电。

为民分忧彰显代表真情

冰雪灾害造成了瓮安县大面积停水、停电，一切电器设备都在冰雪中沉默了。瓮安县第十五届人大代表、木老坪乡新寨村养猪场场长卢继勇家里却依然机声隆隆。在打米房里，卢继勇紧张地忙碌着，无偿为四面八方的村民打米。在今年的凝冻期间，卢继勇共为60余户村民无偿打米、苞谷共5万多斤，以实际行动为人民群众分忧。

"我办养猪场是为了带民致富，助民增收。这个时候我怎么能不为大家分忧，做点好事呢？"卢继勇和家人商量后决定，马上揣几万元现金到贵阳购买柴油发电机。由于凝冻严重，几经周折卢继勇终于到了贵阳，然而到市场一问，价格涨了近一倍。卢继勇心里开始犯难，但想到家乡父老乡亲焦急的等待，同时除自己养猪要用外，还能为群众打米和提供照明，卢继勇把心一横，贵就贵点，买了一台50千瓦的发电机。

发电机拉回新寨村已是晚上，在村民的帮助下，很快就安装好了。此时，卢继勇才发现自己太匆忙竟然忘了买油。于是，他在脚上套一根草绳，拿上一支手电筒，嘴里啃着一块黄糕粑又冒着风雪出发了。十几公里的路程，走了六个小时，晚上两点多钟，卢继勇终于回来了。顾不上疲惫与饥饿，立即安装。在发电机的轰响声中，村民们又看到了明亮的灯光。

为了支援受灾的村民，卢继勇向新寨村以及全乡的养殖户以低于成本价提供了猪仔2000余头、种猪150头、赊销饲料300余吨，并无偿为养殖户提供黑麦草种。村民们感动地说："这样的代表多有几个都行！"

创新工作服务于民

面对突如其来的雪凝灾害，作为贵阳市第十一届、第十二届人大代表，云岩区环管站站长苏金阳，心系民众，创新思路，带领全体环卫职工积极迅速地投入到抗灾救灾战斗中，以实际行动履行了一个人大代表的光荣职责。

为了提高工作效率，苏金阳在抗雪灾保通畅的战斗中，随时调整工作思路，针对不同路段，采用不同方式除冰铲雪。他发现人工铲雪耗时费力，于是与各队负责人商量，大家动脑筋，想办法，决定因地制宜，利用废旧材料在4辆垃圾清运车辆悬背上制作安装铁刮器，并安装了升降式手动葫芦托，利用三把铁铲焊接为一体，形成铁铲式工具。他带领工人们连夜加班加点，直至凌晨3点，终于将4辆垃圾清运车改装成除凝冻铲雪车。在使用中，铲雪速度快，不仅省时、省力，提高了工作效率，而且又减轻了劳动强度。他和突击队员们疲倦的脸上露出欣慰的笑容。

抗凝救灾的每个日夜，苏金阳带领工人们顶风冒雪，湿了衣服，冻红了脸。哪里最艰苦，哪里就有他带领的突击队。他不仅发扬了一名基层干部吃苦耐劳的精神，更充分展现了一名人大代表心系大众、服务于民的公仆形象。

（原载于 2008 年 3 月 11 日《贵州日报》，获贵州人大新闻奖二等奖）

堂堂正正做人　兢兢业业做事

——记全省勤政廉政先进个人吴文明

"一定要老老实实做人，扎扎实实工作。"父亲的这句话，吴文明一直铭记于心，也一直遵循。

在贵州民族学院人事处副处长吴文明的办公桌玻璃下，一直珍藏着一张面值两分的纸币。这张纸币，一直给予他警示和激励。

1970年，吴文明到麻江县下司镇回龙沙飘公社插队。当时的公社由社员轮流当经济保管，能写会算的他应邀做了社里的经济保管。1973年，他回城工作结账时，怎么算都少了两分钱。村里人说就少了两分钱，没什么大不了的，催他赶紧上路。但是想起父亲的话，他推迟了行程。最后，两分钱在账本里找到了，吴文明心里的一块大石头终于落地。公社书记把两分纸币轻轻放在他的手心说："就把这两分钱留着给你做纪念吧，感谢这几年来你把社里的账管理得那么好。"

从在安顺中学任教，到调入贵州民族学院数学与计算机学院，再到学校人事处，吴文明一直都记着父亲给他的话——老老实实做人，扎扎实实工作。

在校人事处任副处长，工作量大，责任重，面临的问题也很复杂。2003年，一名优秀毕业生的母亲请他帮忙让孩子留校，说事成之后还有重谢，并在他办公桌丢下一个装着1000元现金的信封。之后他找到了那个学生，要到了其母亲的单位地址，把钱汇了回去，并告诉该学生，想要留校可以通过自己的努力走考试的正常渠道。

吴文明恪守信条，不徇私情。2006年女儿从哈尔滨理工大学毕业，按照学校的规定，校职工子女中应届生可以通过考试进入学校工作。在别人看来，女儿进学校工作是十拿九稳的事。但他为了避嫌，坚决不让女儿报考民院。对此，家人意见很大，女儿至今还在外省打工。每当家人责怪他时，他总是拿出自己做人的信条解释："堂堂正正做人，兢兢业业做事，清清白白为官。"

人事工作关系每个教职工的切身利益，少数没有满足切身利益的职工对人事处有意见也有偏见。吴文明到人事处工作后，从自己做起，强化部门服务意识，努力改进部门工作作风，在坚持原则的基础上，尽量把工作做细、做实、做活。在他的表率作用下，人事处全体人员待人接物和蔼亲切，办事效率不断提高。人事部门在教职工眼里已成为"门好进、脸好看、事好办"的部门，群众满意度大幅提高。他和全处同事认真调查研究草拟的《贵州民族学院新增人员公开招聘实施办法》《贵州民族学院教师职业道德规范》等20多个文件，已在全校贯彻执行，促进了学校人事工作的制度化、规范化、科学化，推动了学院干部人事制度的改革进程。

（原载于 2008 年 4 月 8 日《贵州日报》）

【全国两会特写】

打工青年千里之外辗转连线女代表——

手机短信里的心里话

3月10日，在我省全国人大代表、平坝县高峰镇麻郎村党支部书记刘乔英的房间里，一张将近500字的"短信"引起了记者好奇。一打听，引出一段"打工青年千里之外辗转连线女代表"的动人故事。

事情的原委是这样的。

3月5日下午，正在北京参加全国"两会"的刘乔英手机突然嘀嘀作响。打开一看，一条很长的"短信"呈现在刘乔英眼前："安顺市农村信用社在全国率先成立了农民工金融服务中心，受到社会各界的一致好评，通过服务尽管为农民工办了一些实事，但是在服务中发现，还存在一些有待解决的问题，建议：1.为农民工提供金融服务，不仅是农村信用社的责任，更应是全国各金融机构的责任，建议国家有关部门制定出台相关政策，在全国银行业金融机构中建立为农民工服务的长效机制，让农民工能够在异地他乡享受到方便快捷的金融服务。2.建议全国银行业金融机构出台相关政策，在农民工办理异地汇款业务时减少或免收汇费。3.建议国家准许农民工输出地农村信用社到输入地建立营业窗口试点，解决农民工存贷款难及融资难问题。4.五十多年来，农村信用社对农民、农业、农村建设发挥了重要的支持作用，为区域经济发展做出了积极的贡献。但是由于各种原因，农村信用社的历史包袱仍然较重，困难仍很多，建议国家对欠发达地区农村信用社实行营业税、所得税减免等相关优惠政策，帮助和支持农村信用社更好地为'三农'及农民工服务。5.建议国家出台相关政策，对农民工医疗保险、养老保险、农村合作医疗等可划转到其务工地办理，为农民工提供更多方便。"

如此长的"短信"刘乔英还是第一次收到，而且发送短信的号码又十分陌生。短信从何而来？

刘乔英立即按来信电话拨回去才知，发信息者是安顺农村信用社工作人员甘冰。甘冰说："我们接到了一位名叫韦超三的打工青年的电话，他希望能够向全国人大代表反映他的心声。我们根据他的要求，向您发了这条短信。"

刘乔英对记者说："韦超三我晓得，他是我们麻郎村的农民，外出打工已经很多年了。但是每次他向家里汇款时总感觉很不方便，通过邮局汇款、跨行汇款手续费都高，家人从村到县城邮局取钱需要两个小时的车程，到乡镇信用社也要近1个小时。在外打工创业贷款融资也都很不方便。"

收到短信后，刘乔英用宾馆的铅笔一字一句地将短信抄录下来，并结合自己的思考，整理了一条翔实的代表建议，提交给了大会会务组。

"这的确是个大问题。"刘乔英说，"这些外出务工的村民很不容易，他们把辛辛苦苦挣的钱都存起来，寄回家里，一家老小都靠他们寄来的钱过日子，我是村里的信用社联络员，又是全国人大代表，小韦讲的这个事，我有责任反映到会上。"

（原载于2009年3月12日《贵州日报》，获贵州人大新闻奖三等奖）

搭建沟通桥梁 推进党务公开

我省13位党委新闻发言人集体亮相记者见面会

"新闻发言人的职责就是要说话，如何面对媒体和公众说真话、把话说准确，是很大的挑战。今后，我和我的同事将努力把握政策、精心准备，提升同媒体打交道的能力，通过做好党务新闻发布工作，真心真情，服务好省委、服务好媒体、服务好公众。"3月16日上午，在贵州省党委新闻发言人记者见面会上，面对记者的首个提问，省委新闻发言人、省委副秘书长刘奇凡就如何履行发言人职责作出了十分坦诚的回答。记者见面会由省委外宣办在贵阳举办，我省首次设立的13位省委和省委有关部门的新闻发言人身着正装，面带微笑，集体亮相。

据悉，2009年，党的十七届四中全会明确提出建立党委新闻发言人制度。在我省，贵阳市委和省委组织部于2009年底和2010年初率先探索建立党委和党务部门新闻发言人制度，并开展相关新闻发布活动。2010年12月，省委、省政府召开全省新闻发布工作会议，安排部署我省党委新闻发言人制度建设工作。目前，省委及12个省委部门、9个市（州、地）党委设立了新闻发言人41名，省委组织部、省委宣传部等部门已逐步开展相关新闻发布工作。

13位新闻发言人来自省委和省纪委、省委组织部、省委宣传部、省委统战部、省委政法委、省编委办、省直机关工委、省信访局、省委党校、省委讲师团、省委党史研究室、省委台办等省委12个工作部门，他们结合各自部门的工作职能，就我省党委新闻发言人制度建设、党务新闻发布工作开展情况以及下一步打算等进行了介绍，并就群众关心、媒体关注的热点问题回答了中央、香港驻黔和省主要媒体记者的现场提问。

据省委外宣办负责人介绍，组织党委新闻发言人面向媒体集体亮相，旨在充分发挥党委新闻发言人的作用，密切党委新闻发言人与媒体和公众的联系，加强党委新闻发言人的工作沟通，展示我省党委新闻发言人制度建设取得的阶段性成果。今后，我省将重点从三个方面开展好党务新闻发布工作：一是及时主动、准确全面地向党内外介绍党的重大方针政策、决策部署和党的建设情况，介绍和说明本级党委及党委各工作部门作出的重要战略规划、重大决策、重点工作和重要事项以及工作进展情况等。二是及时介绍本级党的代表大会情况，本级党委及党委各工作部门举办的重要会议活动特别是党委全委会和重要专题工作会议等情况。三是及时就涉及本级党委及党委各工作部门的重大事件和重要热点难点问题发布信息，表明立场和观点，介绍所采取的措施和工作进展等情况。

此前，我省于 2005 年启动建立政府新闻发言人制度。目前，省政府及省级政府部门、9 个市（州、地）政府（行署）已设立新闻发言人 62名。2010 年全年，省政府新闻办共组织协调召开了新闻发布会和新闻通气会 31 场。特别是在今年全国"两会"期间，十一届全国人大四次会议贵州代表团专场记者会吸引了 100 多家国内外媒体近 300 名记者参加，充分展示了贵州开放、自信的新形象，引起强烈反响，新闻发布工作在我省党务政务公开、对外宣传等领域发挥着越来越重要的作用。

（原载于 2011 年 3 月 18 日《贵州日报》）

寻红色足迹　悟青年责任

——人民日报社"追寻"活动分队入黔寻访侧记

"青年者，国家之魂，民族的希望。"在纪念建党90周年之际，《人民日报》为当代青年大学生策划了一次追寻党的奋斗足迹，思索党的光荣历史，感悟自身社会责任的主题活动——"追寻"。5月18日至19日，由华中科技大学和中国科技大学10名大学生组成的川渝贵小分队，沿着革命先辈的历史足迹，重温光辉历程、缅怀先烈伟绩、感悟历史责任，圆满完成贵州"追寻"之行。

一路收获的红色感动

活动伊始，省委书记栗战书为贵州"追寻"活动题写寄语："追寻的红色足迹就在我们的足下，让我们沿着它走下去吧！"

"身上沉甸甸的不是行李，而是追寻革命传统的神圣使命。"刚下飞机，华中科技大学的郭冬英感慨地说。的确，每一个追寻目的地，都能把大家带回沉甸而厚重的历史中。

息烽集中营旧址是"追寻"首站。坚实的牢房，带有电网的高大院墙，一具具冰冷的刑具，"忠斋""孝斋""仁斋"美妙名字下，隐藏的众多残酷真相，让路途上交流酣畅、兴致高昂的大学生们，顿时心灵震撼，思绪万千。

郭冬英说："我仿佛看到在残暴刑罚下皮开肉绽的革命烈士们，虽无力反抗，却依然坚定自己的信念和理想。这种把生死置之度外的革命精神和不朽的革命气节，燃烧着我们的热血，催促着我们青年大学生为党的事业奋进！"

中国科技大学的尹中南说："有信仰的人，能超越人的本能恐惧和痛楚，为革命毅然献身。作为当代大学生，我们要坚定理想信念，这无论对我们个人还是民族的未来都有重要意义。"

"遵义会议""娄山关""四渡赤水"，当这些教科书上的词汇变成可见可感的实物实景，当无数的历史细节和革命场景再现眼前，当革命先烈的英勇事迹让同学们感动得几近落泪，"追寻"的历史意义和现实意义变得更加重要。

华中科技大学中文系的张宇说："今天的生活来之不易，我们年轻一代，生在和平的年代，应该牢记历史，坚定理想信念，用自己的方式报效祖国和人民。"

小分队领队、人民日报社新闻协调部主任曹焕荣说，在黔追寻的时间虽短，但对当代大学生，特别是大学生当中的共产党员来说，是一次深刻的理想信念教育，会使他们获益无穷。它将让这股新生的力量，更加自觉地传承和发扬遵义会议的伟大精神。

一场特殊的碑前座谈

当年的红色足迹已成为今天受人追捧的爱国主义教育基地。18 日下午，小分队刚抵娄山关红军战斗遗址，与一群身着迷彩服的同龄人不期而遇，他们是前来开展综合演练的昆明陆军学院的学生们。

同样的年纪，同样的责任，同样的理想。在巍然耸立的娄山关战斗遗址纪念碑下，两支队伍的青年人席地而坐，共话感受，畅谈信念，一场特殊的座谈就此展开。

作为一名国防生，中国科技大学的李文卓很快将穿上绿军装。她首先发言："作为当代大学生，应该好好去学习红色历史，学习如何从挫折走向成功，汲取其中智慧，为建设祖国指引方向。"

昆明陆军学院学生龚愈在实地察看了娄山关地形后感叹："很难想

象当年红军如何以劣势的装备和人员抢占下如此险峻的关口，顺利前进，缔造出一个新中国。当年前辈昂扬的战斗意志对于我们这辈军人是一个激励。"

昆明陆军学院学生张踔出生于军人家庭，他说："虽然如今是信息化战争时代，但这些经典的成功战役，对当代军人战法战术上仍有借鉴意义。"

"中国共产党之所以能够从一个胜利走向另一个胜利，我想最主要的原因在于军民之间的融洽关系，以及党始终为人民服务的宗旨。所以应该牢记必须贴近群众、全心全意为人民服务才能使军队保持不败之地。"陆军学院的张瀚接着说。

华中科技大学的邢丙银倍加珍惜此次寻访机会，他说："感谢'追寻'活动给大家一次机会去追寻党的光辉足迹，去踏入基层，去思索自身的使命和责任。"

中国科技大学的杨亦洋是小分队中最小的成员，即将到美国继续深造，她表示，愿意将今天师兄师姐们的话题带到美国发扬光大。"不管大家是何专业，以后从事什么工作，我们都可以用自己的方式做出贡献。"

你一言我一语的交流中，当代大学生的理想追求和思想信念已跃然而出。

一次新兴的互动传播

下了车，小分队的精力全部投入到用眼观、用耳听、用笔记、用心悟中；上了车，每个分队成员则忙于拿起手机发微博，传讯息。依托新兴媒体，大家的互动交流更加即时而热烈。

记者登录人民网"追寻"川黔贵小分队微博群，看到了队员们在另一个虚拟世界的感悟同样精彩——

"在习水县，县委书记在颠簸的车厢中，仍然站立向我们深入浅出地解说着习水历史和现今，我能一直感觉到他的专业与敬业。"

"即将离开贵州这片红土地，带着不舍，带着遗憾离开。我已经开始爱上这里的人民，爱上这里的风土人情。来到贵州，发展贵州，努力学习，为贵州、为西部、为中国之崛起而奋斗！"

——中科大刘合军

"贵州的危房改造工程深得民心。在整整一天的翻山越岭中，目之所及的民房多是漂亮的二层小楼，于我之前想象的穷破不堪完全不同。黔北农村让我深切感受到，党和政府对人民的关怀，感受到了祖国大西部的新风貌。"

——中科大李文卓

"长征路上的他们，也曾年轻。正因为年轻，他们挑起了解放人民的历史重任。如今，我们也年轻，历史的使命，强国富民的责任落在了我们肩上。在怀念那段峥嵘岁月的同时，我们更应该将他们这种坚定的信念化为行动的力量，投入到今后的学习和工作中。"

——华科大郭冬英

"每个英雄参加长征时都正值青年，他们生在国家生死存亡的年代，用他们的青春书写着共和国最华丽的篇章。而我们年轻一代，是国家的希望，生在和平的年代，我们是不是该用自己的方式报效国家呢？这是时代对我们的召唤，也是成长的最大意义！"

——华科大张宇

"追寻"中，青年学子们寻访昔日贵州红土上党的革命足迹，感受今日贵州在党的领导下发生的巨变，思考时代赋予的青年责任。唱着《红军不怕远征难》，同学们离开了贵州，接下来他们将在重庆和四川继续追寻之旅。

（原载于 2011 年 5 月 24 日《贵州日报》）

立足大局　顺应时代　顺应民心
奏响贵州科学发展 后发赶超最强音

——省第十一次党代会报告诞生记

2012 年 4 月 15 日，省第十一次党代会隆重召开。这是一次必将载入贵州发展史册的重要会议。

手捧散发着墨香的党代会报告，734 名代表倍感熟悉、倍感亲切、倍感振奋：

过去 5 年的不懈奋斗，让贵州站在了经济起飞的关键时期，发展成果、发展态势，跃然纸上。

党的十七届五中全会以来，全省上下高举"发展、团结、奋斗"的旗帜，敢闯新路、敢于突破，新鲜做法、新鲜经验，跃然纸上。

全面贯彻中央领导同志对贵州工作的指示要求，抢抓"黄金机遇"，撕掉贫穷落后的标签，雄心壮志、美好蓝图跃然纸上。

探索出一条可持续、惠民生、促和谐的科学发展之路，让贵州各族人民过上幸福安康的日子，以人为本、浓浓情怀，跃然纸上。

贵州共产党人要努力保持自身的先进性和纯洁性，肩扛起重于泰山般的富民兴黔使命，树立起坚如磐石般的后发赶超信心，志气信心、责任担当，跃然纸上。

这是一篇主题鲜明、实事求是、解放思想的纲领文件。

这是一份目标明确、振奋士气、措施有力的行动指南。

这是一个统一思想、与时俱进、凝聚力量的时代宣言。

20　建设充满活力、日新月异、幸福祥和的新贵州！

激情澎湃中回顾省第十一次党代会报告的起草过程，我们可以清晰地看到，报告用大家最为熟悉、最觉亲切的语言，回答"把一个什么样的贵州带入科学发展新时期""建设一个什么样的省委和各级党组织"两个重大问题。

激情澎湃中回顾省第十一次党代会报告的起草过程，我们可以清晰地看到，报告立足"2020年与全国同步建设全面小康社会"的大局，顺应了贵州加速发展、加快转型的时代要求，顺应了贵州各族人民改变落后面貌的强烈渴盼，凝聚了全省上下的智慧，汲取了人民群众中蕴藏着的巨大的主动性和创造力。

时代脉搏：科学发展、后发赶超

把一个什么样的贵州带入科学发展新时期？这是把握贵州未来5年乃至更长一段时期时代脉搏，必须回答的问题。

历史性的盛会需要历史性的报告。"连天线""接地气"，方能清晰地看清自己，方能起草好报告。

放眼全国，这样一串数字，振聋发聩：2010年贵州省人均GDP1.3万元，只相当于全国平均水平的40%，相当于上海市的17%；按照新的扶贫标准，贵州人均收入低于2300元的就有1500万人，2010年贵州全面建设小康社会实现程度为62.4%，居全国最末位次。审视贵州，这样一种现状，如坐针毡：因为慢，贵州在全国各地竞相发展的过程中处于越落越远的尴尬境地；因为慢，贵州经济发展缺乏强有力的内生支撑力；因为慢，贵州民生的改善和社会事业的发展举步维艰。对照目标，这样一种境况，坐卧不安：目前，我省与全国小康进程的差距大致是8年，要在2020年与全国同步实现全面建设小康社会，在未来的8年里，我们还要追拉下的8年。

"连天线"，中央领导同志对贵州发展指示明确，"能快则快，只要符合科学发展观、有效益，就要加速发展"。新一轮西部大开发战略全面实施，国发【2012】2号文件明确要求贵州要走出一条符合时代要求和自身实际的后发赶超之路。今年下半年即将召开十八大，必将为我们在新的起点上推进改革开放和社会主义现代化建设指明方向、注入动力，"2020年全国建成全面小康社会，贵州绝不能拖后腿。"

"接地气"，需要真实感触17万平方公里上的脉动，倾听人民群众的时代心声。这是省第十一次党代会报告的动力之源。省委领导班子成员带头开展"四帮四促"活动，多次吃住农家、问计问策。在省第十一次党代会召开之前，全省各级干部共有103.87万人次，背起背包、驻村帮扶，帮助群众办实事好事15.52万件，解决问题22.59万个。

党代会报告起草过程中，省委书记栗战书同志与部分省委常委，深入省直部门、企业、农村开展调研，倾听群众心声，主持召开了5次省直部门、骨干企业和威宁、镇远2次市（州）片区征求意见座谈会，广泛听取各方面的意见建议。省委副书记、省长赵克志多次对报告主题、发展目标、重大观点、重要提法等提出明确、具体的意见。省委其他领导同志，也都多次开展了深入调研，结合自己分管的工作，亲自研究、亲自起草把关，并对报告修改完善提出了许多很好的指导意见。

上"连"下"接"，我们深刻地感受到了党中央、国务院对贵州的亲切关怀和殷殷期待，强烈感受到了各族群众盼发展、求幸福的强烈愿望。更为宝贵的是，贵州广大群众当中蕴藏着巨大的积极性、主动性和创造性，以及全省上下在"加速发展、加快转型、推动跨越"火热实践中产生的智慧、创造的经验，鲜活、生动、真切地展现了出来。

上"连"下"接"，我们从实践中总结出了弥足珍贵的经验：一定要从贵州实际出发贯彻落实科学发展观，把中央精神与贵州实际结合起来，在加速发展中转变经济发展方式，在转变经济发展方式中实现跨越发展。对于"背水一战"的贵州来说，这是最为彻底的解放思想，最为深刻的实事求是。

上"连"下"接"，我们的位置越来越清晰，方向越来越明确，思想进一步统一、共识进一步形成、力量进一步凝聚：

必须深入贯彻落实科学发展观，加速发展、加快转型、推动跨越，奋力后发赶超，为到 2020 年与全国同步实现全面建设小康社会宏伟目标而奋斗；

贵州开始进入经济加速发展新阶段，具备了经济加速发展、实现起飞的基本条件；

贫困，不是贵州永久的标签；无奈，更不是贵州人的本质常态；贵州是一片充满希望、前景广阔的热土，贵州人将在不甘落后、顽强奋斗中实现崛起。

……

老百姓有所盼，共产党有所想。时代所赋、大局所在、民心所向，贵州未来发展的主旋律，4000 万各族党员干部群众合力奏响。

理性而激昂的文字背后，是贵州党员干部的铮铮誓言：科学发展、普惠民生，赢得幸福、赢得民心！

奋战五年：建设充满活力、日新月异、幸福祥和新贵州

《报告》提出了奋战五年核心经济指标要实现"三高于、一达到、五翻番"，即每年的经济增长速度高于全国、高于西部地区平均、高于我省以往水平；到 2016 年全面建设小康社会实现程度提高到 80% 以上，达到西部地区平均水平；生产总值、公共财政收入、固定资产投资、城镇居民人均可支配收入、农民人均纯收入比 2011 年翻一番以上。

这一步，是基础，是我们奋力将全面建设小康社会实现程度提高到 80% 以上，先达西部平均水平，继而决战"十三五"之坚实阶梯；这一步，是信心，是我们勇敢地撕掉贫穷落后的标签，改变自卑、自轻、自懦、自弃及自大心理，誓言建设新贵州之力量之源；这一步，是宣言，是 17 万平方公里热土上的共产党人，团结带领各族人民，守不移之志、成兴黔伟业之进军号角。

这是一个科学务实的目标。在党代会报告起草过程中，省领导组织发改、统计、调查总队、扶贫办等有关部门，结合当前贵州发展态势和未来预期，经过仔细测算而得。这是一个鼓舞人心的目标，通过全省干部群众努力，是完全可以实现的。

这个核心目标的背后，是一系列重大问题的探讨和研究。省委书记栗战书要求，集众智、纳群言，开门写报告。

为此，省第十一次党代会报告起草组广泛征求了各方面的意见。省直 73 个部门组成 26 个专题组，就重大问题开展调研，形成 26 个专题研究报告。起草组派出 9 个小组深入各市（州、地）征求意见，形成 9 个征求意见报告。2011 年 12 月 30 日第三届省委决策咨询博士高端论坛召开，国内知名专家学者和省内博士高端人才提出了很多有见地的意见建议。2012 年 1 月 18 日至 2 月 4 日，起草组召集省内有关领导、专家、学者、企业家等各方面人士参加的 12 次系列专题座谈会，对报告起草中涉及的一些重大问题进行研究。2 月 7 日，起草组专程赴京，邀请中央有关部门领导、专家学者，为贵州发展建言。3 月 13 日，省委召开常委会听取了起草组的汇报，明确了报告的主题、结构、主要内容和一些重大提法。3 月 20 日，省委办公厅将报告征求意见稿印送全省 291 个单位和副省级以上中共党员老同志征求意见，收到了 674 条意见建议。3 月 25 日，省委召开民主协商会，征求民主党派省委、省工商联负责人、无党派人士和非公经济代表的意见和建议。3 月 26 日，省委常委再次对报告稿进行专题研究，并对报告稿涉及的一些关键指标、重大提法、工作部署进行了深入研究、论证、推敲和修改。

报告整个起草过程中，先后有 2300 人、4200 人次参与讨论。参与人数、吸收意见、修改次数均前所未有。

从党代会代表到普通群众，从人大代表、政协委员、专家学者到一线职工，从在职工作人员到离退休老同志，大家带着对贵州的真挚感情和政治责任，以深邃的目光剖析实际，以创新的思维谋求发展，写下了全省人民的热切期盼。

有的建议，洋洋千言，站位高远，内涵丰富，对事关贵州发展全局的一些重大问题进行了系统研究。有的意见，只言片语，简洁精练，立足基层，情系民生，对事关人民群众切身利益的热点和难点问题提出了自己的看法。很多好思想、好做法，都吸收到了报告当中。比如，"同心思想"升华于毕节试验区生动实践，"发展型党组织"发源于毕节市，"服务型党组织"发源于遵义市，"五个带头"的做法源于遵义市习水县等。

报告总共历经数十次修改，省委办公厅、省委政策研究室及报告起草组全体成员、各条战线上相关同志们付出了艰辛的努力。

字斟句酌，为情为责，情牵贵州人民早日过上幸福安康的生活，责系17万平方公里热土科学发展、后来居上。

征求到的意见中，科学发展的"贵州话"层出不穷。一些词句在党代会之后，迅速成为响彻贵州大地的"流行语"：如"经济起飞""后发赶超""精神高地""经济洼地""三敢精神""发展型服务型党组织""五带头"。再如：贫困，不是贵州永久的标签，无奈，更不是贵州人的本质常态；推进"三化"同步，我们要始终不动摇、不放松，动摇了必将又耽误，放松了必将更落后；善走别人走过的成功之路，不走别人走过的弯路，敢走别人没有走过的新路；调整产业结构的五个"不是、而是"；摆脱"资源路径依赖"，避免掉进"资源优势陷阱"；以礼敬、自豪的态度对待优秀传统文化；改变自卑、自轻、自懦、自弃及自大心理，树立和形成自尊、自重、自信、自强的文化思想；使"发展水平向上攀登、干部作风向下深入"成为新时期贵州干部的自觉追求等。

征求到的意见中，各条战线信心满满。这份信心，来自我省矿产、生物、旅游、气候等资源禀赋以及良好的区位条件，来自历届省委、省政府良好的工作基础，来自我省更加清晰地找到了适合自身实际的发展路子，来自全省上下干事创业、增比进位、创先争优的氛围空前浓厚，展示出无穷的发展力量。这份信心，已经在过去一年的火热实践中得到最充分的支撑。全省上下高举"发展、团结、奋斗"的旗帜，坚持科学发展、"干"字当头，主动作为、奋力攀高，千方百计对上争取、对下放权，对外开放、对内激活，获得了中央给予的许多政策支持，汇聚了国内外的大量要素资源，推动形成了又好又快发展的势头，全省经济增长速度实现了"高于全国、高于西部地区平均、高于我省以往水平"。今年一季度，"三高于"依然实现，我们发展的动力更加强劲，势头更加良好。

源头有活水，报告自然成。生动的实践，为报告起草组提供了大量鲜活素材。每一次修改，只有一个目的：把我们正在做的事情，已经做对的事情，把大家的好建议、好想法、好文字写入党代会报告中。

报告用五个"奋战五年"，迈上"五个新台阶"，以及7个方面的工作部署，既指出了我们后发赶超的路径，也清晰地提出了我们的奋斗目标，响亮地提出，为建设一个充满活力、日新月异、幸福祥和的贵州而不懈奋斗。

千山万山如火发。科学发展的新征程上，贵州各族干部群众心如坚石、志比精金。

精神高地：发出贵州干部群众的时代呐喊

过去一年多来，贵州最大的变化是什么？

无论是到贵州视察调研的中央领导，还是基层普通群众，都会回答：精气神上来了。

就是这股精气神，让贵州大地在较短的时间内，面貌焕然一新：新型工业化、特色城镇化有序有力推进，经济实力大步向前，十大民生工程、十六件民生实事顺利实施，干部用自己的辛苦指数换来了老百姓的幸福指数。

"奋力爬高"赢得的人气、喜气、财气，积累的思路、经验和工作方法，一扫"三言两语"说贵州的话语尴尬，一改一些干部群众自卑、自轻、自懦、自弃及自大心理。

马不扬鞭蹄自奋。坚持主基调、主战略，奋力推动"三化同步"，用自己的双手闯出了新天地，贵州干部群众更加清醒地认识到，"人穷不能志短"，有自信必有信心，有志气必能自强。

有精神才会有力量。省第十一次党代会报告起草过程中，征求到的很多意见中，都有构筑贵州"精神高地"的建议。报告最终用一段段激情四射的文字，发出了贵州干部群众的时代呐喊：

贵州条件艰苦，做成一件事，要付出加倍的努力，更需要有一种在逆境中求崛起的精神。唯有"干"字当头，才能改变面貌；唯有拼搏奋进，才能后发赶超；唯有构筑"精神高地"，才能冲出"经济洼地"。

在贵州这片热土上，当年红军用坚定的步伐走出了"长征精神"；如今，冷洞村人用永不退缩的双手战胜了特大旱灾，敦操乡干部用背篼背走了贫困、背回了人心、背出了干群鱼水深情。在他们身上，我们既看到沉下身子捧出真心为老百姓服务的真挚情怀，也感受到埋头苦干、无私奉献、誓要改变家乡面貌的精神力量。

这就是新时期的"贵州精神"！这种精神激励我们转变作风、服务基层、推动跨越，激励我们吃苦奉献、迎难而上、只争朝夕，激励我们风气要正、作风要实、干部要干，激励我们艰苦奋斗、长期奋斗、不懈奋斗！这，就是我们需要的干部，就是我们倡导的作风，就是我们所要构筑的"精神高地"。

多么深刻的自省自强！

多么舒展的情感挥发！

多么真切的民心民意！

从群众中来，到群众中去。坚持着这样的工作方法做好文稿起草工作，省第十一次党代会报告，语言和群众相通，情感和群众共融。

水不激不跃，人不激不奋。不是一番寒彻骨，哪得梅花扑鼻香？"精神高地"风雷激荡，在党代会报告指引下，贵州上下，正在以特别能吃苦的坚韧、特别肯干事的作风、特别敢担当的勇气、特别有自信的志气、特别重开放的心态，在各自领域，构筑"精神高地"，为冲出经济洼地提供强大支撑。

"干"字当头：一刻也不耽误　一天也不停歇

党的事业，兴废在人。

"糊涂官""甩手官""太平官"贻误发展，贻害群众。

贵州要后发赶超、实现历史性跨越，关键在于全省党组织和党员的先进性、纯洁性。

省第十一次党代会报告，在党的建设上着墨最多。纪检、组织、人事等部门开展了深入调研，形成了许多调研成果。起草组认真消化吸收，将我省这些年来开展的"四帮四促""三个建设年""部门帮县、处长联乡、干部驻村"活动，以及基层开展的发展型服务型党组织创建、"五带头"活动、党建工作"双强六好"等，都写到了报告中，

从严要求贵州党员干部，就是要以保持党的先进性、纯洁性为主题，全面加强和改善党的建设，提高党的执政能力，在党建部分，涵养党内先进文化，为推进历史性跨越提供坚强保障。

从严要求贵州党员干部，就是要让大家有一种强烈的推动改革发展的责任感，有一种民不富就食不甘味、夜不能寐的使命感、紧迫感。

从严要求贵州党员干部，就是要倡导"干"字当头、苦干实干，摒弃坐而论道，袖手旁观、指手画脚，使"发展水平向上攀登、干部作风向下深入"成为新时期贵州干部的自觉追求。

从严要求贵州党员干部，就是要用党员干部的"辛苦指数"换取和提升人民群众的"幸福指数"，顽强拼搏地干，只争朝夕地干，让人民群众生活得更加舒心、惬意、幸福。

……

千方百计创造让党中央放心、让贵州人民满意的成绩，就必须投身到无限的为人民服务中去！

集思广益汇智慧、千锤百炼出真金。

4月15日上午，省第十一次党代会隆重召开。全体代表用25次热烈的掌声，为这份代表贵州人民心声、凝聚贵州人民智慧、指引贵州赢得未来的好报告，动情喝彩。

盛世逢盛会，跨越正逢时。战鼓擂响，130多万共产党员和4000万贵州人民正阔步迈向新征程。我们坚信，以省第十一次党代会为新的起点，经过全省人民的艰苦奋斗，实现后发赶超的奋斗目标一定会实现，贵州的明天一定会更加美好、更加辉煌！

（原载于2012年5月10日《贵州日报》）

【省十二届人大一次会议／省政协十一届一次会议】

把会开到老百姓心坎儿里

——新风扑面迎"两会"

没有铺设红地毯，没有摆放各类鲜花，没有飘扬彩色气球，没有大幅的标语横幅……工作人员周密细致地安排各项工作，委员们登记领取代表证和会议资料，一切井然有序、有条不紊。

这是 1 月 23 日，在贵阳铭都酒店政协委员报到点，记者看到的与以往截然不同的报到气氛：布置虽然简约，但令人感到清新实在；深知肩上的责任并不简单，委员们参政议政的热情丝毫不减。

当天是省政协十一届一次会议的政协委员们报到的第一天，政协委员们陆续抵达驻地宾馆，许多政协委员都被这股迎面而来的"新风"所感染。

"我们知道这是响应落实党中央'八项规定'和省委'十项规定'的举措，非常赞成和支持。开好厉行节约、朴实真切的'两会'，才能把会开到老百姓的心坎儿里。"省政协委员易债对记者说。

已是多次参加全省"两会"的"老委员"魏凤英对于新变化，她深有感触："不搞特殊，不享特权，我们更能时刻牢记履行好建言献策的职责，开好高效务实的会议。"

听说会议期间要取消警车开道，沿途也不封路，魏凤英连声说好："不扰民才能拉近大家与普通市民的距离，我们完全可以自己安排好时间，确保按时到会。"

（原载于 2013 年 1 月 24 日《贵州日报》）

开放胸襟 展示自信 放飞梦想 铿锵前行

——贵州代表团团组开放活动侧记

中国全面小康之梦已清晰绘就，贵州作为西部欠发达地区，如何实现同步小康梦？全国"两会"上，贵州再次成为外界的关注焦点。

3 月 6 日下午，全国人大贵州代表团团组开放活动的举行，让北京国谊宾馆迎宾楼第一会议室成为"炙热"之地。

境内外 73 家媒体 151 名媒体记者，带着求解"欠发达地区如何与全国同步实现小康"的关切，参加了此次开放日活动。会议下午 3 点开始，不少记者甚至提前一个小时就抵达会场，翻阅贵州代表团提供的资料信息，占据场内"有利地形"，提前"热身"。

在全国人大代表、省委书记、省人大常委会主任赵克志简洁的开场白后，我省代表们结合贵州经济社会发展情况和自身工作实际，开始审议《政府工作报告》。

贵州省委副书记、省长陈敏尔，副省长刘远坤，黔东南州州长廖飞，省妇联主席罗宁，三都自治县县长张加春，省文联副主席姚晓英，长顺县敦操乡党委书记胡荣忠，兴义市布谷鸟民族实业发展有限公司执行董事王菁等 8 名全国人大代表，分别从政府工作思路、区域发展、基础设施建设、创业就业、扶贫生态移民、农村养老保险、文化产业发展、建设人民满意的服务型政府、民族事业发展等方面对温家宝总理的《政府工作报告》进行了认真热烈的讨论。

面对中外记者，贵州代表团代表谈省情，话发展，既展现跨越的信心和后发的优势，也不回避面临的困难和发展的短板。大家畅所欲言，气氛热烈。媒体记者们仔细倾听，认真记录。

当罗宁代表拿出一款拎包，展示贵州"绣娘"的手工织品和时尚的完美结合时；当胡荣忠代表提着一堆染红的"绿壳鸡蛋"，转达乡亲们致富后的谢意以及对贵州美好明天、中国繁荣富强的祝福时……记者们的热情被迅速点燃，"长枪短炮"齐举，快门"咔嚓"声此起彼伏。

终于等到媒体提问环节，场内的气氛更为热烈。众多记者高举手臂，争相"抢"取提问机会。

人民日报、新华社、中国日报、经济日报、农民日报以及人民网、腾讯网、中国日报网、中国经济网、中国农业新闻网等媒体记者，围绕民营经济发展、"5个100工程"、武陵山区开发、环境保护和治理、公益活动和教育，互联网企业发展、"八项规定"落实情况等问题，分别向贵州团代表提问。

从省领导代表到基层代表，从热点话题到焦点问题，记者提问踊跃，代表们积极回应，一次次坦诚的对答赢得了在场媒体记者的赞许和肯定。

同步小康征程中，贵州，有着说不完的话题。主持人宣布提问环节结束，仍有记者举手争取机会。还没走出会场，赵克志、陈敏尔等代表被迅速围上来的记者"围追堵截"。面对每一个问题，代表们始终面带微笑，积极作答。走出会场，记者们一路追随到电梯口。面对如此热情，赵克志微笑着停下脚步，继续耐心地回答大家关心的问题。

贵州的自信、开放、奋进，给媒体记者留下了深刻印象。中央电视台记者古峻岭深有感触地说："贵州的同步小康不仅有美好的规划，还有具体的措施。我们今天看到了贵州敢于直面困难，解决问题成竹在胸。我们很受感动，也对贵州的小康梦充满信心。"

同步小康的道路上，有困难，我们正视；有"短板"，我们补齐。只要增强自信，抓住机遇，发挥优势，激情实干，贵州的赶超梦、跨越梦、小康梦一定会圆。

（原载于2013年3月7日《贵州日报》）

祝福一片起飞的土地

——贵州代表团专场记者会侧记

贵州的"贵"字，拆开即是"中一贝"。

全国"两会"中，贵州这个"宝贝"受到的关注不一般。

3 月 12 日上午 10 点，北京梅地亚新闻中心多功能厅，全国"两会"期间唯一一场省级专场记者会的机会给予了贵州。

继贵州代表团团组开放活动后，境内外媒体对贵州再高度聚焦。

热度不减更增。

专场记者会吸引了上百家境内外媒体近 300 名中外记者。他们早早来到会场，索取贵州背景资料，翻阅各种数据，了解贵州发展。

宣传资料中，一本图表生动、文字翔实的红色笔记本，让贵州去年的成绩盘点、今年的目标展望、未来五年的蓝图目标，简洁清晰，一目了然。

不少记者亲切地称其为"红宝书"，一旦翻开就爱不释手。当提问环节来临时，有的记者甚至高举"红宝书"，利用封面那艳艳的红，吸引主持人目光，抢取提问机会。

话题不变更深。

欠发达地区如何与全国同步实现小康？无论是团组开放日，还是记者专场会，这一话题无疑最吸引眼球。

为让记者从不同角度、不同层次，了解贵州、探寻答案，贵州省委书记、省人大常委会主任赵克志，贵州省委副书记、省长陈敏尔，贵阳市市长李再勇，三都自治县县长张加春四位全国人大代表，从一个省的宏观蓝图，到一个县的地方产业，从发展与转型、发展与生态，到发展与文化、发展与民生等不同领域，为大家破题答疑，共同分享贵州快速发展的成果。

"我们需要凝聚和传递贵州与全国同步小康的正能量。"

"不以平均数代替大多数，不以指标数代替直观感触。"

"百姓富、企业强、生态美，这就是我们要的转型发展。"

"同步小康，贵州责任沉甸甸，信心也沉甸甸！"

"贵州，一片起飞的土地！"

"看好贵州未来，好戏在后头！"

……

生动形象的比喻，透露着贵州对外开放的胸襟、赶超未来的魄力。

掷地有声的回答，传递着贵州的发展自信、跨越自信、小康自信。

专场会结束，境内外记者谈起感受，"实干""信心"两词频现——

"贵州的宣传形式更多元，层次更丰富。实干兴邦的理念在贵州发布会上得到很好贯彻，我看到贵州的信心，也会一直关注贵州。"《人民日报》记者杨旭说。

"贵州不惧贫困落后，敢于宣传自己，让我们看到了贵州同步小康信心强烈。"《经济日报》记者朱津津说。

"贵州很有干劲，有这样的信心，我们会更有信心。希望贵州美梦成真。"《香港之窗》总编辑屈月英说。

贵在自信，贵在开放，贵在实干。

战胜贫困，甩掉落后，跑向小康！

（原载于 2013 年 3 月 13 日《贵州日报》）

"微"力量"博"出新形象

——我省政务微博力行"织博为民"助力贵州发展

在"人人都是通讯社，个个都有麦克风"的"微时代"，微博已成为互联网上重要的信息传播方式和舆论源头。

截至6月30日，我省已有1691个党政机构微博在新浪、腾讯、人民、新华认证开通。

利用"微"平台，聚集"微"力量，发出好声音，传播正能量。政务微博，"博"出了我省政府与群众良性互动的沟通桥梁，也"博"出了为民服务的新形象。

站在传播"高地"发布权威信息

在全国省级政府办公厅中，"黔办之声"是全国首个省级政府办公厅官方微博。2012年12月7日，"黔办之声"账号在新浪网、腾讯网开通后，迅速引起网民和媒体关注。开通当日，网民留言评论超过140条。网友"久违的记忆—玖叔"留言说："又多了一条了解民意的窗口和通道，而且是一条特高速通道。相信贵州省政府会从此微博中得益匪浅。"

"黔办之声"开通后，日均发稿量在6条以上，目前总发稿字数已超20万字，同时还配发了大量反映贵州经济、社会、文化发展和人文风情的照片。省政府和省政府办公厅印发的重要文件、出台的重大政策、发布的重要信息，"黔办之声"都能在第一时间权威发布。

2011年7月4日，贵州省政府新闻办公室官方微博——"微博贵州"在新浪微博正式上线，并以"微博贵州"为龙头，整合省内各官方微博，设立贵州微博大厅，成为全国继湖北省之后第二个在腾讯开设微博大厅的省份。

两年来，"微博贵州"已有新浪、腾讯、新华网、人民网四个微博集群，截至8月13日，"微博贵州"受众数总计近百万。4个微博上线以来发布各类消息万余条，获得转发评论70万余次，对宣传贵州、展示贵州起到了积极作用。

今年3月2日，贵州省面向全国优强民营企业招商项目推介会在北京举行。前方记者从会议现场发回信息后，"微博贵州"立即编发博文："阿里巴巴集团首席执行官马云：投资，一定不能错过贵州！"当天该博文点击量达到170余万次，被转发272次，转发评论达307条。

贵州公安政务微博也走出自己的特色之路：从省公安厅官方微博@贵州公安，到全省公安政务微博@贵阳交警、@安顺市公安局……上下纵横联动，定位"精准""亲民"，实现健康顺畅运行。每日第一条温馨、励志的"微晨语"，以正能量博得网民喜爱和称赞。@贵州公安的粉丝已达到42万余人。

微博是最受青年群众喜爱的一种传播方式。团省委开通省市县乡四级团组织和团干部微博，搭建微博群、微博圈、微博团务大厅等，使微博成为与青年群众交流的重要渠道。

目前，全省各级团组织、团干部开通实名认证微博3266个，仅团省委新浪、腾讯、人民网官方微博粉丝就达120万。贵州共青团官方微博综合影响力在腾讯排名全国第一。

在黔西南州，政务微博已成为创新社会服务与管理的有效手段。州政府新闻办官方微博"黔西南发布"，设立了"魅力金州""奋进金州""金州好人""外媒看金州"等10个话题，日均发布10条微博，目前粉丝已逾30万个，已成为黔西南舆论引导和网络宣传的生力军和风景线。

积极"网络问政"透明服务网民

微博是开放的平台，对于各种质疑，政务微博用最真诚的传递实现了"网络问政"。

在"微博贵州"里，大到建议修路、小到下水道堵塞，都被及时转发，大量网友反映的问题和提出的建议得到有关部门的及时回应。在"微博贵州"的穿针引线下，沿河自治县晏家地小学的新建，解决了115名适龄儿童的就近入学问题，结束了网友的猜测和质疑。

四川雅安芦山7.0级地震发生后，省内众多网友在微博上表示"有震感"并纷纷猜测地震发生地，表现出情绪不安。"微博贵州"第一时间与省地震局联系，核实并发布准确信息，并及时发布当天贵州省委、省政府积极采取救援措施，贵州捐款捐物、派出救援队等信息。四川网友纷纷@微博贵州表示："感谢贵州人民的情深义重。"微博贵州有关"雅安地震"的消息被网友转发和评论近万人次，在我省有关"支援雅安，抗震救灾"工作中发挥了积极作用。

贵州省公安厅官方微博发布大量博文，就公安部颁布的"新交规"为网民进行深入解读和提示，获得网民积极回应。6月30日，一篇内容为"浙江2岁女童被带至凯里"的帖子引发上万条微博转发及热议，省公安厅官方微博连夜与网民核实情况，引导舆情，并通知省厅打拐办、黔东南州公安局核查。黔东南州公安局在接到通知后的24小时内便将女童找到，并在微博上向热心网友公布，平息了网络关注焦点。

"贵州共青团"通过微博发布就业创业供求信息，学习资讯信息、心理咨询信息、健康生活等信息，与网友进行及时互动交流，有效运用微博联系服务青年，增进与青年的沟通。

"黔办之声"自开通以来，累积办理的网民反映和省领导转请关注的重要热点问题已超过50个。

引领主流价值创造和谐网络

有效引导舆论，实现大众在社会主流价值观引领下的和谐共处是政务微博的一大责任。

近年来，"微博贵州"策划推出了"诚信友爱贵州人"网络微博征集、"德行贵州微访谈"、贵州博物馆"微展播"、贵州600年不能忘记的人"掌上展馆"、微博猜谜大家乐等一系列互动性强，参与度高的活动，积极传播社会主流价值观，唤起贵州人的文化自信。

"诚信友爱贵州人"网络微博征集活动上线后，鼓励网友发现身边的诚信友爱人、传播身边的诚信友爱事。"不收老人乘车费的'的哥'""倾尽所有，老太自办幼儿园""'旱鸭子'老汉跳水救人"……一个个真实的故事，讲述着贵州人的诚信友爱。超过16万网友在微博上广播贵州诚信友爱好人好事、发表诚信友爱宣言。

贵州省公安厅通过微博官方招募"贵阳最美交警服务队"志愿者，让群众更加直接参与到交警队为民服务的活动中来，不仅增加了人民群众对公安工作的了解，还让群众直观感受并体会到民警的工作性质与热情。

用温暖"围观"推进公益正能量

个人的微小善念，团体组织的社会责任，在"微博"的世界里都会得到回应和放大。我省的政务微博，在推动公益事业上，引来了最温暖的"围观"，传播着正能量。

2012年2月8日晚，贵阳一中高一学生付呈雪在贵州社区发帖求助：其父突发脑溢血，急需A型血小板手术。几分钟后"微博贵州"编发该微博并很快引起关注。4小时被转发270余次，越来越多网友表示要去献血，最终病人手术顺利进行。一条爱心微博传递100个小时挽救了一个生命，红网、大江网等省外10余家网站纷纷转载新闻，网友盛赞："贵阳人侠肝义胆！"

2012 年 4 月 18 日下午 1 点，贵州阳光 952 爱心车队队员贵 AU2402 方勇家人——3 岁的小英英在贵阳市金狮小区走失。全家人四处寻找无果，19 日，这条信息通过贵州交通广播微博发出。各家媒体微博、热心人加入了"微博接力寻人"行列，"微博贵州"也在其中。终于，经过 242 次转发，历经 1 天煎熬，4 月 20 日一早，小英英回到妈妈怀抱。

"贵州共青团"下属的贵州省青少年发展基金会与民间公益人梁树新、邓飞合作，借助微博平台拓展公益理念，发起"微基金"网络公益项目，帮助贵州农村小学基础教育资源的优化和提升。项目启动 1 年以来，引起 240 万网友关注，23 万网友通过网络累积捐款 290 万元，微基金项目在 2012 年获得全国"希望工程创新奖"。

"贵州共青团"还组织专业力量设计制作了以"全国道德模范"阿里木，"中国青年五四奖章"获得者钟晶为原型的系列手绘本漫画作品，并通过新媒体微博平台进行发布，使微博成为共青团组织传播青春正能量的重要渠道。

（原载于 2013 年 8 月 17 日《贵州日报》）

知行合一 "成效" 变 "长效"

——省委抓住整改落实建章立制两个关键扎实推进教育实践活动

习近平总书记强调，开展教育实践活动，解决"四风"问题，要抓住整改落实、建章立制这两个关键。

抓好这两个"关键"，就是要建立长效机制。这是省委书记、省人大常委会主任赵克志在省委常委会教育实践活动第二次集中学习总结会上，对确保我省教育实践活动思想上"真"自觉、要求上"真"严格、每个环节"真"到位、确保活动"真"有效的具体要求。

巩固活动成果：变"成效"为"长效"

巩固教育实践活动成果，制度机制最可靠最有效。为促进领导干部联系群众制度化、规范化和长效化，省委建立《省委常委联系群众工作制度》，从蹲点驻村、调研走访、联系挂帮、体察民情等具体工作内容以及工作方式、工作目标、工作要求、工作考核上，对省委常委带头联系基层、联系群众；带头调查研究、解决难点问题；带头改进作风、提高工作实效等方面作出规定要求。

在全省重大突出矛盾和问题集中排查化解"百日攻坚战"中，赵克志冒雨前往包案督查的福泉市沪昆铁路客运专线贵州段建设现场，了解工程进展情况，看望当地农民群众，召开座谈会听取村民代表意见，现场研究解决老百姓的诉求。

在赵克志的率先示范下，省委常委带头包案、带头下访接访，督促化解矛盾纠纷和信访问题。

3月1日以来，省委常委第一批带队督导的111个问题已全部化解，第二批包案督导的57件矛盾纠纷和信访问题，已化解38件，化解率66.67%。

包案督访的成效，立即转化为长效性的制度。《中共贵州省委常委包案接访工作规定》迅速出台，从"每位省委常委每年在'百日攻坚战'等信访维稳专项行动中包案督访信访案件不少于10件"这样实实在在的具体条例，足见《规定》的"实"和"真"。

8月以来，省委办公厅变实践成果为制度成果，还相继出台建立《关于开展省级机关行风测评工作实施意见》《贵州省党风廉政警示教育暂行办法》《关于进一步精简会议和文件的规定》《关于进一步压缩规范各类节庆论坛展会活动的规定》《地厅级后备干部队伍建设》等共8个制度，在思想建设、组织建设、作风建设、反腐倡廉建设、制度建设等方面，牢牢抓住教育实践活动的"关键"所在，确保反对"四风"抓铁有痕、踏石留印、有章可循。

密切联系群众：变"道义型"为"体制内"

在教育实践活动中，省委坚持边学边查边改，解决突出问题，对作风之弊、行为之垢进行大排查、大检修、大扫除。特别是针对群众工作任务越来越重，涉及部门较多的问题，省委认识到，必须从体制上统筹、研究、部署、督促，变"道义型"联系群众为"体制内"联系群众。

为此，省委全力搭建群众反映问题的平台，专门成立群众工作委员会，建设省群众工作中心，开通"书记省长——群众直通交流台"，健全完善党委领导、政府负责、社会协同、公众参与的社会管理格局，形成完整的省级群众工作体系。

贵州省群众工作中心利用省团校内原有旧公寓楼改建而成。宽敞的接访大厅可同时容纳1000多名群众候访，27个接访窗口集中了省直各部门和有关单位。

中心的建成以及一系列配套工作机制的建立完善，有效缓解了省信访局信访接待点窗口不足、服务群众能力弱等问题，让中心从"信访中转站"变成了"解决问题的终点站"，是我省在教育实践活动中联系群众、服务群众的一项具体举措。

只为解决问题想办法、不为工作不足找借口。联系群众的具体机制建立起来，"真诚倾听群众呼声、真实反映群众愿望、真心关心群众疾苦"就有了最好保障。

知行合一：摆出"数据"看行动

在边学边改中，一系列"数据"，成为转变作风、知行合一的最好注脚。

上半年我省取消了48项行政许可事项，20项非行政许可事项，减少了33项行政事业性收费项目。省级行政审批事项平均办理时限在法定基础上一律压缩50%。及时抓好中央巡视组交办的752件信访事件办理，其中涉法涉诉191件，已办结15件；涉及纪检监察140件，省纪委正加紧办理；涉及民生421件，已办结384件。这是我省抓好解决"庸、懒、散、慢、浮"问题和中央巡视组交办的信访事件，大力开展"效能革命"，实施"服务企业效能大提升"专项行动取得的成果。

今年上半年，省委会议活动经费同比下降33%，省委、省政府接待费用分别同比下降20%和5.5%。

这是在集中开展的"三项清理"活动中，我省认真贯彻执行中央八项规定和省委十项规定，把开展会员卡、小金库和违反规定用车等三项清理和行政收费、检查评比、会议文件、节庆活动等清理行动的责任细化到部门，进行对照检查的成果之一。

开展教育实践活动，有规可依才能增强活动的科学性和系统性，有章可循才能减少盲目性和随意性，让干部群众看到了整改成效和新的风貌，感受到教育实践活动的实际成果。

（原载于2013年8月17日《贵州日报》）

贵州金遇：吸引活力要素　共享优势资源

【核心提示】

政府工作报告指出，把改革开放作为加快贵州发展的关键一招，强力推进对外开放，提高招商引资水平。要满怀信心抓开放、满腔热情抓招商，发出贵州好声音、展示贵州新形象。要加强区域合作，提高招商引资质量，努力招大商、选好商。

要以改革提升政府效能，加快转变政府职能，改革政府运行机制和管理模式，严格对"不作为""不落实""不兑现"问责，坚决拿"庸、懒、慢、浮、贪"开刀，提高政府推进力、执行力和公信力。

刘京渝委员：创新观念行动吸引大商优商"向黔进"

省政协委员、省投资促进局副局长刘京渝说，省委十一届四次全会明确提出"创新招商引资机制"，今年省政府工作报告提出 2014 年主要任务是"强力推进对外开放，提高招商引资水平和质量。引进省外到位资金 6000 亿元以上，外商直接投资近 20 亿美元。"这为全省招商工作提出了新要求、新任务。

"我们要认真贯彻落实省委十一届四次全会精神，树立改革创新观念抓招商，坚持'两条底线'抓招商。"刘京渝说，今年我省招商引资工作要在七个方面有所作为。

一要在统筹招商工作上下功夫。要提出全省创新招商引资工作行动计划。实行全省上下联动推进招商引资工作，整合各级各部门资源和力量，发挥调动推进我省招商行动的积极性。二要在创新招商方式上下功夫。要实施"央企入黔、民企入黔、外企入黔"三项专项招商行动，继续深入开展"万亿项目千次对接活动"。三要在"招大引强"上下功夫。要以重大项目促进为中心，以"三项专项招商行动"为重点，努力招大商、选好商，大力推进优化招商，质量招商，做到招商引资和招才引智相结合。四要在提高项目质量上下功夫。出台全省招商引资项目评估实施办法，建立招商项目准入门槛、投资强度、投入产出、投资效益等要素方面的质量评价体系，引导和推动引进优质项目，促进招商引资向招商选资转变。五要在跟踪督查服务上下功夫。完善招商签约项目跟踪服务协调机制，实施考核评价制，落实要素保障支持政策，加快招商签约项目落地建设。六要在优化投资环境上下功夫。建立优化投资环境的考评指标体系，为外来投资企业和投资项目营造和谐、安全、优质的投资环境。七要在提高招商队伍素质上下功夫，做到爱招商、想招商、会招商、招好商，为完成今年的招商引资目标任务做出新贡献。

王晓春委员：在贵州投资茶产业信心越来越足

最近，省政协委员、贵茶有限公司董事长、江西人王晓春喜欢算一笔账给贵州人听：如果贵州茶园面积干到计划中的750万亩，每亩就算只产100斤干茶，一斤按照200元计算，茶产业也能贡献出1500亿元。

"这对于贵州农民奔小康将是多大的助推力啊。"

2013年，13吨绿宝石出口美国，成为全球最大咖啡连锁店下的茶吧的六款主打茶品之一。这是王晓春在贵州投资茶产业的得意之作。

"今年美国经销商下的订单是53吨。"王晓春指着他的"茶地图"说。他的团队和美国人前后谈了两年，茶叶经销商甚至悄悄跑到贵州的茶叶基地检查。贵州茶以品质获得了信任。

贵州茶叶出口美国的突破，不仅对于王晓春来说意义重大——星巴克的茶吧是全球连锁经营，对于贵州农村来说意义也非凡。

贵州目前茶园面积 611 万亩，光是 10 亩以上的茶叶家庭农场就涉及 12 万余户。

江西人王晓春最早在贵州凤冈的田坝投资建基地，如今他的公司专属茶园已经达到 9 个，分布在沿河、瓮安、丹寨等地的乡村中。2013 年，他在凤冈投资 2000 万元从国外引进的生产线大量生产绿宝石，通过欧盟 463 个检测标准，漂洋过海去德国和美国。今年，王晓春委员将投资 3000 万元在花溪久安镇引进红茶红宝石的生产线。

省委、省政府对茶产业的重视和支持，使得王晓春对在贵州投资茶产业越来越有信心，并做了个雄心勃勃的五年计划：力争在 2018 年实现销售额 30 亿元，辐射带动茶园 150 万亩，帮助 50 万茶农增收，以及在香港证券交易所上市。

邓正明代表：让投资者在贵州找到归宿感

"亲情化、保姆式的招商服务，感动了投资者，也让我们在贵州找到了归宿感。"省人大代表、贵州省中伟集团董事长兼中伟投资集团有限公司总经理邓正明说，这是他从湖南来黔投资的最大感受。

"贵州招商引资环境好，生态优美，企业落地事半功倍，见效快。各级政府支持企业发展，办事效率高，服务企业的意识强。再加上中央对贵州的扶持力度很大，各部委对贵州的支持政策倾斜，投资项目在贵州很快就能生根、开花、结果。"邓正明说，企业来到贵州，享受了武陵山片区扶贫支持政策、国发 2 号文件、支持万山资源枯竭型城市转型发展的意见等政策支持，在这里投资放心，工作舒心，生活开心。这也是今年他把 5 亿元本打算投资在湖南的项目，即与中南大学合作的锂电池新材料项目带到贵州铜仁的原因。他说，受他影响，许多湖南朋友纷纷到贵州铜仁投资，大家感到这里在地域、文化、生活习惯、语言沟通等方面，都非常适宜投资兴业。通过他以商招商，2013 年湖南企业到铜仁投资规模已经达到 20 亿元。

"贵州山好，水好，人文环境更好，尤其近几年迎来了历史上不可多得的战略发展机遇，也对贵州投资兴业创造了良好环境。省委省政府、铜仁市委市政府，创新理念，超前思路，务实作风，锐意改革，贵州发展前景令人振奋，投资贵州正逢其时。"

邓正明说，贵州下一步可以着力于延伸产业链的招商，突出园区特色的招商，针对区域适应性的招商，继续培养亲商、安商、护商的良好投资环境。近两年，贵州经济增长速度和排位分别上升，经济的快速发展给了他们很大的信心。同时，通过作风建设、实施政府"效能革命"等，减少了审批程序，为企业发展提供了便捷，为经商营造了良好环境。

方东代表："一个窗、一枚章"优化招商服务

"普定地处黔中腹地，是国家和省两级主体功能区规划的重点开发区域，是黔中经济区未来发展的重要增长极，文化深厚、资源丰富、交通便捷、区位优越，特别是党的十八届三中全会对全面深化改革作出的决策部署和我省主基调主战略的深入推进，普定的发展要素正加速聚集、自身优势正不断突显。"省人大代表、中共普定县委书记方东说，到普定投资，正当其时。

他说，普定始终紧紧围绕主基调，突出主战略，提出"一工二农三城建、提速增效守底线"的思路，招大商、招好商，以大项目推动大发展，以好项目带动产业转型升级，做到经济发展和生态环境保护两手抓、都得益、见成效。坚持以普定经济开发区、循环农业示范园区为载体，加速完善基础设施，积极引进项目入驻，努力形成大项目顶天立地、小项目铺天盖地，切实做大做强发展平台，凝聚加快发展要素，激活加快发展动力。

他说，普定全面推行"一个窗、一枚章"一站式服务和代办服务制度，从项目的立项、审批、建设和投产、达产，实现全程跟踪服务。开通了"县长热线"、招商引资服务企业"110"，坚持用"硬"措施来治理

"软"环境，便民、利企、安商的良好行政服务环境正不断形成。2013年，民营经济实现增加值 36.64 亿元，占生产总值的 62%，提高了 4 个百分点。

包爱明代表：引进一个，建好一个，带来一批

"贵州拥有得天独厚的投资环境优势，广大干部群众有着强烈的发展愿望和奋发图强的激情，这里不愧为外来投资者投资兴业的沃土。"省人大代表、万绿城集团董事长包爱明从自己近年来在贵州投资的真实感受中出此感言。

一个来自福建的客商，却把贵州作为自己的第二故乡。包爱明说，因为在贵州这几年，是企业发展最顺利的时期。她在贵州先后投资了两个星级酒店项目和一个城市综合体项目。四星级的万绿城假日酒店已开业两年，按国际五星级标准打造的万绿城国际酒店，预计在今年 5 月旅游旺季开业。投资建设的万绿城城市综合体，是贵州省"五个 100"工程中率先建成的项目，也是贵州省 22 个先期带动示范点之一。该项目由安顺市政府统一规划、统一招商、统一实施、同步建设。"也就是政府引进我们企业开发建设，我们再以商招商。"她说，在建设过程中就引进了世界 500 强大润发等大型企业入驻，同时大型企业又带动其他品牌企业入驻。

"目前，进入我们万绿城城市综合体的企业已经有 300 多家，这种引进一个，建好一个，带来一批，层层招商的模式已经成为以商引商的成功案例。"她说，城市综合体的建成，商家的进入，提高了城市品位，丰富了市民生活，带动了就业，培育了市场，增加了税源，同时企业的经济效益和社会效益也逐渐显现。这充分说明了贵州省委、省政府提出建设"五个 100"工程的战略决策非常正确，符合贵州省情，也符合贵州经济发展的实际需要。

"贵州有非常好的投资环境。我的项目在短时间内就见成效，每个项

目都得到安顺党委和政府的关心支持，得到部门的配合和帮助，得到广大市民的理解、配合。城市改观了，地方经济发展了，企业也随之发展了，形成了一个良性互动的关系。贵州是投资兴业的热土，企业来贵州，来安顺投资是我最正确的选择。我还会加大投入，继续为贵州发展助力。"包爱明对投资贵州信心满怀。

【记者手记】

诚意比资源更有吸引力

从贵州网友给书记省长写的年度总结里，我们看到，一年下来，两位省领导"走出去"带队赴北京、上海、江苏、浙江、湖南、重庆、香港、台湾等地招商引资，"引进来"会见大型企业负责人以及工商界、金融界人士几十次。

这种招商引资的节奏，令广大网友频频点赞。

2013 年，全省各级政府和部门，都踩着同样的节奏，加大招商引资力度，以贵州招商引资实际到位资金超过 5000 亿元的精彩数据，展示了这一年招商引资的斐然成绩。

世界 500 强、中国 500 强，大型集团、知名企业……入驻贵州的步伐"马蹄疾"，大量优强企业抓住机遇，淘金贵州热土，也为贵州的跨越发展、转型发展注入了全新的活力。

"我们要像尊重科学家一样尊重企业家，像尊重老师一样尊重老总，使投资创业者在贵州经济上有实惠、社会上有地位、政治上有荣誉。"贵州招商的热情和诚意比贵州的资源还更有吸引力。

两会上，"改革"是热词。作为加快贵州改革发展的关键一招，"对外开放，招商引资"必然成为代表委员热议的关键词。

从如何把亲商、招商、安商、富商落到实处，到如何利用"效能革命"，进一步精简行政审批事项，减少行政事业性收费项目和额度，为企业营造良好发展环境……讨论越多，建言越多，越能看到有更多寻找新投资机会的企业家和老总，沐浴着"效能革命"的阳光，坚定着进入贵州的信心。

"在正确的路径上踏石留印，在行之有效的举措上抓铁有痕。"抓住贵州金灿灿的发展机遇，招好商，引好资，吸引一切活力要素，多彩的贵州大地上，一定能绘就精彩的宏伟蓝图。

（原载于 2014 年 1 月 20 日《贵州日报》）

见证

新闻里的贵州 20 年

幸福快车疾驶：保障改善民生取得新突破

【核心提示】

2014 年，我省狠抓民生实事和社会治理，促进和谐稳定。"十件民生实事"全面完成，投资达 627.6 亿元。精准扶贫有序推进，新增 11 个县、159 个乡镇减贫摘帽，扶贫生态移民搬迁 17.2 万人。就业创业成效显著，"3 个 15 万元"政策带动就业 11.4 万人。教育事业加快发展，花溪大学城、清镇职教城分别入住学生 7.3 万人和 5.5 万人。住房保障供应体系不断完善，建成城镇保障性住房 16.9 万套、扶贫生态移民房 4.3 万套，完成农村危房改造 35 万户。基本公共服务不断完善，城乡低保、基本医疗、基本养老等保障水平进一步提高。人口自然增长率控制在 5.8‰。建成省博物馆新馆、150 个农民文化家园、80 个乡镇农民体育健身工程，新开工中心乡镇卫生院 130 所，开工建设农村敬老院 120 所。安全生产事故起数和死亡人数实现"双降"。人民群众安全感持续提升。民族宗教、外事、妇女、儿童、老龄、残疾人等各项事业取得新进步。

李月成委员：扎实抓好"第一民生工程"

中央经济工作会议提出，要主动适应经济发展新常态。在这种新常态下，如何做好扶贫和民生工作？这更需要我们干部坚守群众路线，践行党的宗旨，始终坚持实事求是，从实际出发，采取行之有效的措施和办法，扎实开展民生扶贫工作，务求取得实效。

近年来，我省扶贫攻坚工作取得显著成效，农村人口特别是农村贫困人口收入逐年增长，呈现持续向好的态势，但与全国相比差距仍然较大。贵州要与全国同步全面建成小康社会，就必须把扶贫开发作为最大的民生，把扶贫攻坚作为"第一民生工程"，举全省之力，向贫困发起"总攻"，确保贫困群众早日实现脱贫致富。

建议要围绕满足基本民生，用确保困难群众"十有"作为民生工作新常态，扎实开展民生扶贫工作；要以同步小康统揽边远地区扶贫开发工作，牢固树立起贫困群众脱贫致富的信心和决心，认真抓好水利为主的农田基础设施建设，鼓励和动员贫困群众外出打工赚钱致富，利用农村小额贷款帮助贫困群众发展生产，帮助贫困群众改善居住条件、发展好庭院经济；要围绕发展现代民生，让发展成果更多、更公平惠及边远地区贫困群众，坚持优先发展教育，加强城镇社区卫生服务体系和农村卫生服务网络建设，建立健全配置公平、发展均衡的公共服务体系，继续深化收入分配制度改革，建立民主、科学的决策和管理机制，加强精神文明建设和推进民主法制建设。

罗宁代表：为妇女铺设一条锦绣致富路

政府工作报告中，"实施锦绣计划，培训绣娘1万人"被列为2015年我省要扎实办好的"十件民生实事"中的第二件。由此可见，党和政府对贵州妇女事业的高度重视，贵州民族特色手工产业必将迎来又一个明媚的春天，贵州妇女必将踏上一条脱贫致富的锦绣之路。

"锦绣计划"实施以来，省妇联做了大量基础性工作，注重政府主导、市场导向、妇女需求、社会组织参与，争取政策，办展会、搞培训，引资、引智、引技术、引市场，推动手工产业做大做强。推动出台了《贵州省政府办公厅关于实施妇女特色手工产业锦绣计划的意见》，倡导成立了贵州省妇女手工协会，联手省科技厅设立了"贵州省妇女创新创业合作基金"，积极为产业发展搭台，推动手工小产业走向传承民族文化的大产业，为妇女更多居家灵活就业实现增收致富铺设一条锦绣之路。

据不完全统计，目前我省特色手工及关联产业产值达 10 亿元，妇女从业人员 16 万人，建特色手工产业基地 109 个。贵州绣娘逐步成为全国手工产业市场一颗冉冉升起的耀眼新星，被《人民日报》等多家中央级媒体予以宣传报道，并得到中央领导同志的肯定。

"锦绣计划"要顺利实施好，需要进一步加强基层联动，充分调动好各方积极性。妇联组织要和人力和社会保障、扶贫办等部门联手，主动和当地党委、政府对接，发挥龙头企业的引领带动作用，在重点区域、重点企业、重点乡村开展好绣娘培训工作，努力提高绣娘的技能水平，对接好市场，实现精准、精细、精实扶贫，把好事办实，把实事办好。

郭万泉委员：让残疾人生活得更优质，更有尊严

残疾人是社会发展中必须面对的一个特殊群体，也是困难群体中的困难群体，涉及若干的社会家庭。过去一年，我省残疾人事业在康复、教育、就业、社会保障、维权、文化体育、无障碍环境建设等各个方面都有长足进步。要推动我省残疾人事业发展实现新跨越，就要以改善残疾人民生为根本出发点和落脚点，以残疾人社会保障体系和服务体系建设为重点，着眼于解决残疾人最关心、最直接、最现实的利益问题。

要高度关注对重度残疾人的服务工作。重度残疾人往往失去了生活自理能力，遭遇疾病时受到的折磨更大，更容易失去生活的希望。虽然我省有了一些民办公助的机构，发展得还可以，但是不能满足那么大的群体需求，重度残疾人大多都无处可去。目前，国家发改委已经把加快建设重度残疾人托养机构列入发展计划，拨付了专项资金。下一步，希望地方政府在土地支持、选址规划等方面积极给予政策上的优惠倾斜，让我省重度残疾人托养机构早日建成，给重度残疾人更优质的托养服务，为重度残疾人家庭减轻沉重负担和后顾之忧。

与此同时，建议要进一步加强残疾人职业培训，让更多轻度残疾人能够有一技之长，掌握参与社会生活的劳动技能。像今年"十件民生实

事"中，就有培训绣娘 1 万人的计划。这对于那些腿脚不好但心灵手巧的轻度女残疾人来说，也是一次很好的机会，希望予以她们更多关照和支持。

马天云委员：积德积善抓实养老服务

我省已连续 4 年将养老服务列为政府工作报告中的"十件民生实事"之一。2015 年，我省将统筹推进城乡养老服务设施建设，新增养老服务床位 3.5 万张。

加快发展养老服务业，是政府的基本职责，是积德积善之举。

我省自 2003 年步入老龄化社会以来，人口老龄化速度加快。截至 2013 年底，全省 60 岁及以上老年人 501 万，占常住人口 14.38%。到 2020 年，全省老年人口将达 560 万，占常住人口 16% 以上。去年，省政府出台关于加快发展养老服务业的实施意见，明确了全省养老服务业发展的总体要求和发展目标、主要任务、政策措施和组织领导。

尽管近年来我省养老服务业发展呈现良好势头，但总体上出于起步阶段，还存在供需矛盾突出、资源布局不合理、政府投入不足、社会力量参与不充分、服务队伍专业化程度不高等诸多问题。建议要充分利用我省独特的生态、气候、旅游等资源优势，把我省建成中东部乃至全国养老服务基地；要进一步发挥社会力量主体作用，鼓励通过公建民营、民办公助、购买服务等方式，支持多种社会力量从事养老服务；要加快推进居家和社区养老服务，积极培育专业居家养老服务组织；要继续加大公办养老机构建设力度，满足不同经济水平、不同身体状况老年人的多样化需求；要促进医疗卫生与养老服务融合发展，实现"楼上养老、楼下看病""小病不出养老院"的要求。

舒勇代表：切实保障百姓舌尖安全

2014 年我省没有发生一起重大食品药品安全事故。主要体现在四个

"新"：一是监管能力迈上新台阶，省、市（州）、县乡食品药品监管机构基本配齐；二是专项整治取得新成效，去年集中开展了打击白酒、乳制品、桶装饮用水、农村集体聚餐、农村食品、医疗器械、麻黄碱类复方制剂等假冒伪劣的打击行动，32项专项整治出动了检查人员16万人次，检查食品生产经营户26万户次，药品生产经营户16635户次；三是监管体系能力有新提高，制定了相关法规12个，修订制度116个，行政处罚从391项合并缩减为19项，减少了93.5%，检验检测、应急处理、风险管理、基础设施等监管能力都得到提高；四是社会共治呈现新局面，通过加大宣传力度，食品药品生产者、经营者、消费者的安全意识大大提升。

民以食为天，食以安为先。如何保证老百姓舌尖安全、身体健康？一是各级党委政府要在机构改革人员划转中，确保食品药品的专业人才能够充实到监管队伍中；二是按照"依法治国"的要求，尽快制定修改新的相关法律法规，让敢于违法违章的生产经营者付出重罚的沉重代价；三是要加大经费投入，配齐先进的检测设备，进一步提升我省食品药品安全检测能力，不仅有利于确保老百姓舌尖安全和身体健康，也有益于贵州发展大医药产业，让贵州造的食品药品顺利走出国门，走向世界。

李洁琪委员：优化配置筑牢医疗保障网

看病就医是和老百姓关系密切的民生问题。近年来，全省各地认真贯彻落实《中共中央国务院关于深化医药卫生体制改革的意见》，积极制定和出台了有关意见和决定，结合实际狠抓农村卫生网底卫生服务体系建设，探索实施乡镇村医疗卫生服务一体化管理、基本药物制度，依法加强卫生行政管理工作，村级医疗卫生服务网络逐步健全，村卫生室的服务功能不断增强，村卫生员素质不断提高，待遇逐步得到改善，发挥了村卫生室在农村卫生工作中的"网底"作用，促进了农村卫生事业的健康发展。

乡村医生是最贴近亿万农村居民的健康"守护人"。加强乡村医生队伍建设，提升医疗技能，关心他们的生活和成长，对于促进基本公共卫生服务均等化和社会公平，让农村居民获得便捷、价廉、安全的基本医疗服务，具有重要意义。

村卫生室基础设施建设薄弱，村卫生室人员稀缺、服务能力不强，村医待遇偏低、生活得不到保障等问题尚存。因此，改善和关注民生的高度，加快推进深化医药卫生体制改革，部署加强乡村医生队伍建设尤为重要。

建议要进一步加强村级卫生室建设，促进基本公共卫生服务均等化；要加大人员培养力度，拓宽乡村医师人员渠道；要提高村级医务人员待遇，搭建留得住、能发展、有保障的舞台；要动员社会参与，鼓励社会力量与公立医院共同举办新的非营利性医疗机构，支持村卫生室标准化建设，筑牢村级卫生网底。

【记者手记】

更多福祉　更多精彩

更好的教育、更稳定的工作、更满意的收入、更可靠的社会保障、更高水平的医疗卫生服务、更舒适的居住条件、更优美的生活环境……这一切，都是人民对美好生活的向往，也是贵州努力奋斗的目标。

政之所兴，在顺民心。翻开今年的《政府工作报告》，涉及民生的每一项目标，每一条举措，实实在在的数据，妥妥帖帖的干货，都是为老百姓增福祉的精彩亮点。

在本次全省"两会"上，代表委员们承载着百姓期盼，讲百姓话，说百姓事，围绕衣食住行教医保，关注民生，热议民生。代表委员的提案议案，也多与民生息息相关。

发展为了人民、发展依靠人民、发展成果由人民共享。走过的2014年，贵州人民生活不断改善，教育事业加快发展，就业创业成效显著，精准扶贫有序推进，住房保障供应体系不断完善，基本公共服务水平进一步提升。

新常态下的民生新亮点，见证着党和政府深厚的民生情怀，让我们对未来更加充满信心。我们相信，只要把保障和改善民生作为加快转变经济发展方式的根本出发点和落脚点，只要把民生问题放到更加突出的位置，只要我们用发展的办法、改革的举措和扎实的作风继续努力，未来贵州人民的生活必将过得更甜、更美、更舒心！

（原载于2015年1月30日《贵州日报》）

《 第二章

高原潮涌·时代观察

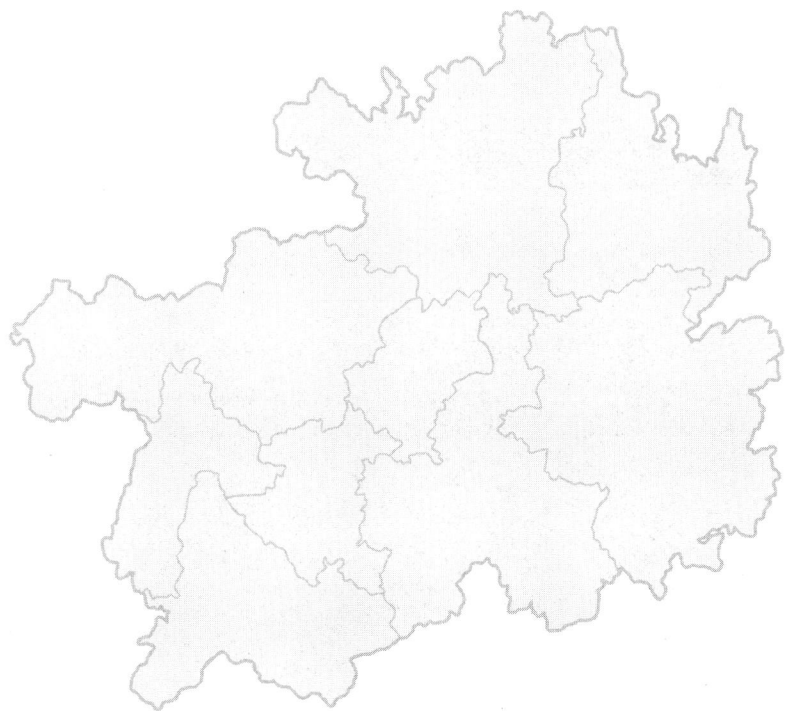

传呼业明天怎样走

10 年前，一台黑色的摩托罗拉寻呼机还是奢侈的通讯品，今天，可能一位打临工的普通人都会拿出一个传呼号或手机号让你跟他联系。随着业内竞争的日益加剧和手机的普及，曾经风光一时的传呼业如今正处在"内忧外患"的艰难时刻。

一

历经 10 年的发展，传呼业遇到了前所未有的冲击。一方面，业内竞争有愈演愈烈的趋势。你推出"交一年服务费赠送一台传呼机"促销手段，我则采取"买台传呼机免交一年服务费"等举措。诸如此类形殊质同的促销手段固然深得老百姓欢心，然而用户经常换台，不稳定性用户相对增多，最终受损的还是传呼业本身。另一方面，移动电话价格一降再降，且不断开发出替代寻呼的功能，致使传呼业面临的外部冲击也越来越大。特别是近几年来，手机相继开发了短信息、主叫号码显示等新功能，在一定程度上具备了寻呼机的功能。现在，大约有 10%~30% 的寻呼用户撇下传呼机而拿起了移动电话。

二

只有夕阳的技术，没有夕阳的产业。传呼业如果仅有传呼这个功能无疑将难以为继。这个观点几乎得到所有业内人士的支持。目前，已有部分传呼台迈开了多元化拓展业务的步伐。

贵阳信息公司蓝天传呼台余毕新台长认为，买方市场发展越成熟，越能促使卖方市场的不断更新和变化。如果能够在借助和利用原有资源的基础上谋求新的发展，无疑会为利润率正趋下降的传呼业带来出路。目前，蓝天台已在开通无线信息传播服务。它采用多种先进技术，通过"传讯王"等信息机，集实时财经、股票资讯显示、即时新闻、电子记事本、个人理财、自由点播电子信息等多种功能设置于一体，用户可以从中感受到"掌中电子杂志"的无穷魅力。寻呼新概念也由此应运而生：收发寻呼仅仅成为规模庞大的信息服务项目中的一小部分，用户可以从寻呼业提供的众多信息中点播自己需要的信息。

贵州国信通信有限公司作为贵州省实力较强的传呼公司，两年来先后兼并了警宏、白云等传呼台，用户数达到 20 多万。该公司贵阳分公司市场经营部主任任丛岚告诉记者，面对传呼业的困境，公司在技术层面上采取了积极应对措施。本月底还将开通生活呼叫中心，为用户提供房地产、金融、新闻等各类综合信息。

变传呼台为信息台，变传呼机为信息机。各家传呼公司似乎都看好这一发展方向。尽管一台信息机的价格动辄上千，月服务费也高于普通寻呼机，但它已经引起不少人的浓厚兴趣。

三

为了拓展市场，国内已有几家传呼公司将目光投向了海外。四川成华寻呼台的举措也许值得我省实力较强的传呼公司借鉴。据悉，成华台投资 400 万元人民币，与尼泊尔企业合建了"尼泊尔无线寻呼有限公司"。目前，尼泊尔的寻呼市场刚刚起步，数字机单价可卖 1000 元人民币，月服务费约 30 元人民币。成华台将把在国内购进的寻呼网络设备和寻呼机出口到尼泊尔，再派少数管理、技术人员进驻。预计明年成华台在尼的投资就将全部收回，以后每年将可获利数百万元。

进军海外市场不可盲目，但传呼业移师海外也许是国内寻呼业获取利益的新起点。业内人士认为，随着我国加入 WTO，国外通信运营企业将会进入中国市场，同时中国的通信运营企业也应该抓住机遇走出国门。只要不断开拓与创新，传呼业一定会创造出更加灿烂的明天！

（原载于 2000 年 10 月 24 日《贵州日报》）

小灵通（无线市话）的出现让移动电话遭受冲击，而电信公司则看到了企业发展的又一曙光——

我省移动通信呈现多元化格局

当小灵通（无线市话）以其将改变目前通信格局之势，热热闹闹地出现在 2000 年的中国通信市场时，中国的电信发展史无疑增加了可以记载的一笔。

在全国已开通无线市话的城市中，使用小灵通的用户量大幅上升，这对当地的移动电话市场而言，不能不说是一大冲击。

一

无线市话是目前国内最新的一项电信业务。它是将固定电话传输交换与无线接入技术有机结合在一起，充分利用固定电话网资源，以无线方式提供的在一定范围内具备移动通话功能的个人通信终端。目前，我国有基于日本技术的 PHS 产品和北美技术的 CDMA 产品两种方式。"小灵通"是器材供应商 UT 公司为其无线市话项目中的手机所取的名字。后来，人们习惯于用"小灵通"来称无线市话了。

轻便、安全、便宜，成为无线市话吸引用户的三个卖点。"小灵通"的发射功率小，仅为 10 毫瓦，因此电磁辐射影响极低。另外，最诱人的是，其初装费、月租费、通话费均执行市话计费标准，是"合法的"单向收费。

据悉，生产这个产品的目的是考虑到，90% 的人在 90% 的时间里只在本地范围活动，即是说，大部分人的手机根本不需要"移动"到外地。于是，这个"嫁接"在市话网上的小灵通，以其近似于固定电话的资费，在一定范围内满足了普通大众的需要。因此，一经推出，就受到消费者欢迎。

小灵通的出现，在一定程度上造成了通信市场的振荡。为了规范市场空间，倡导有序竞争，今年6月29日，信息产业部就无线市话的建设与经营问题发出通知，规定"无线市话作为系统的补充和延伸，定位于小范围低速移动无线接入。应用范围限定在县级市及以下乡镇和大中城市人口相对集中的园区、社区、办公商务楼等的语音和数据通信服务。"另外，"对已经商用和正在建设中的无线市话系统，如属符合规定的应用地区，在其补办了经营许可证的前提下，可以继续建设经营。为了保护企业投资和消费者利益，对已建成的设施，在补办了报批手续后，可使用、放号，但不允许再扩容。"

二

针对目前贵州省部分地市走俏的无线市话，记者采访了贵州移动、联通、电信三家公司的主要负责人。

贵州移动通信公司并不反对企业间的竞争。但是，他们强调，任何一种产品的推出都要接受市场的检验，特别要从长远角度看其持久竞争力。如果不能很快得到回报，最终只会削弱自己的力量。因此，开通小灵通是否正确，实践是检验真理的唯一标准。同时，移动公司表示，如果政策允许，移动电话资费下降也是可能的；如果真有经得起市场检验的产品出现，公司也会考虑将其列为经营项目之一。

对于因市场竞争而出现的各种通信产品，贵州联通分公司充分肯定了其适应不同层次消费需求的一面。同时，他们认为，这种竞争应该在有序、合理的环境下进行，尤其是价格的定位要有利于促进市场的良性循环。主管部门也应严格要求所有电信运营公司按国家资费政策统一行事，不仅讲投入与产出，更应考虑电信业的现在和将来。

但是，小灵通在我省各地势如破竹的劲头是不可否认的。黔南州从今年6月6日开通无线市话到10月20日止，不到四个月的时间，已发展了8800多用户。目前，除贵阳、安顺以外，全省各地州市在9月以前都已开通了无线市话。

目前对我省无线市话有唯一经营权的贵州电信公司认为，用户有不同的消费层次，无线市话正适应了存在于移动电话用户和固定电话用户之间的用户群的需要。因此，移动电话、无线市话应该为满足各自的用户而发展，不应为此挑起争端。

从成本上看，电信公司承认，总体而言，建设无线市话的成本大于固定电话管线铺设和改造成本。但在管线无法延伸的地方，无线市话的成本则相对较低。虽然电信公司今年已投入近两个亿的资金建设无线市话，但他们估计只需用4年左右的时间即可达到盈亏平衡。电信公司负责人说："开放和竞争的趋势，任何人都不可阻挡。既然通信业引进了竞争机制，就应全方位体现这种竞争。在平等、有序、良性的竞争环境下，企业迎接竞争的最好办法就是壮大自己。"同时，电信公司坦言，"我们实际也很难，需要各方面的理解和支持。"

三

竞争是残酷的，为了适应激烈的竞争，必须寻找新的用户群、开发新的业务、拓展新的经济增长点。电话消费层面的多元化更好地满足了用户的需求，无论是移动电话、固定电话还是无线市话，都是为老百姓"量身定做"——这正是企业发展定位和市场定位的完美结合。

（原载于2000年10月24日《贵州日报》）

到 2005 年，中国软件产业将形成 10 个年产值超 10 亿元的企业、50 个以上软件著名品牌。我们希望，到那时其中会有贵州的软件企业和贵州的品牌……

我省软件业蓄势待发

几年前，面对贵州康特电脑公司在短短几年内成功开发的"财务核算软件"等四个软件产品，北京的电脑专家无不生疑："产品真的是你们开发的？""你们真的来自贵州？"

今年，在深圳高交会上，也有不少人对交易会上一些先进的软件产品出自贵州而表示怀疑。

然而，就是在这片经济发展水平相对滞后的土地上，贵州已经拥有了康特、西讯、朗玛等一批具有发展潜力的优秀的软件开发公司，他们用自己的智慧证明：贵州的软件业完全有可能成为中国软件业的后起之秀。

小公司的大市场

贵州的软件开发公司大多规模小、知名度低，但是，他们的技术、思想却并不因此而落后于省外一些规模大、知名度高的同行。

贵州康特电脑公司开发的第一个软件是在新财会制度颁布后，全国第二家、西南第一家由国家财政部审定批复并指定推广的财务系列软件产品。目前，康特不仅拥有 300 多家省内国有大中型企业、商业、行政事业和外资企业的客户，而且还把产品打入了广州、佛山、深圳、厦门等沿海城市的市场。1995 年，当康特开发的"全国组织人事干部管理信息系统"接受中央组织部牵头组织的鉴定时，来自全国十多个省的组织人事部门专家和电脑专家一致认为，该软件系统的整体设计在国内同类软件中达到领先水平。中组部为此专门向全国各省、市、自治区组织人事部门发出推行通知。康特的这套软件迅速发行于大江南北 3000 多家委、办、厅、局和地县组织部。

贵阳朗玛信息技术有限公司开发的"Internet 转移动、寻呼中短波系统"和"统一消息系统"等软件电信管网系统已通过信息产业部科技成果鉴定，并分别获得信息产业部科技进步奖和"九九全国互联网应用设计大奖赛"优秀互联网应用软件奖。

作为一家主要由归国留学博士组成的高科技软件开发服务公司，贵州西讯除力求抢占省内外市场外，主要把视野投向国际市场，重点瞄准美国市场。据了解，西讯公司已研制开发出适用于国内大中型企业、国际中小型企业不同版本的管理软件，而且已着手软件产品的质量认证（如 ISO9000、软件能力成熟度模型 CMM 认证）。此外，西讯在美国的分支机构已着手与国际著名的投资机构接触，并与国际知名的软件开发商建立战略合作伙伴关系，力争在两三年的时间内成为公众持股的上市公司。对此，西讯公司负责人陆成溪博士说，目前，西讯正在与国内一家上市公司洽谈合作事宜，以期在最短的时间里打好坚实的基础。

贵州软件业迎来发展良机

当全球从工业经济向知识经济转型，信息化的浪潮涌向世界各地时，各国都已意识到：以信息产业发展水平为主要特征的综合国力的竞争将日趋激烈。而软件产业作为信息产业的核心和国民经济信息化的基础，也越来越受到世界各国的高度重视。

为加快信息产业化的发展，今年 6 月，国务院出台了《鼓励软件产业和集成电路产业发展的若干政策》，指出："在面对加入世界贸易组织的形式下，加快软件产业和集成电路产业发展，是一项紧迫而长期的任务，意义十分重大。"我国正在制定的国家"十五"（2000年至2005年）科技发展计划也将把软件产业的发展作为一项重点支持的内容。

西部大开发的号角已经吹响，为了减少对资源的掠夺开采和减少对环境的污染，把西部开发建立在可持续发展的基础上，西部各省都把信息产业作为发展的突破口。贵州省也提出"准备从缩小信息差距入手，来缩短经济差距""把信息产业建设成除传统支柱产业外新的支柱产业之一"。其中，大力发展软件产业已经成为全省有关部门达成的共识。

贵州的信息化进程起步较晚，因此，市场潜力巨大。随着计算机的大量普及，各类软件的需求量也相应增多。

全球的趋势，优惠的政策，巨大的市场——今天，贵州的软件业迎来了前所未有的发展良机。

贵州软件业：并非"零"优势

贵州在信息化建设和信息产业的发展方面，不仅比东部沿海发达地区起步晚、差距大，甚至也落后于西部同等条件的地区。对此，我们不得不承认，贵州软件业在发展中存在一些劣势：总体上，全省信息化意识相对薄弱；与周边地区相比，在信息化建设的对策、措施及投入上力度不够；信息化建设的速度也相对缓慢等。具体而言，我省的软件开发企业还普遍存在数量少、规模小、企业分散、知名度低、无产业化产品、发展方向不明确等问题。

其实，贵州软件业也有自己难得的优势。"贵州的自然条件得天独厚，"在美国工作多年又回到贵州创业的西讯公司总经理陆成溪博士坦言："这里的气候特别适合搞软件开发。另外，贵阳城市不大却功能齐全。美国加州能发展成世界闻名的软件开发基地，也是因为具有这两条重要因素。"在人力资源上，贵州现有的人才也不少。据了解，目前在刚建立不久的贵阳软件园里已有近30家软件开发公司，其中就有23个博士、

51 个硕士、380 个本科毕业生。在技术水平上，不少企业、高校、科研所的开发项目也能达到国内领先水平。此外，贵州大量的传统产业面临结构升级和优化，从而形成了软件业所需的巨大市场。尽管现在国内外已经有许多成熟的各行业软件产品，但是，这些产品不一定适应每一个地方的市场需求。"我们选择西讯的软件而放弃北京著名的用友、金蝶的软件，就是因为我们公司专业性强，需要量体裁衣，而近在身边的西讯就能够做到。"软件用户贵州益佰制药有限公司有关人员对记者说。

如果贵州软件业能把自己的长处作为突破口，抓住机遇，开拓创新，那么，软件业成为富民兴黔的新兴产业不会是梦。

来点"雨露"，来点"阳光"，让贵州软件业快快成长

在 IT 界鼎鼎有名的北京中关村书生公司董事长王东临谈到贵州软件业时，告诉记者："贵州与北京的差距还没有北京与硅谷的差距大，我们都有信心赶上，当然也相信贵州的软件业在不久的将来会后来居上。"

那么，贵州软件业怎么跨过"门槛"，阔步向前？首先，软件业的发展离不开政府的支持。在贵阳市科委和贵阳生产力促进中心的努力下，贵阳软件园建立了。开园不到两个月，已经有 23 家企业入园，还有 10 家等着入园。如今，入园企业的产值已达 4800 多万。软件园为企业的对外宣传、对内信息发布及园区内的信息管理等方面提供了有力的支持。将来，软件园会成为软件企业成长的催化剂和孵化器。

同时，软件业也在企盼更多的优惠措施。例如，政府增加对软件业发展的资金投入，建立软件产业的发展基金，用于软件关键技术、重点产品开发和产业化生产；鼓励风险投资，建立软件产业风险投资基金，支持软件企业在国内外上市融资，解决软件产业投资不足、融资困难等问题；提供比发达地区更优惠的税收政策；严厉打击盗版；提高无形资产的入股比，稳定和吸引软件人才等。

"如果贵州能够比兄弟省份和沿海发达地区提供更优惠的政策环境，"

贵州省信息产业厅厅长张英峰说，"那么，贵州软件业就有机会走在西部前列。"

到 2005 年，中国软件产业的基本目标是形成 10 个左右软件年产值超 10 亿元的企业；形成 50 个以上软件著名品牌。我们希望，那时，里面会有贵州的软件企业、贵州的品牌。

（原载于 2000 年 11 月 14 日《贵州日报》）

新经济派生出新鲜概念，让人目不暇接，仅与银行有关的，就有自助银行、电话银行、网上银行等，如今，手机银行又浮出水面。

手机：让银行"跟我走"？

面对入世后将产生的激烈竞争，移动通信业和银行业都意识到"服务以人为本"是各自的强身之宝。在服务越来越细、越来越全的同时，两个行业甚至开始把双方的服务一起"捆"到小小的手机上，于是，"手机银行"便产生了——

魅力：手机也能打理钱财

不必考虑银行网点何时开门关门，无论你身处何地，打开手机，点击银行的服务菜单，输入有关信息，便可完成财务查询、转账、缴费、理财、证券行情及买卖、外汇实盘买卖等功能和交易。因此，只要手机"跟"着你，你的银行也就"跟"着你，随时随地为你服务了。

如此方便快捷，让人惊喜得似乎不敢相信。不过，在这个新事物辈出的年代，有一句话可解释："不怕做不到，只怕想不到。"

"手机银行"又称"移动银行"，是货币电子化与移动通信业务相结合的产物。它是利用移动电话办理银行有关业务的简称，也是移动通信网络上的一项电子商务。手机银行通过全球通 GSM 网络将客户手机连接至银行，实现利用手机界面直接完成各种金融理财业务的服务系统。于是，手机不再只是一个通信工具，同时也成为一个移动的 POS 机和 ATM 机。

当货币电子化与移动通信结合在一起时，意味着什么？人们不仅可以在固定场所享受银行服务，更可以在旅游、出差中高效便利地处理各种金融理财业务。通过移动银行服务，消费者能够在任何时间、任何地点，通过移动电话以安全的方式访问银行，而不需亲自光临或向银行打电话。现有的可选的服务从查询账户节余、审核最新交易情况，到在账户间进行转账、支付账单。用户可以直接从他们的GSM手机，使用特定的密码及用户友好选单，完成所有操作。

用手机打理钱财，这种全新的理财方式正逐渐走进我们的生活。

无奈：看客比顾客多

"手机银行"刚刚登陆亮相，其时髦的概念、便捷的服务，使它成为各家银行竞相推出的新业务。

2000年3月15日招商银行率先在深圳推出国内第一个"手机银行"业务。随后在重庆、北京、武汉、上海等11个城市推出。当年5月15日至17日，招行、中行和工行分别与中国移动通信公司或中国联通合作，将"手机银行"服务推向了全国。

此后，不到半年的时间，仅招商银行就发展了1.5万"手机银行"客户；每天通过"手机银行"办理的业务都在1000到2000笔之间。

正当省外各商业银行竞相在"手机银行"这个服务领域拓展自己的市场时，我省有关行业却似乎表现得有点缓慢和迟疑。

据了解，到现在为止，只有去年12月15日贵州移动和省工行联合推出了"手机银行"业务。半年时间过去了，工行发展的用户也不过寥寥100余人。对于看客比顾客多的事实，银行和移动通信部门也无可奈何。

业内人士认为，省内市场没有其他大城市那样红火，原因有三：一是贵州经济发展水平相对落后，发展速度也比较缓慢，人们对新事物的认识和接受也相对滞后。二是我们的"手机银行"还只是尝试性阶段，涉水不深，大多仍持观望态度为主。三是"手机银行"也并非完美无瑕，它需要使用指定的性能较高的手机，还需要将原来容量太小的 SIM 卡换成容量倍增的 STK 卡。此外，不同的银行还需要不同的卡。

目前，只有贵州移动的"全球通"用户才能享受此项特殊服务。为什么不再拓展？有关负责人说，"全球通"的用户是移动公司的高端用户，应该让他们享有优先权。"手机银行"毕竟属于新事物，其市场发展轨迹尚需静观，不能一哄而上。

不过，可以看出，在"全球通"用户数量逐渐萎缩的同时，让用户优先享受服务也不失为一个巩固和增加用户量的好战略。

前景：未来银行业务的新宠？

比尔·盖茨曾经预言，如果 21 世纪的银行没有融入电子化的洪流，那么等待它的将是恐龙式的灭绝。

中国银行业正在利用这个时代的新技术，不断创造新的服务方式，这些创新不仅增强了银行本身的竞争力，更重要的是它正改变着中国人的生活方式。

"手机银行"的推出不仅将促进中国移动通信和金融业务水平的提高，而且还能培育双方新的业务增长点。尽管还有不少银行仍在观望，但在不久的将来，当条件成熟的时候，"手机银行"将是未来银行为客户提供服务的主打菜单。

虽然"手机银行"服务目前仅在少数国家和地区推出，但手机的普及使"手机银行"具有广阔的发展前景。培育和发展好这个市场，无疑将会给移动通信业、银行业和用户带来"三赢"。

（原载于 2001 年 5 月 22 日《贵州日报》）

肯德基考察成都花了 3 年，考察昆明花了 4 年。然而在贵阳"一站办"鼎力相助之下，考察期未到一年，筑城——

飞来一只美国"鸡"

盼望着，盼望着，肯德基来了，国际餐饮名牌的脚步近了。

对于绝大多数贵阳人来说，肯德基这个名字似乎比它的炸鸡和薯条更具非凡魅力。今年 7 月底，当肯德基与贵阳百货大楼正式签约的消息传出，贵阳人都为这只"鸡"在中国展"翅"多年，终于落户筑城而笑逐颜开。

从多年的期待与等待，到签约成功的喜悦，在众多的笑颜中，笑得最开心的恐怕当数亲身与肯德基"过招"的贵阳市招商引资"一站办"了。

肯德基首肯落户贵阳，"一站办"协调室主任阎寒多年的心愿终于实现。早在 1997 年，阎寒出差到美国时，就被这个国际餐饮连锁品牌所吸引。于是他贸然给密歇根州的肯德基总部打电话，希望他们在自己的家乡贵阳也开一家连锁店，然而他得到的答复却是"贵阳暂时不在考虑名单内"。

去年年底，肯德基的市场考察人员悄悄到贵阳打探，进行秘密调查，但收获不大。今年年初，他们和贵阳市招商引资"一站办"通过电话取得了联系。早已等待这一天的阎寒，当然不会轻易放过这一良机，他与同事们给予肯德基市场开拓人员热情的服务和支持。

作为国际著名的连锁快餐业，肯德基在选择投资市场时有一套严格的市场评估体系，他们的调查除了涉及这个城市的文化、教育、商业、旅游等各个方面，还包括一些令人意想不到的微观数据，诸如0.5公斤鸡蛋或一听可乐的价格、一个学校有多少班、一个班有多少人等，显然仅一份评估报告就多达几十页。然而，在"一站办"的参与和支持下，这些困难的工作轻松了许多。

"在省外有些地方进行市场考察时，我们曾遇到过推脱的现象，但是我们绝对没有想到在贵阳能有这么好的投资软环境。"肯德基有关负责人坦言，"'一站办'不仅声明各项服务是免费的，而且给我们提供了极大的便利。最令我们感动的是，有些本该我们自己完成的工作竟然都被他们帮着做了，不仅节省了考察时间，工作效率也大大提高。"

当肯德基苦苦寻觅第一家连锁店的落户点时，"一站办"再次表现出的盛情又一次让投资方体会到政府支持的莫大功效。

肯德基与百货大楼签约之前，本来"相中"的是中华中路另一家有名的商场，可是高昂的店面租金致使双方难以携手。眼看今年内入筑的计划将泡汤，肯德基不得不又向"一站办"求助。鉴于肯德基所开的第一家连锁店最需要的是在一个繁华地段展示自己的形象，"一站办"将这根红线牵给了贵阳人最熟悉的国有商业企业的龙头老大——百货大楼。双方一拍即合。可是在具体位置的选定上，又发生了分歧：肯德基希望使用百货大楼靠近中华南路的营业区，而百货大楼则更情愿让出靠近小十字方向的营业区，僵持不下。在"一站办"的策划下，一时间，肯德基入筑寻觅合作伙伴的消息成了热点。好几家有名的大型商场主动向肯德基抛出"绣球"，更有甚者看到肯德基将会带来的无限商机和商业效应，开出了免费提供营业场所的优厚待遇。在竞争者的挑战下，百货大楼也意识到机遇不容轻易放手，主动让步求和。

媒体的报道无疑起了推波助澜的作用，其策划者"一站办"协调室主任阎寒把自己的这一招比喻为"一石击三鸟"：大大提高贵阳知名度；促使百货大楼尽快签订合同；让肯德基如期落户贵阳。

一般来说，肯德基对一个新的投资环境进行的前期考察需要好几年。其在成都、昆明的综合考察分别花了3年和4年。但是在贵阳，这个期限缩短为一年不到，这个奇迹连肯德基的有关人员都颇感意外。这位负责人唯一的解释是，"幸运地遇见了'一站办'"。

在许多外来投资者眼中，贵阳招商引资"一站办"的追踪服务的确让他们"大开眼界"。政府部门脸难看、事难办的形象被热情的笑容、完善的服务替代。从去年重组至今，"一站办"先后接待了来访的港、澳、台、美、英、法、德、加等地区和国家的财团和投资者1600余人次，不仅主动为大连万达、北京华联、珠海明鸿、美国百胜（肯德基）等国内外大型企业提供热情周到的行政服务，努力促使其落户贵阳，而且对贵阳科福制药有限公司、广州白云中天物资公司、贵阳空相铭茶有限公司等众多中小企业也提供了优质的专业咨询、项目申办、登记注册等数十个种类的手续和业务服务。无须东奔西跑乞求人情就能顺利办事，贵阳的投资软环境得到了投资者的肯定。"没有'一站办'在每一个艰难的关口为我们铺平道路，我们早就打道回府了。"广州白云中天物资公司贵阳分公司负责人刘冬宁的感激之情溢于言表。

（原载于2001年8月14日《贵州日报》）

世界 500 强——京瓷刮起西部旋风

稻盛和夫：借助振华"软着陆"

松下的松下幸之助、索尼的盛田昭夫、京瓷的稻盛和夫、本田的本田宗一郎，被称为日本工商界的"经营四杰"。这四人中唯一在世的就是日本京瓷株式会社名誉会长稻盛和夫。

今年 9 月 22 日，中国振华（集团）科技股份有限公司与世界 500 强企业之一的日本京瓷株式会社达成协议，合资生产 CDMA 手机。这是日本企业在中国西部信息产业领域最大的投资项目之一，也是贵州迄今为止引进的最大的外资项目。

近日，稻盛和夫一行赴黔考察京瓷与振华合作建设的 CDMA 手机生产线，并为我省企业家作关于企业经营的专题演讲。12 月 7 日，京瓷株式会社名誉会长稻盛和夫在贵州省政府圆厅发表《经营为什么需要哲学》的演讲后，本报记者就京瓷与振华的合作事宜对他进行了独家专访。

记者：近十多年来，日本很多电子制造企业大举进入中国并迅速完成了本地化，虽然在家电行业上日本的索尼、松下等已经取得明显的市场优势，但在通信特别是手机这样的终端产品上却不及欧美公司在中国的业务。请问您认为差距产生的原因是什么？京瓷在 CDMA 上能缩短这个差距吗？

稻盛和夫：对于进入中国的日本企业败给欧美这个问题，我不太清楚具体情况。据我所知，一般情况下，日本企业比较弱的原因是，日本在中国的合资企业的总经理都是日本人，却不请中国人。而欧美公司大多请中国人进入高级管理层。日本公司的方法不对，这可能是主要原因。

记者：诺基亚、摩托罗拉还有日本的通信产品制造商进入中国的当初都是在发达地区寻找合作伙伴，然后向欠发达地区延伸，而京瓷这次和振华联手，实现了直接跨越。您认为西部的魅力在哪里？

稻盛和夫：中国政府已经从去年开始批了多家 CDMA 手机定点生产厂家，种种情况表明，政府已经不可能再批。京瓷进入中国手机生产领域比其他外资公司晚，找合作伙伴很困难。在跟中国政府接触中了解到西部还有合作的机会，正好中国联通也在寻找合作伙伴，通过联通我们就选择了贵州。

在与振华公司的商谈中，他们非常认真，贵州省政府也给予大力支持。我感到非常满意，相信我们的选择是正确的。这次来贵阳我们更坚定信心，新企业能成为非常优质的合作企业。我相信，我们不会亚于诺基亚和摩托罗拉。

记者：您知道，在中国的移动通信运营商中，中国联通与中国移动尚有一定差距。那么，CDMA 作为中国联通今后的技术主攻方向，您认为其前景如何？

稻盛和夫：从全球通信市场发展和中国现有的移动通信格局来看，虽然联通上 CDMA 项目晚了些，但是 CDMA 的通话音质好，声音听起来特别清晰。此外，下一个 EXEVD 高速宽带网络可以直接接入因特网，可传输动画。从这两点上能够看到，中国联通有了 CDMA 后竞争的优势将会很强，不会败给中国移动。

记者：我们知道，您在日本业界被称为"经营之圣"，请问您成功之道的精髓是什么？

稻盛和夫：关于这个问题，我在《经营为什么需要哲学》的演讲中已经阐述了。

记者：如果您想用一句话和贵州省的企业家共勉，您最想说的是什么？

稻盛和夫："敬天爱人"。这也是我自己从事经营的座右铭。我今天演讲的《经营为什么需要哲学》，最终归结为一句话，就是要"敬天爱人"。我也是把这句箴言贯彻到经营中的。如果一个企业家能够做到这一点，他一定能获得成功。同时，我也希望贵州的企业家能够做到这一点。

陈清洁：用京瓷"借船出海"

12月8日，在将稻盛和夫先生送上飞机后，中国振华电子集团董事局主席、总裁，中国振华（集团）科技股份有限公司董事长陈清洁接受了本报记者专访。

记者：中国振华和京瓷可谓闪电结合，请您介绍一下双方的携手历程。

陈清洁：今年初得到两个重要的信息：一是中国政府批准中国联通独家经营CDMA网络；另一个是，作为世界上生产CDMA手机前三强的日本京瓷公司欲在中国寻找合作伙伴。我们进行了可行性分析。首先，中国西部还没有一家手机定点生产厂家，这对西部大开发而言，是个绝好的机遇。其次，振华是西部老电子工业基地，之前介入通信产品业务。于是我们便向国家计委、信息产业部申请生产CDMA手机。年初，我与中国联通公司的高层进行商谈，得到有关方面的支持。8月，国家计委批准振华有资格生产和销售CDMA。其间，我们和京瓷保持了密切联系，9月22日双方正式签订合资协议。12月3日，经国家外经贸部批准成立合资企业，7日在工商部门登记成立京瓷振华通信设备有限公司，同日召开第一届第一次董事会。一切都紧锣密鼓地进行。现在，从各个方面来看，京瓷进入中国市场非振华不可，振华要想"出海"不能没有京瓷。

到目前为止，京瓷振华通信是第一家拿到CDMA营业执照的中外合资企业。

记者：您认为两者能走到一起最本质的动力是什么？

78　　**陈清洁**：出于各自发展的需要。中国正成为全球最大的制造业基地，由于生产成本低，市场潜力巨大，日本、韩国纷纷在中国抢滩拓地，对雄心勃勃介入通信终端产品业务并处于高速成长期的京瓷来讲，不会看不到这点。由于京瓷是一个进入中国手机生产领域的后来者，需要一个"壳"，而振华无疑是最好的一个。中国振华虽然在国内的电子信息领域具有很强实力，但在移动通信市场竞争激烈的今天，仅靠自身力量从头再来显然不现实。强强联手可以实现双赢。

记者：振华和京瓷合资生产 CDMA 手机对振华集团乃至贵州省来讲，具有什么样的意义？

陈清洁：贵州在电子信息方面有一定基础，"九五"期间遇到一些困难，现在需要重振雄风。

从振华自身讲，我们已经把"通讯信息整机产品为龙头、以新型电子元器件为基础"作为战略目标。合资生产 CDMA 手机后，将会改变集团在通讯信息整机产品方面不太突出的状况，解决部分职工就业问题。同时，也会加速电子元器件及手机关联业务的发展。这对贵州工业的结构调整和产业升级将起到较大的推动作用。

我曾多次在人大代表会上提出，贵州的招商引资应该有更大的突破，要真正把技术水平、管理水平经济总量提上去，要引进世界 500 强……京瓷入黔毫无疑问会提升贵州招商引资水平。

记者：能否具体谈谈双方合作的方式和内容，以及项目近期的进展情况和远景目标？

陈清洁：项目总投资 3.08 亿元，注册资金 1.2 亿元，中日双方投资比例为 3：7。董事会由 9 名董事组成，日方 6 名，中方 3 名。合资公司董事长和总经理为日方代表，振华科技董事长陈清洁任合资公司常务副董事长。新的合资公司把贵州作为主要的生产基地，营销和研发则设在北京。公司已经设立的 5 个部中，营业部、研发中心、市场部均设在北京，事业部、总务部设在贵阳。

我们原计划明年投产后生产 24 万部 CDMA 手机，但是，根据目前市场反馈的需求来看，董事会决定这个数要追加到 100 万。因此，原订的 2006 年 158 万的达产量也将重新调整。我们必须以加速度向前发展。为了加强力量，日方选派的有经验的管理和技术人员也从 3 名增加到 10 名。

目前，公司正在进行厂房改造、人员培训、设备引进等前期基础工作。改造后的厂房将有 5000 余平方米。为了抢占市场先机，生产线预计年底试运行，并产出样机。合资生产的 CDMA 手机将使用"京瓷"品牌。

记者：就目前情况而言，GSM 远比 CDMA 普及，您认为 CDMA 手机的前景如何？

陈清洁：从技术层面讲，CDMA 的竞争优势在于，频率资源可以充分利用，扩容简单，而 GSM 网络的带宽有限，难以扩容，在相同的覆盖范围内，CDMA 的基站数远远低于 GSM，CDMA 的话费下降空间比 GSM 更大；其次，CDMA 手机话音质量高，基本没有掉线现象：平均发射功率是 2MW，是 GSM 手机的六十分之一，被称作"绿色手机"。

CDMA 的市场前景相当广阔，中国联通公司的一期 CDMA 网络工程已进入尾声，即将开通，一期总容量为 1515 万户，覆盖全国 300 多个重要城市。到 2003 年，预计总容量将达到 5000 万户。

京瓷在 CDMA 上做得很出色，它收购了美国高通公司在圣迭戈的研发、制造业务。去年 CDMA 手机的世界市场占有率为 17%，京瓷在去年的销售收入为 102 亿美元，利润 22 亿美元。中国振华在国内也是一家大的电子工业企业，强强联手必能取得好的业绩，如果我们能够在这个大盘中分到一杯羹，前景应该不错。当然，移动通信市场竞争激烈，这也不像吃豆腐那么简单。现在还不是笑的时候。

记者：您认为 CDMA 手机的未来命运与电信运营商中国联通的经营起色有无密切关系？

陈清洁：肯定有关系。除了手机质量、外观、价格等生产环节因素影响手机的销售外，电信运营商的服务水平好坏、话费的高低等都会对手机的销售产生重要影响。

记者：合资公司会否发展手机关联业务，目前有哪些打算？

陈清洁：公司的业务范围包括关联业务，但现在还不便透露。

（原载于 2001 年 12 月 11 日《贵州日报》）

贵航汽零：上市的路充满精彩

有效益好的单位，也有困难企业，尽管它是以航空为主业的军工企业，但人们更情愿把她当作贵州工业的航空母舰。

这就是贵航给人的直观印象。在"军转民"的道路上，贵航一开始就把目光投向了汽车零部件，一走就是20年。20年后的今天，贵航集团决定将零部件生产剥离出来，重组、改制、上市，这是关乎贵航集团命运的重大决策，因为即将上市的贵航汽车零部件股份有限公司（简称"贵航汽零"）是贵航集团最优良的资产。在贵航集团奋起图强的今天，贵航汽零不知道让多少人充满了期待——

新闻背景：贵航集团全称贵州航空工业集团有限公司，总部原设在安顺，现迁至贵阳小河；属国家首批56家试点企业集团、重点扶持的512家大型企业之一，已跻身中国国有企业500强；下属企事业单位51家，拥有高级职称技术人员2000余人；20世纪80年代初探索"军转民"的方向，走上了将航空技术与汽车零部件结合的路子。

"汽车零部件业随着轿车进入家庭成为朝阳产业，贵航汽零要力争成为汽车厂家全球采购的一个点！"新成立的贵航汽零股份有限公司市场开发部部长陈敏的这句话令人振奋。20年前，贵航集团开始为桑塔纳生产零部件，20年后，零部件生产已经成了贵航集团最优良的资产，上市已经准备就绪，贵航汽零在静候良机。此时此刻，回顾过去，陈敏心潮澎湃。

转变角色摸石头过河

20世纪80年代初，严峻的现实陡然摆在贵航人面前：国家的订单不多，企业要找饭吃。市场逼得这个曾经高枕无忧的堂堂国家军工企业寻找各种门路维持生计。很难想象，许多几毛钱的小玩意儿就是在这个能生产飞机的地方诞生的。

80年代初，贵航开始与上海大众汽车股份有限公司接洽，当时的上海大众面临国产化问题，而当地还没有技术生产汽车零部件，双方一拍即合，集团10多个子公司开始生产汽车零部件。后来的事实证明，这是一次决定贵航集团后来几十年发展方向乃至今后命运的重要对接。

汽车需要大批量高质量的标准化零部件。贵航一边研发，一边做技术改造，逐步有了一定生产能力，产业雏形渐渐明朗。80年代中后期至90年代初陆续见效，完成了原始积累。陈敏把这一重要时期称为"八年抗战"。90年代初，贵航完成汽车零部件生产二期技改，在以前基础上再次扩大规模，形成了庞大的零部件生产规模，奠定了其在国内同行业的地位。

痛失良机耐十年寂寞

恰恰在这个时候，市场形势急转直下：上海大众公司开始扶持当地零部件企业，江浙等地相关乡镇企业迅速发展。同时由于我国的轿车生产基本上都与国外合资，中国良好的市场前景、廉价的劳动力让外商进入中国时就把零部件企业也带了进来，别克和本田最为突出。

仿佛是在一夜之间，沿海冒出了很多汽配厂。一般来说，汽车厂商首选原配厂，其次选择欧美在中国的合资厂，最后才选外省厂。贵航在地理位置上吃了大亏，只好不断地派人出去，并为此支付了高额成本。

于是，尽管市场容量在扩大，汽零规模在壮大，但是贵航却遭遇了又一次寒冬。遗憾的是，这个"冬天"竟然持续了近10年！

有市场的原因，也有贵航自身的原因。在这10年里，贵航的10多个汽零公司各自为政，规模小又分散。有的卖密封条，有的卖接线盒，在同一个城市、同一个厂家，很可能会看到贵航集团各个汽零公司都成立了代理点。由于都是自建网络，造成从开发、生产到营销都存在严重的资源浪费现象。

小帆船肯定要翻，企业领导达成共识：不能做航母，至少也要做巡洋舰。

细盘家底重振雄心

欣慰的是，这10年，贵航的"命根子"——技术优势没有丢掉。有这样一件事至今让贵航人引以为自豪：德国一家有名的公司生产了一种中央接线盒，贵航人认为设计有问题，人家对此却甚为不屑，但最终还是被我们的技术人员详细的技术分析所折服，竖着大拇指一个劲儿夸。此刻贵航人已经清楚地意识到自己的命脉所在，毫不犹豫地喊出了"让汽车拥有飞机品质"的口号。

更令人欣慰的是，这10年，贵航人虽然没有惊天动地的业绩，虽然错失了做强做大的绝好机遇，但是他们的勤奋还是得到了些许回报：集团公司逐步有能力生产830多项汽车零部件，产品出口到欧美等40多个国家和地区，荣获部省级以上科技进步奖及发明奖470多项，其主导产品汽车密封条、铝质散热器、空气滤清器、汽车钥匙总体等产品分别在国内轿车市场占有率达到了1/3以上。有12种汽车零部件成为国家"60种关键零部件"，与一汽大众、上海大众、神龙富康、广州本田、上海通用、二汽、南汽、南京依维柯、重庆长安、天津夏利、哈飞松花江、江西昌河、江铃、柳微、云雀等国内主要汽车厂，嘉陵、建设、新大洲、宗申等摩托厂紧紧握手。

贵航成了中国汽配"纵横家"。

这是贵航零部件图强的厚重资本。

改制上市造汽配航母

新世纪，一轮新的竞争正在酝酿。

1997年开始，集团公司开始思忖如何将旗下分散的零部件厂联合起来，共同开辟新的天地。1998年筹备组成立后，贵航内部7个厂家联成一体。尽管当时还没有上市名额，但集团公司的态度很明确：即使没有壳也要联合，贵航的汽车零部件一定要壮大，这是事业，更是责任。

当年底，贵航汽零终于有了上市指标，国泰君安为其进行了资产评定，优中选优，最终敲定集团内部的三家汽零厂和贵阳申—橡胶厂，组成贵航汽零股份有限公司。贵州红阳机械（集团）公司、贵航集团华阳电工厂、贵航集团永江机械厂是上海红阳密封件有限公司、中韩合资贵州华昌汽车电器有限公司和上海永红滤清器厂。

陈敏说得好，上市不是为了圈钱。对于贵航汽零来说，优中选优组建的零部件企业不是简单的相加，而是寻找1+1>2的效应进行的重组。改制是核心，"在贵航汽零的发展策略里，他早就属于全世界"。

技术优势很难永远存在，市场机遇稍纵即逝，股份公司上上下下充满了忧患意识，做强、做大，是大家迫不及待的愿望。

想想长虹，看看贵航汽零，无限期待。

结束采访时，公司员工电脑文案中的三句话给记者留下了深刻印象：

昨天，她是民族航空事业的骄傲，独立完整生产的民用飞机被誉为"亚洲明星"。

今天，她"不做夜郎甘当配角"，成功的"军转民"道路使之成为国内汽车零部件"强龙"；

明天，她将借资本市场和加入世贸的东风，铸就世纪伟业。

（原载于2001年12月4日《贵州日报》）

只需持有一张银行卡，便可在全国任何一家银行的 ATM 机上取款、POS 机上消费，这项全国性的工程已经在紧锣密鼓的准备和试运行中。作为全国第一批 6 个银行卡联网联合试点城市之一，贵阳——

"金卡工程"在行动

面对街头随处可见的自动取款机和钱包里各种各样的银行卡，我们总是需要做到"对机刷卡"。那么，你是否想过，能不能只用一张卡，就能随意地在任何一家银行的自动取款机和 POS 机上使用？

被称作"金卡工程"的计划，就是要让这个设想变成现实。

蓬勃发展的银行卡市场呼唤"金卡"

从二十世纪八十年代发行第一张银行信用卡开始，我国的银行卡市场一直保持蓬勃发展的势头。截至去年 9 月，全国共有 55 家金融机构开办了银行卡业务，发卡总量超过 2.5 亿张，全国可以受理银行卡的银行网点已有 13 万个，可以受理银行卡的商店、宾馆、饭店等特约商户约有 35 万户，各家金融机构共购置自动柜员机（ATM）3.7 万多台，销售终端机（POS）近 29 万台。

就经济发展水平相对滞后的贵州而言，银行卡的发展也不示弱。到去年底，各商业银行的发卡总量也达到 350 万张，设立的 ATM 机有 320 台，POS 机也有 4000 台，可受理银行卡的银行网点有 1800 多个。去年一年，在 ATM 机和 POS 机上发生的交易累计总额近 300 亿元。

然而，当各种各样的银行卡发行量骤增的时候，被迫在家"睡大觉"

的卡也不计其数。不少人都有这样的无奈：拥有很多家银行发行的卡，可是真正需要使用的也就少数几张。有的卡种网点有限、各类银行卡又互不通用，这些都让持卡人感到使用不便。

1993 年，国务院决定开展"金卡工程"建设。"金卡工程"的核心是各银行之间金卡网络的互联互通和跨行交易。此举能够推广普及银行卡，减少现金流通量，加快资金周转，并促进金融、商业和服务业的信息化。在"金卡工程"全面施行后，持卡人只需持有一张"金卡"，即标准的银行通用卡（上有"银联"标识），便可在开通网络的任意一台 ATM 机或 POS 机上刷卡交易。

由中国人民银行牵头、国内主要发卡银行共同成立的全国银行卡信息交换总中心于 1998 年底建成，信用卡异地跨行信息交换系统也已投入运行。去年，工、农、中、建、交 5 家商业银行、部分试点城市银行卡网络服务中心与全国银行卡信息交换总中心实现联网，银行卡全国联通的蓝图逐步构建起来。

贵阳：成功的合作经验让五行再次牵手

"金卡工程"的顺利开展离不开各商业银行的互助合作。其实，五大银行的"牵手"在贵阳已有先例。早在央行下文要求各类银行卡实现在 ATM 机和 POS 机上"一卡通"之前，贵阳的五家国有商业银行就已先行一步。在贵阳的主要商场里，POS 机摆得琳琅满目的场景并不多见。由于贵阳的 POS 机已经实现了"共享"，收银台上只需一台 POS 机便能受理消费者持有的五行中任意一种银行卡业务。作为"让 POS 机牵手"的发起人，中国银行贵州分行的有关负责人提起他们在 1995 年就提出的"先见"仍津津乐道。1996 年国庆，贵阳的几家主要银行愉快地达成协议，让 POS 机实现跨行联合，这样的合作方式当时在全国都是走在前列的。正因如此，当央行的规定正式出台时，贵阳的五家国有商业银行似乎更把注意力转到了银行卡在 ATM 机的"牵手"上。

实现 ATM 机的跨行服务，需要更多的技术支撑和规范的制度保障。在技术上，由于各商业银行在银行卡业务的发展上一直都是各自为政，自成体系，使用的卡片技术标准也五花八门，因此，要推行"金卡工程"首先需要各家银行搭建好基础设施，为网络在全国的联通作铺垫。

记者从五大国有商业银行的贵州省分行获悉，该五行都根据央行的有关精神和自己总行的具体部署，积极投入到自身电子网络技术系统的调整改造上。有的正着力完成终端机具、银行卡受理渠道前置系统、银行卡业务应用系统、银行卡网络交换中心的改造；有些早在去年就已开始进入试运行阶段，甚至有了 ATM 机上成功的跨行交易业务的记载。

日前，央行相关的制度规定也陆续出台。特别是在 ATM 机的跨行手续费上已经有了明确的规定：在 ATM 机上发生的每笔业务，持卡人需交纳 2 元服务费，发卡行需向代理行交纳 4 元服务费，代理行需向全国银行卡信息交换总中心交纳 0.7 元的服务费。此消息的传出让各商业银行忍不住打起自己的"算盘"，但无论是发卡量大、网点少或是发卡量小、网点多的银行都认为这是一笔划算的交易。网点少的可以"搭乘"他行的"便车"，减少投入成本；网点多的也能通过收取服务费得到补偿。

虽然"金卡工程"仍在行动中，但有了在 POS 机上成功的合作经验，五家商业银行在 ATM 机的合作上都表现出积极参与的态度和成功的信心。

2004 年：真正实现"一卡通"

"金卡工程"毕竟是项耗时、耗力、耗资的庞大工程，到目前为止，绝大多数银行发行的银行卡已经可以在全国的 16 个省市实现联网通用。不过，在这些地方的跨行跨区域刷卡交易，成功率还达不到 100%。据悉，联网通用处于领先水平的广东省，其跨行 ATM 或 POS 交易的成功率也仅为 92%。假如工行的牡丹卡在贵阳建行的 ATM 机上轻轻一刷，卡上的信息就会迅速传递到建行贵州省分行，分行识别后，传递给总行，总行再传递到北京的全国银行卡信息交换中心，中心再传给工行总行，工行总行识别此卡有效后，其支付指令再按照原来的线路传递给这台 ATM 机。这一信息传递必须在 1 分钟内完成。长长的信息链条中任何一个环节出现问题，比如建行或工行的自身网络质量不佳，甚至因通信故障而出现误码，都有可能造成交易不能成功，这是业内人士有所顾忌的地方，也是"金卡工程"需要着手解决的问题。

不过，任何一项新事物的产生和发展都不可能是一帆风顺的，随着全体参与到"金卡工程"的建设者不断努力，银行卡的联通必然有一个美好的结局。

据中国人民银行贵阳中心支行有关负责人介绍，现在各家银行已停止发放"旧版本"的银行卡，9 月 10 日开始，按照新的标准发行借记卡，2002 年 1 月 1 日后按新标准发行准贷记卡。今年年底要在省会城市实现中心系统的改造；明年将在全省范围内完成中心系统的改造，同时，要按照新的标准改造终端系统设备并发放带有"银联"标识的银行卡；2003 年更换所有不符合标准的银行卡；2004 年全面实现有"银联"标识的银行卡跨行跨地区使用。

紧密的计划让我们期待不久的未来。

（原载于 2001 年 9 月 11 日《贵州日报》）

风险投资　贵阳合纵连横

背景介绍

风险投资又叫创业投资，是指投资人将风险资本投向刚成立或快速成长的新兴公司（主要是高科技公司），在承担很大风险的基础上，为融资人提供长期股权投资和增值服务，培育企业快速成长，数年后再通过上市、兼并或其他股权转让方式撤出资本，并取得高额回报的一种投资方式。作为一种结合了融资、投资、资本运营、项目评估、企业管理等多方面知识的崭新的金融活动，风险投资在资金来源、资金属性、收益渠道等方面与银行贷款均有显著区别。

美国是风险投资的发源地，也是风险投资开展得最成功的国家，到1997年，美国一年的风险投资额已高达122亿美元，投资企业2960个。像著名的微软、苹果、英特尔、康柏、雅虎等高科技公司在发展初期都得到了风险资本的帮助。经过四十多年的发展，其他国家纷纷借鉴美国这一成功经验。高科技风险投资活动已在先进国家、新兴工业国和部分发展中国家形成推动高科技事业发展的主要动力。

1998年，全国人大副委员长成思危关于建立中国高科技风险投资机制的提案被列为全国政协头号提案，风险投资开始成为新闻热点。全国各地相继建立各种形式的风险投资和创业投资基金，推动科技成果的转化。

目前，我国已有创业投资机构160多家，资金总额为210多亿元，投资项目达1800多个。成立于1998年的贵阳市科技风险投资有限公司是我省第一家，也是唯一的一家专业风险投资公司。

当前，我国风险投资的发展主要面临两个障碍。一是缺少风险投资发展所需要的机制和相配套的较完善的法律体系。正因如此，希望《投资基金法》早日出台的呼声日益强烈；二是缺乏风险投资的退出机制。上市是风险投资退出的首选方式，只有安全地退出所投资的创业企业，风险投资才可能实现高额回报并进入下一轮投资计划。只有创业板尽快推出，风险投资才能有畅通的退出渠道，风险投资才有源源不断的推动力。

向风险投资敞开大门

7月21日至22日，2001中国风险投资年会在贵阳召开。

中国证监会首席顾问梁定邦、全国人大《投资基金法》起草工作组组长王连洲等中国财经界的重量级人物，台湾华鸿创业投资集团总经理陈仕信、美国（SBA）中小企业管理局首席法律顾问 Christopher Davis、米尔布瑞吉资本公司总裁 Robert Stillman 等风险投资界资深人士的出席，使这次年会格外引人注目。盛夏的贵阳成为中国财经界注目的焦点。

在战胜了青岛、广州等强有力的竞争对手赢得主办权后，贵阳把此次年会办成了有史以来"规模最大、档次最高、组织最好"的一次。

贵阳市政府对风险投资年会寄予厚望。贵阳市市长孙国强在欢迎词中说，风险投资是经济增长的"发动机"，正以其独特的功能为中小型科技企业的创业发展提供强有力的支持。而将高新技术产业作为区域经济腾飞一翼的贵阳，寄望于此次风险投资年会，为企业构筑通向国内外资本市场的桥梁。

将新材料、生物制药、城市信息化作为高新技术产业突破口的贵阳市渴望风险投资。在接受记者采访时，孙国强说，发展高新技术产业，首先要解决资金问题，而风险投资可以在根本上解决投资过小问题，实现跨越式发展的目标。当王连洲和梁定邦分别就风险投资需要解决的法律问题和资本市场与风险投资作专题报告时，孙国强自始至终在台下聆听，前者涉及拓宽风险投资的融资渠道，后者涉及建立风险投资的"退出机制"，使风险投资能不断壮大。而他自己在年会上作《风险概念与政府主导》的专题报告，无疑是以"个人身份"为贵阳所作的推介。同时，将贵州威门制药有限公司的中药抗生素系列等6个项目作为绣球向省外风险投资机构抛出，也成为年会的重头戏之一。

7月23日，与会代表将前往黄果树、龙宫等风景名胜区旅游，然而，数十家省内高科技中小企业同时前往，使这次旅游具有不同寻常的含义。于秀绝天下的贵州山水间放飞心灵的闲适中为项目和投资机构搭建沟通平台，组织者用心良苦。

正如孙国强说，举办此次年会"充分说明了贵阳市对外开放和发展风险投资的决心和信心"。而面对前来参会的数十家省外风险投资机构，孙国强更希望大家能在"实质性的风险投资中迈出步子"。

从1998年成立自己的风险投资公司到今天借举办年会之机广抛"绣球"，贵阳，向风险投资敞开了大门。

大家走到一起来

在风险投资机构交流发言时，秦皇岛风险投资公司"喧宾夺主"，以"中国夏都"的名片力邀各家风险投资机构前往秦皇岛投资，而取得下一届风险投资年会主办权的山东省风险投资公司和青岛市风险投资公司也希望同行们到青岛进行海洋资源开发。中国火炬高新技术产业投资公司则展开新闻公关，每遇记者便派发材料，并不忘叮嘱一句："请好好宣传。"

"喧宾夺主"的背后，透露出中国风险投资机构打破区域限制的强烈愿望。2000年，天津、青岛、大连风险投资机构发起环渤海创业投资管理公司，消息传出，山西、内蒙古等省区闻风而动，要求加盟。重庆风险投资机构目前已经在昆明、北京、上海等地开展业务，总经理沈保林说，只要是好项目，不管在什么地方，重庆都有意投资。

作为我省唯一的风险投资机构，1998 年成立的贵阳市风险投资公司为 50 多个企业项目提供超过 5000 万元的财力支持，吸纳了 450 万元风险资金的贵州仙灵药业有望在我省首家登陆国内二板市场。不过，公司可以运作的资金总量不过 1.2 亿元，无法满足科技型中小企业对资金的需求。因此，总经理莫莉萍说，公司将积极探索与非区域性风险投资机构的合作。

风险投资机构是区域性很强的行业，在美国，风险投资的投资半径一般不超过 50 公里。在中国，大多数风险投资机构由政府拨款建立，从诞生之日起，便承担起培育当地高新技术产业、调整当地经济机构的任务。在如此背景下出现打破区域限制的强烈愿望，耐人寻味。

重庆科技风险投资公司总经理沈保林据此分析："第一，遵循市场规律进行资本运作是风险投资大势所趋，打破区域限制表现了风险投资机构在一定程度上摆脱政府干预的要求；第二，联合做大风险投资市场，有利于推动风险投资政策法律环境的改善。"

在重庆，80% 的风险投资投向成长期企业。即便在经济相对发达的广州，风险投资也大多投向成长期企业。在贵阳，由于资金有限，风险投资重点选择了优势项目——中药行业和磷精细化工，在这两个行业上的投资几乎占了资金总额的 80%。

尽管现在渴望资金的高科技项目众多，然而，全国风险投资机构实力不足导致对高风险项目不敢贸然投入，已有一定生产能力和市场的成长期企业成为风险投资机构争夺的目标。沈保林说，打破区域限制，加强风险投资机构之间的合作，可以避免对优势项目的过分争夺，同时降低风险，使更多的种子期项目得到支持。

联合投资和通过管理公司等中介机构实现间接投资是打破区域限制的主要手段。实际上，此次年会贵阳重点推出的 6 个项目均与贵阳市风险投资公司有合作关系。青岛、重庆等外省风险投资机构也明确表示，不会对贵阳项目进行直接的独家投资，最好的方式是与贵阳市风险投资公司进行联合投资，或是共同成立新公司。

让风险投资来得更猛烈些

2001中国风险投资年会吸引了众多省内高科技中小企业关注的目光。

直到开幕前一天，报名企业仍然络绎不绝，大大超过原计划的50家。开幕当天下午，贵州大学生化中试中心的张迪清老师听到消息，急匆匆从花溪赶来。生化中试中心具有国际领先技术水平的银杏黄酮内酯提取技术通过中试已经两年，却由于资金匮乏，一直没有形成规模生产。

贵州威门制药有限公司在年会期间与天津风险投资机构签订协议，天津方与贵阳风险投资公司联合投资5000万元，用于支持威门中药抗生素项目。由此，威门将力争确立中药抗生素全国强势企业的地位。

然而，资金并不是吸引企业的唯一因素。七彩光隐防伪有限公司在寻求投资的同时，对风险投资机构为企业提供的增值服务颇感兴趣。在他们的眼中，风险投资的进入，能为公司优化股权结构，通过风险投资引进人才，有助于公司管理水平的提高。目前，公司的副总经理和财务总监均由贵阳市风险投资公司推荐。同时，风险投资机构将帮助企业制定中长期发展规划，最终帮助企业上市，实现"惊险一跳"。

年会使众多与会企业对风险投资"一见钟情"，寻找合作伙伴的领域已经超越国界，美国的几位风险投资专家也成为企业寻求合作的对象，据悉，已经有企业和他们"共进晚餐"。

尽管此次会议不可能达成太多的合作协议，但与会企业认为，年会已经为我省企业打开了通向风险资本市场的大门，相信通过会后的交流，与省外风险投资机构的合作还会开花结果。

（原载于2001年7月24日《贵州日报》）

资本运作：撬动金阳的杠杆

贵阳市金阳新区的开发建设受到了前所未有的关注。图纸上魅力四射的显示是：到 2010 年，在 17 平方公里的土地上，一个生态型、数字化、可持续发展的现代化城市新区将拔地而起。

与热切的期待相生相伴，人们对金阳还有另一种心境：怀疑。怀疑的理由非常现实——巨额资金从何而来。

随着大连万达黯然离去，人们加重了这种怀疑。金阳办副主任雷家驹对此并不过分担忧，他的解释是万达自己战线太长，需调整投资方向，金阳有好的体制，不缺钱。万达的离去，对金阳的开发建设不会产生大的影响。

政府：唯我所用不求所有

"在打造这个全新市区的过程中，必须一改传统的单纯靠政府财政、银行贷款和企业自筹的老办法，而要设法在融资思路上寻求创新。要利用现有资源的重新组合，实现市场化的运作方式，就要做到'唯我所用，不求所有'。放弃绝对控股，采取相对控股，寻找有实力的合作伙伴，实现投资主体的多元化。"贵阳市副市长陈石如是说。

据了解，金阳新区打破过去单一的筹资模式，实行"三管齐下"筹措资金。一是通过土地置换或拍卖筹集部分资金。贵阳市政府煞费苦心，将贵阳市政府、市人大、市政协的办公用地都抵押出去，获得的贷款，成为金阳公司的启动资金；二是加大向银行的融资力度。市政府与三家银行达成框架性合作协议，5 年内力争授信数十亿元于新区建设；三是通过市场化运作，拓展融资渠道。金阳公司与有实力的大公司、大集团组建经济实体，引进成铁工程公司、水电九局等实体，准备组建金阳开发建设股份有限公司，力争三年后上市融资。

贵阳市市长孙国强强调说，以公司的名义组织金阳上市，不仅是要打造金阳新区品牌，更是要让新区实现边建设、边发展、边经营、边增值，而绝不是先建好再来经营。为此，通过土地置换、拍卖、抵押贷款获得资金；通过造势和形象塑造吸引银行投资；与有实力的大公司大集团组建经济实体；利用证券和资本市场进行高层次融资就是金阳新区"多元化、多渠道、多层次"的资金运作方式。

"在资本市场上，我们已经成功争取到污水处理厂1.2亿元的国债项目，并积极进行轻轨和基础设施打捆的国债项目，同时还要争取日本政府贷款的'零排放'项目。"雷家驹对记者说，金阳的筹融资形式可以归纳为债权性融资（组建经济实体和上市公司）、债务性融资（银行贷款）和BOT方式（建设—经营—转让）。据了解，金阳污水处理厂便是采用BOT方式实现的再融资，一定年限内有偿转让经营权，获得的资金便可投入金阳新区建设。"就债务性融资而言，规模弹性大、渠道多、风险分散、融资成本低，贷款不完全由一家公司承担，每个招商进来的建设单位都是一个融资主体，均可向银行直接贷款。这样，既拓展了银行的市场业务，又使建设单位有了充足的资金。"雷家驹说。

企业：你给政策我赚钱

成铁工程（集团）公司在金阳新区开发建设中身兼两职，既是建设者，又是投资者。目前，集团已全面介入金阳新区的开发建设，在不到4个月的时间里，基本完成金西大道、兴筑路10.5公里和市政中心平场440万立方的土石方工程。集团总经理李世田接受记者采访时表示，今年集团将投入5个亿，集团之所以愿意参与金阳新区的开发建设，就在于看到了贵阳市政府放水养鱼，在借助外力上是狠下功夫的。外来投资建设企业在金阳新区这样一个在招商引资上有新体制、新机制、新模式的软环境中参与投资、建设、经营将大有可为，实现双赢。

在金阳如何产生效益的问题上，李世田给记者简单算了笔账——"三横三纵"主干道形成后，土地升值是肯定的，每亩至少也在三四十万元，而集团在贵阳两城区购买的地价每亩却是三百万元，随着各项基础设施建设的完成，土地升值将给金阳新区带来相当可观的效益。

目前，金阳新区房价方案还没有确定。可以肯定的是，为了吸引大量人口迅速流向新区，快速刺激物流及服务业发展，贵阳市政府必将采取非常优惠的措施。投资商回收资金的周期将大大减少，风险降低，收益前景看好。

专家：最大限度降低风险

很多经济学专家也对金阳新区给予热切关注。对于金阳新区的融资风险，贵大经济学系副主任林岚涛副教授认为，如果政府也是市场主体之一，那么失信的政府也会破产。所以，现代化城市的综合竞争力就是政府领导者的理财能力，超越传统地运用经济手段、法制手段为决策服务的能力。政府融资是有风险的，但是，政府在金阳的整体开发上享有自然垄断的特殊身份，是其他独立企业无法享有的，这正让政府为自己抗御风险打下了基础，从而降低失信可能。金阳新区开发出雏形后吸引力怎么样，过于乐观或悲观都不对，制约投资的和安居的因素不单纯是地价。整个城市的基础设施和功能配套设施才是决定因素。如果能把现有的资源条件转化成有利于需求成长的因素，金阳就会有很好的前景。

贵阳市人大常委会研究室主任吴利平说，上海市政府曾经一度为城建投资承担高达330亿元的沉重负担，这实际上是对城市政府信用资源的过度利用。杭州西湖边上的房产，尤其是可以看得见湖的景观房，每平方米售价高达4400美元，要将单纯以资金为导向的城市经营理念转变到以功能为导向上来。这些问题贵阳要引以为鉴。

政府包投入、包建设、包管理的僵化体制在金阳舞台被禁演，上演的是贵阳另一位专家所提出的，金阳新区将以投资——回收——再投资——再回收的滚动发展模式步入良性循环。

（原载于 2002 年 4 月 2 日《贵州日报》）

可口可乐"携巨资入黔"——

一个美丽的误会

国际品牌"携巨资入黔"

9月初，新华社一篇有关"可口可乐将加大在西部地区投资"的通稿搅动了西部地区，我省多家媒体转载，其中有媒体以《可口可乐携巨资入黔》做题予以报道。

其实，在去年就已经有传言称可口可乐将来贵州投资。这次本地多家媒体的"集体话语"，再次吊起各方胃口。

据此消息称，可口可乐中国饮料公司日前宣布，可口可乐看好中国西部的投资环境和发展潜力，将加大对中国西部城市的投资力度。作为一个长期的战略目标，该公司将投入数亿元资金，在贵州、甘肃、新疆等西部地区新建和扩大罐装厂和营业所。

品牌价值达696亿美元的"可口可乐"要与较为落后的贵州亲密接触，绝对是一个佳讯。但是，已经在贵州周边建有多个罐装厂的可口可乐真的要将贵州作为一个生产基地，并把贵州升格为如外界盛传的"在西南地区对抗百事可乐"的重要一员？

记者随即与贵州省和贵阳市有关部门联系，但得到的肯定回答是可口可乐并没有前来洽谈。贵阳市招商局招商处一位人士明确表示：目前可口可乐公司尚未与我们有任何联系，我们也是通过报纸得知此消息的。

这位负责人说，当时看到报道就觉得有些疑虑。他说，就其个人判断，贵州市场有限，"巨资"一说似乎有些夸张，即便有投入也不大可能有太多。"可口可乐在成都已经拥有罐装厂，又在相隔700公里的地方新建一个似乎不太合适。"

神秘中介索要佣金风波

在省政府外商投资一站办，记者还得到一条意外消息。

该办负责人证实说，前些日子确有一家自称是受可口可乐委托的中介机构通过电话前来联系过。对方在电话中声称，可口可乐公司有意在贵州投资办厂，该中介可代为穿针引线。但是有关项目的事宜对方却谈得十分粗略，反而把重点放在索要中介佣金上。

此后，省"一站办"再没有接到该中介机构的电话，也没有可口可乐公司的人亲自来联系接洽。

神秘中介的出现虽然令人疑窦丛生，但这位负责人仍然想通过媒介传达这样一个信息：如果可口可乐公司确实有意前来投资，我们热忱欢迎，并给予最优惠的条件和提供最周到的服务。

可口可乐的回答

几经周折，记者9月5日下午终于拨通正在成都出差的可口可乐（中国）对外事务部副总监翟嵋的手机。

当记者求证可口可乐欲入黔新建罐装厂是否属实时，翟嵋连声称："是个误会。"她解释说，媒体报道的"在贵州、甘肃、新疆等地新建和扩大罐装厂和营业所"，并不是指可口可乐将在贵州建厂。可口可乐目前已经在贵州拥有一个营业所也就是分公司。可口可乐确实要"加大在西部城市的投资力度"，但暂时还没有在贵州建罐装厂的计划，其在黔投资主要是指在原分公司基础上，扩大销售网络，加强销售队伍，挖掘市场深度，"要让可口可乐到处都有，随处可见，让消费者买得到、买得起。"

对于投入贵州的所谓"巨资"将会是个多大数目，翟嵋表示，投资不是独立进行的，将在整个资金大盘中考虑。虽然我们有了西南大局的投资计划，但是要根据各个城市的需要再来划分，因此还不能准确估计投入贵州的资金量。

对"神秘中介"一事，翟嵋十分惊讶。并明确表示："可口可乐要到某地投资肯定是要与当地政府亲自见面并正式接洽，绝不会仅仅电话联系。"

据了解，目前可口可乐在中国的投资已高达 11 亿美元，拥有 24 家罐装厂和 20000 名员工。其中，在成都的罐装厂投资总额已达 3800 万美元。

（原载于 2002 年 9 月 11 日《贵州日报》）

渴求打破二次创业资金瓶颈——

我省 6 家民营药企谋求上市

药企上市"集体有意识"

"太太药业原本也实力有限，但上市后一下募集到 17 个亿的资金，远远大于我省所有药企的投入总和。"省内一位民营制药企业家如此感慨。

声音的背后，是我省的制药企业对进入资本市场的强烈渴求。截至 2002 年一季度，我国证券市场 78 家医药行业上市公司中，共有制药类公司 68 家，令贵州业界汗颜的是，其中没有一家来自贵州。

但是，近年来，一直在苦苦寻求资金瓶颈突破口的我省民营药企不约而同将目光瞄准资本市场。从 2000 年 10 月贵州仙灵药业开始（后因种种原因已终止辅导），东伟、信邦、益佰、新天等民营药企相继进入上市辅导期。目前，益佰、东伟已经结束上市辅导，进入发行申请阶段。新天、信邦等正在接受上市辅导，此外，神奇药业也在改制中。

而个别民营药企更是瞄准了境外资本市场，来自汉方的消息称，该公司已经结束辅导，欲在香港上市。

据中国证监会贵阳特派办上市公司监管处负责人程策希介绍，在其掌握的资料里，我省正在接受上市辅导、提出上市申请的企业共有 9 家，其中药业就占了 4 家，且全部是民营企业。

他还说，接受辅导和上市是两回事，接受辅导后，企业能否上市发行还需中国证监会就公司的资产质量、财务质量、法人治理结构等方面进行审核，并经中国证监会发行审核委审议。他评价说，想上市的这几家贵州药企在接受辅导的企业中，资产质量居中上水平。

上市冲动之源

有关资料显示，到 2000 年，全省重点制药企业已达 31 家，全省医药工业总产值由 1990 年的 1.38 亿元增长到 2000 年的 32.33 亿元，增长近 24 倍。我省医药工业以高于 25% 的速度加速发展，比全国医药工业平均 15% 的增长速度高出 10 个百分点。贵州药业在全国的排位由倒数第 2 跃居到第 20 位。

业内人士直言不讳："因为原来的基数小，纵向比较贵州药业发展速度的确很快，但是横向看，无论是单体规模还是整体规模，我们与全国龙头药企相比和东部发达地区差距就十分明显。"

贵州药企的差距主要表现在，规模小、数量多、布局散，产品技术含量低，全国知名的品牌和品种少，新药研发能力弱，管理和经济效益较低，企业抗风险能力弱。相当一部分民营企业仍然沿袭家族式管理，难以形成竞争优势。

与其他省区相比，我省民营药企的第一次创业阶段已经过长，大多企业都希望在前 10 年的基础上加速前进，完成原始积累的贵州制药企业，再上台阶不可能再依靠自身积累完成。

据新天药业副总经理刘柚介绍，2001 年该公司销售利润近 7000 万元，仅仅是 GMP 生产线的改造就花了上千万元。但是，如果用于新药研发，一个好项目就足以用完。目前，"生龙驱风液"和"夏枯草口服液"等生产线技改项目都等待注入资金，一些新药项目因为缺乏资金支持只能小批量生产，而短期的银行融资难以满足企业的资金需求。她说："要打破资金瓶颈，到股市融资是很好的直接融资方式。"

这也是急于做大的贵州药企的共同想法。

制药民企何以争当先锋

已有的贵州上市企业中，全部是非医药国企。很多人问，在现有接受上市辅导的企业中，为何国企再次缺位？为何是药企扛起我省民营企业上市的大旗？

程策希说，在以前的指标制下，证券市场的确偏向于为国有企业服务。2001年，股票发行实行核准制后，无论民企还是国企，只要符合上市公司要求都可以提出上市申请，民营企业因此得到了公平机会。这大大刺激了民营企业的上市积极性。

业内普遍的看法是，这是我省药企现有格局和我省民营制药取得成功的真实反映。从1990年以来，贵州一大批民营制药企业如雨后春笋般崛起。神奇、益佰、汉方、益康、信邦、新天等民营药企的名字开始为众人熟识。

在全省现有的277户医药工业企业中，国有企业仅52户，占18.7%，而民营企业数量高达201户，占72.56%，经济规模占行业90%以上。民营制药企业无论是盈利能力还是资产质量，都要比国有制药企业好，已经成为我省制药产业和抬升行业"大盘"的主力军。

民营制药企业成为上市急先锋因此不足为奇。

（原载于2002年10月10日《贵州日报》）

用人单位对技术工人的需求要得急、要得多，培养技术工人的技工学校却为生源严重不足而焦虑——

技工学校出口畅通入口难

"现在令我们最头痛的问题是，学校培养的技工学生连年旺销，没毕业就被预订了，就业率100%，而我们每年的招生生源却越来越少，难以满足用人单位的需要。"11月中旬，贵阳市高级技工学校校长汪渝培面对记者，一脸愁容。

在汪校长的桌子上，有一份86名应在明年毕业的学生名单，他们已经被西南工具总厂看中，提前到岗实习。"根据协议，一年后的录用率不低于70%。"汪校长说。正在此时，学生科科长来报告，一批被广州一家生产本田汽车配件公司选中的技工毕业生即将启程；同时他又送上一张招聘通知：南方汇通微硬盘科技股份有限公司需要生产人员800至1200人。

贵阳高级技工学校同时开办有技工部和中专部，相比之下，中专部的就业率明显较低，但汪校长却无可奈何地告诉记者，今年该校技工部面向全省计划招生600多人，实际只招到300多。更令他痛心的是，到校后有近百人要求改读学校的中专部，任凭他拿出技工部学生旺销的有力证明也无济于事。

"大量学生和学生家长始终认为，就算是中专生也有干部身份，而技工学校的毕业生只是个工人。"毕业于技工学校又留校从事技工教育几十年的汪校长，对自己曾经热爱的事业今夕如此萧条倍感心酸。

　　汪校长面临的是摆在全省技工学校面前的共同难题：在舆论导向和政策措施都对高级科研人才、高级管理人才给予极大关注的时候，对广大工作在生产一线的技能型人才的忽视，使技工教育的发展进入前所未有的低谷。初中毕业生盲目追求高学历、盲目选择计算机和文秘等热门专业，致使我省技工学校生源不足。

　　我省目前共有技工学校85所，实际生存的最多一半，常年保持招生的仅在30所左右。

　　一份省劳动和社会保障厅培训就业处关于我省技工学校基本情况的汇报，指出了当前技工学校普遍存在的主要困难：

　　——宣传力度不够。公众对技工学校的了解远远低于同样从事中等职业教育的中等专业学校，甚至认为技工学校比中等专业学校低一个层次。

　　——办学经费匮乏。我省技工学校多由行业和企业开办，企业经济效益的好坏和对技工的重视程度，直接影响企业对技工学校的投入。在85所技工学校中，由于企业破产等原因造成学校经费困难而停办或改为他校的就有12所。

　　——教学资源流失。一些地方政府和企业不按国家规定对技工学校任意撤销、合并、改建。截至2001年止，我省被合并或撤销的技校有18所。

　　——招生人数下降。受片面追求高学历思想影响以及高校连年扩招，我省技工学校招生人数从1995年的10439人下降为2001年的6384人，平均每年下降19.42%。

　　技工真的不需要了吗？从沿海发达地区来看，社会经济越发达，技能型人才的需求量越大。据有关资料显示，深圳的大学毕业生月薪为1000到3000元，而高级技工的月薪已达6000到9000元。中级以上的技工再就业率基本达到100%，而大学毕业生仅为25%。经济的发展，特别是制造业的发展，已经拉动沿海技工教育和技工学校的迅速发展。广东省技工学校招生连年稳步上升，2001 年招生人数达到 7 万余人的历史新高，是最低时期的 3 倍。由于技工人才在沿海非常"吃香"，今年 10 月，广东省开始实施将技工学校作为农村贫困家庭脱贫"孵化器"的计划，每年输送 5000 名农村贫困家庭子女进入重点技工学校，享受全免费教育。政府期望他们完成学业后成为脱贫致富的领头人。

反观我省，1995 年政策允许招收农村户口曾为技工学校增加了一定生源，但现在很多技工学校叫苦——连农村也不好招生了。

技工教育的发展已经引起有关部门重视。据悉，虽然总量上全省招生学校和招生人数在下降，但一些开办较好，具有特色的技工学校生源开始上升。11 月上旬，省劳动和社会保障厅召集省内各家技工学校在都匀召开经验交流会，并下发《关于进一步推进技工学校职业培训机构改革和建设加快培养技能型人才的意见》。意见提出，在三年内，将现有 85 所技工学校调整到 50 所左右。其中，国家级高级技工学校由现在的 5 所发展到 8 所，国家重点技工学校由 5 所发展到 10 所。大力扶持和发展办学条件好、教学质量高、毕业生就业率高的技工学校。

"虽然面临各种困难，但是我们最需要的是社会各界对技工教育的肯定和重视，"汪校长告诉记者，"在宝塔型的人才结构中，千万不要忽视宝塔底端的部分。动手能力强、实用性强的技能型人才同样是炙手可热的人才。"

（原载于 2002 年 11 月 20 日《贵州日报》）

"ST七砂"面临资产重组

预亏公告提示投资风险

作为我省屈指可数的上市公司之一，贵州中国第七砂轮股份有限公司的命运一直备受关注。继去年因连续两年亏损而被戴上"ST"帽子后，近日该公司又对2002年度的经营情况连续发出预亏公告。如果连续3年亏损，暂停上市就将成为"ST七砂"无法逃避的现实。

3月18日、27日，"ST七砂"两次公布董事会风险提示公告称："公司2000年、2001年连续两年亏损。由于公司资产结构和资产质量短期内仍难有根本性改变，产品结构及财务状况和经营业绩仍未发生根本性好转，预计2002年度仍然继续亏损。"

该公告同时还说，"按深交所《股票上市规则》的有关规定，本公司将因3年连续亏损而被暂停上市。虽然本公司重组工作正在积极地进行之中，但全面实施完成的时间和过程尚具有一定的不确定性。如果本公司2003年度上半年仍然继续亏损，公司股票将被终止上市。特别提请投资者注意该项风险。"

4月10日是七砂公司原本拟定的公布2002年年报公告的时间。但是，4月8日该公司发布变更公告称，因审计所需资料提供的时间影响了审计工作进度，2002年度的审计工作不能按计划完成，为此2002年度报告公告的时间推迟到4月22日。根据该公司连续发出的预亏公告，届时披露的2002年经营情况不容乐观。几乎可以断定，发布年报公告之日也即是"ST七砂"暂停上市进程的开始。

为何连年叫亏

从 1998 年 6 月 9 日"中国七砂"在深圳交易所挂牌上市，到 2002 年 3 月 27 日被特别处理成"ST 七砂"，再到如今面临暂停上市乃至退市的境地，是什么让这个上市公司每况愈下？

贵州中国第七砂轮股份有限公司归属于机械工业类机床工具行业，从事磨料及耐火材料产品的生产和销售。主导产品"山牌"系列磨料产品设计生产能力为 10 万吨 / 年，被列为国内同类产品设计生产能力第一位，历年来磨料产品实际生产量和销售量均居全国同类产品前列，是国内生产磨料产品的最大专业生产企业和出口基地，也是我国机械行业大型重点骨干企业。

然而，2000 年、2001 年两个会计年度审计结果显示，该公司的净利润均为负值，有关人士分析了其中的主要原因：

首先是经营亏损。主营业务过于单一、产品技术含量和附加值都不高、缺乏市场竞争力都是重要原因，同时，公司所从事的磨具行业受机械工业发展的制约大，由于磨料市场竞争剧烈，产品市场价格进一步下调，公司主导产品成本偏高，在同行大打价格战的负面影响下，主营盈利能力迅速下降。

其次是财务亏损，这与七砂股份公司的母公司七砂集团有关。据悉，截至 2001 年 6 月 30 日，大股东中国七砂集团有限责任公司拖欠七砂股份公司 1.01 亿元。股份公司已与集团公司于 2002 年 1 月 11 日签订了还款协议，但截至 2002 年 10 月 31 日，七砂集团尚未履行还款协议规定条款，偿还计划未有大的进展，严重拖累七砂股份公司的发展。

此外，公司的应收账款居高不下以及存货积压，使管理费用大幅增加，加重了公司负担。公司上市募集到的资金几乎没有用于投资扩大再生产，而一大半用在还款和补充流动资金上。

经营、财务、资金流不断陷入恶性循环，导致七砂连年亏损至今。

暂停上市 ≠ 退市

不少握有 ST 七砂股票的投资者都相当关注其命运的发展，也有人担心该股票会否退出证券市场，记者就此问题采访了证券分析人士。据汉唐证券分析师吴克兢解释，根据证监会有关规定，ST 七砂即使暂停上市也并不意味将终止上市，仍有"咸鱼翻身"的机会，条件就是该公司在 2003 年上半年实现赢利。

据悉，在我国股市上，暂停上市后没在规定时限内实现赢利而退市的上市公司已有先例，如 PT 水仙、PT 中浩和 PT 粤金曼。同时，也有不少在规定期限内扭亏为盈而恢复上市的公司，例如都市股份（原 PT 农商社）、白猫股份（原 ST 双鹿）、第一医药（原 PT 网点）等，更有"大名鼎鼎"的 ST 银广厦、蓝田股份。

针对 ST 七砂的命运，他分析说："要在 2003 年上半年实现赢利，只能寄希望于资产重组。"根据 ST 七砂 2002 年 12 月 25 日公布的《重大资产置换暨关联交易报告书》显示，ST 七砂目前的控股股东贵州达众磨料磨具有限责任公司已在 2002 年 12 月 13 日与电信科学技术研究院及其子公司大唐电信科技股份有限公司签订了《关于国有股权转让的意向书》，拟将 ST 七砂合计价值 1.25 亿元的资产与电信院、大唐电信旗下的北京大唐高鸿数据网络技术有限公司价值 1.28 亿元 83.17% 的股权进行置换。达众公司准备将其持有的 ST 七砂 29.91% 的国家股权分别转让给电信院及其控股子公司。届时电信院将成为 ST 七砂的控股股东，ST 七砂也将实现战略产业转型，其主营业务将由磨料磨具的生产和销售转变为数据通信产品的生产、销售和技术服务。

电信院是迄今为止我国最大的从事电信前沿技术研究和电信系统装备开发的科研单位，也是中央大型科技企业集团。其旗下上市公司大唐电信作为通信科技股曾经在市场上红极一时。大唐高鸿主要从事公用通信网相关的数据通信产品的开发、制造、销售和服务，资产总额为 1.87

亿元，2002 年 1 月至 10 月的主营业务收入为 5314.01 万元。

由此看来，如果资产置换得以顺利实施，ST 七砂将迅速实现赢利而得以恢复上市，并且彻底摆脱夕阳行业的阴影，进入高速发展的通信行业，真正演绎灰姑娘变公主的童话。

同时，这位分析师也承认，ST 七砂的重组并不是铁板钉钉的事，仍然需要地方政府、银行、达众公司、电信院等相关方面的协调一致，以及顺利通过财政部、证监会的重重审批。否则，任何一个环节出现问题都有可能导致重组失败。届时，彻底退市也就无法避免。

4 月 14 日，ST 七砂发布最新公告：第一大股东贵州达众将其所持公司国有股转让给大唐电信及电信院事宜，已在今年 3 月 18 日获贵州省人民政府批准，并于 3 月 27 日获财政部批准。本次股份转让尚待报送中国证监会备案后再依法办理过户手续。

（原载于 2003 年 4 月 15 日《贵州日报》）

"夜郎"：贵州当仁不让的品牌

编者按：当贵州人仍在对外宣打"夜郎"品牌踟蹰不前时，周边省区早已窥视到"夜郎"文化品牌的无穷价值。日前，湖南新晃县抢注"夜郎"品牌，打造"夜郎城"，并已向国务院申请更名为"夜郎县"。一场"夜郎"品牌争夺战已经打响。没有法律保护便失去经济价值，贵州人再也不能坐视"自大"了。

湖南新晃申改县名抢注"夜郎"品牌

"夜郎自大"这个带有讽刺寓意的成语，因给贵州的形象带来负面效应，而一度被弃如敝屣。然而，当"夜郎"这个词已经成为具有旅游和文化开发价值的世界级品牌时，聪明的湖南人早已捷足先登，强占先机，"大胆拿来"，"唯我所用"。

湖南新晃县位于湘黔之交，近年因经济发展缓慢，急欲寻找突破口。虽然与贵州相比，新晃对"夜郎"文化的研究起步稍晚，但该县以后来居上的气势重拳出击，大打"夜郎"文化品牌。

2000年5月，新晃县便初步提出"打'夜郎牌'，发展新晃经济"的战略构想，计划以"夜郎"之力推动地方开放；2002年底，新晃县成立"夜郎文化旅游资源开发领导小组办公室"；同年，成立"县改名小组"，申请将县名改为"夜郎县"或更名为"夜郎侗族自治县"，并且首次向国务院作出改名申报。此举得到湖南省、怀化市大力支持。

目前，新晃县正紧锣密鼓抢注"夜郎"品牌，打造"夜郎城"，采取各种形式大力开发和宣传"夜郎"文化。该县建立了"中国夜郎古国网"网站，不断发布新晃夜郎文化资源的开发成果；在320国道芷江进入新晃处——波洲镇江口村立有"欢迎进入夜郎古国——新晃"的牌坊；策划"夜郎谷漂流"活动；推出"画眉鸟之乡"概念（画眉鸟是夜郎地区民族崇拜物）；编辑出版《夜郎情歌》《夜郎采风》等系列小册子；鼓励店铺以"夜郎"冠名，已把县最大宾馆更名为"夜郎迎宾馆"；本地的特色食品也被冠以"夜郎三绝"；举办夜郎文化研讨会，邀请香港《大公报》和中央、省、市媒体记者及知名作家采访宣传，请日韩学者进行实地考察；组织专门人员广搜资料，著书立说，出版《夜郎采风》《夜郎情歌》等专著，宣传推广夜郎文化……

为了能在抢占"夜郎"文化的赛跑中先声夺人，新晃县一边向国务院申请更名，一边在各部门抽调专门人员，组成宣传策划、文物考古、景点设计等各个工作小组，全面展开工作。新晃县推举的"夜郎文化之旅"已被纳入了湖南西部旅游精品线路。

有相关报道称，新晃县下一步将试图恢复古夜郎的历史风貌。计划建一座气势恢宏的夜郎古城，内建吊脚楼、修风雨桥、设动物打斗场；修复夜郎图腾标志性建筑；设一条古夜郎民俗文化步行街……

"失而复得"又要"得而复失"？

"经过我们多年努力，'夜郎'文化资源终于失而复得，但这次我们又将面临得而复失，失去无法估量经济价值的'夜郎'文化品牌。"6月19日，贵州省社会科学院历史研究所所长熊宗仁研究员接受记者采访时十分激动。

自司马迁在《史记·西南夷列传》中首次记述夜郎史事，提及"西南夷君长以什数，夜郎最大"起，"夜郎自大"的典故便与贵州结下不解之缘。当周边同时期的滇文化、楚文化、粤文化、巴蜀文化相继露出峥嵘后，贵州人也在史籍文献和考古两个方面走进古夜郎，逐渐填补着夜郎文化的空白，找回失落的文明。如今，贵州人在史料和考古中已经积累了大量丰富的"夜郎"财富。贵州赫章可乐夜郎时期墓葬的发掘甚至被评为 2001 年度全国十大考古新发现。

作为一直从事"夜郎"文化研究的贵州学者，熊宗仁曾与省内不少领导、专家学者及旅游、文化部门同志一起，奔走呼号，策划运作，希望贵州反弹琵琶，整合、开发、利用"夜郎"文化资源，打响"夜郎"品牌。但"夜郎热"终究雷声大、雨点小，收效甚微。

熊宗仁向记者介绍，从二十世纪七十年代起，学术界就努力探寻"夜郎"。接二连三的考古发现渐渐揭开了"夜郎"的神秘面纱。1999 年"夜郎热"再掀高潮，夜郎学术研讨会在贵阳召开，发掘、保护和开发利用"夜郎"文化资源成为来自全国各地专家学者的共识，同时也引发了周边省区与贵州争抢"夜郎"品牌的激烈竞争。无论是与古夜郎国沾亲带故的周边省区的一些县份，还是与古夜郎国毫不沾边的地方，都发现了"夜郎"作为世界级品牌具有的旅游和文化开发价值。湖南新晃县是唐、宋时期设立的夜郎县，与战国秦汉时期存在了两百多年的夜郎古国并没有直接关系，但他们却以强烈的文化战略和品牌竞争意识，迅速获得湖南省、怀化市及有关方面的支持，以"夜郎"品牌立县，大打"夜郎古国"旗号。

熊宗仁痛心地说，原本不花一分钱便自然属于贵州拥有的"夜郎""夜郎国""夜郎文化"，一旦失去，花上千万也未必能挽回。

观念的一次警醒

争夺"夜郎"品牌，下重锤、敲大鼓的新晃是有备而来。对于一个渴望摆脱困境，发展经济的县城，我们无可厚非。相反，对当地县官们的胆识、魄力和超前意识当佩服才是，同时这也是对贵州人观念的一次警醒。

熊宗仁认为，湘黔"夜郎"品牌大战首先是观念的竞争。

99 研讨会的召开原本基于学术层面，最后与会者却意识到必须跳出学术，开发利用"夜郎"文化的经济价值，这让省内很多学者深感意外。作为唯一性、最优化的品牌，贵州的"夜郎"成了一块被闲置的旅游文化基石。但周边省区轻易获之，唯己所用，已尝到甜头。当我们仍停留在对古夜郎国都所在地的争论上时，具有强烈商品意识、注册商标意识的新晃已经将品牌价值发掘与经济建设紧密联系起来。

此外，这场没有硝烟的战争，还是一场文化力、品牌意识、发展战略胆识、创新意识、思维、方法及法律意识的竞争。作为"夜郎"品牌理所应当的拥有者，贵州对网上的"品牌"也未加以保护。时至今日，网上与"夜郎"有关的域名大都被省外抢注。其中新晃县抢注的中文域名就有"中国夜郎网""夜郎帝国""夜郎信息港"等。新华网上有关夜郎及其文化研究的文章、新闻报道 3000 多篇中，源自贵州的不过三分之一左右。

在外部争论中扬名　在内部争论中行动

由于福泉"竹王城"、六枝"牂牁江"、广顺"金竹屯"、桐梓"夜郎坝"、花溪"夜郎谷"等地都有许多古迹可考，多年来，贵州一直停留在对夜郎古都究竟在省内哪个县的争论上，而对"夜郎"文化品牌的经济价值，却鲜有人深层挖掘。

新晃县为抢注"夜郎"品牌已经做出不少努力和实际行动，一旦达到目的，独占品牌资源，将置贵州于被动。但从另一个角度看，该县的做法这也未尝不是好事。因为，无论周边哪个省区欲抢占"夜郎"，都是对这个品牌的一次"扬名"。"贵州在这场纷争中，绝不能再坐而论道，否则损失难以估量。"熊宗仁说。

四川曾因输给云南，失去香格里拉品牌而痛心疾首。相信每一位贵州人都不愿看到，类似的遗憾再次上演。在外部争论中扬名，在内部争论中行动——这才是我们从"不设防"到"防守反击"的重要对策。

夜郎古国究竟在贵州还是在新晃？

贵州省社会科学院历史研究所所长、贵州省史学会副会长兼秘书长熊宗仁研究员，综合多年来贵州史学界、考古学界、民族学界、文化和旅游部门的共同成果，对此问题给予了肯定回答：

1. 汉文献司马迁《史记》的记载，对战国秦汉时期存在了200多年的夜郎国已作了空间定位。古今夜郎研究成果认定，夜郎国在今贵州，而湘西新晃、麻阳一带，唐宋时虽曾设立过夜郎县，但与夜郎古国毫不沾边。

2. 二十世纪八十年代陆续发掘整理的贵州毕节地区（今毕节市）彝族文献也证明，夜郎国的武夜郎及武部支系以今黔西北和滇东北一带为主要聚居地，其活动地域达今安顺、贵阳。

3. 考古发掘和出土文物为夜郎国在今贵州黔中以西提供了足够物证，并与文献记载的夜郎国的主要属地相吻合。

4. 权威史著和工具书《中国通史》《汉语大词典》《辞海》都记载，夜郎在今贵州西部、北部以及云南、四川部分地区，并未提到湖南。

5. 民族学资料、民族事象也证明今日贵州是夜郎文化的孕育地。

（原载于2003年6月23日《贵州日报》）

面对高温感受迥异

贵州人喊热　外地人叫爽

　　近两周来，我省气温出现少见的持续高温。然而，当贵州人都在喊热的时候，入黔旅游、办事的外地人却啧啧称赞："凉快！"

　　8月6日，记者从几家旅行社获悉，虽然贵州近段时间的高温天气已算酷暑，但从省外入黔游客量的迅速增加来看，相当多的外地人却当入黔如避暑。贵州的气候优势，成为入黔游的一大卖点。7月下旬以来，海外旅行社、山水旅行社已经分别接待入黔游客3000多人，高于去年同期水平。入黔游客大多来自上海、广东、北京、重庆、江西等酷热省市，不少游客甚至从东北远道而来。同时，全国各地的不少会议也纷纷安排在贵州举行，山水旅行社接待的这类团队大大高于往年，一些会议参会人员甚至达到200人。省外散客也青睐贵州旅游，海外旅行社接到不少省外散客需求，希望帮助订房，安排漂流等。

　　贵州的自然风光吸引了省外游客的目光，贵州的凉爽气候更让他们流连忘返。在龙宫游玩的湖南游客，对天然大空调依依不舍。在山水旅行社，几位游客行程期满仍不思归，无奈旅行社已订好了返程机票，令他们备感遗憾。面对旅游商机，贵州海外旅游总公司总经理李朝认为，贵州在加大气候优势宣传的同时，还应加大避暑消夏度假旅游产品的开发力度。让来黔旅游避暑的游客留得下，玩得爽。

　　（原载于2003年8月8日《贵州日报》）

贵阳市 10 日举行《物业管理规定（草案）》《南明河保护管理办法（草案）》立法听证，立法听证会媒体现场直播在我省尚属首次。

广大市民会上积极建言献策

8 月 10 日下午，贵阳市人大举行面向广大市民的立法听证，就《贵阳市南明河保护管理办法（草案）》《贵阳市物业管理规定（草案）》两部地方法规的制定，广泛征求市民的意见和建议，这是贵阳首次举行这样规模的立法听证。

参加立法听证的共有 50 位市民代表，是从 114 位报名者中选出的，本报记者肖菡也作为市民代表，就物业管理规定陈述了自己的意见。

听证内容主要包括对危害南明河处罚权限、对直接排放生活污水是否需要设置处罚条款、新建物业是否必须实行物业管理、物业管理合同违约的处理等 19 项内容。

贵阳市人大法制委主任杨厚楣对记者说，地方立法从征求市民意见上升到立法听证，使人大立法更贴近群众、形式更多样、效果更好。

据介绍，这两部法规都受到贵阳市民的普遍关注，涉及的行政部门多，并在制定过程中出现较大争议。举行立法听证，可以保护立法和决策更好地体现市民和社会各界的意愿，立法质量得到提高。此前，该市曾就汽车维修业管理办法举行过立法听证会，因意见分歧过大，该项法规草案最终被撤回。

立法听证采取了会场内听取听证陈述人的意见和争论，与会场外通过热线电话听取广大市民的建议相结合的形式，这在我省尚属首次。以下是部分代表就《物业管理规定（草案）》陈述的意见。

专项维修基金

景德镇陶瓷学院在校学生付艳辉在陈述中认为，专项维修资金应当由业主委员会管理。贵阳钢厂的颜亨均认为，房屋公用部分及电梯等公用设施，在保修期满后，其维修费用应当由共有业主共同承担，并在业主委员会的监督下使用。

某小区业主委员会主任徐君如发言说，在维修基金的筹措上，开发商应该按投资额的 4% 拨付维修资金，并且应有强有力的监督机构保证开发商拨付这笔资金。

贵阳市房地产管理局张曦在听证陈述中表示，主管部门从 2001 年 12 月起对贵阳市维修基金管理工作进行了广泛调研，今年 5 月已拟订了相关暂行办法，对维修基金的管理、使用、审核、维修责任等都作了详细规定，预计今年年底将正式出台。

业主投票权

黔诚律师事务所卢安龙律师认为，业主大会的投票权应按业主拥有的物业建筑面积来确定，因为业主的主要义务是交纳物管费，而物管费一般是按建筑面积来计算，所以业主大会的投票权可按业主拥有的物业建筑面积、住宅套数来确定，这样可以体现义务与权利相一致。持同样观点的还有佳和花园物管公司的黄栋国。

不过，个体工商户刘建军、退休人员黄方万、省地矿局地质调查院的杨国庆等代表认为，业主投票权不应以面积为标准，而应该按一户一票确定。

恒易律师事务所的邱刚认为，业主大会业主的投票权按一户一票确定，有助于反映绝大多数业主最广泛的意见，不论业主拥有的物业建筑面积住宅套数多寡，其享有物业服务的内容和标准都应是一样的。

中工律师事务所王宗跃的观点则是，一户一票是前提，面积套数因素也应该考虑到。

物管公司及从业人员

贵州民族学院法律系的史高地认为，从事物业管理活动的物管公司应当有相关资质认证，物业管理从业人员也应当有执业资格证书才能从事物管活动。

原邮电五二五厂退休职工苟永祥认为，应该按物业的档次、规模、配套程度、地段环境等细化物业等级，对物管公司则按专业水准、服务实力、既往业绩等划定等级，实行星级评定，根据级别确定物管收费档次。

物管费的交纳

林业绿化局小区物管人员张菊芬认为，业主不交物管费，应视具体情况而定，以调解为主。住宅的产权人应督促使用人交纳物管费。

信嘉律师事务所的李贵生认为，制定物管收费标准应实行价格听证。达兴花园的谭国辉更强调物管费的使用应当公布账目。

贵州大众橡胶有限公司的谭伦武说，同一物业管理区域内，物业管理企业必须有统一、合理、规范的收费标准，不能巧立名目向业主收取费用，收费项目标准，要经业主委员会同意，报该区域房地产行政主管部门备案后执行。

（原载于 2003 年 8 月 11 日《贵州日报》）

"高温"面前看应变

入夏以来持续高温天气，让生活在"天然大空调"里的贵州人遭遇了罕见酷暑的洗礼。不过，对于一些行业部门而言，持续高温更是一堂考验各方应对能力的检测课。

"高温"让贵州人喊热，但让外地人叫爽。贵州即使"酷热"，也比其他省平均低7℃—8℃，是外省人眼中难得的避暑胜地。省内各大旅行社接客量大幅增加。7月下旬以来，海外旅行社、山水旅行社已经分别接待入黔游客3000多人，均高于去年同期水平。尽管省旅游局今年并没有针对持续高温天气推出新的旅游产品，也就是说，今年与往年相比，"气候牌"并没有太大的不同，但各旅行社和宾馆仍然赚得盆满钵满。喜笑颜开之时，老问题再度凸显出来了，如交通车辆的问题、旅馆住宿的问题……新困惑应运而生。针对这样难得的"气候牌"，相关部门显得新方法、新招术不多，要塑"公园省""天然空调大省"的形象，恐怕还需要在营销手段和方法方面多思量。

同样，"高温经济"也显得风平浪静。据报道，毕节某家电超市在连日酷暑间，摆放电扇的专柜早已销售一空。不过，抗暑需求品的大幅攀升，是在一种自然而然的状态下显露出来，而这往往让一些尚未充分准备的商家应对不及，只能被动满足消费需求。

与老百姓切身利益相关的水、电部门又怎样呢？

7月与6月相比，贵阳市每日供水量以14.5%的速度增加。7月上旬至今，持续高温天气使贵阳平均日供水量达到55万吨，最高达到了57万吨，比去年同期49万吨的日供水量增长了12%。其中，生活用水就占了 70%。

尽管持续高温天气让贵阳日用水量创历史新高，但市民生活用水却并未受影响。由于水源稳定，贵阳市供水总公司在确保水质的情况下，保证了对市民不间断供水。同时，供水公司每天还从乌当自来水公司抽调 1 万吨自来水供应地势位置较高的中天花园、茶店村及贵州工业大学茶店分校等片区。

炎炎夏日，全省电力负荷需求相当旺盛。贵州电力调度通信局的信息表明，7 月至今，全省发电量从每日 1.2 亿千瓦时增加到 1.65 亿千瓦时，比去年同期增加 21.5%，连续 15 次刷新历史纪录。5 月前后，全省供电量为 9000 万千瓦时，而目前已经达到 1.05 亿千瓦时。夏季全省供电量净增 1500 万千瓦时，比去年同期增加 20.4%。

在电网比较紧张，上半年乌江流域来水特枯，制约了水电发电量的情况下，全省发电量和供电量还能双双冲高。早已做好充分准备的贵州电力，通过一系列应对措施，向"烤"验交出了一份满意的答卷，让人看到了"群众利益无小事"的生活实践。贵州电力优化电网调度，合理协调水火电之间的发电配合，实现贵州电网三台 300 兆瓦火力发电机组提前并网发电。同时，通过加强发电机组管理，搞好运行维护，提高利用小时数，实现了机组超水平运作。通过充分利用与南方电网联网的互济优势，贵州电网争取了 15 万到 20 万千瓦的电力支援，减轻了送电压力。在这个热浪滚滚的夏季，贵州电力在安全和稳定的前提下，满足了城乡居民、市政设施、特困企业和重要大型企业的用电需求。同时还顺利实现承诺，向广东送电 180 万千瓦，比去年翻了近一倍。

（原载于 2003 年 8 月 11 日《贵州日报》）

餐饮业特许加盟：大树底下好乘凉？

作为一种便捷和先进的国际流行商业模式，特许经营已在贵阳餐饮业风生水起。拥有知名品牌的企业通过加盟连锁走规模扩张之路，大大小小投资者也将目光盯在"特许加盟"上，欲"站在巨人肩膀上摘桃子"。

大树下面是否真的好乘凉？带着疑问，记者日前采访了筑城以特许加盟方式经营的中西餐饮业。

西式快餐：门槛虽高省心又省力

提起省内洋快餐，人们的第一反应自然会想到肯德基和德克士。但省内仅有的 3 家肯德基全是直营店，而非特许加盟店。据悉，肯德基早在 1999 年便在国内开始了特许加盟方式经营。然而目前全国 800 多家肯德基餐厅中仅有 40 多家特许加盟店。个中原因之一是肯德基 800 万元人民币左右的特许加盟费把门槛抬得太高；其二，肯德基在华特许经营只采取"不从零开始"一种形式，即只向加盟投资者出售已经经营成功、确保能够赚钱的店，不做只转让品牌的特许经营，以降低投资者的风险和培育中国市场。此种做法体现出世界餐饮连锁业巨头特许经营扩张的谨慎和稳重。

相比之下，加盟总部准备金约 200 万元的德克士，则因门槛较低，吸引了众多加盟者，因而在省内快速扩张。从 2000 年正式进入贵州市场至今，已拥有 13 家加盟店，仅贵阳就有 9 家。最早开业的德克士大西门成美餐厅创下 8 个月内收回投资的最快纪录。尝到甜头后，该加盟者很快继续投资，在省内外陆续开了 10 家加盟店。

"关键是省力省心，不需要投入太多精力。"德克士喷水池德润餐厅负责人告诉记者，之所以选择加盟洋快餐，是因为她同时还有其他投资项目。而加盟店开业后，德克士贵阳运营中心会派人参与管理，所以自己忙起来可以几个月都不到餐厅。由于西式快餐制作的标准化、机械化，产品质量能够保证统一标准。同时，总部会给予人力资源、新产品开发、宣传促销等协助，只要选址正确、房租较低，经营起来比较轻松容易。现在她已经筹备在西藏开第3家新店了。

中式餐饮：门槛虽低需更多精力

虽然省力省心，然而德克士就算是洋快餐中较低的门槛，200万元左右的加盟资金也让常人难以企及。因此，中式餐饮业的特许加盟店在这方面就优势凸显了。

作为中餐中较有名气的全国连锁店，卞氏菜根香的足迹也遍布全国主要省区。贵州的加盟店，已经从省城贵阳发展辐射到遵义、凯里、铜仁、六盘水等市（州）地。据悉，根据加盟店所处的城市级别和消费水平，加盟金从15万元到30万元不等，远远低于西式快餐的门槛。

不过，既然占了省钱这一头，难免就要投入更多的精力了。

卞氏菜根香贵阳宅吉店李总认为，制约中式餐饮店发展的因素至少有5个方面：人的因素，由于不可能像西餐那样按标准流程机械操作，一个厨师的心情可能决定菜品的质量，一道菜很难长久保持风格；政策因素，中餐中有60%是公款消费，客源结构复杂；市场因素，如果经济不景气，失业下岗的增多，必然影响个人消费；环境因素，需要在有停车场、交通便利的支干道上；公关能力，要协调好与当地各部门的关系。所以，中餐的加盟需更费心思。如果老板放手不管，很可能会因经营不善而导致投资失败。

虽然需要投入更多精力，但特许加盟的经营方式还是为投资者带来诸多便利。业内人士介绍，一个品牌从创建到知名需要5年左右的时间。

加盟一个成熟的品牌无疑减少了创业的实验期。管理技术、厨艺技术、菜品技术、营销技术都有现成规范的模式，加上规模效应的优势，大大减少了投资风险，这是自行开店无法比拟的。美国中小企业局调查发现，经过 5 年的经营加盟连锁店的成功率为 80%，而自行开店的成功率仅为 20%。

特许经营 ① 带来的"双赢"

受许人除了可以使用特许人的商标、商号外，还可利用已被总部验证的成功的分店管理模式及方法，得到总部全方位的指导和支持。总部的品牌、商号及产品，对加盟店生意有基本的保障；总部统一的配送体系使产品成本有较强的竞争力；可以在广告宣传上与总部资源共享；加盟一个好的特许体系，也使自己具备采购、融资等方面谈判的筹码。因此，特许经营被认为是创业者最便捷的投资方式，"站在巨人肩膀上摘桃子"，迅速实现做老板的梦想。

对于特许权所有者，吸收投资者加盟也能获取利益；一次性加盟金；按一定比例或定额从特许店营业额中提取的特许权使用费；向被特许者销售自己的产品（设备）的利润；对特许店进行配送、培训时收取的费用。此外，可以不用直接投资，而通过吸收社会闲散资金实现品牌和市场的扩张。德克士从败走京城到今年跻身国内特许加盟十大品牌，甚至在二三级城市打败麦当劳、肯德基便得益于此。

（原载于 2003 年 10 月 5 日《贵州日报》）

---

① 特许经营，是根据国际商界流行的和中国专有法规所规范的，指特许人将自己拥有的商标、商号、产品、专利、专有技术、经营模式等，以特许经营合同的形式授予受许人使用。而受许人则按合同规定，在特许人统一的业务模式下从事经营及其他相关活动，并向特许者支付相应的费用。

贵州旅游再造地质血统

给旅游注入地质的血液

看似隔山般的两个行业走到了一起。

11月中旬，50多名地质科技人才接受了一次特殊的培训。受邀而来的旅游学和地质学专家们为大家上了堂贵州旅游资源勘查规划分析课。而此次培训的目的，正是要让旅游学与地质学这两个不同的学科走到一起，联袂为贵州旅游资源的开发利用另辟蹊径。

"我们希望利用地质的手段、技术、人才、知识、资料为贵州旅游资源的开发、旅游产品的设计、旅游市场的营销提供服务。"这次培训的发起人之一贵州山水旅行社总经理陈跃康说。

叫旅游地质，还是叫地质旅游？概念的确定虽有待磋商，但是，对于已经着手开辟此径的人来说，两个词在一起已绝不是简单的相加，而是相乘。

"贵州的旅游资源要上档次，创品牌，就必须提升旅游产品的科技含量和文化内涵，打出独特旗帜。"贵州省地矿局总工程师王尚彦博士认为，从地质入手也许正是贵州先发制人的优势。

让地质科技替代浅显的解说词

贵州的旅游资源可以分为自然地貌景观和少数民族文化两部分，而绝大部分自然地貌景观都是特殊地质作用的产物，也正是旅游地质的资源。

王尚彦将贵州的旅游地质的特点分为五类：以各种峰丛、石林、溶洞为代表的岩溶地貌景观是贵州旅游地质资源的主体；峡谷和瀑布是多种地质作用的产物；山岳是地壳运动的见证；古生物化石群是生命演化的直接记录；观赏石则是地质作用结果的精品荟萃。

当导游为游客解说景点时，强调这些具有贵州特色的地质特征，也许比那些浅显的神话传说更具说服力和吸引力。这是战斗在旅游业第一线的工作者的真切感受。

从地质学出道的陈跃康，早在多年前就投身于旅游业。然而，贵州旅游业相对周边省区的发展滞后，让他深感旅游思维创新的重要。多年的一线经验让他重新发现，过去研究的地质和现在从事的旅游竟然有不该分隔的联系。

"贵州近年在旅游营销上投入了前所未有的重视力度，但是拉动客源市场的新品、精品却难如人愿，"陈跃康说，"如果把旅游和地质有机结合，应该创造出更大的市场效益。"

贵州的自然风光是特殊地质作用的结果，同时，民族文化所依据的客观物质环境也是受地质条件制约的。地质学的研究成果不仅可以解释自然风光的成因，还可以解析民族文化的根源。在雷公山、清水江和都柳江流域，碎屑岩的地质特征有利于高大树木的生长，于是杉树成为聚居于此的苗族和侗族的重要生活材料，造就了吊脚楼、木排、木筏的民族文化特色。而在南北盘江流域，石灰岩地质特征的产物就是石板，于是石板成为聚居于此的布依族的生活材料，造就了石板房、石板上制蜡染的民族文化特色。陈跃康说，如果把这些内容加入导游解说词中，旅游将会变得更有意义。

躬行地质旅游

一方面，旅游开发需要提升品位，提高科技含量；另一方面，地质勘查工作者研究出的大量地质科学成果仅用于地质调查研究，积累的许多与旅游相关的地质材料并未得以充分利用。如何让两者紧密相连？

前瞻到旅游与地质二者求合的需求，陈跃康从旅游地质的初探者变为躬行的实践者。一个全新的组织应运而生。

今年9月，由贵州省地质矿产勘查开发局投资、贵州山水旅行社创办的贵州山水旅游资源勘察开发设计院成立。陈跃康担任院长。该院主要为委托单位进行旅游地质资源勘探、评估、规划、设计和开发可行性论证以及景区地质灾害调查等。设计院成立后不久，已有几十个意向性项目进入立项阶段。

"我们希望开展一次全省旅游地质资源大调查，摸清家底，理清头绪，我们要给贵州的旅游开发注入地质学的新鲜血液。"陈跃康说，明年设计院就要制作出省内八大景区旅游地质导游解说词。

（原载于2003年12月23日《贵州日报》，获建设旅游大省新闻竞赛三等奖）

关注贵州资本市场

滞后中蕴藏潜力

现状

贵州资本市场发展已具一定规模，在推动国有企业改革改制，建立现代企业制度，筹集投资资金，推动产业结构优化升级，做大做强优势产业、主导产业，促进民营企业、高新技术产业发展等方面发挥了重要作用。

但不可否认的是，从上市公司的数量、规模，行业分布，经济效益，资产重组状况等方面来看，贵州资本市场的发展仍滞后于全国大多数省份。

数量、规模——在中国沪深两市挂牌交易的近 1300 家上市公司中，贵州仅有 14 家，所占比例为 1.01%，列全国倒数第四，只高于宁夏、青海和西藏，远远低于全国平均每省区 40 家的水平。到去年年底，所有上市公司股票市价总值只占沪深股票市场市价总值的 0.64%，有一半以上上市后没有通过配股、增发、可转债等手段进行再融资。

行业分布——上市公司主要集中在机械、化工、电子等第二产业中，没有全面反映贵州经济资源优势。如贵州在电力、旅游、锌业、磷矿业没有一家上市公司；在资源丰富的中草药类中，直到最近才有一家民营企业上市；酒类行业也只有贵州茅台一家。

经济效益——截至 2002 年底，贵州 13 家上市公司平均每股收益 0.205 元，比全国平均水平高 43.36%，平均净资产收益率 5.01%，比全国平均水平低 12.37%。

资产重组——已进行的重大资产重组公司有 4 家：天创置业、世纪中天、太光电信、高鸿股份，其股权分别转让给北京天创房开公司、世纪兴业投资有限公司、深圳太光电信股份有限公司以及电信科学院和大唐电信。但是，重组方式单一，基本为控股权转让和资产置换。本地企业参与重组少，导致宝贵的"壳"资源流出贵州。重组后实现向高新技术产业或朝阳行业转型的上市公司也较少。

分析贵州资本市场发展滞后的原因，中国证监会贵州监管局局长邹建平认为，首先是贵州经济基础薄弱，经济发展水平处于全国后列；其次是缺乏对资本市场的认识和总体把握，大多数公司对资本市场的认识往往仅停留在募集资金上，造成经营状况好的企业对引入股东、发行上市不感兴趣，经营状况差的企业则把上市筹资看成无须还贷抵押的融资方式，热情高涨，强拉硬拽，盲目股改。

如何提高对资本市场的认识，促进贵州资本市场加快发展？邹建平建议，一是要加大宣传和市场培育力，让更多企业和政府部门了解资本市场带来的远期效益；二是要加大对贵州资本市场的统一规划和协调，整合力量，变低层次的零散发展为大踏步前进；同时，应努力培育上市资源，特别是机制灵活、成长性高、有实力的民营企业，在西部大开发机遇中发展壮大的骨干企业以及能够将比较优势转化为经济效益的企业；此外，还应加强资产重组工作的协调和指导，让上市公司和政府及有关部门紧密配合，根据实际情况共同策划资产重组方案，促进上市公司结构优化和健康发展。

挖掘后发优势

贵州资本市场发展滞后的同时，也蕴藏着巨大的潜力。

第四批贵州博士服务团团长，原上海证券公司证券投资总部总经理姚兴涛博士对这一点非常肯定："贵州最大的潜力就是还有很多优势产业尚未进入资本市场。""贵州在生态、旅游、能源等方面具有自然资源禀赋，如果通过后天努力把这些优势发挥好，利用资本市场做强做大优势产业，解决'木桶效应'中的短板问题，必将为贵州资本市场带来更大的发展空间。"姚兴涛说，每一个上市公司都会产生"标杆效应"，益佰制药的上市必然会在省内民营和中小企业中产生震动。

中国证监会贵州监管局上市公司监管处处长程策希也持此"潜力"观："很多三线企业基础不差，留下了宝贵的人才和资产规模优势。此外，贵州14家上市公司中，进入资产重组的只有几家。辽宁省有二三十家上市公司需要重组，重组不成功就将面临退市，对当地经济产生负面影响。因此，相对而言，贵州资本市场中上市公司包袱不大。"

今年年初，国务院出台的《关于推进资本市场改革开放和稳定发展的若干意见》明确指出：大力发展资本市场是一项重要的战略任务，对我国实现本世纪头20年国民经济翻两番的战略目标具有重要意义。

与此同时，《中共贵州省委关于贯彻落实＜中共中央关于完善社会主义市场经济体制若干问题的决定＞的意见》、省十届人大二次会议通过的《政府工作报告》中都明确指出，要积极发展资本市场。

贵州资本市场的发展已经迎来一个崭新的春天。

中小企业的"光荣与梦想"

4月3日至5日，600多名省内政府官员和企业代表参加了贵州中小企业改制上市培训。中国证监会、深圳交易所、上海证券公司等专业机构的著名专家，就贵州资本市场发展概况，股票发行上市最新政策解读，企业改制的基本程序、操作要点等问题"传经"授课，带来了中国资本市场的前沿信息。

记者发现，此次培训层次之高、规模之大在省内尚属首次。学员们高涨的学习热情，让人深深感受到省内企业渴求改制上市的"光荣梦想"。其中，贵航集团、毕节经贸局、南方汇通、贵州铁路实业集团有限责任公司派出的学员代表团均超过20人。接受培训的不仅有企业、政府部门，还有不少律师、会计和券商等中介机构，他们都怀着各自的需求而来。

国企谋求主辅业分离让优质资产上市

贵州水城矿业集团有限公司发展策划部刘远祥："虽然我们是全资的国有企业，但已在筹建一个全新的民营企业子公司，并且拥有优质的环保项目——煤化工深加工，即从回收的煤气中提取甲醇和精甲醇，作为汽油的替代品。这次正好可以咨询如何将该子公司运作上市。"

拟上市公司关注申报程序注意事项

信邦药业财务经理汪玉玲："我们公司已通过改制上市辅导期，进入了关键的申报环节，非常希望了解审核过程中需要注意的事项和政策，这次培训课为我们提供了大量翔实的资料。深交所的专家为我们总结了很多以前的成功经验和失败教训，非常有用。"

政府部门关心如何牵线搭桥

毕节地区（今毕节市）经贸局聂炎："这次我们派出 20 多人的学员代表团。毕节地区（今毕节市）的企业大多规模小，数量多，工商注册企业有 500 户，但毕节地区（今毕节市）尚未有一家上市公司，此次专门组织了 10 多家前来。我们希望通过学习，把握政策，做好协调工作，促使企业抓紧改制，用现代企业制度要求规范管理，争取尽早进入资本市场，提高企业竞争力。"

上市公司渴望让更多子公司步入同列

南方汇通股份有限公司人力资源部副部长阮运强："虽然南方汇通已经完整地经历过改制上市的全过程，但公司还拥有很多子公司，它们今后有可能接触到创业板市场等融资领域，让它们尽早进入'状态'，对未来发展非常有好处。"

中介机构期冀肥水不外流

慧原律师事务所律师邢连斌："律师法律意见书是股票发行上市的必备条件，然而贵州律师界介入该业务领域的很少，具有证券业务资格的律师事务所更是屈指可数，以致大多数拟上市和上市企业不得已而聘请省外律师。因此，非常希望通过这样的培训机会，了解更多相关信息，以便为贵州企业上市提供更完善的服务。"

（原载于 2004 年 4 月 6 日《贵州日报》）

充分关爱大力支持

我省多渠道扶助 70 余万残疾人就业

"只要给予残疾员工充分的关爱和支持，让他们增强自信心，克服心理障碍，他们就能在各自的岗位上发挥最佳状态，为公司发展做出贡献。"6 月下旬，贵阳广航铸造有限公司负责人对记者如是说。

去年 7 月，贵阳广航铸造有限公司招收了 50 名残疾职工，占生产人员的 51%。通过半年的岗前培训，如今，在公司生产和管理一线都可以看到残疾员工的身影，他们中有的还成为技术尖子和骨干。残疾职工刘彪成为机械加工班班长，潘宏明参加贵阳市首届残疾人技能大赛荣获第二名。目前，广航公司已经从单一的汽车零部件配套商发展成为涉足健身器材、军事工业等多领域，产品辐射大半个中国的产品配套商。该公司负责人表示，今年公司还将吸收 40 名残疾人就业，并培训新老残疾职工 600 人次。

近年来，我省根据实际情况，走安置残疾人集中就业与帮助非公有制企业发展相结合的路子，取得明显成效。通过帮助非公有制企业落实优惠政策、推荐就业、职业培训、康复扶贫资金扶助等，省心意药业公司安置残疾职工 113 人，占生产人员的 62.43%；贵阳奔驰动物药业有限公司安置残疾职工 42 人，占生产人员的 65%。毕节地区（今毕节市）二塘镇还确立了以"优惠政策为动力，福利企业为依托，残疾人就业为条件，经济发展为基础，实现小康为目标"的工作方针，将残疾人集中就业和福利企业发展作为带动经济发展的重要措施，目前全镇兴办福利企业 18 家，安置本镇及周围各乡镇残疾人 372 名。2002 年，全镇 85% 的残疾人及其家庭基本解决温饱。据不完全统计，我省通过非公有制企业集中安排残疾人就业 1.3 万人。

与此同时，通过依法推行按比例安排残疾人就业政策、大力扶助残疾人个体从业、培训盲人从事按摩行业等多渠道多形式的就业扶助，目前，我省已有 75.7 万名残疾人实现了就业。其中城镇残疾人就业人数达 5.8 万人，农村残疾人就业人数为 69.9 万人，就业率分别为 76.7% 和 82%。

（原载于 2004 年 6 月 29 日《贵州日报》，获贵州省残疾人事业好新闻评选一等奖）

【西部大开发在贵州】

环境好不好　企业来评判

"贵州的硬环境虽然赶不上沿海发达城市，但却创造了一个令企业非常满意的软环境。"天津塑力线缆集团贵州有限公司总经理许鸿胜对在贵州的发展充满信心。当企业陷入困难之时，是贵州省政府及各级相关部门的共同努力和协调，让企业顺利渡过难关，重获生机。

同样，韩国独资贵阳白云可林普建材有限公司董事长朴相允也对贵州的软环境给予了高度评价："这里有一个讲信用的政府。"环境好不好，企业来评判。不仅要作出定性评价，还要通过打分进行定量考评。塑力、可林普所在的白云经济技术开发区，在 2003 年全省投资环境考核评价中综合分数排在 11 个国家和省级开发区的第一名。

环境是生产力，环境也是竞争力。

让外来投资企业直接对有关行政服务部门进行客观公平的评价，这一自 2002 年以来开展的全省投资环境考核评价工作，以在全国处于领先地位的科学指标体系为支撑，成为我省"西部大开发"战略实施以来改善投资软环境工作的重要措施，直接推动了各地投资环境的建设和改善。

2002 年，在省委、省政府开展的全省"改善投资环境综合整治行动年"活动中，省招商局、省统计局、国家统计局贵州企业调查队等部门牵头，对我省 9 个市（州）地、9 个县级市、11 个国家和省级开发区开展了投资环境考核评价。通过常规统计渠道，收集了反映各市（州）地、县级市、开发区投资硬环境的相关指标，对照指标体系，测算出硬环境指标值；通过对企业调查、行政部门问卷考评组评价、投诉中心评议等多种反映软环境的相关素材、资料，运用科学的数理分析方法，测算出软环境指标值；通过组织专家论证评估，对软环境指标值赋以相应的权数，综合计算出各地投资环境综合分值。

为进一步完善投资环境考核评价指标体系和工作机制，2003年省政府专门设立"省改善投资环境考核评价办公室"，把改善投资环境工作纳入省直部门目标考核范围，形成投资环境监测、评价、考核、公示制度。2003年，随机抽选的338户外来投资企业，对企业所在地包括经济发展水平、产业结构、经济发展活力、市场潜力、基础设施、社会环境等六个方面的投资硬环境进行评估。同时，对包括政府部门服务质量、承诺兑现、乱收费状况、故意刁难、吃拿卡要等5个方面的情况给予打分，对当地政府及有关部门鼓励外来投资者引导措施、办事效率、服务方式、廉洁情况、扶持政策的宣传和落实，以及当地舆论环境、法制治安环境、人力资源的供给、社会服务环境投诉办理情况等方面给出评价。环境考核评价综合报告给出后，各地、各有关部门和单位高度重视，认真对照检查，查找不足，抓住突出问题，制定改进办法，全面贯彻落实省委、省政府关于改善投资环境、加强招商引资工作的各项政策措施，为推进我省西部大开发战略的实施，加快全省经济社会发展创造良好的投资环境。

投资环境考核评价体系的建立，不仅有效地推动了我省投资环境的改善，而且被亚洲开发银行推荐给发展中国家作为改善投资环境的参考。国内9个省市也先后派人到我省学习。国务院西开办对此项工作的开创性和国内领先性也给予了高度评价。

（原载于2004年7月21日《贵州日报》）

【大力推进西部大开发实现战略重点新突破】

着力推进特色优势产业发展壮大

2015 年药业总产值突破 260 亿元 2010 年食品工业总产值达到 250 亿元

我省特色优势产业今年喜讯不断，贵州益佰发行 2000 万 A 股，成功涉足资本市场，"老干妈"销售收入突破 6 个亿。有关部门的统计表明，以中药为主体的我省医药工业去年大幅增收，总产值达 60 亿元，比 10 年前增长了近 60 倍。同时，以"老干妈"为代表的我省食品产业 2003 年完成工业产值 77 亿元，比 1999 年翻了一番。特色药业、特色食品工业已经成为我省经济领域耀眼的"双子星"。

省委、省政府已经把以民族制药、特色食品为代表的我省特色优势产业作为我省实施西部大开发"十年重点突破"中的一个突破方向。按照远景规划，全省医药总产值 2015 年将突破 260 亿元，5 到 8 个企业年销售额突破 10 亿元，成为全国医药知名品牌。食品工业 2010 年总产值将达到 250 亿元。

丰富的特色资源，活力十足的民营公司结构，不断完善的现代技术支撑，医药产业这个既能富省又能富民的产业在我省有着灿烂的前景。资源丰富是我省药业发展的稳固基础。全国重点普查的 363 个重要中药品种中，贵州有 326 种，占 89.8%。全省中药资源蕴藏总量约 6500 多万吨。我省民族医药历史悠久，疗效确切，极具开发推广价值。在我国乃至世界民族医药之林中，占有不可忽视的地位。在长期与自然疾病的搏斗中，少数民族同胞创造积累了丰富多彩而独具特色的民族医药，如苗族医药、布依族医药、侗族医药、水族医药等。全省民族药现有 1500 多种，常用的 500 种左右。近十年来，有关方面大力发掘以苗族医药为代表的民族医药文化，在历史渊源、医理诊治、方药特色、科学内涵与应用实践等方面做了大量研究开发工作。已有 150 多个苗药成方制剂正式上升为国家标准。在科研技术方面，我省也已经逐步建立了一个较完整的支撑体系。

民营企业唱主角是我省医药工业的显著特点。目前已有的贵州上市制药企业中，不少是民营企业。在贵州现有的 277 户医药工业企业中，民营企业比例高达 72.56%，经济规模占行业 90% 以上。在益佰上市之前，贵州神奇集团麾下贵州神奇投资有限公司已收购上海永生数据，成功实现"借壳"上市。同时，我省确定 6 家上市重点辅导企业，药业企业占了多数。10 年来处于高速发展的贵州制药企业开始借助资本市场给自己安上腾飞的翅膀，为企业向规模化、规范化方向发展奠定了基础。

随着"老干妈"销售额突破 6 亿元，我省特色食品工业迎来了历史上最好的发展时期。2003 年，12 月 16 日，为期 5 天的第 10 届中国食品博览会在武汉落下帷幕，我省实现 9.32 亿元的总成交额，高居 27 个参展代表团之首。在如此骄人的业绩背后，凸显出我省特色食品强有力的发展后劲。此前，贵州省特色食品已在武汉 4 次大规模亮相，展销产品包括辣椒制品、山野菜制品、调味品、肉制品、茶叶。黔产特色食品不仅在武汉享有良好口碑，还赢得了北京、广东、福建、江西等地经销商的订单，今年全省食品工业产值预计将突破 95 亿元，形势良好。

省食品药品监督管理局局长董穗生说，我省民族药业已经奠定了良好的产业化基础，贵州药业在国民经济中的地位和影响力显著提升，成为我省经济发展的一个新的增长点。省食品工业办公室副主任周介济说，近几年，我省通过新建和技改，采取抓住重点发展的行业，尤其是行业的龙头骨干企业，鼓励非公有制食品企业的发展，坚持企业的制度创新、管理创新、科技创新、搞活营销、开拓市场、加强原料基地建设等措施，已经建成了一批有一定技术含量和规模的特色食品项目，使我省特色食品工业近 3 年来的产值连续出现了两位数的增长。他们认为省委、省政府审时度势的决定必将进一步促进特色食品工业、特色药业的发展，特色优势产业的异军突起将为实现我省富民兴黔宏伟目标发挥重要作用。

（原载于 2004 年 8 月 16 日《贵州日报》）

从自发到自觉 从无序到有序

——民族文化进校园的价值探寻

"一场演出的成功，胜过一个大的项目……非物质文化遗产侗族大歌是原生态唱法，确实非同凡响。不用伴奏、不用乐器，也能唱出这么整齐、这么和谐、这么美好的和声。侗族大歌在世界上享有很大的影响、很高的声誉。"这是今年中日文化体育交流年期间，由从江县小黄小学吴凤香、吴秋月等9名学生组成的少儿侗歌队随温家宝总理访问日本演出成功后，温总理接见他们时说的话。

这些把贵州大山的侗族大歌带到世界舞台，感动国家领导人，受到世界人民赞誉的侗族姑娘，正是我省开展民族民间文化进校园的直接受益人。

民族的才是世界的。散布在贵州大山深处的民族民间文化，吸引着成千上万的海内外游客，聚焦着世界的目光。在经济全球化的背景下，如何使保护和传承民族文化实现从自发到自觉、从无序到有序？省民委、省教育厅联合开展的全省"民族民间文化进校园"活动已经初步探寻到一条有效途径。

在普通中小学，尤其是民族地区的中小学，把优秀的民族民间文化作为素质教育的内容，将当地各民族人民喜闻乐见的民族民间音乐、绘画、舞蹈、体育、文学、传统手工艺品制作等引进教学活动，既发挥了学校教育资源优势，又实现多渠道、多形式的民族文化保护与传承。

自2002年开展试点工作以来，黔中大地部分中小学校掀起了学习优秀民族传统文化的热潮。五年来，全省开展此项活动的学校不断增多，教学内容也不断丰富。黎平县通过命名 167 位侗族歌师、工匠艺人，让他们走进课堂，用民族语言和汉语教学生唱歌，给学校音乐课注入了本土民族文化的因素。将吹芦笙、弹牛腿琴、侗族摔跤等引进课堂，成为音乐课、体育课的教学内容，还自编小学、初中、高中民族文化乡土教材，培训具有专业水平民族文化课任课教师，制定民族文化课教学计划和考核评价体系。贵阳南明区将布依族"打陀螺"引进学校体育课，三都坝固民小在教学中开设水书、剪纸、芦笙歌舞"双语"课程，正安县给中小学学生上仡佬族文化课，白云区把地戏引进中小学课堂，还有台江的反排木鼓舞进课堂，雷山的银饰制作进课堂等，不仅让民族学生了解和感悟当地世居民族优秀文化传统，还在教学过程中实现了民族民间文化资源的挖掘、整理、保护以及后继人才的培养。

还有很多学校的教师勤于钻研，积极编写适合当地情况的校本教材。安顺民族中学编写的《话说安顺》《屯堡文化》，赫章珠市民族初级中学编写的《乌蒙彝族音乐》《乌蒙彝族舞蹈》，三都鹏城希望学校编写的《水书（初级版）》，望谟民族中学编写的《民族体育运动与健康》等，都体现出了民族文化进校园所取得的累累硕果。

多彩的贵州民族文化在菁菁校园终于找到了生存的土壤，成为有源之水，有本之木。

省民委主任郝桂华从三个方面指出了此项活动的意义所在：一是经济功能。学校培养大批民族歌舞艺术表演人才，组织民族特色节目出现在各种旅游推介活动和旅游村寨的文艺表演中，使少数民族的歌舞等古老的生产、生活方式，音乐、语言、建筑、雕塑和技艺再现舞台，提高旅游吸引力，从而促进旅游产品的营销。二是传承功能。青少年阶段的中小学生，思维活跃，感觉敏捷，模仿能力强，是接受民族文化的最佳时期，通过他们还能起到"上行"传递给父母，"横向"传递给社会的效果。各学科教师受过系统的培训，不仅传授民族文化，而且还能担负收集、整理和创新民族文化的任务。三是教育功能。民族文化进校园促进了各地因地制宜的课程改革。学生"母体"文化素质的提高，对增强民族学生的民族自豪感、自信心也能起到很好的作用。

省民委副主任刘晖认为，民族文化进校园，是一个系统工程，需要各级党委、政府高度重视，需要各部门的支持配合，需要各学校有课程和教师保障，特别是需要教育部门纳入教学督导、评估体系。

因此，民族文化进校园活动不能仅仅理解为让学生唱唱歌、跳跳舞这样简单。省民委文教处副处长邓永汉说："要从民族文化载体所赋予的历史发展意义切入，要从提高学生素质，增强民族自豪感、自信心的高度，要从巩固、培育和提升文化资源，培养人才，推进文化大省、旅游大省建设进程，实现全省经济社会又好又快发展的高度来认识。"通过活动的开展，在潜移默化中去影响正在成长中的学生的人生观和价值观，使他们逐渐懂得去珍惜自己的母体文化，最终内化为自觉行动，长大后献身于民族文化事业的传承和发展。

在开展民族文化进校园活动过程中，虽然还存在地区发展不平衡，认识不够，经费不足，师资匮乏，缺少场地和基本的软、硬件设施等问题，但作为一项自觉、有序的保护和继承民族民间传统文化的新路子，一项长远的系统工程，它的未来应该曙光照耀。

据悉，目前，全省开展民族民间文化教育的学校有 431 所，2010 年还将扩大到 1500 所。

（原载于 2007 年 7 月 24 日《贵州日报》）

贵州人的自信

——京沪黔商印象记

北京，中国的政治文化中心。上海，中国的经济文化中心。两个大都市都是人才荟萃、精英辈出的地方。

贵州，一个中国西部欠发达、欠开发的省份。然而，落后的经济水平并没有阻挠贵州人出山创业的梦想，再高的山也没有羁绊贵州人出山创业的脚步。

多年来，贵州人走出大山，走进北京，走进上海，挑战自我，开拓创业。他们从一介书生、身无分文，到站稳脚跟，搏击商海，创业有成。在激烈的市场竞争中，贵州人树立了自己的品牌，走向了国际化的企业集团。还有不少贵州人在一些全国知名的特大型企业高级管理层任重要职位，成为业界高知名度的精英。

2008年6月底，北京市贵州商会、上海市贵州商会分别在京沪两地隆重成立。"商会"，这个特殊的组织将多年来打拼在京沪两地的黔商团结成一个商人的队伍，构筑起京黔、沪黔经济交流与合作的全新平台。

在这个新平台里，人们欣喜地看到，从房地产、餐饮、建筑、投资、服装等传统行业，到IT、生物技术等高科技行业，以及法律、培训等新兴服务行业，无不活跃着贵州人成功的身影——

在北京，提起黔菜，绝对得提到红红火火，吃饭订位都得排队的"苗乡楼"。在上海，黔菜餐饮文化也被一家叫"黔香阁"的高档餐饮企业诠释得令人称道，来往品尝贵州美食的各界名人、世界友人络绎不绝，车水马龙。"苗乡楼"和"黔香阁"已分别成为京沪两地鼎鼎有名的黔菜代名词。北京苗乡楼餐饮管理有限公司董事长谢伟，上海长乐（新加坡）投资管理有限公司、上海黔香阁特色餐饮有限公司董事长李建忠也成为贵州人在省外创业成功的典范。

再看看高科技行业。在我国的食品安全免疫检测领域，一家叫"望尔"的生物技术公司，开发生产的食品安全快速检测试剂盒，首次打破了国外食品快速检测产品在国内市场的垄断。目前产品已在全国32个省市近500个检测实验室广泛应用，为国家"放心肉菜工程"中农畜产品的安全监控做出重大贡献。北京望尔生物技术有限公司总经理，正是贵州籍企业家何方洋博士。

还有从事房地产开发的和泓集团董事长刘江；今年将在温哥华开分公司，准备在美国纳斯达克上市的海汇创科技集团总裁叶青；担任全国最大的软件公司东软集团副总裁兼总经理的刘宁宁；身无分文下海创业成功的正大财富投资控股有限公司总裁邓匡林；上海奇盟生物科技有限公司总经理黄里奇；北京问天律师事务所主任张远忠博士……

许许多多的董事长、总裁、总经理，许许多多的博士、专家，尽管他们分属完全不同的行业和领域，但是他们的名字背后都蕴含着永远无法磨灭的共有头衔——贵州人！

商会的成立，勾起了黔商对家乡贵州的深深眷恋；黔商的言行，无时无刻透露着贵州人的自信和骄傲。他们已做好准备，借助商会的平台，努力为家乡的发展和腾飞做出贡献。

"贵州人朴实肯干，说话算数讲信用，这些优点正好给贵州人创造了良好的口碑，也成为我创业路上的助推力。"出生于兴义，离开贵州创业有十余年的邓匡林感慨地说，"随着科学发展观、和谐社会、生态建设等理念的建立，贵州今后发展的后发优势必然将随着时间推移而逐渐显现出来。"但凡有新朋友，邓匡林都要大力推介到贵州旅游、投资。"走出去，还要走回来，贵州人都应该有这样的胸怀。把这种强烈的贵州情结转化为对家乡的贡献！"

2001年毅然离开中国电信，把握机遇，进入中国最大的软件公司东软集团并担任要职的刘宁宁，是在贵州博士网获得北京市贵州商会筹备成立的消息的。凭着难以割舍的乡情，以及更多维度的沟通需求，他积极报名加入。"夜郎自大一定是因为有自己的过人本领！""我们在外面很为贵州争光的！"他自豪的语句让人看到贵州人应有的自信。商会的成立，让刘宁宁感受到了身后家乡力量强有力的支持，同时也找到了把先进理念带回贵州的桥梁。"坚持自己的目标，进行阶段性的反省，站高角度，放宽视野。"这是他对自己事业成功的总结。

作为一家IT行业民营科技企业创办人，已走出贵州24年的叶青，事业不断发展壮大。他的海汇创科技集团已经把事业发展到了海外，并谋求上市。"希望为家乡争光"这样的词句，在他口中不断吐露。"贵州的青山绿水，孕育出的是出类拔萃的贵州人。"他的自信建立在永难割断的家乡情节上。

"任何事情，一定要敢想，敢做。"通过饮食文化搭台，民族文化唱戏，北京苗乡楼餐饮管理有限公司董事长谢伟正是凭借这个闯劲，把自己的企业逐步做大做强。继北京5家分店后，"苗乡楼"已在香港、上海规划分店。"贵州有丰富的民族文化底蕴，我们要把这种民族文化元素提炼出来，融入餐饮文化中去，并做成高端的服务行业，对贵州做好宣传。同时，大量聘用贵州员工，又带动更多贵州人力资源的输出。"谢伟说，希望在宣传贵州、解决贵州劳动力就业等方面，"苗乡楼"能起到抛砖引玉的作用。

京沪黔商，带着贵州人的自信走南闯北，走向成功。他们是贵州给北京、上海的名片，他们也是贵州今后发展的宝贵财富。

"贵州的商会，尽管成立很晚，贵州的经济在中国尽管不是很强劲，但是，贵州人所表现出来的这种凝聚力，这种蛮干精神，却是令人感到震撼的。"著名的战略咨询专家王志纲先生在上海市贵州商会成立大会上如是说。

贵州人有自信，京沪黔商正是凭借这种不卑不亢的自信，誉满京沪。

贵州人应自信，京沪黔商给每个有创业梦想的贵州人点亮了航灯。

（原载于 2008 年 7 月 22 日《贵州日报》）

百岁寿星的生活：简单而幸福

8 月 21 日，黔东南州老龄办主任刘建国一见到记者就送上一本影集，里面有全州 115 位百岁老人的个人照片。许多寿星看上去精神抖擞，身体硬朗，有的似乎刚过 80 岁的样子，让人难以置信已是百岁寿星。

要采访老寿星，就要到黔东南州黄平县谷陇镇。谷陇仅 4 万多人口，却拥有 18 位百岁老人，成为我省名副其实"长寿之乡"。刘建国说，他在网上查找发现，至少在国内还没有哪个乡镇拥有这么多百岁老人。

在刘建国和黄平县有关干部陪同下，记者走进了这个人人向往的长寿福地。

百岁老人吴略山居住的大寨村是个苗族村寨。在公路边就能远远看见蓝天白云下，绿树掩映中苗家寨子透露出的宁静与祥和。下车沿羊肠小道走进村寨，途经一口清澈见底的井，水质清凉甘甜。镇长说，这口井水养育了这个村寨的世世代代。现在村子家家户户都有了自来水，水源来自山上的清泉，是没有遭受污染的天然泉水。

稻田里养着鱼，那是苗家人最自然的农业生态循环模式。稻田都施农家肥，鱼吃田里的寄生虫自然长大。其他牲畜和家禽也都是用天然饲料喂养，虽然没有什么科技含量，可是生活了百年的老人一直过着这种遵循自然生态循环规律的日子。

村民的热情好客从记者踏进老人家的那一刻便感受到了。走进宅院，见老人正在仔细辨认院子里种的花椒、芍药、枇杷、李子等，儿媳妇已动作麻利地剖开了从田里捞来的鱼，她说老人知道我们要来，专门嘱咐要做酸汤鱼给大家吃，这是老人一辈子最爱吃的菜。吴略山老人不懂汉语，言语不多，一直坐在厨房里的小凳上，折断细木枝，不断添柴火，火上的酸汤锅底已经滚开。老人突然说了几句苗语，记者不明白，儿媳妇赶紧翻译说，是在招呼大家拿凳子坐，顿时让人感觉到老寿星的友好与热情。

地道的苗家酸汤鱼做好上桌后，老人和大家围坐一桌，儿媳妇给所有客人倒上杨梅酒，没想到老人也要了一碗。儿媳妇带头唱起酒歌，气氛顿时热闹起来。老人也频频举碗，将酒饮尽。尝着酸汤鱼，品着杨梅酒，听着儿媳妇和镇上干部不断介绍老人的生活以及村子里大家互助友爱的民风，记者更加感受到这个长寿福地的和谐氛围。

采访结束，老人听说要给她照相，走进里屋许久没有出来。后来得知，她专门梳理了头发，戴上了最漂亮的帽子，还找出省政协颁发的"长寿之星"纪念牌一同留影。由于很少照相，老人表情一直不太放松。家里的黄狗走到老人身边，老人伸手抚摸它时，自然露出了慈爱的笑容，记者赶紧按下快门。

空气好、水质好、饮食好、心态好，加上邻里和睦融洽，儿孙谦恭孝顺，老寿星这一百多年简单而幸福的生活，给记者找寻生态文明的生活方式提供了很好的佐证。

（原载于 2008 年 11 月 4 日《贵州日报》，纪念改革开放 30 周年高原潮涌看贵州特别报道获贵州新闻奖一等奖）

【纪念改革开放 30 周年　高原潮涌看贵州特别报道】

生态文明是一种生活方式

十七大报告指出，建设生态文明，基本形成节约能源资源和保护生态环境的消费模式……要让生态文明观念在全社会牢固树立。

今天我们所倡导的生态文明，致力于构造一个以环境资源承载力为基础、以自然规律为准则、以可持续发展为理念的环境友好型社会。而要实现经济、社会、环境的共赢，关键在于人的主动性。生态文明建设中最根本、最深层、最亟须解决的也是人类自身的问题，特别是人类自身的观念意识。观念意识决定了生活方式，可以说，生活方式是否改变，是生态文明建设成功与否的关键因素之一。

在以物质主义为原则的工业文明里，高能耗、高消费就是对经济发展的贡献。而生态文明要实现由人类为中心到整个生态的和谐，由人与环境对立到人与环境友好的转变，就需要我们发挥主动性，以实用节约为原则，在保护生态环境的前提下适度消费，追求基本生活需要的满足，崇尚精神和文化的享受。

因此，生态文明的好坏优劣，其实与每个人、每个家庭都脱不开干系。广大人民群众既是建设生态文明的主力军，也是生态文明建设投入的主体。生态文明建设不仅仅是党和政府的事，也是普通群众的事，关系到每一个人。可以说，生态文明建设的成功既来自个体的细微贡献，最终也将把或好或坏的结果反作用于个体。作为整体与局部，二者其实是相互影响、密不可分的。

但是，生活方式和消费方式的改变涉及每个人心灵深处的思想转变，这就决定了这场转变的广泛性、长期性、深刻性和艰巨性，绝非单靠行政命令可以见效。提高全民族的文化素养、道德品质、精神境界和人格品位，通过长期努力，实现真正的生态文明，是生态文明建设一项光荣而艰巨的历史任务。

生态文明的落实需要从口头到行动，而每位公民对生活方式的选择和参与都能够直接影响或推动生态文明建设的进程。在这点上，在你我身边，在自觉与不自觉中，已经有人在悄悄地改变。

每个人的生态文明

龙春梅、章月林、吴思是三个普通的市民群众。但是，他们的生活方式，却体现出他们在生态文明建设进程里，自觉与不自觉地扮演着并不普通的角色。他们从自身点滴做起，进而影响他人，影响社会。

龙春梅是路桥工程师，只因为寻求更多的发展空间，自修了环境影响评价专业。从此，她对生态环境的关注达到前所未有的程度。作为一个普通市民，她首先能做的，就是从自身开始。

走进龙春梅家，装修比较简单。墙和天花板没有过多装饰，实木的家具和地板是唯一的特色。此外，客厅宽大的窗台上摆满了各色植物，把整个客厅映衬得绿意浓浓。

"在选择装修材料时，尽管我们当时资金有限，但却把重头都投在了价格相对较高的绿色环保木料上。"她说，不少家庭重金豪华装修，换来的却是各种健康隐患。选择绿色家装材料对个人、对社会、对自然都是最好的选择。

在卫生间，记者惊诧地发现，她家还用着双缸洗衣机，旁边放有大盆、大桶。"一直没有换全自动洗衣机，就是考虑到水的节约和再次利用。"龙春梅每次清完衣服的水都用盆盛好，然后用来擦窗台、拖地板、冲厕所……她说，到了夏天，洗衣就直接用手搓，因为这样更节约用水。

热水器调到节能状态；所有灯泡都换成节能灯；出门上街带上环保布袋；购买商品要认绿色标志；拒绝使用一次性筷子；不用含磷洗衣粉；不买空调，夏天用扇子，冬天用电炉；不买私家车，坚持坐公交……龙春梅在自己的生活点滴之间践行着生态文明的生活方式。

对环境的关注让龙春梅胆子也大了起来，看见不文明的行为她敢应付了。在一次坐公交车回家途中，龙春梅前面坐了一名男子。此男一上车就嗑瓜子，瓜子壳一路吐向车窗外。龙春梅从包里拿出一张纸，悄悄递给他，什么也没说。男子明白了她的意思，把纸揉成一团捏在手中，也停止了嗑瓜子。

"有时候，文明、环保离你很近很近。个人的一小步，就是社会的一大步。"龙春梅说，提高个人素质，提升个人修养，是城市人实现生态文明生活方式的前提。希望每个人都从自身做起，树立生态文明生活理念。

认识章月林，首先是因为她的"奶糖换废电池"行动。

在章月林的办公室里，她自制了一个废电池回收袋，挂在办公桌旁显眼处，袋子上的"废电池回收"卡通造型画也是她自己设计的。

为了让大家积极参与到她的小型回收计划中，她制定了一个可爱的奖励措施——凡给她废电池者，均奖赏一颗大白兔奶糖。

这个玩笑般的创意一实施，同事、朋友们都非常支持，甚至单位领导也加入队伍，为她"赞助"了不少废电池。袋子挂了1年多来，已经回收到大大小小、花花绿绿的各种电池上百粒了。

"我是在无意中看到有关废旧电池的污染后果的。废旧电池中的重金属会对水源、土壤及农作物产生相当大的污染，进而危害到人体健康。一粒纽扣大的电池可污染600吨水，相当于一个人一生的饮水量；一节一号电池烂在地里，能使一平方米的土地失去利用价值，其中的汞、铅、镉等多种有害物质将对环境造成永久性破坏。因此，要有专门的方式来处理这些被人们随意乱扔的废旧电池，所以我就想到了这个主意。"章月林对记者说。

生活中的章月林就是个注重环保、注意节约资源的人。普通人能想到的，她基本上都能做到。不过，她比普通人更进一步的是，能够用实际的行动，扩大生态文明生活方式的影响范围，用"奶糖换废电池"这样的行为唤起周围人的生态意识。

吴思，一个19岁在校大学生。当同龄人全力地关心着自己的学历和就业等现实问题时，这个有想法的大男孩正如他的名字一样若有所"思"。他放眼于社会，关心着资源与环境等生态问题。做一项环保节能的公益事业成为他的目标，且已付诸实践，并初见成效。

为了保护北极动物，减少温室效应，吴思和其他4名大学生组成创意团队设计了一套贴在电灯开关上的节能贴——每张贴纸上都是一种北极濒危动物，如北极熊、海豚、企鹅等。当开启开关时，贴纸上的动物就出现颈部断裂，将过度浪费能源的后果呈现，提示人们灯泡每秒钟向大气释放23焦的热量，导致两级冰层加速融化，动物死亡。因此，每一次开开关就逼真地体现出温室效应对濒危动物的危害，从而提示人们在日常生活的小细节上节约每一滴能源。

这项名为"巧用环保节能贴，贴出绿色新意识"的创意，参加今年的"中国大学生公益创意大赛"，在全国775所高校的6000余个创意中取胜，并获得谷歌（Google）公司提供的1.7万余元资金支持。

获得资金支持后，这个暑假，吴思作为团队队长，一直和队友们忙于节能贴的宣传。他们走进幼儿园、学校、图书馆等公共用电场所的开关处，贴上这种节能贴，时刻唤醒大家的节能意识。他们走上街头、走进广场，向过往的市民免费发放节能贴，宣传节能环保意识。

"我们希望节能贴将节能行为化为一种意识习惯植入人的思想内，从根本上化为人人节能的行动。"吴思说，他们的创意目的就在于此。

不知道我们周围还有多少龙春梅、章月林、吴思这样的市民，他们的生活方式在悄悄发生改变，他们的思想深处更有一场转变和革新。

　　在推动生态文明的过程中，除了党和政府的力量，个人应发挥怎样的作用？

　　这三位市民的言行给了我们答案——其实，我们每个人都能加入生态文明建设的队伍中。

　　（原载于 2008 年 11 月 5 日《贵州日报》，纪念改革开放３０周年高原潮涌看贵州特别报道获贵州新闻奖一等奖）

居委会:"十年蓝图"引领新形象

核心提示

11月9日,中共中央办公厅、国务院办公厅公布《关于加强和改进城市社区居民委员会建设工作的意见》,为未来10年城市社区居委会改革绘制了蓝图。根据《意见》提出的目标,到2020年,我国将努力使全国城市社区居委会的组织体系更加健全,社区居民的组织化程度明显提高;干部队伍结构进一步优化,社区管理和服务能力显著增强;政府投入与社会投入相结合的经费保障机制基本建立;全社会尊重、关心和支持社区居民委员会工作的良好氛围进一步形成。日前,本报记者就居委会发展的现状和未来等有关问题,采访了部分居委会及有关主管部门负责人。

记者访谈——

打造和谐社会组织基础

嘉宾:民政部培训中心副主任　王云斌
　　　省民政厅基政处处长　　古丽亚

记者:《意见》是我国居委会建设史上第一次以党中央、国务院名义下发的文件,其意义何在?

王云斌:这是继2000年中办、国办转发民政部关于在全国推进城市社区建设的意见后,又一次就城市社区建设发布文件。它充分体现了党中央对城市基层社会建设的高度重视。作为当前和今后一个时期指导社区居委会建设的纲领性文件，抓好贯彻落实，有利于增强城市基层管理和服务能力，切实提高居民群众生活水平和生活质量；有利于密切党群干群关系，巩固党在城市基层的执政基础；有利于保障居民群众享有更多更切实的民主权利，维护基层社会稳定。

古丽亚：现行《居委会组织法》施行至今已20年，条文仅23条，很多规定线条较粗，可操作性不够强。我国城市的社会结构、社会管理方式已经发生了很大变化，现行法律的一些规定已不能适应社会发展的形势。全国人大目前已把《居委会组织法》的修订列入"十二五"立法规划，中办、国办《意见》出台前后历时两年多，说明非常慎重和重视，也必将对《居委会组织法》的修订有重要的指导意义。

记者：目前城市社区居委会发展的主要瓶颈和难题是什么？

王云斌：《意见》指出了目前全国城市社区居委会在发挥其基层组织作用的"瓶颈"所在，即"不少社区居民委员会还存在工作关系不顺、工作人员素质偏低、服务设施薄弱、工作经费难以落实等问题，影响了社区居委会功能作用的发挥"。

古丽亚：我省共有1637个城市社区居委会，普遍存在的问题，一是基础设施建设薄弱，投入不足。除贵阳市外，其他地方社区办公用房十分缺乏、社区服务设施落后；二是社区干部待遇偏低，贵阳、遵义等待遇最好的地区，社区干部平均每月补贴也仅有700多元，其他多数地方仅四五百元，与社区干部承担的工作任务不相适应，不利于调动社区干部的积极性；三是社区居委会行政化倾向严重。基层政府或部门把社区作为下属机构经常下达指令性任务，"权随责走、费随事转"难以落实；四是社区服务功能不完善，功能不健全。社区服务至今匮乏，服务设施少且不配套，难以适应社区居民的需要。

记者：居委会常常被当作第六级政府组织，是因为他们做了很多政府部门该干的事，那么，如何才能让居委会回归作为基层群众性自治组织的角色？

王云斌：长期以来居委会承担了大量政府交办的事，成了政府"腿"，所以《意见》提出，要进一步明确居委会的主要职责。一是依法组织居民开展自治活动，二是依法协助城市基层政府或其派出机关开展工作，三是依法依规组织开展有关监督活动。目前，为了区分自治职责和行政职责，北京、上海、广州等地试行了居站分离，把政府交办的事情让社区工作站来做，居委会则专做居民自治的事。但如果两块牌子一套人马的话，效果就不会明显，应该完全分开。为了给居委会"减负"，《意见》中专门提到，凡属于基层政府及其职能部门、街道办事处职责范围内的事项，不得转嫁给社区居委会；凡依法应由社区居委会协助的事项，应当为社区居委会提供必要的经费和工作条件，凡委托给社区居委会办理的有关服务事项，应当实行权随责走、费随事转。

古丽亚：在去行政化，回归自治组织上，贵阳市小河区已经率先试点。在今年全省第八届居委会换届选举工作中，小河区率先实行以直接选举的方式进行居委会换届选举。年初，小河区将街道办事处改为社区服务中心，承担了居民生活中的行政事务。直选的居委会将不再承担政府分属事务，而真正成为居民的自治组织。试点的 14 个居委会，主任、副主任及委员等不再"坐班"，不再领取固定补助款。将通过"政府购买服务"的方式支付居委会工作经费，实现"养事不养人"，这样，居委会可真正实现"自我教育、自我管理、自我服务"。

记者：居委会钱少事多人难留，怎样才能让居委会的队伍充实壮大？

王云斌：要广开来源渠道，落实激励机制，还要有经费保障。正如《意见》指出，要鼓励社区民警、群团组织负责人通过民主选举程序担任社区居委会成员，要研究建立新录用公务员到社区锻炼制度等都是扩展人员来源的渠道。在激励机制上，要把优秀社区工作人才培养发展成党员，推荐担任党代会代表、人大代表、政协委员和劳动模范，加大从社区中考录公务员的力度。在经费保障上，不仅要由县级以上地方政府统筹解决报酬问题，而且标准原则上不低于上年度当地社会平均工资水平。

古丽亚：今年1月，贵阳市出台了《城市社区管理暂行办法》《城市社区工作者管理暂行办法》《城市社区办公服务用房建设和管理暂行办法》《社区信息化建设实施方案》等系列措施，推动解决了居委会工作中关系不顺、人员缺乏、经费匮乏、办公场所不足等具体困难，也为全省提供了工作经验。

记者：《意见》出台后得到广大社区工作者的热情欢迎和期盼，如何才能尽快落实？

古丽亚：因为《意见》所涉及的内容需要民政牵头，公安、组织、财政、建设等各个部门共同配合才能完成工作，所以我们将按照要求，在调查研究、科学论证的基础上，将《意见》提出的各项目标任务进行细化、分解，结合我省实际，制定切实可行的实施方案，尽快落实。

记者探访——

居委会那些"杂忙累"

11月17日，记者先后走进贵阳市蟠桃宫、官井巷、观水路等社区居委会。每到一处都能体会到，在这个五脏俱全的"麻雀"型组织里，杂、忙、累、贫几乎是概括居委会工作的代言词。

当天第六次全国人口普查工作接近尾声，在官井巷社区居委会办公室里，包括居委会书记、主任在内的所有委员全部上阵，忙于普查表格的填写、汇总、核实。面对记者，书记和主任都因害怕错漏任何数据而婉拒了采访，一再表示，时间紧任务重，一点差错都可能造成全部重来。

在蟠桃宫社区居委会，虽是中午却仍有工作人员值守。谈及居委会工作的杂和累，她的话匣子迅速打开。

"从夫妻吵架、邻里矛盾，到公共卫生、计划生育、占道经营、社会治安、社会保障、社会救助……我们的工作范围庞大，平时还要疲于应付各种上级检查。"她无奈地说，"没学过心理学要搞帮教，没学过法律要搞维权，居委会的委员、专干个个都必须是多面手。"

"今年，'三创一办'、计生检查、人口普查、换届选举……件件工作压得我们没有喘息之机。"

人口普查连续工作的十天里，她有三天是凌晨 1 点回家，有两天是熬通宵。白天整理资料，中午不能回家，晚上入户登记。因人手不够，每次入户都是她独自一人，常常在漆黑的巷道深处走得自己害怕起来。而交通、误餐的费用还都得自己垫付。为了保证普查准确，她甚至连续几个晚上在辖区内寻找和追踪流浪人员。

"居委会的工作需要具备体力、智力、能力、勇气等超强的综合素质。在人口普查中，社区单位派了 4 个大学生来协助，最后都无法胜任。他们弄出的差错造成表格作废，最后让我连夜翻工。"

"为了清理残标，我们天天拿着铲子上街清除，手都铲起了泡。为了清理楼栋，联系来的垃圾车拖了一车又一车……"

"今年贵阳市提高了居委会委员的补贴待遇，'三金'扣完，拿到手的也就 600 多元。但这和以前比已好了很多。"

她说，捉襟见肘的工作经费，常常让居委会的专干、委员们出了力还出钱。加班是家常便饭，可从未拿过加班费。因办公条件有限，许多工作还要下班后用 U 盘拷贝回家做。买点材料纸、复印点资料，还常要自掏腰包。

记者能够感受到，在这样工作累、收入少的条件下，居委会的工作人员为何走马观花般，换了一茬又一茬。收入和付出不成正比，有能力的年轻人另觅高枝已是难免。

期盼《意见》早落实

在观水路社区居委会，记者见到了 69 岁的王淑贞。从退休后进入居委会至今，她已先后当了 3 年的居委会主任、9 年的居委会书记。12 年坚持不懈的居委会工作，让周围人看到了一个老党员的奉献和付出，记者从满墙的荣誉牌匾中看到了这个社区工作者得到的认可。

"我年纪越来越大，居委会工作需要有接班人，可是这个待遇哪里能让有能力的年轻人安心工作？"王淑贞露出对社区工作前景的几分担忧。该居委会委员和专干共15人，服务管理的却是2600多户6700多人的社区。

"居委会这个工作平台，在政策水平、协调能力、语言表达、待人接物、处理问题等方面都有很高的要求，因为我们要面对的是广大群众，从高级知识分子到流浪汉，都是我们的服务对象，和他们交流沟通的方式方法也各有不同。学历水平低了，工作起来吃力；高学历人才来了，待遇太低留不住；很多工作，仅有文凭也不见得就能干下来。"

王淑贞说，她的薪酬从1999年的每月90多元，逐渐攀升到目前的1000元。横向比虽然不多，但纵向看，已感到欣慰，毕竟她是有单位的人，还有退休工资撑着。可委员们800多元的待遇，基本上无法留住前来的大学生。过去她曾有意在居委会培养了一名勤奋好学的年轻人，后来当选了居委会主任，可最终还是跳槽了。

但她很肯定地说，居委会是个锻炼人的好地方，曾是老师的她善于培养"徒弟"。在她手下，许多没工作、下岗、就业难、无特长技能的人，在这里工作多年后再到别的社区，都成了工作骨干。"只要是肯学上进的，不放弃追求的人都一定能在这个平台有收获。"

不过，最让王淑贞感到困惑的，还是居委会该如何理顺和政府的关系。

"提及待遇，我们是群众性自治组织。涉及工作，我们又是政府的最基层组织。政府所有工作都最终由社区来完成，上面千条线，下面一根针。大量工作占据了时间精力，很难走家串户登门服务，更别说为委员们创收谋福利了。"

听说《意见》对居委会今后的定位和发展有了详细规划，特别是在经费保证、人才激励等方面能够解决长期困扰的问题，王淑贞连声叫好。她说，基层组织非常欢迎《意见》出台，看到了工作的目标和希望，期盼《意见》早日落实，为居委会理顺关系，强化功能，充实力量，让社区建设更加和谐。

（原载于 2010 年 11 月 30 日《贵州日报》）

"多彩贵州"商标在多行业的使用将拉动投资逾 40 亿

贵州形象实现从作品到产品再到商品的价值转换

6月23日，记者从我省庆祝建党90周年党务信息第三场新闻发布会上获悉，随着"多彩贵州"商标的全面注册和推广使用，"多彩贵州"品牌呈现出巨大的商业价值，该商标在多行业的使用，将拉动投资40亿元以上。以"多彩贵州"为载体，贵州形象实现了从作品到产品再到商品的价值转换，文化品牌的打造已成为助推全省文化产业跨越式发展的重要力量。

近年来，我省紧紧围绕文化和旅游谋发展，实施品牌战略，以打造"多彩贵州"文化品牌为切入点，助推文化和旅游的互动和融合，取得较大突破。在前不久结束的第七届中国（深圳）国际文化产业博览交易会上，贵州51个项目签约167亿元，成为历届文博会签约金额最多的一次。其中，文化旅游方面的项目达37个，占项目总数的70%以上。

据悉，为充分发展"多彩贵州"这一文化品牌，省委省政府成立专门机构，加强品牌保护，成功注册了460项"多彩贵州"商标专有权，使"多彩贵州"成为国内率先实行商标全面注册的省级文化品牌。"多彩贵州"作为统领全省的文化品牌，实现了内聚人心、外树形象的目标，走出了一条以公益性活动培育品牌，以市场机制推广和巩固品牌的有效路径。目前"多彩贵州"商标已使用在贵州省网站、金融、地产、白酒、茶叶、饮料、演出、会展、民族工艺品等行业中，将拉动投资在40亿元以上，已初步形成产业集群，取得一定成效。

以"多彩贵州"为载体，坚持"党政推动、市场运作、媒体搭台、全社会参与、文化旅游唱戏"的运作方针，从认知、宣传走向市场，贵州形象实现了从作品到产品再到商品的价值转换。在"多彩贵州"文化品牌促进文化和旅游结合的作用下，贵州文化旅游号召力明显提升，旅游总人数、总收入逐年大幅度增长。2005年，贵州旅游总收入只有251.14亿元；2010年，贵州游客突破1亿人次，旅游总收入1060亿元，旅游商品销售收入186亿元。贵州文化产业的发展表明，经济社会发展滞后的地区，文化产业应当而且可以率先实现跨越式发展。

（原载于2011年6月24日《贵州日报》）

我省 19 名盲人按摩师参加"国考"

9月7日，我省19名盲人朋友在贵阳市盲聋哑学校参加了全国盲人医疗按摩统一考试。综合笔试考场有两个，一种是现行盲文，另外一种是汉语大字，现行盲文的考卷有32页，汉语大字的考卷有21页。盲文类考卷只能用手触摸，答题也必须使用盲文。

据了解，全国盲人医疗按摩考试是视力残疾人群中最高级别的考试，考生必须综合笔试和实践技能两项成绩均合格，才能取得盲人医疗按摩资格。目前，我省有视力残疾人30多万，从事盲人按摩的约3000余人，其中取得盲人医疗按摩的仅150余人，取得高级技术职称的仅有4人，中级也才20多个。报名申请盲人医疗按摩资格，必须中专及以上学历、医疗专业、在医疗机构工作两年以上。受学历教育限制，符合报名条件的盲人朋友少之又少。今年我省有27个人报考，经审核仅有19人有报考资格。为提高"通关率"，省残疾人劳动就业服务中心专门对参考的盲人朋友进行了为期一周的集中辅导培训。

（原载于2013年9月12日《贵州日报》，获贵州省残疾人事业好新闻评选二等奖、中国残疾人事业好新闻评选三等奖）

大姨吗创始人兼 CEO 柴可:

最懂中国女人"大姨妈"的贵州暖男

贵州 80 后小伙柴可,被称为"大姨吗"之父,也是国内最懂"大姨妈"的男人。高中在贵阳六中上了没多久,就走上了出国留学之路。从加拿大卡尔加里大学毕业后,他果断回国北漂创业。作为创业先锋,他经历过每位创业者必走过的挫折之路,直到创办了"大姨吗"App,逐渐成为互联网新经济领军人物。

如今,"大姨吗"App 矩阵注册用户已超过 1.2 亿,月活用户达到 4800 万,日活用户超过 550 万。因为掌握中国女性"大姨妈"的基础大数据,"大姨吗"甚至发布了《2015 中国女性生理健康白皮书》。

缘何在这个领域创业? 得从柴可的"暖"说起。婚前,女朋友总说生理周期紊乱,柴可尝试用 EXCEL 软件帮她记录"大姨妈"时间。通过数据积累观察,他发现女友"大姨妈"并非乱而无序,而是有规可循。

有多少女人都因"大姨妈"不准而顾虑重重呢? 发现这一女性"痛点",在互联网医疗健康领域创业失败多次的柴可,创业激情又重新点燃起来。

2012 年他创立了一款以经期健康为核心,关爱女性健康的手机应用——"大姨吗"。这款 App 可以记录经期、预测经期、预测易孕期、推送美容塑身保健贴士,还有姐妹说与社区、姨吗爱买电商栏目等。在几年时间内,依靠口碑进行推广的"大姨吗"成为女性健康 App 引领者,同时也是国内非常活跃的移动女性社区。

经过一段高速成长期,"大姨吗"迎来了红杉、贝塔斯曼等金牌投资方的青睐追逐。

随着用户积淀的不断扩大，柴可开始布局脱虚向实，从基础健康管理软件，向便捷性家庭健康医疗管理迈进。2016 年 10 月，公司自主研发的家庭智能医疗器械，正式获得上海食药监局的批准。

"它智能、精准、方便。"柴可说，这台家庭智能医疗设备能够完成在医院进行的各项指标检测，并能把检测结果用通俗易懂的方式展现给广大用户，同时还配有可咨询的在线医生，使用户足不出户即可便捷、准确地监测身体数据。

"作为贵州人，更希望自己能够为贵州的发展做出贡献。我的事业和产品，非常符合贵州大数据、大扶贫、大健康等发展战略和思路。这真是天时地利人和！"柴可说，"和城市妇女比，偏远山区的农村妇女，更应是这个产品的受益人。"

他以黎平县高孖村的一名孕妇为例："她从家到最近的卫生所有 47 公里盘山路，做一次空腹晨尿尿检需要憋尿 3 个小时左右。很多农村孕妇，只能被迫放弃。而便携式尿液检测仪，让她足不出户就完成了检测。"柴可说，公司在黎平 6 个村进行了该项目的精准扶贫。

"虽然没有路，但是掏出手机却是有信号的。"柴可说，贵州信息基础设施的建设突飞猛进，为公司的医疗设备精准扶贫提供了非常好的前提条件。因此，除了北上广，他已把公司的第四个战略布局点建到了贵州。

"贵州选择大数据，就是选择了一条环保、智慧的弯道超车之路，使贵州迅速走到了世界前沿。"

"连续多日只睡 3 个多小时，但今天从数博会场馆出来，看到青山环绕，蓝天白云，阳光灿烂，空气清新，我在车上赏着美景，舍不得打盹。"他说，在大数据引领下，贵州必定会有更美好的前景和未来，贵州人会享受到更有品质、令人羡慕的生活。

（原载于 2017 年 5 月 27 日《贵州日报》）

第三章

模范先锋·行业群像

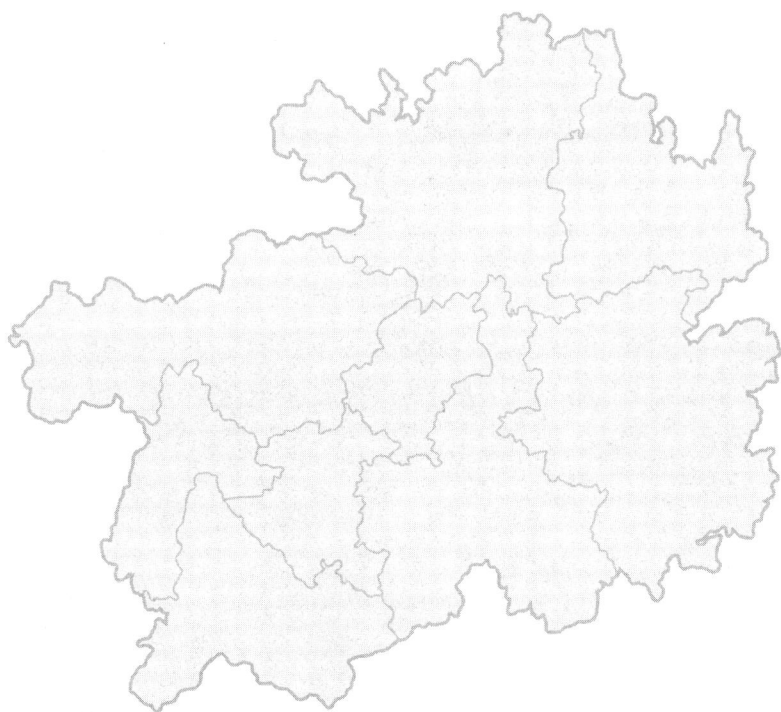

警中巾帼架设心灵之桥

贵阳监狱"女警热线"排忧解难温暖服刑人员

"您好,这里是贵阳监狱女警热线,请问有什么需要帮助的?"在贵阳监狱,每位服刑人员只要步入监舍区各楼层专设的电话亭,提起听筒,甜美的声音便能流入耳中。

到 11 月 12 日,开通 7 个月的贵阳监狱女警教育中心"女警热线",已累计接听电话 4000 余个,包括狱内人际交往、生活学习、减刑及奖励、心理咨询在内的罪犯求询问题,件件有落实,事事有答复。

干警告诉记者这样一件事:"女警热线"成立的第一天,服刑人员陈伦江便打来电话,希望帮他寻找失去联系 20 多年的父亲,他只知道父亲在他出生之前,就进了遵义监狱。经过两个月的追踪调查,女警们终于找到了这位已经被调到新疆阿克苏夏克里克监狱服刑的父亲。

从热线中得到父亲的消息,圆了 20 多年梦的陈伦江已经感动得说不出任何话来,就连其父亲的通信地址都是请旁人代为记录。如今,陈伦江在狱中改造积极,他说,这是回报政府、回报女警恩情的唯一方式。

让女警通过热线电话的方式帮助服刑人员改造,调节不良情绪、维护心理健康,是今年贵阳监狱在全省监管改革中人性化管理,提高教育改造质量的创举。在往昔,由于性别差异、人身安全等因素,女警在一线管教男犯是个"禁区"。

然而,换个角度思维,弊端却是难得的优势。在接受思想教育时,男犯容易对男干警产生抵触情绪,而女干警与男犯之间却有天然的"绿色通道"。女警营造的亲切和谐的教育氛围，更能在心理上被男犯接受。

贵阳监狱的女干警占了较大比例，其中有三分之一是法律、监所管理、教育等专业毕业。真正从事监管改造工作的女警却寥寥无几。为了充分挖掘女警资源，弥补警力的紧缺，调动女警在教育改造中的积极性，经过大量调研论证，贵阳监狱决定，踏入教育改造"禁区"，变弊为利，反其道探索新途径。

今年4月，贵阳女警教育中心孕育而出。29名经过专业培训的女警，借助电话平台，走上男犯教育改造的一线岗位。"女警热线"开通第一天，接线量就达97个。一对一的独立通话，组成全新的教育热线网络，向全监服刑人员开展包括法律法规、家庭婚姻、身体健康等问题咨询。

"监狱开通心声热线，我一直持怀疑态度。当我鼓起勇气拨打电话后，没想到女警们耐心倾听，并亲自到我家，给我捎来家里的消息，我哭了。这么多年我从未哭过，我哭的不仅是得到家庭的温暖，更是对女警的崇敬和感激！"女警搭建的亲情桥梁，让服刑人员朱吉平感动得热泪盈眶。至今，"女警热线"已收到感谢信和感谢电话近200次之多。

（原载于2003年11月13日《贵州日报》，获贵州新闻奖二等奖）

低保户陈大妈过上最幸福的春节

2月7日，当记者来到贵阳友谊社区低保户陈大妈家，她正在打扫卫生迎接春节。家中虽然比较简陋，但是到处都已抹得干干净净，她激动地说："今年我们终于不用到乡下投靠亲戚，就在贵阳家里过个幸福的新年了！"

已经年过六旬的陈秀英和王进才夫妇都是原贵阳市粮食公司制品一厂的职工。1997年，企业的倒闭让他们失去了工作，更让他们失去了生活收入的唯一来源。

下岗后，由于患有20多年的耳疾和支气管炎等病，王大伯已经没有什么劳动能力。年轻时在单位还有"五好青年"荣誉的陈大妈，凭着自己勤劳的双手开始卖点小葱、大蒜，养家糊口。

然而，1998年，不幸再次降临这个艰难的家庭。痛失唯一的儿子，老两口的生活如同雪上加霜。精神上已差不多崩溃的陈大妈，整日思念儿子，没有了生活的信心，还谈何养家？

说至此，王大妈眼眶红了。

"但是，我们又是幸运的。"王大妈的热泪又涌出，但这次是充满了感激和幸福。从2001年9月开始，老两口被纳为城市低保对象，每人每月有156元的低保金。这样，他们一个月就能有312元的收入了。

善于理家的王大妈从每月的低保金中专门拿出5元存在一边，"今年的腊肉、香肠就是用攒来的这些钱买的。"她高兴地说，"加上党和政府送来的慰问金，今年春节可是最幸福的一年了。"

像王大妈家这样享受低保的对象全省共有30.6万户。今年一开年，省委、省政府就把关心困难群众的生活作为春节期间的一项重点工作，并要求各级有关部门要结合各自业务，切实帮助困难群众解决实际问题。为确保他们都能过上欢乐祥和的春节，省政府及时将今年预算安排的1000万元低保金下拨到各地，目前，已经发放的低保金共计1576万元。

从1月30日到2月6日，省委书记钱运录、省长石秀诗等16位省领导带领16个工作组分赴9个地、州、市、16个县（市、区、特区）32个村走访慰问灾民、贫困户、优抚对象和城市低保对象。连日来，各地、县的党委、政府也组织了2000多个慰问工作组近2万人，分赴各灾区和贫困地区，共慰问灾民、特困户5万余人，城市低保对象9000多人，优抚对象3.5万人，共发放慰问金500多万元，棉被1.5万床，棉衣1.8万件。

（原载于2002年2月8日《贵州日报》）

青春在奋斗中闪光

——贵阳市河滨派出所所长袁岳泗速写

一个细雨霏霏的周末，家住贵阳瑞花巷的高考新生张锦洪家来了一批特殊的客人——一群身着警服的派出所干警就在他家为他办理了户口迁移手续。张锦洪的母亲握着一位身形瘦削的警官的手，感激地说："家住河滨辖区真是有福气啊！"

这位警官就是贵阳市河滨派出所所长袁岳泗。年仅35岁的他，已荣获"全国优秀民警""第四届贵阳十大杰出青年""贵州青年五四奖章"等38项荣誉。他所领导的河滨派出所从1998年以来也获得全国精神文明建设工作先进单位、首届"全国人民满意派出所"等20项荣誉。

"满意工程"让群众满意

1998年6月，上任不久的袁岳泗就在全市率先推出了具有创新精神的"满意工程"，把为群众服务、让群众满意作为工作的核心。辖区的居民得到一份河滨所发放的测评问卷，问卷要求对派出所的工作态度、服务质量、形象等作出实事求是的评价，提出意见。这就是袁岳泗推出的"开门评警"活动。居民们说："我们和派出所的联系更紧密了。"

在河滨派出所，所长办公室的门上贴有一张"便民条"，上面写有干警的姓名、传呼及在所时间。群众说："这下找人办事可方便了！"

如果外地人遇到困难而又身无分文，一定希望与家人获得联系。为了让遇到困难的外地人能及时与亲人联系。袁岳泗推出了免费的"110帮困联系电话"。开通以来，新疆青年陈虎、山东青年王刚、黑龙江少女马丽丹等 12 名求助者都先后得到帮助、平安返家。王刚的母亲与儿子团圆之时，拉着民警的手说："如果不是你们及时打电话帮助王刚联系亲人，我根本无法找到儿子，雷锋精神就在你们河滨所！"马丽丹的姐姐寄来感谢信："⋯⋯你们万里电波送佳音，为民办实事的崇高品质使我们终生难忘⋯⋯"

"不能忍受"的牛奶

没有人比袁岳泗想得更周到了。他对下属的关心无微不至。自从他到所上任后，食堂改善了，浴室、健身房、阅览室也有了。特别是对于那些单身汉干警而言，小小洗衣房更是解了他们的后顾之忧。他们唯一不能"忍受"的是，袁所长给每人订了一份牛奶，硬逼着大家按时喝完。大家说："能把牛奶费换成钱吗？""不行！"袁岳泗严词拒绝，"我就要你们喝牛奶。身体健康最重要！"渐渐地，大家习惯喝牛奶了，也从心底对袁所长产生感激，上下齐心协力，为河滨派出所增光添誉。

袁岳泗的业余生活

袁岳泗喜欢游泳、钓鱼，对文学、摄影更有特殊爱好。他说："新时期的公安工作要求民警具备更高的综合素质，我们更应该有意完善自身的修养。"他的摄影图片《骨瘦如柴的吸毒者》获得首届中国禁毒展奖，被编入中小学禁毒教材。他的新闻报道有一百多篇被收入书册并被多家报社评为优秀通讯员。

（原载于 2000 年 9 月 26 日《贵州日报》）

每天的太阳都是新的

初识张益真不敢相信，如此年轻的"阳光男孩"竟然已是贵州证券界小有名气的证券分析师。在今年 10 月上海证券报举办的"2000 年十大（证券、咨询）机构荐股大赛"中，张益获得甲 B 组冠军，初显身手。

"我喜欢这份职业，"张益告诉记者，"它既充满挑战又能创造奇迹。"

以前的证券分析师被称作股评家，仅仅具备分析 K 线图和行业技术指标的能力。现在，证券分析师除了能分析"图"，更要注重对公司、行业、宏观经济等方方面面的分析，发掘潜在价值，作出合理判断，提供客观建议。

"我们必须关注上市公司的业绩、了解行业的最新动态、分析行业发展前景。因此，知识的快速更新和必须作出前瞻性的判断是从事这份职业最大的挑战。"张益坦言。知识结构一旦跟不上时代和经济的发展，必然会在竞争中被淘汰。许多搞荐股的"老辈子"退出舞台多缘于此。就连张益也觉得自己的知识积累还不够，打算继续深造"充电"。

"证券市场里时间就是金钱，'事后诸葛亮'毫无意义。"张益说，每天，除了通过传媒和网络获得信息外，张益还要研究和分析各类报表、研究报告。在他看来，最重要的还是与上市公司、投资者及其他证券分析人士的交流，"人的思维会受局限，听听别人的意见能得到很多启发。"他说。

巴菲特是张益最欣赏的投资家，"在大家不看好时发掘出一个公司的投资价值。在那个时代，他是最伟大的。"在信息技术飞速发展的今天谁敢否定年轻人在新职业中不会创造新的奇迹呢？

（原载于 2000 年 12 月 5 日《贵州日报》）

拆迁安置圆了新居梦

站在新建的人民广场上，翠绿的草地、清新的空气以及人们愉快的神情总让郑霖雨先生感到欣慰：旧城改造让他们全家圆了新房梦，更让城市风景添姿添彩。

两年前，人民广场的重建让一批住在旧广场上的市民成了拆迁户。郑先生的住址也被划在拆迁红线内。当时，面对住了四五十年的老房子以及便利的交通，郑先生怎么也舍不得搬家。如今，从50多平方米的老房搬进80多平方米的安居房，焕然一新的面貌令全家人不得不感叹：新居真宽敞，老宅犹可忘。

回想旧宅，郑先生皱起了眉头："那房子卫生条件太差，没有厨房和厕所，生活极不方便，屋内光线阴暗害小女儿得了近视，房间潮湿让老母亲的风湿不见好转，天花板和墙壁因为长年累月的漏雨也变得又霉又脏。"对于新居，他的满意溢于言表，并归纳为："宽敞、舒适、安全！"三室一厅的户型让他们全家都有了自己独立的空间。厨房和卫生间让全家人体会到前所未有的方便。他们最关心的煤气、水电等配套设施也都能正常输送。"保安24小时值班，连晚上三点钟都能看到他们在巡逻。"住上这样的拆迁安置房，郑先生全家真正过上了安居乐业的好日子。

住在栖霞小区的罗缨先生家也属拆迁安置户。拆迁前，他们住在雪涯路上一栋低矮狭窄的平房里，大门一开就是嘈杂的菜市。下雨天，雨水常会流进地势低洼的屋里。而今，住在环境幽雅的栖霞小区，舒适的生活常令罗先生的朋友们羡慕不已。小区里不仅有幼儿园、邮政代办所、浴室、医院、游泳池、停车场等完善的配套设施，还有专线中巴车进出，交通十分便利。而物管公司的服务也让他们全家感到周到而热情。水管坏了，打个电话立即有人来修。室外公共卫生总是保洁员悄悄地打扫干净。由于远离喧嚣的闹市，并且地势偏高，罗先生对小区清新的空气赞不绝口："夏天连蚊子都没有。"

旧城的改造、新区的建设往往需要拆迁安置一批又一批的居民。从1984 年起，贵阳市的拆迁安置工作陆续展开，首批拆迁户有 370 家。1995 年拆迁工作达到高峰，拆迁户达 10447 户，拆迁面积 94 万余平方米。2000 年，拆迁户数也有 4318 户，拆迁面积 28 万余平方米。

无数拆迁安置户告别了棚户区、大杂院，兴高采烈地迁入了生活设施齐备的单元式住宅楼。现在，栖霞小区、东山小区、沙河花园小区、黄山冲小区等安居工程不仅缓解了老百姓的住房困难，加快了旧城改造的进程，更为促进贵阳市房地产业的健康发展起了积极作用。

当然，拆迁安置过程中难免出现一些不良现象，特别是房开商延期交房而引起的违约纠纷。为此，去年，贵阳市房管局和贵阳市房屋拆迁安置管理处联合制定了《贵阳市拆迁安置资金监督使用暂行规定》，保证拆迁安置资金的正确使用，较好地杜绝了房开商违约对被拆迁人造成的损害。

（原载于 2001 年 1 月 18 日《贵州日报》）

知识的力量

——残疾人李广声、张远洋与电脑的故事

贵阳市残联组织残疾人学习电脑，300多名残疾人先后受益，掌握了知识的他们，满怀希望、信心十足地投入到了新的生活中，艰辛奋斗的他们令人肃然起敬……

我"听"到了美

听不到美妙的旋律、鸟儿的欢鸣，李广声的世界如此沉寂。

不过，世界的色彩给了李广声生活的兴趣。他希望用各种颜料表现他对美的体验，用这些色彩装扮身边每一个人。经过服装设计的专业学习，李广声已经能够熟练地操作从设计、剪裁到缝纫的全过程。不久，他在家的附近开了一间广声时装设计室，周围邻居都爱找他做衣服。

1998年，李广声的服装设计作品获得"中华新纪元华服设计大赛"入围奖。对于简单而平凡的他来说，得到别人的肯定怎么能不令人精神振奋？他更热爱自己给自己寻找的这份职业了。

去年5月底，贵阳市残疾人联合会准备组织残疾人免费学电脑。早就知道电脑有神奇的力量，在报纸上看到这条消息后，李广声立即报了名。通过3个月的培训，他学了办公自动化，还拿到了计算机应用技术培训合格证。

当记者来采访李广声时，把预先想提的问题写在纸上："你为什么想学电脑？"

他思索了一会儿，写下："我喜欢电脑，为了学电脑用打字、网址、电脑的画。"

母亲在一旁向记者解释，李广声在聋哑学校学过语文，但语法掌握不好。在接下来的几个问题中，大家只能大概领会他的意思。但是，可以想象，在电脑培训中心，李广声是怎样吃力而不懈的学习。从他写下的字里行间，每一个人都能"听"到他的声音：通过上网浏览能够看到很多国内外的服装设计大师的作品。在电脑上绘画，不用买纸笔和颜料，修改起来也很方便，感觉好极了……

他母亲说，学了电脑后，李广声常常到网吧去，并用手势告诉她，有了钱他要买台电脑回家。因为，他要用电脑设计更多漂亮的时装，为生活创造美。

我渴望工作

去年 6 月，在市残联的组织下，张远洋到省科学院计算机培训中心学习了电脑基础操作、打字、办公自动化、平面设计方面以及网络和电脑维护等方面的内容，现在的他，基本上能够根据客户的需求做出各种效果图。

"以前，我卖过皮鞋，两个月亏了 1000 多块钱。我以为学会了电脑就能找到工作，可是，现在我还是没有工作，只因为我的手……" 27 岁的张远洋因小儿麻痹丧失了左手的功能。"我试了很多单位，天天去人才市场，天天去……就希望有单位能够给我一个工作的机会，我不会让他们失望。"

张远洋的家里很困难，房子是 50 年代的老房子，父母的存量补贴有 1 万多，他们还是买不起房子。1999 年，张远洋有了自己的女儿。"看着一天天长大的孩子，我感到非常着急，我拿什么来让我的女儿过上好日子？"张远洋痛苦地低下了头。

"学了电脑没有找到工作，你觉得是不是白学了？"

　　"没有白学！"张远洋坚定地回答，"我相信知识的力量，今年我还要去学习，残联没有名额我也要去争取。认准了，我就要坚持下去。"眼前这个充满活力的年轻人分明让我感受到了一种力量。

（原载于 2001 年 4 月 10 日《贵州日报》）

网络交友：从虚拟到现实

在网络上交朋识友常常被传统人士以其"虚幻"为由嗤之以鼻，然而6月17日，贵阳一家酒吧却挤满了前来"第一次亲密接触"的"网友"，他们都是贵州某个交友社区网站上的网民。在网络服务商的组织下，当晚就有150多名网友从虚幻的网络世界跨入了现实生活，兴致勃勃地与自己的网友面对面，谈天说地、玩游戏。

一个网名叫做"踏雪"，上网史有半年的女孩兴奋地告诉记者："今晚我居然碰见了我分别多年的小学同学、高中同学，而我的一个朋友竟遇见了和她在一层楼办公的同事，大家见面了既意外又开心。"

"雪狐2001"和"蓝色女孩"是一对在网上认识了半年多仍未见面的"亲密网友"，虽突然见面有点陌生，但是两个人很快有说有笑，找到了本来的感觉。当记者问他们会否因为理想与现实的差距而对对方的外表失望时，今年20岁的"蓝色女孩"说："我们一直把对方视为好朋友，通过网络已经奠定了很深的友谊基础，不可能因为外表而生分。"

记者注意到参加网友见面会的网民大多在20岁以上，鲜有学生模样的网友到场，因此许多被采访者对网上交友、网友见面都持类似观点：网络虽然是虚幻的，但是也有真正的和虚假的朋友之别。一个网民说，他在网上的确有很多朋友，但是真心交流的只有几个。只有聊到非常熟悉了，才会邀请或者接受邀请双方见面。如果相隔太远就不可能轻易见面了，同时对对方的怀疑程度会更高。

千里迢迢会网友却是竹篮打水一场空——这是媒体目前报道得较多的一类社会新闻，此次聚会的网友们却认为，这是一种思想不成熟的表现，只有十五六岁的中学生才会做那样的决定。

在采访中记者了解到，一些网友并不是第一次见面，他们在交友网站上因为共同的兴趣和爱好而组成不同的俱乐部，有乒乓球、足球、网球、游泳、登山等，逢节假日，网友常常邀约一起进行集体活动。对他们来说，网络是沟通交流的工具，网友与笔友都一样，是一种特殊的友谊，现实生活中的交往才是增进友谊的根本。

正如一位网友提倡的那样，网络作为一种工具应该是为现实生活服务的，真正的交友就应当从虚拟世界走进现实生活，与单独会面相比，参与到集体活动中去，也许是一种更健康的网络交友方式。

（原载于 2001 年 6 月 19 日《贵州日报》）

大山里的"教练员"

去年新学年伊始,省体委到普安三中选拔运动员。令人意想不到的是,在这个教学设施简陋、办学资金匮乏的县中学里,竟有近二十名具有体育特长的学生被选拔进省体校学习和训练。

能为上级体育学校输送人才,这足以令普安三中骄傲。然而,在一个教学楼年久失修、教室门窗破烂不堪,就连学校周围的围墙都要师生捐款才得以修成的学校,怎么可能培养出体育人才?在普安三中体育老师杨磊欣慰的笑容背后,记者渐渐找到答案……

在贫困地区,体育教学常常是"说起来重要,做起来次要,忙起来不要"。然而在普安三中,杨老师所从事的体育教学得到了校领导极大的重视和支持。没有教学场所,学校专门腾出一间较大的教室作为体育教学训练使用。没有体育设施和器材,学校调动各方力量,群策群力,保证体育教学的顺利开展。一张技巧教学中需要的海绵垫,少则几百元,多则上千元,学校就用几元钱买来一张松针床垫,上面加一层帆布,便有了一张简易的技巧垫;一个铅球要几十元,而离学校不远的水泥厂里多的是大大小小的铁球,几元钱就能买一个,或者干脆用青石打磨成"铅球"……

三十多岁的杨老师从事体育教学的时间有十余年。接受专业训练时腰部受到的损伤,现在已经成为腰椎陈旧性骨折。可是,这丝毫没有影响他对体育教学的热爱。相反,他的教学热情却日益高涨。他首先带领学生自己动手,充分将学校的环境条件和农村的物产优势利用起来,制作起各种各样的体育设施和器材。修建沙坑,根据学校地形修建障碍跑场地；没有踏跳板，他拆下破桌面，找来弹簧，自己加工；没有标枪，他用砍来的竹子自制而成；一根简单的接力棒在商店要卖好几元，杨老师用一根木棒刮削好同样可用……

为了探索体育教学改革之路，让体育活动开展得有声有色，营造良好的体育氛围，杨老师从学校实际情况出发，对《国家体育锻炼标准》的达标项目做了适当调整，不仅组织同年级班级间进行达标项目竞赛，还将其列为一年一度的校运会比赛项目。此外，他还组织教职工进行篮球、羽毛球、乒乓球、围棋、象棋、跳棋等体育竞赛，组建师生篮球队、指导学生建立体育协会。因地制宜开展起来的群众性体育活动丰富多彩，为普安三中的教学增添了动力。

（原载于 2001 年 8 月 21 日《贵州日报》）

生命中永远的记忆

于鹏没有想到，自己参加这次"青年志愿者扶贫支教计划"活动，竟然创下了她人生中许多次"第一"：第一次出远门就到了离家上千公里外的贵州省；第一次到贵州铜仁支教就成为三年来青岛市派往贵州的第一名女小分队长；第一次看到了老鼠长啥模样，晚上起床打蟑螂；第一次因为面对贫困山区的孩子朴实的笑脸而热泪盈眶……

结束了一年的扶贫支教，7月2日，黎明来临，于鹏含泪悄悄地登上了返程的汽车。窗外的田野渐渐远去，一年来的苦与甜却一幕幕浮现在眼前……

今年25岁的于鹏是青岛市东李小学的数学老师。年轻的心总是渴望有一片实现理想的天空，几经努力，2000年8月她终于如愿以偿成为赴贵州扶贫支教的青年志愿者，踏上了入黔的火车。

于鹏被分到铜仁市江口县一完小支教，分别给四年级和五年级的同学上数学课和英语课。她把自己在东李小学积累的教学经验全部运用到课堂上，努力调动孩子们的积极性。英语课上，她让大家尽量用学过的句子与她对话，"Hello！ Ms.Yu！""Thank You，Ms.Yu！"已经成为孩子们的常用语。兴趣高昂的学生们甚至在街上遇到她，老远就用英语此起彼伏地和她打招呼，弄得她还有些不好意思。

山村的生活条件相当艰苦。冬天没有任何取暖设施，夏天双腿被蚊子叮得没法穿裙子，白天奔波山路，晚上还要和蟑螂、蜘蛛、壁虎"作战"。从未见过老鼠啥样的于鹏第一次看见老鼠时竟大叫着跳到了桌子上。她把自己每天的生活都写在给男朋友的信里，有时因太苦，更因思家心切，甚至曾打起退堂鼓。但是，男朋友寄来每封信结尾那句"坚持，坚持，坚持到底就是胜利！"最终鼓励了她的"留守"。

这一年终于走过来了，于鹏说，收获无法用几句话概括，所有的一切都将成为她永恒的记忆。饮水思源，她最想感谢的是青岛团市委、李沧区教委和东李小学，是他们给了她这样一次珍贵的机会，才让她终于实现了为贫困地区教育贡献力量的理想。

为了共同的信念

在外人看来，周广顺、曾秀媚夫妇缘分不浅：在同一所中学念书，在同一所大学求学，如今又到贵州的同一所小学支教。但是，在他们自己看来，能在同一所小学支教绝非巧合，而是因为他们有着共同的信念和理想——为贫困山区的孩子办点实事。

2000 年 8 月，周广顺、曾秀媚从深圳上千位报名者中幸运胜出，成为 23 名深圳赴黔支教青年志愿者中的成员。

把 10 岁的儿子放在外婆家后，夫妇俩与小组的另外 7 名志愿者长途跋涉，一路颠簸，终于来到贵州织金县志强乡小学。

当他们走遍志强乡 11 个村 50 多个村民组后，被大冲村孩子们求学的艰难深深感动了：村里仅有一间十几年前用石头垒起的校舍，所谓屋梁不过是些树枝而已，教室四面漏风飘雨，更重要的是，由于教室严重不足，更多的孩子无论严寒还是酷暑都必须每天步行两个多小时，到七八公里外的乡中小学上课。

周广顺顿生为大冲的孩子建一所希望小学的念头。他的提议速即得到了小组成员的一致赞同，大伙儿有钱出钱，有物出物，并向各自的公司、单位、朋友和个体老板等募集资金。为让每分钱都落到实处，周广顺亲自担任"监工"。为保证施工质量和速度，他冒着危险，每天骑着摩托车在崎岖的山路上来回奔波。全村最漂亮的一幢建筑——占地1000多平方米，拥有8间教室的大冲村深圳青年志愿者小学终于落成。看到孩子们不用走太远就能坐在崭新的教室里上课，周广顺、曾秀媚和其他几位志愿者仰起了欣慰的笑脸。

村里的孩子没有一本课外读物，曾秀媚决定在学校办一个阅览室。她所在的深圳梅丽小学给了她极大的支持，赠送来2200多册新书。学校的那一间房太窄，而且开放时间有限，于是曾秀媚把其中部分书搬到宿舍，办起家庭图书馆。学生们无论何时都可以借到自己喜欢的书。

何再菊、何娟、何桃阳三姐弟都很爱学习，可是没有父母，爷爷奶奶又腿脚不灵，面临失学的危机，周广顺夫妇为他们交了每个学期的学费，还给他们买了学习用具和衣服。过年时，他俩还购买年货送到三姐弟家。在志强乡，周广顺夫妇和其他志愿者们资助的失学儿童共达200多人。

一年的支教生活很快结束了，虽然晒得黝黑的周广顺因为水土不服经常拉肚子，体重瘦了五六斤，但是他和妻子都为实现了共同的心愿感到由衷的高兴，周广顺轻轻地说："身体累了，但心满足了……"

（原载于2001年7月17日《贵州日报》）

【真情唤醒扭曲灵魂6·26国际禁毒日专题报道】

让折断的翅膀伤愈重飞

——记一位戒毒学员的一天

编者按：对于既危害社会同时又被毒品危害的吸毒人员，我们该以怎样的心情与态度面对？他们都曾拥有自己的理想，也同样渴望在辽阔的天空自由翱翔，是毒品，折断了他们会飞的翅膀。

可以说，国家对吸毒人员采取强制戒毒，既是出于维护安定的社会责任，又是挽救失足公民的爱心之举。在戒毒所，吸毒人员有着两个亲切的名字，一个称"学员"，另外一个是"病员"，没有压迫，没有歧视，有的只是精心的治疗和谆谆的教导。一位戒毒干警曾对自己的工作定性："让折断的翅膀伤愈重飞。"

6月21日至22日，本报记者来到清镇市公安局强制戒毒所，与戒毒学员一起生活了24小时，记录下一个女学员一天的真实生活和心理历程，为读者展示一个高墙内的客观世界。

6月22日清晨，一夜狂风大雨终于恢复平静，三面环山的清镇戒毒所能够听到山间的啾啾鸟鸣。今天轮到杨梅所在的八病室值日，天刚亮，她和室友们便早早起床，拿着拖把和盆打扫女中队走廊上积满的雨水。

在劳动的间隙，杨梅高兴地告诉记者，今天起得比以往早还有一个原因——上午她将参加在清镇街上举行的"珍爱生命、远离毒品"巡回文艺演出，机会好的话，可以看见自己的亲人。爱唱爱跳的杨梅被选进戒毒所的"小花"艺术队，经过一个月的排练，她们的节目终于要登台演出了。

戒毒所的每间病室里都没有镜子，管理员说，那是为了防止发生意外。早餐后，在礼堂更衣室里，很久没有照过镜子的杨梅对着粉饼盒上的小镜子仔细地描眉、抹口红。只是在此时，镜中的她才像处在花季的年龄。但是，偶尔的蹙额还是掩饰不住内心的酸楚——这是她第三次踏进戒毒所的铁门。

上午10时50分，所有的演出病员都已完妆，艺术队却迟迟没有动身。杨梅说，这是在等今天将被公诉的35名病员先出发，他们是因为强制吸毒多次而被"下放"，等待他们的将是中八农场至少3年的劳教。由于公诉的地点正是艺术队要演出的舞台，为了不影响艺术队的情绪，戒毒所特意安排两个活动的间隔时间长一些。

窗外，阳光洒满了整个戒毒所，但是杨梅此刻的心情却似阳光照不到的角落。

等待的间隙，杨梅坐在窗边，满眼泪花。爸爸焦虑的目光、妈妈憔悴的面容不时浮现在眼前。

杨梅心酸地告诉记者，1998年11月，第一次吸食海洛因的她绝对没有想到，这个令人好奇的白色粉末会在她与幸福之间横劈一道深渊。而她每进一次戒毒所，都是在将她与家人间的沟壑挖向纵深。

1999年初，杨梅第一次进戒毒所时又哭又闹，只要她打电话，爸爸、妈妈和哥哥都会很快来看她。家人都相信聪明可爱的杨梅会清醒过来，在管教干部的帮助下改过自新。然而，走出戒毒所的杨梅却没有抵抗住"药"的诱惑，在毒友的诱惑下越陷越深。她在中毒最深的时候体重减轻了十多公斤，为让女儿在家治病，家里卖掉了收入不菲的中巴车；爸爸用最便宜的药治疗自己的胸膜积水，却买最贵的药给她戒毒；在她毒瘾发作最严重的深夜，哥哥把她背进医院；当她偷跑出来寻"药"，妈妈上街四处打听她的消息……

亲情的关爱经受不起一次又一次的打击和失望，杨梅逐渐失去了家人的信任。今年6月，杨梅三进戒毒所，这一次，她没有得到爸爸和哥哥的谅解。哥哥接到她的电话说："我不认识你这个药鬼！"。爸爸更已彻底寒心，再也不愿认她。在杨梅家的村子里，女不教是母之过，这个不孝的女儿让61岁的爸爸和妈妈走到了离婚的地步……

11时20分，接"小花"的警车开进来了，杨梅和病友们鱼贯而入。11时45分，演出地点已经挤满群众。

杨梅要表演的节目是歌舞《毒品的自白》和舞蹈《家乡》。舞台上，她认真地扮演着自己的角色，向台下的观众揭露毒品的危害。她非常珍惜自己的这个机会，这是重新获取家人信任的起点。她还记得昨天早上母女团聚时那揪心的场景：妈妈将卖掉母鸡凑足的30块零钞给她上账，临走时一再交代，好好和学员、干部相处，等戒掉毒瘾来接她。可怜天下父母心啊。

妈妈的爱是永无止境的。可是爸爸和哥哥呢？他们的冷漠已经证明永远离别吗？这是杨梅心中最大的结。

12时35分，文艺队演出结束回到戒毒所。由于错过了集体午饭时间，食堂特意为他们在礼堂开了一餐，学员们告诉记者，在戒毒所生活很好，餐餐都有肉。负责管理文艺队的李干事说，规律的生活和紧张的节奏有利于病员们戒毒，而开展文艺活动，则是对他们进行思想教育，净化灵魂，实践证明这种方式效果很好。吃饭期间，杨梅告诉记者，她在台上表演时从人群中看到了哥哥，心中悲喜交加，不知道哥哥是特地来看她演出，还是只是路过而已。

午饭之后，杨梅和队员们收拾打理着演出道具和服装。明天，他们将到贵阳大十字参加"6·26国际禁毒日"的宣传活动。

下午2时，午休结束，学员们准时上电视教育课，在管教干部的指导下，认识毒品的危害，学习戒毒的知识和方法。

下午6时，用完晚餐的杨梅和病友们一起回到病室，在余下的时间里，她们都只能待在自己的房间内不得外出活动，直至晚上9时准时上床睡觉。

病友们在房间内各自忙着自己的事情，杨梅独自站在铁窗前想着母亲的话语黯然神伤。人生路上的偶然选择给她带来的致命错误，让人看不到她脸上同龄人应有的阳光。再过一星期就是杨梅 25 岁的生日，但是这个生日对于她来说仿佛是一个遥远的童话，已经没有任何意义，更找不到快乐的感觉，唯一令她渴望的日子，是彻底戒掉毒品后，冷漠的父亲和哥哥能够依然像从前一样爱她，让她回到亲情幸福的彼岸。

　　（得知记者的采访意图后，杨梅答应让自己的真实姓名和肖像见报，并主动要求在公众的监督下戒断毒瘾。）

（原载于 2002 年 6 月 25 日《贵州日报》）

灿烂的爱心世界

——我省青年志愿者行动回顾与展望

赠人玫瑰，手有余香。聚集青春力量，传递爱心善良。

在黔中大地上，"青年志愿者"这个响亮的称号已成为青年的光荣、骄傲和向往。

从 1995 年 8 月贵州省青年志愿者协会成立至今，青年志愿者行动蓬勃开展。七年来，我省青年志愿者行动始终走在全国前列：从 2000 年开始，滕明龙、张启龙、徐国强先后荣获全国"十大杰出青年志愿者"称号，我省同时成为全国唯一连续获此殊荣的省；几年来，我省先后有 8 名个人和 8 个集体荣获全国百优称号，是全国荣获该称号最多的省份；2000 年成立的贵州省青年志愿者行动指导中心，是全国唯一自筹经费开创志愿服务行动的机构，中心因工作出色荣获团中央授予的"中国青年志愿者行动特别贡献奖"。

2002 年 10 月，以青年志愿者服务为基础的我省公益性服务品牌"阳光行动"创建，蕴含着"服务大局、奉献社会、温暖他人、彰显爱心"的阳光精神，将其打造成新的有影响力、号召力和感染力的志愿服务平台。

扶贫接力计划：爱在大山深处绵延

12 月 3 日，记者来到苗疆腹地台江县，这是青年志愿者扶贫接力计划黔东南州第一个项目实施县。在该县民族职业中学，记者见到了正在这里支教的贵阳青年林齐恩。接过第五期"接力棒"仅 4 个月，这个身形瘦削的英语老师便用自己的智慧、真情和责任心感动了每个苗族学生，师生之间相处得无比融洽，建立起了深厚的友谊。

"到东部发达地区工作是一种锻炼，在西部贫困山区工作更是一种磨炼。作为一名贵州人，我更希望为少数民族地区的教育事业奉献一片爱心。"多少青年志愿者正是抱着林齐恩这样崇高的思想、朴实的情怀，走进了贫困山区。

自1998年6月中央领导同志李岚清就大连5名青年志愿者在盘县开展支教扶贫写信给贵州省原省长吴亦侠、寄语贵州青年向大连青年志愿者学习以来，我省青年志愿者扶贫接力计划便全面启动。四年来，团省委、省青年志愿者协会共组织了508名文化程度高、工作能力强的青年志愿者到我省25个贫困县广泛开展支教、支医、支农等服务。他们克服了气候、饮食、语言等方面的困难，全身心投入到工作中。四年来，"爸老师"滕明龙、白衣天使宋婷婷、不走的志愿者罗玉萍、舍得下半岁的幼女舍不下山里娃的樊廷芳、水产博士孟繁林等青年志愿者捐款捐物、联系城乡结对、走村串寨义诊等感人事迹不胜枚举。受援地人民交口称赞他们是活着的雷锋，青年志愿者在给贫困地区带来创造与变化的同时也收获着珍贵的人生感悟。我省的扶贫接力计划工作也连续四年走在全国的前列，为贵州的扶贫攻坚事业探索出一条崭新的路子。

参加社区建设：服务社会弱势群体

全省十万青年志愿者与社区弱势群体"一助一"长期结对，帮困难群众所急，开展经常性服务。

团省委、省青年志愿者协会招募青年志愿者开展针对老干部、老荣誉军人、老教师、老科学家、老工人的为"五老"结对送温暖服务活动；省青年志愿者行动指导中心与省禁毒办、省残联开展禁毒志愿者、助残志愿者行动；贵阳市开展青年志愿者与残疾人结对帮扶服务活动；遵义市红花岗区开展青年志愿者接孤儿回家过年活动，仅1999年一次就招募了41名青年志愿者与福利院的41名孤儿结亲，并领回家过春节，今年还开展了招募青年志愿者与吸毒人员结对帮教活动；贵阳医学院发挥自身专业优势，共组织2000多名大学生青年志愿者为贵阳敬老院和儿童福利院的老人与孩子体检、义诊、送医送药、义务劳动等。

"一助一"服务的覆盖面越来越广，一种团结互助、平等友爱、共同前进的新型人际关系，在志愿者的真诚奉献中衍生、传递。

参与环境保护：服务可持续发展战略

"保护母亲河贵州行动""保护草海行动""保护黄果树行动"……我省成为环保青年志愿者行动全国启动最早的省份。

全国第一支环保志愿者队伍"贵州省环保志愿者总队"成立，各地也相应成立了环保志愿者分队。环保青年志愿者行动迅速展开：公开招募的青年志愿者"保护草海行动"服务小分队，长年驻扎在草海保护区，从宣传环保知识、调查草海受污状况、研究保护措施等方面开展志愿服务；贵阳市近千名青年志愿者为"还母亲河一片清绿"，在南明河沿岸植树3000多株，并参加南明河治理清淤工作；益佰、安利两个民营企业相继成立环保志愿者行动队，自行开展了丰富多彩的环保活动。

环保青年志愿者行动的迅速展开，为我省可持续发展战略的实施助了一臂之力。

参与大型活动和社会公益事业：一道亮丽的风景线

在"5·28"、庆祝建国暨贵州解放50周年、"8·18""8·28"等大型活动中，青年志愿者的身影是一道亮丽的风景线。

每个大型活动前，团省委、省青年志愿者协会主动向活动组委会请缨，专门成立"青年志愿者工作部"，向社会公开招募青年志愿者。从活动前期的宣传、电视知识抢答赛、上街散发传单、文艺演出、创卫等营造环境工作到文秘、礼仪、翻译、向导等专业服务，经过精心挑选和培训的青年志愿者已经成为我省各项大型活动不可缺少的一部分。为此，团省委、省青年志愿者协会连续四年被省委、省政府表彰。"5·28"活动结束后，省政府专门组织一场"答谢青年志愿者专场文艺晚会"，感谢青年志愿者的辛勤付出。

每年3月5日青年志愿者活动日或是重大节日、寒暑假，各地团组织和青年志愿者组织都开展各种便民利民活动：文化、科技、卫生"三下乡"，农村青年志愿者改厕行动，青年志愿者抢险突击队等。青年志愿者在积极参与社会公益事业，服务群众的基本生活需求中，点亮着青春风采。

团省委主持工作的副书记廖飞认为，青年志愿者行动，是共青团团结带领广大团员青年实践"三个代表"重要思想的具体体现，随着我国社会主义市场经济体制的建立和完善，以及我国加入世界贸易组织和实施西部大开发，我省青年志愿者服务事业迎来了最好的发展机遇，这项事业必将在我省两个文明蓬勃发展的时代洪流中不断发展壮大，爱心阳光将挥洒黔中大地。

（原载于 2002 年 12 月 25 日《贵州日报》）

知性女人，成熟、睿智、有干劲，在家庭与事业中寻找着平衡。有人把她们称为"蜡烛两头烧"的女人，有人则说知性女人代指有文化、有修养、有事业的知识女性。其确切解释究竟如何，无从查考。不过知性女人却是一个颇具时尚色彩的衍生词。"三八"妇女节前，记者采访了省城的几位女性，以她们的感悟和体会来对"知性女人"进行诠释——

感受知性女人

一

3月2日是星期天，一大早吴启梅就带着4岁的儿子到青少年宫足球班报名，"不是想给他施加学习技能的压力，只想让他锻炼身体，长得更健康。"回到家，哄着儿子睡午觉后，她才慢慢谈起我们的话题。

32岁的吴启梅是中国人寿保险公司贵州省分公司业务管理部门副经理。在外人眼光里，她是个比较成功的女人——有令人羡慕的职业，有完整幸福的家庭。但是她却一再谦虚地对记者说，自己离成功的距离还很远。

的确，在竞争日益激烈的今天，能上能下的竞争上岗制让人随时都有一种危机感，更何况是个女人。吴启梅大学毕业参加工作11年了。她说，自己以前浪费了很多该学习的宝贵时间，现在才知道，要让自己胜任工作，需要学习的新东西很多。既要顾家带孩子，又要利用业余时间学习充电，她常常感觉一天24小时根本不够用。

像所有的母亲一样，吴启梅爱孩子，愿意把所有的爱和期待都给孩子，但是，她不能这样做，因为她还同时拥有另外一片天——她热爱的工作。

最让吴启梅难忘的是，今年1月公司最忙的时候，她连续半个月晚上一点才到家，早上七点又离开了。每天与儿子见面的时间都没有。"儿子的外婆说，幼儿园老师问我是不是出差了，因为儿子一个人坐在小椅子上哭，说想妈妈。"作为母亲，这种难受不言而喻。

从吴启梅身上，记者发现，她的事业发展最快之时，正是她有了儿子以后，这让许多报有"结婚生子是事业发展绊脚石"思想的女人似乎觉得不可思议。她坦言，有了家庭和孩子，反而更能促使自己高质量地完成工作使命。儿子出生后，她的责任感比以前更强，思考问题的方式更加周全，处理事情更讲究效率和方法，这些用于工作恰恰都是大有益处的。

二

采访贵州知味轩食品有限公司董事长严惠时，她正在从贵阳赶往成都的车上，准备在全国糖酒食品交易会召开前把产品宣传做好。对于她，出差已是家常便饭。谈起知性女人怎样平衡家庭和事业，电话那头的她显得轻松而又见解独到。

短短3年内，知味轩已是贵州小有名气的年轻企业。用传统眼光看，作为企业的"领头羊"，严惠算是"女强人"。但是，记者之所以把她列为"知性女人"，更因为成熟睿智的她还具备了女性特有的宽容和爱心。正是拥有这两个极具女性味的特点，让37岁的严惠既扮演了家中的贤妻良母，又挑起了企业领导的重担。严惠说，从小母亲就教育她要有爱心和包容心，这两个法宝不仅让严惠的小家庭美满幸福，也让整个家族大家庭相处得非常融洽。无论工作怎样忙，每周五下午和周六全天是严惠专门用来陪儿子的时间。严惠把自己的法宝也传授给了年仅4岁的儿子。家里来了客人，儿子知道热情地端茶送水。在幼儿园，儿子知道把自己的好东西与小朋友分享。在街上，儿子看见求助的残疾失学儿童，会主动捐出自己的零花钱。妈妈上班前，儿子会叮嘱："妈妈早点回来。"妈妈出差在外，儿子天天打电话报告他在幼儿园学到的新东西。

严惠说，一个女人的一生没有结婚生子的经历是不完整的。抚育出一个乖儿子的成就感绝不亚于她经营企业得到的成就感。又要孩子又要事业，心血精力会多付出一倍，但是收获也会双倍增加。现在，严惠的爱心已经逐渐扩展——她的企业职工中有90%来自下岗女工，同时她还捐助了3名贫困山区的失学儿童直到大学毕业。

三

3月2日是开学的头一天，林晓凤推着小车，带着女儿，和丈夫一起到花溪公园照相。这是4个月大的女儿第一次照相，第一次出门。第二天早上，女儿可能有点着凉，丈夫说："今天别去上班了吧，反正你还在产假期间。"可是，开学典礼，校长怎能不在？林晓凤默不作声，把要给女儿喂的奶挤进奶瓶，放进冰箱保存，然后离开了家，赶到离市区8公里的安井学校。

这个云岩区最边远的学校，交通不便，条件艰苦，老师走了一茬又一茬。13年前，一群农家娃手拿山上摘下的野花，仰着质朴的笑脸，满眼渴望新老师的神情，成为林晓凤扎根安井的唯一理由。1996年学校被洪水淹后，学生的母亲甚至爷爷奶奶，有的开着拖拉机，有的拿着铁锹，有的拿着水管，在短短3天内把操场上的淤泥全部清空。"家长们的热情纯朴感动了我，让我怎么也丢不开这份事业。"女儿刚满月，林晓凤就回到了学校，回到了岗位。

因为事业，林晓凤和丈夫的育儿计划一拖再拖。直到去年冬天，他们终于有了这个可爱女儿。林晓凤看见一本杂志上说，母乳放在冰箱可保存48小时，所以女儿满月后，她便一直用这种方法喂奶。"还好，女儿现在长得胖墩墩的，很健康。虽然她现在不会说话，但是好像已经理解我的艰辛和甘苦，她常常用微笑来表达。看着她一天天长大，我挺欣慰的。"尽管如此，林晓凤仍然表现出歉意。

其实，作为一个知性女人，林晓凤已经在事业和家庭间选择了恰当的平衡。她既承袭了传统中养儿育女的角色，又在努力实现个人价值的最大化。

从这几位知性女性的代表身上，不难体会，其实"两头烧"的蜡烛把人生照得更加绚丽多彩，那是双倍的光和热，双倍的付出和收获。

（原载于 2003 年 3 月 6 日《贵州日报》）

【贵州英才】

扬名瑞典的贵州人

——记贵阳医学院检验系免疫学教授、博士生导师肖林生

在瑞典有个出名的中国家庭——父亲是瑞典卡洛林斯卡医学院免疫化学博士，母亲是师从诺贝尔奖评委的访问学者，女儿是瑞典皇家工学院固体物理学博士，女婿是美国密西根大学计算机工程博士后，儿子是美国贝勒大学生物化学博士后。

家庭的荣耀少不了"领头羊"的功劳，父亲肖林生在事业上的不懈追求，为家庭成员树立了好榜样。

1965年，肖林生从贵阳医学院医学系毕业后分配到金沙县的区卫生院。1975年，他重回母校任教。1989年，已获武汉同济医科大学硕士学位的肖林生赴瑞典卡洛林斯卡医学院应用生物化学系留学，师从国际著名生物化学家 Peter Enteroth 教授，从事免疫化学专业工作。此后，肖林生又赴英国牛津大学学习医学分子生物学。1996年，获得博士学位的肖林生成为瑞典卡洛林斯卡医学院应用生物化学系研究室主任、瑞典天然药物学会顾问，瑞典免疫学家协会会员。

发达国家先进的实验设备，前沿的研究领域，深深吸引着这位学者。肖林生暗下决心，一定要学有所成。功夫不负有心人，1996年，通过反复实验，肖林生的研究项目终于开花结果——在国际上首先发现和证明，人类主要抗肿瘤及感染的自然杀伤（NK）细胞以及 T 细胞效应机制是由简单的一氧化氮（NO）分子所作用，并确定 NO 合成酶在 NK 细胞亚细胞水平的分布及活性特征，进一步克隆了 NO 合成酶基因，阐明 NO 合成酶在基因及蛋白质水平的调节机制。这项研究不仅延伸和发展了诺贝尔

医学奖获奖成果，而且为发现新的免疫调节机制和途径提供了重要基础。

此后，肖林生又研究发现 NK 细胞受体及细胞内信号传导途径的新表达和特征，研究发现神经介质对 NK 细胞生物活性的调节，进一步证实了神经系统及免疫系统的相互联系和影响。

1999 年，肖林生与瑞典卡洛林斯卡医学院 Huddinge 医院心内科合作，成功克隆了血管内皮生长因子（VEGF）基因，并经多种传播途径促进心脏缺血区血管再生和再建血循环，从而率先建立了心脏缺血性疾病基因治疗的先进疗法。如今这项研究成果已应用于瑞典的临床治疗。

2001 年，肖林生回到了他事业的起点地，任贵阳医学院检验系免疫学教授、博士生导师。

（原载于 2003 年 4 月 20 日《贵州日报》）

在黔中大山深处，有一群近乎与世隔绝的武警战士。因为担负着特殊的任务，我们无法透露他们的具体位置，只能用"别处"代替。走进别处的生活，倾听别处的故事，战士们默默无闻、忠诚职守的崇高品质令人感动——

"与世隔绝"的奉献

7月中旬，怀着好奇和崇敬，记者驱车赶往一处神秘之地。烈日当空，满眼苍翠。不知名的山，不知名的地。时间仿佛停滞，生活转瞬改变。

从武警某支队机关出发，3个多小时的崎岖行程后，不是亲眼所见，谁也不相信在这样一个荒无人烟、寂静偏僻的群山中有我们"最可爱的人"。五中队的官兵有的驻守在刀削斧劈的悬崖下；有的守卫在每天只能见两小时阳光的深谷中；有的扎根在人烟稀少的绿林里；有的守卫在静静的暗河边……

随处可遇的"难"

一进山区，记者便发现手机没了信号。战士们说，这里的生活有"五难"：读报难、饮水难、洗澡难、通讯难、交通难。

报纸送到兵营都已是十多天前的旧闻；生活必需品由队部5天送一次，生活用水由目标单位5天送一次；洗澡要走到近十公里外的暗河边；兵营驻地是雷区，每年至少有60多天因打雷而造成停电、电话线路损坏；由于地势偏僻，交通不便，山上的战士一年难下一次山。

其实，生活的艰难远不止于此。

"这里的蛇和蜈蚣特别多，不小心被咬伤，性命都难保……"班长黄明才话音刚落，战士姚宝峰已拿来一个酒瓶，里面泡着两条10多厘米长的蜈蚣，身披红黄色的"铠甲"。瓶子一摇，大蜈蚣的身体仿佛蠕动起来，令人望而生畏。

不论白天黑夜，战士们上床休息前，首先要小心翼翼检查蚊帐和被子。一次午休时，战士田茂刚被一条蜈蚣"亲吻"了左手手指，一声惊叫，把全班战士们从睡梦中惊醒。老班长吴志常紧紧抓住他的手指，一口一口将伤口毒液吸出。战士们看在眼里，泪水像断了线的珠子直往下落。两天后，田茂刚的手才恢复正常。

每年新兵上山第一课，就是学习如何防蛇、防蜈蚣：遇到蛇，用木杈卡住蛇头，手提蛇尾狠命一甩，将其制服；遇到蜈蚣，用两支两尺长的竹棍夹住，放进铁盒，泡成药酒，可治疗风湿和跌打损伤。

最后的晚餐

四班驻扎在陡峭的悬崖下，缺水是最头痛的问题。冰雪天，送水管冻住了，战士们抓雪融化做菜饭。停电没水时，需要4人扛着大桶到近十公里外的河边挑水。

2002年11月10日是一批老兵退伍下山的日子，班长吴光平早已准备了丰盛的退伍晚餐。然而洗菜做饭时却发现，营房后灌木丛中蓄水池的水是臭的。打开水池盖，看到的竟是掉进池的猫头鹰腐尸，战士们恶心得直想吐。

开饭的时候，饭还是米，只有菜。

"亲爱的战友们，我这个班长不称职，就连你们军旅生活最后的晚餐，饭也没能吃上一口……"班长含着眼泪，喝下送行酒。

"班长，班长……"退伍老兵哭了，留队的战士哭了，大家紧紧抱在一起……

山谷的回声

环境恶劣战士们能够忍受，无聊、寂寞和压抑却怎么也挥之不去。

"我最烦心的事就是没事干，否则闷得慌，容易发呆。"战士乔永平对记者说出了山上战士的"软肋"。

2002 年 8 月，刚从部队指挥学院毕业的关中谦少尉被分到中队二排任排长。原以为深造后会到繁华都市，可是等待他的，却是离最近村寨也有两小时路程的驻地，年久失修的老营房，半个简陋的篮球场，撬开一块块大石头后一点一点抠出的菜地和鱼塘。艰苦而无聊的生活方式令关排长"心里真不是个滋味"。

封闭的环境让人压抑。排长的情绪低落没逃过上等兵蒋丹的眼睛。一天中午，蒋丹对他说："排长，想不通就到后山上喊几声，保管你舒坦。"

"军人就是奉献……军人就是奉献……"

一声声高喊回荡在空山，不绝于耳。

"这招真灵，喊了几次之后，我心里的情绪都发泄了，也更明白军人的含义。"关排长对我们说着，淳朴地笑了。

日复一日，年复一年，无论新兵或是老兵，对着大山喊几声，成了驻守战士们排解寂寞无聊的灵丹妙药。

奢侈的恋爱

人有七情六欲，但对于生活在深山的战士来说，谈恋爱变得奢侈而不切实际。

31 岁的副分队长肖俊谈起自己的恋爱经历，还有些往事不堪回首。电话常常坏，5 天才有人上山来送发信件。他刻骨铭心地记得，苦苦等他数年的女友来信说："我希望我拥有的是一轮太阳，而你却是大山中的星星……"

肖俊回信说："虽然我是大山中的一颗星星，但是将来我会像太阳一样温暖您……"

他的痴情未能让对方回心转意，她在最后一封回信写道："在我最需要你陪伴的时候，你却说山上的战士不能没有你，我渴望你的关心和陪伴，你能给我吗？"肖俊读完信，把酸涩的泪水咽进肚子，化作笔下的诗行："回首情路多坎坷，志在大山终有情。"

排长尤志告诉我们，肖俊长期上山蹲点，一年离开大山不超过3个多月。谈了三次恋爱，都以分手结局。

肖俊的婚恋，支队领导看在眼里，记在心头，多次给他牵线搭桥。终于，一位善解人意的姑娘出现了。见面时，肖俊说的第一句话就是："我有过三次恋爱经历都失败，因为我没有时间陪伴她们，希望你能理解军人的职业和苦衷。"他的直爽和坦诚深深打动了对方。

指导员王崇斌告诉记者，干部的婚恋难解决，主要是中队离城市太远，交通不便，生活艰苦。有这样一位好姑娘出现真的很难得。

无言的"战友"

"汪汪汪……"无论走到哪个营地，首先听到的就是狗吠。一位战士告诉记者，它们只亲近穿军装的人。

天晴落雨，这些无言的"战友"都要与战士们一起站岗放哨。"有它们陪伴，心里踏实多了。"战士彭俊一边说，一边抚摸着身边的"阿黄"。据说，山上"狗丁"最兴旺的时候达到五六十只。它们白天爱睡懒觉，晚上却睁着眼竖着耳，非常警觉。

去年，兵营菜地发生一桩奇事，好好的莲花白一夜之间被咬烂三分之一。为严惩"元凶"，第二天晚上，战士们把黄狗"叮咛"放在菜地旁。清早起来，"叮咛"果然逮住一只獾，咬着它在地上玩起来。

在寂寞无聊的日子里，无言的"战友"与战士们结下了深厚的友谊，也为孤寂驻守的日子增添了不少乐趣。

　　五中队的官兵留给记者许许多多感人的故事：忘不了五班战士连续十年资助布依族失学女童石兴池；忘不了战士光在山上待了三年未下过山，退伍时竟找不到回家的车站；忘不了三班班长汪卫星冒名战士卢大勇，寄钱给其父解决生活费；忘不了战士杨勇严格落实上级规定，步行9个小时下山见父母……

　　虽然没有惊天动地的事迹，但是，他们用一天天平凡而可敬的工作生活，确保了执勤目标的绝对安全。三天的采访让人不禁感叹：生活在别处，待住就是一种奉献！

（原载于 2003 年 7 月 23 日《贵州日报》）

在枯燥的数据中孜孜以求

——记贵州民族学院科研处长金明仲教授

统计学的世界充满了冷寂枯燥的数据、符号和公式。然而，金明仲说，耐住寂寞，守住信念，孜孜以求，便能享受这个世界带来的无穷快乐。

贵州民族学院科研处长金明仲创下了贵州统计学界的多个"唯一"和"之最"。作为贵州省的唯一代表，先后应邀出席 2001 年在韩国召开的第 53 届世界统计大会、2002 年在北京召开的第 24 届国际数学家大会、2003 年在德国召开的第 54 届世界统计大会；在贵州统计界，获得贵州省科技进步奖奖项最多，获得国家自然科学基金项目最多。

近 10 年来，金明仲先后承担并完成了题为"线性模型参数估计中的相合性问题"等国家自然科学基金项目 4 项，省科委、省教育厅基金项目 10 余项，相继在《中国科学》《StatisticaSinica》等国内外权威科技期刊上独立或作为第一作者发表具有创见性论文 20 多篇。其代表性工作"线性回归估计大样本理论的一些研究"等解决了 C.R.Rao 等国内外学者所关心的统计推断理论中的一些重要问题。这些工作经省科技厅组织国内外权威专家作技术鉴定后认为："在同类研究中达到国际先进水平，其中在误差方差等于无穷时的研究成果属国际领先。"

在统计学的世界里，金明仲用智慧的光芒点燃了科学的礼花。然而谁也难以想象，这个统计学领域的佼佼者，曾是一名普通的煤矿工人。

机遇只会垂青有准备的人，这句话在金明仲的身上再次印证。高中未毕业就成为六枝矿务局煤矿工人的金明仲，在两年的矿工生涯中坚持自学。1973 年他从煤矿工人中脱颖而出，进入贵州大学数学系统计学专业学习，毕业后留校任教，从此开始在漫漫统计学科研道路上求索。1981 年他调到贵州民族学院工作，其间，他在中国科学院系统科学研究所学习，师从中国唯一的统计学院士陈希孺。1997 年金明仲被批准享受"国务院政府特殊津贴"，1998 年被贵州省委、省政府批准为"贵州省首批省管专家"，1999 年 6 月被贵州省科协命名为"贵州省优秀科技工作者"，2001 年当选中国科协"六大"代表，赴京出席中国科协第六次全国代表大会。

金明仲同时也成为国内外高校的"挖掘"目标。美国、韩国的高等学府曾以高薪相聘，他拒绝了；省外高校以不要档案、不要调令、不要户口的"三不要"政策及高薪请他，他也摇了头。金明仲说："贵州虽然贫穷落后，但我深爱这片生我养我的热土。"

（原载于 2004 年 1 月 16 日《贵州日报》）

蓝绿色的眷恋

——记贵工大发酵工程与生物制药省级重点实验室主任张义明

螺旋藻——这种地球上最早出现的光合生物，已经生存了 35 亿年。张义明没有想到，他的一生竟与这个蓝绿色的原始微生物紧密相连，并乐此不疲。

1982 年，张义明从华南理工大学毕业后回到贵州工学院任教。此后，他先后在德国美因兹大学微生物研究所、香港大学植物学系和美国麻省州立大学食品科学系深造，并获得博士学位。

在香港大学攻读博士学位期间，张义明近距离接触到了当时全球科研的热门领域——螺旋藻。这个已知生物中营养成分最丰富的海洋生物，简直就是天然的微型超级营养宝库。现代人希望从自然界乃至全部食品中获得的必要营养几乎都浓缩其中，被联合国粮农组织推荐为"21 世纪人类最理想的保健食品"。

张义明深深被这个蓝绿色"精灵"的神奇魅力所吸引，并全心投入它的工业化培养研究。在传统的大池培养方法中，地域、产率和污染等问题限制了螺旋藻的产业化发展。如何寻找提高产量和品质的新途径？张义明日夜为之探索。在一次资料查阅中，国外对螺旋藻生理特性的一篇报道让他茅塞顿开：螺旋藻不是专一性的光合自养生物。他据此进行的混合营养法培养研究，利用有机碳源强化螺旋藻的异养功能，不仅降低了螺旋藻对光的依赖，更使产率提高了 10 倍，达到每升 10 克。这一研究成果经专家鉴定达到国际先进水平，并很快蜚声海外。英国《生物技术》，美国《酶与生物技术》《生物化学进展》《工业微生物与生物技术》

等国外学术刊物相继刊登了张义明的研究成果，全球 10 多个国家的相关机构来函索要论文。

张义明继续潜心于螺旋藻的研究：在微重力环境下，怎样高细胞密度培养螺旋藻，使之成为航天员的补充食品？如何通过基因工程提高螺旋藻的品质，生产和提取其富含的高价值物质？

从 1998 年至今，张义明先后主持承担完成了国家自然科学基金项目、教育部优秀年轻教师基金项目及贵州省优秀青年科技人才基金项目各一项，并通过验收。目前还承担有三项省部级以上科研项目。

作为贵州省首批跨世纪科技人才培养对象，张义明深知，先进的实验条件和设备是科研人员取得成功的重要因素。在他的领衔申报下，2002 年贵州工业大学终于实现省级重点实验室零的突破。投资 500 万元建立的贵州省发酵工程与生物制药重点实验室，聚集了一个优秀的学术群体，涉及 4 个研究方向，承担了国家 863、国家自然科学基金及省的各种科研项目，为研究生培养和科研创造了良好条件。

（原载于 2004 年 2 月 23 日《贵州日报》）

让电力在贵州放异彩

——记贵州工业大学电气工程学院院长彭志炜博士

当过知青、工人的彭志炜始终觉得，自己从事电力研究是件顺理成章的事。因为，对他而言，自从感受到电给人民生活带来便利的第一天起，研究这个神奇能源的想法就已深深烙印在心。

1974年，彭志炜下乡到扎佐当知青，煤油灯下看书学习的生活非常清苦。不久以后，附近一家电厂送电，村民们搭上了线，有了电灯照明，还建起了打米场，劳动起来既轻松又能提高效率。电的神奇力量给他留下深刻印象。

1978年恢复高考后，尚在贵州铝厂当工人的彭志炜，在高考志愿栏里，毫不犹豫地填上了"发电厂及电力系统"。在困难条件下一直未放弃刻苦学习的他，终于成为贵州工业大学学生。此后，他先后在湖南大学"理论电工"专业和浙江大学"电力系统及其自动化"专业攻读硕士和博士学位。如今，身为贵州工业大学电气工程学院院长的彭志炜，已是贵州省重点学科"电力系统及其自动化"学术带头人，有着明确的奋斗目标，一切正如他所认为的那样，顺理成章。

贵州电力事业的快速发展，为彭志炜能够学以致用提供了动力。如何确保电力系统的安全和稳定，成为彭志炜潜心研究的主要课题。近年来，彭志炜承担的国家基金、省长基金、省基金等科研课题8项，工程设计10余项，课题经费100余万元。在国内外权威、重要和核心等期刊上发表论文30余篇。2002年被确定为贵州省优秀青年科技人才。他的科研成果"电力系统动态电压稳定性研究"和"无功补偿对贵州电网电压稳定性研究"已分别应用于广东电网和贵州电网的实践工作中。科研能为实际工作服务让彭志炜感到无比欣慰。

在担任贵州工业大学电气工程学院院长期间,彭志炜非常注重学科建设。2000年组织申报的"电力电子与电气传动""检测技术与自动装置"工学硕士点、"电气工程"工程硕士点,经国务院学位办严格考察评议通过,申报成功,成为第一批全省两个专业工程硕士点之一。如今,招收的30多名硕士生,将成为"西电东送"工程的高级专业人才。

彭志炜说,从广东缺电可以看出,电力已经成为沿海发达地区寻求更高发展的制约瓶颈。作为西部落后省份,贵州经济的发展更要靠电力。贵州电网的飞速发展,给电力人才带来的是难得的事业机遇。"在贵州能真正做'电'事",正是他拒绝发达省份和地区高薪相邀的朴实原因。

(原载于2004年3月25日《贵州日报》)

张征宇：吸引人才关键在创新

张征宇，国家级专家，1989 年获得博士学位。现任北京恒基伟业电子产品有限公司董事长兼总裁，全国政协委员，全国工商联常委，全国青联常委，北京市工商联副会长，中国青年企业家协会副会长，中央国家机关青联副主席。

在攻读硕士、博士期间，他先后在国内外刊物和国际学术会议上发表论文 30 多篇。曾主持国家"863 高科技计划"中的重要项目"语言汉字系统"，完成的语音识别技术居于国内外领先水平。

由于科研和企业管理成果突出，曾两次获得部级科技进步一等奖；被团中央授予"全国杰出青年企业家"称号和中央国家机关"十大杰出青年"称号；是国家级"有突出贡献中青年专家"和"政府特殊津贴"获得者。

这是美国的一位战略学家发现的真实案例：

加拿大的几个印第安土著部落同在一个区生存和竞争，最后只有一个部落生存下来。原因是什么呢？这个幸存的部落每次狩猎前，都由巫师烧骨占卜决定出行的时间和目的地，而其他的部落都是非常理性地分析哪儿最有可能打到猎物。案例的实质并不是迷信战胜了理性，而是相对于其他部落的同质化战略思维，这个幸存的部落碰巧走了与众不同的道路。

6 月 19 日，北京恒基伟业董事长兼总裁张征宇用这个案例佐证他的人才观："创新，是贵州及西部地区吸引人才的关键因素。"

张征宇说，事实上，不仅是贵州或者西部面临人才留不住、进不来的问题，任何一个企业或地区，如果不能主动创新而人云亦云、亦步亦趋，都很难吸引人才甚至生存发展。

"人家出高薪，你也出高薪，人家提感情，你也提感情，无法体现你的优势。"张征宇说，务实的方法是了解自己的实际需求，确定需要什么样的人才，是否具备或能够创造让人才发挥作用的环境，再去谈薪水、谈感情，否则，人来了也留不住。

张征宇认为，人才的去留往往取决于环境是否适合自己发展。当初留洋大军回国者寥寥时，国内曾发起过讨论，表示过忧虑，但其时已有人预言：不到20年，就会出现外出人才的回流。今天，这个局面已经出现了。同样，当初是"孔雀东南飞"，现在也出现回流。事实证明，人才有多种，有的适于在国外或东部沿海环境好、服务好但机会较少的地方发展，有的则愿意到发展比较初级却因此机会较多的地方。因此，对于贵州和西部省区而言，吸引创业型人才具有相当的优势。

"对人才有正确的认识，在此基础上进行机制的创新，才能有效地吸引和使用人才。改变得当、创新得法，这个步伐将迈得更快一些。"张征宇说。

（原载于 2004 年 6 月 21 日《贵州日报》）

终身学习不言老 多彩生活映晚霞

——贵州老年大学推动老年教育事业发展纪实

6月25日，尽管天公不作美，大清早就淅淅沥沥下起了大雨，但却挡不住老年朋友的求学步伐。上午9时，贵州老年大学2007年秋季招生报名现场已是人头攒动，热闹非凡。新生、老生认真选择自己的专业课，仔细填写报名表，个个精神矍铄，学习热情高涨。

"我们还没到，他们就已经早早赶到了！"贵州老年大学校长蓝祝卉对这样的报名场景似乎早有所料，"如果不下雨，还会有更多人前来报名。"

这里夕阳分外红

在老年大学，耳顺之年的算"青年人"、古稀之年的算"中年人"，只有耄耋之年才能称为"老年人"。老年大学的学生们以学为乐，以学交友，以学练身，丰富多彩的学习内容，积极向上的精神面貌，终身学习的人生追求，激发了新时代老年人的青春活力。

71岁的冯玲已在贵州老年大学学习了9年，从声乐、电子琴、迪斯科、交谊舞到最新报名的民族舞，学习劲头有增无减。

"我喜欢这个大集体，来自各行各业的老朋友相处得很融洽。虽然儿女都不在身边，但是我的晚年生活充实而精彩。"冯阿姨说，前年她膝关节骨质增生痛得无法走路的时候，仍然坚持来到学校的舞蹈班，"就算坐在旁边看，也觉得心情舒畅。"如今，当选为班长的她，不仅自己学习，还为班级和学校义务奉献着个人的力量。

59岁的唐家秀退休后一直在家带孙子，辛苦而无聊。一等孙子上幼儿园，她就迫不及待地到老年大学报了名，学了一年的太极拳后，还想学学电子琴。报名这天，她早上7点半就从新添寨的家冒雨赶来了，同时还带来了一个新生——自己的退休老同事。正如当初，她也是被老生推荐到这个学校一样。

74岁的殷琼珍一直没有发现自己在绘画上竟然很有天赋，当她将自己两年前参加书画班时涂鸦般的作业和最近完成的一幅牡丹图拿给记者作对比时，的确有些令人难以置信。

"现在我可是忙不过来了，要我画的人很多，我已经送了50多幅国画和200多把扇子了！"殷阿姨有些不好意思地说。

在书画方面具备相当水平的朱德荣退休前在贵阳中医学院就职，退休后来到贵州老年大学书画部任教，一教就是20年。他的学生们刻苦而勤奋，已经有40多名学员通过学习提高，具备了加入省书协的条件。"在这里教学，对我是一种激励，有这样优越的环境为社会服务，是一个共产党员的义务，我的晚年生活也更加充实。"

二十年办学成绩斐然

贵州老年大学"增长知识，丰富生活，陶冶情操，服务社会"的办学宗旨，吸引着四面八方的老年朋友。学校成立于1985年，通过不断巩固发展，逐渐成为能够适应老年人"老有所教、老有所学、老有所乐、老有所为"，自我服务和服务社会需要的多学制、多学科、多层次的综合性老年大学。在专业设置、教学大纲、教材、师资、管理方面，逐步实现了规范化、科学化。20多年来，先后有1万多名学员从这里毕业。

学校根据老年人的兴趣和时代发展的需求开设专业课程。除开设时事政治、老年卫生保健两门必修课外，还开设书画、声乐、舞蹈、历史、摄影等选修课。为与时代同步，学校增设了英语、电脑、电子琴、普通话选修课。目前已开课程共36门，教学班104个，在校学员3300多人。

学员的水平得到不断提升，文学、诗词、书画等作品多次发表在省内外报刊和各类作品专辑上。如今，贵州老年大学合唱团、舞蹈队、书画研究院已经具有了较高知名度，多次在全国性比赛中获金、银奖。

为了抓好老年朋友的思想政治教育，学校为每个班配备了班主任，建立班委会，随时了解学员思想动态，有针对性地做好思想工作。同时，学校经常开设时政专题讲座，从党的大政方针等"国计"讲到房改医改等"民生"，受到老年朋友们欢迎。

在第二课堂，书画展、文艺演出、送春联下乡、送文艺到企业、慰问部队官兵、社会捐助等活动也精彩纷呈。

专业课、时政课、思想政治教育、第二课堂活动，多角度的教学，使广大学员实现了"老有所教、老有所学"，丰富了"老有所养"的内涵，增进了"老有所医"的效果，开发了"老有所为"的潜力，提高了"老有所乐"的品位。

指导全省办学谱新篇

目前，我省 60 岁以上人口比重达到 12.25%，已经进入老龄化社会。老年教育是在确保"老有所养"的基础上，实现"老有所学、老有所教、老有所为"的一项重要举措，是提高老年人生活质量，丰富老年人精神文化需要的重要形式，也是积极应对人口老龄化问题的重要举措。

贵州老年大学在办学的同时，承担了贵州老年大学协会、贵州老年教育研究会和贵州老年教育工作领导协调小组办公室的工作，通过指导、规划、协调、检查，推动全省老年教育规范化建设。

如今，全省老年大学（学校）从 2000 年的 130 所发展到 589 所，在校学员从 1.5 万人增加到 6.3 万人，老年人入学率从占全省老年人口总数的 0.4% 上升到 1.2%。

贵州老年教育"十一五"发展目标是：到 2010 年新建老年学校 300 所，力争达到 400 所，在校学员达到 8 万人以上，入学率占全省老年人口的 1.8%~2%。2006 年我省新建老年大学（学校）65 所，在校学员新增 1.1 万人，实现了"十一五"全省老年教育发展开局之年的开门红。老年教育在全省初步形成省、地、县、乡四级网络。全省老年大学规范化建设进程加快，教学质量、办学水平逐步提高。老年教育在"和谐贵州"建设和经济社会发展中的积极作用日益凸显。

贵州老年大学和贵州老年教育的发展，特别是贵州老年教育领导管理体制及其作用，得到了文化部和中国老年大学协会的好评，贵州的老年教育已步入全国老年教育先进行列。

（原载于 2007 年 6 月 27 日《贵州日报》）

一生情牵"玉米崽"

——记省核心专家陈泽辉

【个人经历】 1984 年从贵州农学院农学专业毕业后，在贵州省农业科学院旱粮所从事玉米研究。1991 年到墨西哥国际玉米小麦改良中心进修学习。1994 年至 1998 年在菲律宾大学植物育种专业攻读并获硕士、博士学位，此后回到省农科院旱粮所继续从事玉米研究。曾任省第九届党代会代表。现任省农科院副院长，省种子学会副理事长。

【人生感悟】 希望，失望，再希望，再失望，更大的希望，更大的失望……20 多年两种情感不断交替，幸运的是如今希望的大门终于开启一缝。科学的道路是没有捷径的，只能在弯路中不断总结经验，才能攀上高峰。

【主要事迹】 驱车郊外，只要路过玉米地，陈泽辉总会扭头回望。如果是自己培育的品种，他会忍不住告诉周围人："那就是我的'玉米崽'！"

二十多年的玉米遗传育种研究，陈泽辉已经把玉米当作了自己的孩子，他为他的"玉米崽"付出了多少汗水和心血，一批批优质"玉米崽"也为他带来了收获的欣慰和喜悦。

1994 年赴菲律宾大学深造期间，他针对贵州省旱地土壤瘠薄、干旱严重的实际，选题进行玉米抗旱性和耐瘠性研究，研究成果获国内外专家好评。1998 年回国后，他把在国外的研究成果应用到贵州的玉米育种实践中，取得较大成绩。先后主持各类项目（课题）10 项，包括国家 863 计划重大专项子课题、省"十五"玉米重大攻关项目、省"十一五"玉米重大攻关项目、省重点中试基地建设项目、省长基金项目等。主持育成并通过审定的高产、优质、稳产玉米杂交种"黔玉一号""黔单

13号""黔单15号""黔单16号",已在各地大面积推广。种子供不应求,产生了显著的社会和经济效益。主持育成的"黔单18号""黔单19号""黔单22号"和"金单999"产量更高、品质更优,于2004年和2005年已通过审定,进行大面积推广,具有更为广泛的市场前景。由于"黔单16号"在丰产性和稳产性上表现突出,目前作为贵州省玉米区域试验、生产试验和引种试验的对照种。

作为首席专家主持的省"十五"玉米重大攻关"优质高产玉米新品种选育及杂交种种子产业化技术研究"项目,已通过了专家组验收并被评价为:自育种应用达全国同类研究的领先水平。在"超高产玉米杂交种选育"专题中,自育杂交种在贵州光照少、病虫害严重、土地瘠薄和严重旱灾的情况下,经权威专家组于2003年8月10日在遵义县(今遵义市播州区)现场测产验收,我省自育玉米杂交种亩产达到855.6斤的超高产水平,这是贵州在自育品种上的历史性突破,大大地提高了我省的玉米育种和栽培水平。

为了增强我省的玉米育种后劲,加强种质资源的创新研究,作为首席专家,他主持了省"十一五"玉米重大攻关"玉米种质资源创新及超级品种选育"项目,已初步育出一批优良自交系材料,为"十一五"期间育出亩产900公斤玉米新品种打下了较好的基础。

多年来,陈泽辉在《中国农业科学》《菲律宾作物学报》《玉米科学》等国内外期刊发表中英文论文30余篇,出版17.6万字的专著《优质蛋白玉米》一部。先后获得省农业科技先进个人、第五届中国青年科技创新奖、省优秀青年科技人才、全国留学回国人员成就奖、首批国家级"新世纪百千万人才工程"一、二层次人才、省科技进步一等奖等奖励。

【理想信念】 玉米是贵州主要的粮食及饲料作物,是山区群众食粮的重要来源,又是家畜家禽最重要的饲料。"造出老百姓最需要的玉米,也就是高产优质稳产的好玉米就是我最大的理想。"

(原载于2007年7月30日《贵州日报》)

架设贵州医学科研与世界的虹桥

——记省核心专家官志忠

【个人经历】　贵阳医学院病理学专业硕士生，先后为瑞典卡罗琳斯卡（Karolinska）医科大学访问学者、博士研究生、博士后，并担任该校神经科学副教授。曾任卫生部地方病专家咨询委员会委员及中国地方病协会氟砷专业委员会副主任委员。现为贵阳医学院副院长，贵阳医学院病理学与分子生物学教授，博士生导师，贵州暨贵阳医学院分子生物学重点实验室主任，国际神经科学会会员。

【人生感悟】　辛苦了一辈子，奋斗了一辈子，奉献的结果终于得到了社会的认可，对社会的发展起到一定的作用，此刻，才感到甜了一辈子。

【主要事迹】　采访官志忠时，他已经登上了去瑞典的飞机，参加又一次国际会议和科研协作。多年来，他已无数次往返于贵州和瑞典两地，辛勤搭建一道虹桥，促进贵州和世界一流高校的科研交流，提升贵州医学科研的整体水平。

1991年官志忠到国际医学——生理学诺贝尔奖评选委员会所在高校瑞典卡罗琳斯卡医科大学做访问学者，随后获该校博士学位及做博士后。1999年被该校聘为神经科学系副教授、研究项目负责人（PI）、博士生导师及博士后指导导师。从1990年起他在瑞典获多个科研基金会资助项目十余项。他在老年性痴呆和地方性氟中毒神经损伤发病机制中胆碱能受体、生物膜性脂质结构及神经信号转导通路等方面改变的研究取得显著成果，在国际和国内该领域中有相当影响力。

作为国内外相关专业知名专家，官志忠的科学研究水平已经处于国际先进行列。他承担过国家自然科学基金会、科技部、教育部、卫生部、省长专项基金、省科技基金会等科研项目二十余项，在瑞典多年来获多个科研基金会资助项目十余项。曾获全国高校自然科学奖2等奖1项、中华医学科技奖3等奖1项、贵州省科技成果2等奖4项，均为第一获奖者。曾被国家教委和国务院学位委员会评为"做出突出贡献的中国硕士学位获得者"，并获金奖章和荣誉证书。

作为从贵州出去的学者，官志忠深感贵州的科研水平与国内发达地区乃至世界有着很大的差距，本着请进来、走出去的方式在瑞典用瑞方基金为国内培养博士生。借助瑞典卡罗琳斯卡医科大学这一国际一流科研水平的平台为贵州省培养了高等级科研人才。2004年及2005年，他连续两年任教育部春晖计划瑞典高级学者赴贵州服务团团长，为贵州引进国际合作项目9项。

作为一位国际型的医科大学教师，官志忠不仅在贵阳医学院承担博士、硕士研究生和本科生教学，也在瑞典卡罗琳斯卡医科大学承担博士研究生和本科生教学。作为首席博导，官志忠为贵阳医学院2003年获得国家病理学与病理生理学专业博士点（贵州省唯一的医学博士点）起到了关键作用。

【理想信念】"万尺高台，起于垒土。千里之行，始于足下。从基础做起，从小事做起，从平凡做起，从我做起，充分挖掘自己的才智，一步一步达到理想境界。为贵州教育事业的发展添砖加瓦、为贵阳医学院的腾飞无私奉献，是我一生的追求和理想信念。"官志忠对记者说。

（原载于2007年8月2日《贵州日报》）

助人的手快乐的心崇高的人

在我们的社会生活中，有这么一群人，他们的双手会在需要帮助的时候为你伸出，他们的大伞会在风雨来临的时候为你撑开，他们的方舟会在灾难险情的时候为你起航。他们用奉献书写崇高，用无私弘扬美德。他们对同胞的牵挂和关爱，奏响了感天动地的温暖乐章，延续了乐善好施的优良传统，弘扬了助人为乐的时代精神。他们就是一群以助人为己任，以助人为快乐源泉的人。周祖华、颜昌锋、蒋行远和贵州省消防总队遵义市消防四中队的战士们就是我们身边这样的人。2008 年，他们荣获全省首届"道德模范"称号，被评为"助人为乐模范"。模范就是榜样，他们助人并快乐着，更使整个社会温暖着。他们的存在，正如红日，照亮了我们共建的和谐家园。在新的一年到来之际，让我们共同重温他们的故事，感受温暖，感受力量。

蒋行远：情牵 22 名少数民族贫困孩子

热爱摄影的蒋行远对贵州原生态的少数民族民间文化情有独钟。但是，民族文化后继乏人的现状让他感到担忧。从 1999 年至今，六盘水市摄影家协会主席蒋行远主动承担了与他无亲无故的 22 名少数民族贫困孩子的读书和生活费用，成了 22 名少数民族孩子的"父亲"。蒋行远说就像带自己的亲生孩子一样，他从来没有在乎过金钱的付出，只要有钱有力，他就要让孩子们继续念书。唯一让他在乎的，是这些孩子今后是否能够在传承民族民间文化上能够有所作为。

2002 年，受中国文联发起的"朝霞工程"资助完成 9 年制义务教育的少数民族 22 名贫困孩子有的已初中毕业，但这些孩子毕业后才 15 岁左右。除 3 个男孩外，其余 19 个女孩都是贫困地区的少数民族，如果就此辍学，按照当地少数民族习惯，她们只有选择早婚的道路。"一定要让她们继续读书！只有增长知识，提高理解能力，他们才能更好地传承民族民间文化，才可以让优秀的民族瑰宝后继有人！"蒋行远的信念一旦产生，便和这 22 名孩子有了不解之缘。

为了给孩子们筹集资金，蒋行远利用自己善写美术字的特长，在工作之余，替别人出专刊、办板报，为孩子们筹集继续读书的经费。2002 年 6 月，蒋行远连续熬了两个通宵，完成了许多广告公司都嫌危险而不敢做的"南昆铁路通车仪式" 8 个 8 米高的大字，挣到了 800 元钱的劳务费，全部用在学生们的身上。他用自己的稿费和工资，从 2003 年 7 月开始，先后对到六盘水市中心城区读高中、中专和大学的孩子们给予资助。蒋行远对孩子们的关心从思想、学习到生活的方方面面。除了吃穿用，父亲酗酒、父母打架、孩子学习不长进、惹祸、贪玩、贫困、生病等生活细节，他都得管。

今年初，18 岁的王良倩患白血病辗转求医时，王父几次将女儿带回六枝特区落别乡坝湾村格拱寨的家中，蒋行远反复阻挠。"蒋伯伯，我舍不得死啊！"下颌溃烂不能言语的王良倩用笔写出心声后，靠在蒋行远肩头无声地流泪，蒋行远的心一阵阵发颤。最终，在蒋行远四处奔走求救筹款后，王良倩终于得以回到医院接受化疗。如今，动用所有关系筹集来的 10 万元治疗费都已花完，蒋行远又不得不开始四处寻求善款。

"蒋伯伯比菩萨还好，这么多年，这么辛苦，我们看在眼里，感动在心里。遇见他真是这辈子最大的幸运！"正在六盘水师专音乐专业求学的王丹也是蒋行远的"孩子"之一，她说，毕业后她一定不辜负蒋伯伯的期望，回到家乡为传承民族文化做贡献。

224　　　在蒋行远的建议下，来自水城县青林乡海发村的张才珍在民族职业学院艺术班毕业后，返回村里代课。曾经获得第八届全国少数民族运动会芦笙金奖的她采用双语教学的方式教学，将本村特有的芦笙班发扬光大；盘县马场籍苗族少女杨兴娅师范毕业后，放弃了在县城打工千余元的月薪，返回本乡接受每月400元的待遇，当起了大筒箫和直箫特长双语教师……

由于近年来蒋行远把精力和经济都放在了孩子们的身上，蒋行远一家至今仍然住着不足50平方的老房子。由于太小，每到周末，蒋行远只好把学生分为两批来家里改善生活。每个周末和寒暑假，蒋行远和妻子什么地方都不去，他们的任务就是守着等孩子们的电话，在家做饭、做菜等着孩子们到来。"只要孩子们将来能够把民族文化中的精髓发扬光大，就是我最大的欣慰。"他说，特别希望有优惠的就业政策，让这些孩子能够发挥特长优势，真正成为民族文化的传承人。

"一双手做善事，有一千双手在背后支持你。"蒋行远说，单靠他个人的力量是无法帮助22名贫困孩子求学、就业的。"六盘水的职业学院、民族职业中学、一中、师专，在给孩子们减免学费，提供生活补助方面都给了大力支持。省文联、六盘水市委宣传处、市教育局和盘县教育局等都给这些孩子提供了不少帮助。香港的张爱萍教授在他最困难的时候也鼎力相助。"蒋行远总是谦虚地说，在助人为乐上，他不过起到了穿针引线的作用而已。

颜昌峰：建造永不消逝的春天

颜昌峰是贵阳白云安云消防器材经营部总经理，但是，几乎可以用"不务正业"来形容他目前的工作和生活。2008年10月31日，当记者找到他时，他正召集几十个贵阳花卉批发商与白云的花农们一起开协调会，共同寻找解决花卉滞销的办法，帮助花农走出困境。为了这次座谈，他已前后忙活了几个月。

作为一名私营企业家，颜昌峰一次次把金钱和利益丢弃一边，却把助人和行善奉为至高无上的追求。他温暖的手总在别人困境之时伸出：从贫困大学生、下岗职工，到生活无着和无钱治病的人，他已经累计资助几百万元。他的公司至今仍每年拿出几十万元，资助困难群众。

如果说，帮助他人已习以为常，2008年的两次大灾大难，更让他无法停下助人的步伐。

2008年初罕见雪凝灾害中，颜昌峰自发动员家属及公司驾驶员，分别驾驶两辆奔驰车、一辆吉普车、一辆商务车及一辆面包车穿梭在冰天雪地里免费接送群众。后来他又积极带动100辆白云有车一族加入"绿丝带"行动。无论白天或黑夜，只要群众来电，他们都毫不犹豫地把大家安全送到目的地。20多天，他和家人共接送的群众达几千人次。

有人笑他傻，他笑着说："生意随时能做，钱是找不完的。但在这种灾害面前，帮助一位群众渡过难关，就是做了一件好事，将来生意会更好。"

受雪灾影响，白云区海拔1600多米云雾山上的一个村寨电、水、粮告急。颜昌峰不遗余力，协助白云区政府送发电机下山。他用自己的越野车装了5台发电机，与区应急分队艰难爬上盘山公路，及时给山上的群众送去了发电机、被子和粮油。

贵阳城区范围的冰雪融化后，颜昌峰还惦记着困在冰天雪地里的偏僻农村群众。他购买了几万元的药品堆上车，瞒着父母带着妻子直奔黔东南受灾最重的丹寨县排调镇，挨村挨寨发药。

感谢、赞扬的短信像雪花一样从全国各地发来——

"尊敬的颜昌峰师傅，我们是被您帮助过的来自武汉的外地人，今天又在报纸上看到了您的光荣事迹，被您深深感动了！您的行为值得我们好好学习，真诚祝福您和家人幸福快乐！好人世世平安！向您致敬！"

"谢谢你把冰雪融化——北京网友。"

"父亲打来电话说是你将他平安送到了家，我无以回报，只好在远方给你叩头了。"……

汶川大地震当天，颜昌峰通过新闻了解到灾情后，马上坚定地告诉妻子："把娃儿照顾好，我要到汶川去，哪怕是给受灾的四川兄弟送去一瓶矿泉水也好。"

他的第一步是向灾区捐款。他与妻子通过红十字会等机构以及各募捐点捐款近 6 万多元，在团省委举办的"血脉相连——绿丝带爱心守护"公益晚会上，他毫不犹豫地出资 50 万元在德阳认捐一所希望小学。他还向朋友募捐了价值 20 万元左右的救灾物资，并于去年 5 月 16 日将物资运送到德阳市。在赴四川抗震救灾的志愿者中，由于责任心强，颜昌峰被推选为副队长，负责物资运输等方面的工作。到了德阳灾区后，颜昌峰发现这里非常缺帐篷、粮食和消毒水等赈灾物品，立即联系好友白云区麦架镇副镇长赵荣武，请他帮忙募捐这些急需物资。两天后，募捐到的近 20 万元的赈灾物资被 7 台货车运进了德阳市。颜昌峰和贵州志愿者在救援区，通过运送药品、食品，协助解放军救援工作，累计救助人员6000 余人次。

去年 5 月 21 日晚，颜昌峰回到贵阳后脑子里总是重复绵竹市团市委书记的那句嘱托："战斗在抗震救灾第一线的军民，多日来面对了太多的断垣残砾和受难同胞，现在急需的是精神支援，重建精神家园！"经过与绵竹市委、市政府商议，颜昌峰多方征集和购买了 200 万朵爱心玫瑰。6 月 1 日，在颜昌峰的带领下，一支 18 辆车、10 名插花师傅、63 名志愿者组成的"绿丝带——鲜花——精神家园"贵州省青年志愿者队伍载着200 万朵爱心玫瑰抵达绵竹市。他们用了一个通宵，带着对灾区人民的深情祝愿，在绵竹市的各个主干道摆放出各种美丽的鲜花造型。当地群众第二天一早起来，看到废墟中盛开的鲜花，有的拼成"战胜灾害，重建家园"，和"贵州人民永远和你们在一起"的横幅时，非常惊奇也非常高兴。有人甚至流下热泪说，是贵州的朋友给我们送来了春天。

回望 2008 年，颜昌峰说，这个很不平凡的一年让他经历了震惊、悲伤、战斗，收获了赞扬、感动、友情，在感情波涛和忘我工作中，他把自己和这个社会紧密联系，最大限度地体现了人生的价值。

颜昌峰想做的事还很多：建一所学校，让那些读不起书和因各种原因没能好好读书的孩子静下心来学习；给丹寨县的七个村的贫困村民每人送上一双棉鞋，让他们在冬天不再长冻疮；拍卖自己的全部100幅艺术收藏品，所得资金用于四川德阳5·12大地震文化纪念馆建设……

从"做好事""救急"，到热心公益事业。颜昌峰对助人为乐的理解已不断上升。他希望协调人与社会的关系，让大家在公益事业中感受到社会的温暖与和谐，并受到感召，一起行动，建造一个永不消逝的春天。

遵义市消防四中队：血肉之躯筑起生命屏障

一位叫飞扬的网友在网上对贵州省消防总队遵义市消防四中队如此评价：

"细读了关于消防四中队的许多故事，他们的那种奉献，那种对信念的执着和坚强，无不在温暖着我；他们的失去与收获，让人心底无尽地感叹。何为感动？就是当你想到这些人时，你的心会暖一下。这样可敬的消防官兵们，你能克制住对他们的爱吗？"

这的确是个令人敬佩的集体。多少关键时刻，多少急难险境，遵义市消防四中队的战士们无所畏惧，勇往直前，用自己的血肉之躯筑起一道道生命的屏障。

2006年11月18日深夜，汇川区鱼芽村金竹湾一建筑工地发生垮塌事件，两名民工被巨石掩盖，一民工当场死亡，另一民工被压在巨石下方，头部、右手被巨石卡住。中队官兵闻讯后快速赶到现场，历经6个小时的惊心营救，成功救出受伤民工。消防官兵在此次救援行动中的出色表现，先后在中央电视台新闻频道、生活频道中报道。

2004年7月22日，遵义董酒厂1200吨酒库突发火灾，这次火灾是遵义市十年来规模最大、扑救难度也最大的一次，消防官兵经过4个小时的艰苦奋战，成功保护国家财产。省市各级领导给予了消防官兵高度评价。

在遵义市消防四中队，类似的事迹数不胜数。中队自 1994 年建队以来，共参加灭火救灾战斗 2000 余起，参加抢险救援 2964 次，挽救了 1300 多名群众的生命，挽回经济价值达 2.5 亿元的财物。

2008 年 5 月 13 日晚 23 时 25 分，汶川大地震的第二天，四中队 16 名思想素质好、作战经验丰富的官兵经过长达 18 个小时的长途跋涉，第一时间到达绵竹市汉旺镇东方汽轮机厂，奉命负责东方汽轮机厂家属楼救援。四中队战士桂阳、邓七星、陈青等在挖机的保护下进入现场，经过努力，桂阳、邓七星在余震中冒着被废墟掩埋的危险，将一位被困 58 个小时的老太太及一名孩子安全救出。

5 月 15 日，四中队官兵继续在家属区开展救援时，战士们发现在一栋还未完全倒塌的废墟里还有幸存者，四中队战士桂阳在挖机保护下进入高楼，从上至下逐一排查，发现了一名老年幸存者。桂阳与陈青进入幸存者所在的屋内施救。就在他们把老人抬上担架时，阳台地板明显下沉，随时可能掉下去，桂阳与陈青巧妙合作，以最快的速度把老人抬出阳台。在楼下战士的配合下，老人和所有救援人员终于快速安全撤离。

在汉旺救援的 200 多个小时里，四中队的 16 名消防官兵连续作战，在恶劣的吃住条件下，感冒高烧也要坚持战斗到最后。5 月 18 日，四中队官兵奉命转战汉旺镇东汽中学展开遗体搜救工作。中队长刘德提出，用起重机吊起战士运到空中进行全方位侦察，在确定遗体位置后再下降将遗体运出。采用这种方法，四中队官兵冒着余震的危险，一次次进入废墟抬出遇难者遗体……

经过官兵们 9 天 9 夜的连续奋战，最终成功解救被困人员 3 名，挖掘遇难者遗体数十具，疏散转移群众 400 余人，疏散物资 2 万余件，转移现金 15 万余元，搜索房屋 100 余栋，4 万多平方米，为灾区人民做出了应有的贡献。

遵义市消防四中队建队仅 14 年，获得的荣誉是全省消防部队中最多、最高的。中队先后 10 次获得国家级表彰，32 次获得省级表彰，并荣立集体三等功两次，中队党、团支部连续获得省、市及全国表彰。

2007 年 5 月，中队团支部被公安部、共青团中央联合授予"全国青年文明号"；2006 年 11 月中队代表出席全国消防部队英模表彰大会。中队官兵有 58 人次立功，其中 6 人荣立二等功，52 人次荣立三等功，1 人被评为全国优秀人民警察，1 人被评为全国消防部队优秀党务工作者。省政府为该中队荣记集体一等功，遵义市委、市人民政府授予中队"遵义这 10 年"十大感动人物。2007 年 6 月贵州省人民政府为四中队隆重召开表彰会，这是 10 年来省政府首次为驻军部队授予的最高荣誉，遵义消防四中队当之无愧。

周祖华：危难时刻站出来为群众遮风挡雨

"当人民群众和我的家人都需要我的时候，作为一名军人，我只能选择群众，这是一个军人应尽的职责。"贵州省织金县人武部部长周祖华用实际行动践行了自己的诺言。

把群众利益放在第一位的周祖华，在百年不遇的雪凝灾害前，连续 44 天奋战在抗灾救灾一线，带领民兵将 6400 多名旅客群众安全护送出境，帮助 6 个断电的乡镇恢复通电，给 102 户被困群众送去"救命粮"，保证了 10 万市民除夕断水不缺水，谱写了感人至深的爱民之歌。

2008 年 2 月 3 日，省交通厅收到一封感谢信："我是一名到织金旅游的游客，没想到道路结冰封冻，本以为无法回家过年了，可关键时刻解放军把我们护送出了境……"当省交通厅通过毕节地区核实情况时，才引出了护送行动策划者周祖华。

去年 1 月下旬，在罕见的雪凝灾害中，地处黔西北的织金县成了重灾区。通讯、供电、供水先后中断，雪凝灾害致使织金县所有出入境公路封闭，近 6400 余名来自全国各地在织金经商、旅游的群众被困。周祖华了解到此情后，主动向织金县政府请缨，并通过在交通运管部门工作的战友协调安顺、贵阳等地运输部门一起设法护送滞留人员。

他挑选 32 名有冰雪驾驶经验的民兵运输分队队员，驾驶着 16 辆大客车，满载第一批 640 名旅客启程了。97 公里山路，弯道急、坡路多，海拔 1800 多米的珠藏镇凤凰山更是险象环生，寸步难行，但漫天冰雪无法阻止官兵前进的步伐，周祖华给车轮装上防滑链条，组织动员城关、珠藏、熊家场等乡镇 400 余名民兵铲雪、撒盐、推车沿路护送车队。在往返的路途中，他亲自带领民兵沿路撒盐，保驾护航。经 5 天的连续奋战，他带领民兵共撒盐 80 余吨，6400 余名被困人员全部安全护送出境。

去年 1 月 21 日，持续大面积的灾情，造成织金全县电力彻底瘫痪。周祖华组织 6 个乡镇，750 人的民兵专业分队，首批投入电力线路抢修。在人烟稀少、冰雪凝冻的乌蒙大山中，周祖华与大家肩扛手拖，运送千斤重的电杆、电缆、钢材，攀爬铁塔、电杆，拉网布线。施工间隙，他还发明用钢片制作成简易防滑掌，到地方小作坊批量生产后发放给官兵们。在他的带领下，全县共出动民兵 2 万余人次抢修电网，春节前夕，县城及附近 6 个乡镇恢复供电，保证县城 10 多万群众过上了一个光明的春节。

周祖华还带领 30 多名民兵队员绑上防滑掌，冒着冰雪，肩扛物资，一步一滑艰难地步行 70 多公里，深入到熊家场乡、板桥乡，将慰问金、猪肉、衣被、2 吨粮食，送到"绝境"中的 102 户群众手中。

当织金县城区 10 余万群众生活断水时，周祖华立即组织自来水公司、消防大队等单位召开供水紧急会议，在城区设置了 14 个供水点。他每天组织 110 名年轻体壮的民兵把水送到军烈属、伤残人家、敬老院、医院等地。连续 18 天，共为城区 10 万群众运送生活用水 5000 余吨，群众尊称他为"给水上校"。

顾大家，必然舍小家。周祖华的妻子马晓勤是一名民警，长期患病。夫妻的工资基本都用于治病。去年 4 月，妻子的病情加重，住院治疗，由于是异地医保，医院要患者家属先垫付费用，周祖华再次面临经济困难。

尽管如此,去年汶川大地震后,周祖华却依然组织织金武装部的干部职工为地震灾区捐款 12420 元。去年 5 月 15 日,周祖华因在抗击雪凝灾害中事迹突出,受到省委、省政府的表彰并获得 6000 元的奖金。因治疗妻子正为钱发愁的周祖华显得很兴奋,他高兴地拿着这笔堪称"续命钱"的奖金来到妻子病床前,妻子却指着病房中电视上正在播放的汶川地震灾情说:"祖华,别在我身上浪费了,把这些钱捐给灾区吧!灾区的群众更需要钱。"原来,汶川发生地震的那天,医院向马晓勤下达了病危通知书。这位善良的妻子知道自己在世的时间已经不多了,她希望能把这笔钱捐给灾区。妻子的举动,让周祖华哽咽了,他抱着相濡以沫的妻子哭了起来……最后,周祖华含着泪,把 6000 元全部捐赠给了四川地震灾区。2008 年 5 月 21 日,周祖华的妻子不幸病故。极度悲伤中的周祖华,在对自己的责怪和对妻子的歉意中,更加体味到了大爱无边。

(原载于 2009 年 1 月 3 日《贵州日报》)

企业专设一条生产线　59名残疾学生喜就业

　　为保障残疾人学生顺利工作和生活，省残联用残疾人就业保障金为每位残疾人学生购买了被子、枕头、洗漱用品、拖鞋等生活必需品，同时还将为提高残疾人员工的劳动技能给予帮助。

　　作为首批集中安置残疾人就业的试点，两个月前，在省残疾人就业服务指导中心和劳务派遣公司的牵线搭桥下，金达公司用最短的时间、最快的速度装修了残疾人员工工作的独立车间，布置了适合他们工作的生产线和生活服务后勤设施。

　　59名残疾学生全部就读于毕节职业技术学院。在老师的带领下，他们来到这个陌生而温暖的公司。他们将生产的是广泛用于笔记本电脑、液晶显示器、车载GPRS等高端电子领域的功率电感器元件。第一个月的工资包吃包住900元，此后还会逐月增加。经过5个月的带薪顶岗实习，只要他们愿意就可与公司签订正式用工合同。

　　据省残联有关负责人介绍，目前我省处在就业年龄段、有劳动能力而没有实现就业的残疾人高达24.7万人，而且每年还将新增残疾人劳动力8000人左右。过去我省残疾人集中就业主要以输向沿海省份为主，给残疾人带来很多实际困难。省内企业专门为残疾人增设一条生产线，一次性解决59名残疾人的就业难题，这在我省集中安置残疾人就业中还是首例，为社会各界给残疾人提供就业岗位起了很好的示范，同时也为我省开展残疾人就业援助活动提供了实践典范。

　　"从听到消息，到今天正式来到公司，所有同学都和我一样心情激动，我们可以自食其力，不再是包袱了。为这一天，我们等了很久，今天终于等到了！"1月8日，在贵阳高新金达电子科技有限公司车间现场举行的2010年贵州省残疾人就业援助月活动集中安排残疾人就业仪式上，多次就业失败的毕节职业技术学院残疾学生李辉难掩心中的兴奋和感激。

当天，还有58名残疾同学和李辉一样，穿上了整齐的蓝色工装，成为金达公司的新员工。在公司为他们专设的一条生产线上，他们将用自己的劳动获得应有的报酬和尊重。

（原载于2010年1月2日《贵州日报》，获贵州省残疾人事业好新闻评选一等奖、中国残疾人事业好新闻评选三等奖）

有人笑他傻，举债助人，他笑别人傻，渴时一滴如甘露，最后添杯不如无。助人之乐，是一种只有践行过才能彻享的快乐——

农民工周家德的无悔选择

周家德出生在大方县兴隆苗族乡一个边远贫困山村。父母没有给他提供物质财富，却以乐善好施的美德为他的人格品质埋下了善良的种子，最终成为周家德人生道路上最为珍贵的精神财富。

为实现母亲临终前希望儿子好好读书的遗愿，1996年，已打工9年的周家德考入中南林学院室内设计专业。正准备收拾行囊到校报到的他，路经水城县纸厂彝族乡时，看到一个叫小威的孩子站在学校三年级教室窗外聚精会神地听课。得知小威父亲去世，母亲改嫁，家里只有年过花甲的奶奶照顾姊妹俩所以辍学后，周家德很难受，立即和学校联系，捐资8000元给水城县纸厂小学，组建了"家德希望班"，使像小威那样辍学的20名适龄儿童重返校园。周家德因此成为六盘水市非公企业捐助希望工程第一人。

在学习期间，周家德勤工俭学，帮别人搞设计、画图，弥补学习费用。他被学校授予"学习积极分子"称号，多次在设计大赛中获奖，并获得学校奖学金。他也时刻牵挂着"家德希望班"的孩子们，每次假期回六盘水，都把节约下来的钱给孩子们买学习用品。

"周叔叔，我们是一群贫苦的孩子，'家德希望班'的学生在你的资助下，能坐在舒适的教室里读书，我们感到十分幸福和快乐！今天的作文题目是《给你最亲爱的人写信》，谁是我们最亲爱的人呢？我们异口同声说：我们最亲爱的人是周叔叔！你是我们最亲爱的人！"这是家德希望班学生给周家德的信。

像这样的信还有很多，像小威这样得到周家德资助的，还有水矿一中残疾学生李德荣、胡金祥，六盘水师院附中的贫困学生李芸、赵垒等。

"如果没有你，我的坟头已经长满青草。"这是一个被周家德从死神手里抢回来的学生对他说的话。当她唱了韩红的《天亮了》表达对恩人的谢意后，周家德已记不清是第几次为这个女孩泪流了。她就是徐丽源，一个爱好音乐、舞蹈的贫困女孩。

就读于四川内江师范学院声乐与舞蹈专业的徐丽源，家境贫困，但专业课很优秀，多次在比赛中获奖。2005年，她到六盘水市民族技术职业学校实习，实习指导老师恰是周家德的高中老师。老师曾找过周家德资助她。

徐丽源实习结束后回到老家四川渠县。一天，周家德接到老师电话，说徐丽源突然患病进医院抢救。老师和周家德一同奔赴渠县医院，看到面容消瘦、气息奄奄的徐丽源，两人的眼眶都红了。得知病情没有确诊，赵老师动员家属转院治疗，可徐丽源的父亲除了泪水不停地滴在病危通知书上，什么话都没有。"她家里实在没钱，转院需要钱啊。"听旁人一说，周家德马上表态："救人要紧，我身上还有点钱，要不转到贵阳医学院？我有熟人！"

第2天，徐丽源被送到贵医附院抢救治疗。几天后，才脱离生命危险，但诊断结果却是"肾衰竭晚期"。周家德原本以为2至3万元就可治好的病，突然变成几十万的花费。对那个连化验费都难支付的家庭，无疑是天文数字，内江师范学院全体师生送来的9000多元爱心款也只是杯水车薪。

听说重庆第三军医大学西南医院擅长肾病治疗，周家德又将徐丽源转到该院。复查结果一样，必须肾移植。周家德决定，救人救到底，不能半途而废！多方筹集不够，他又以高利贷借了10万元一起支付手术费用。那段时间，周家德住的是 10 元一晚的简陋房，吃的是最便宜的盒饭。手术成功后，周家德十分坦然地说："虽然花了 20 多万元的医疗费用，但能把一条鲜活的生命救回来，一切都值了。"

乐善好施的人都一定尊老。钟山区双坝村的贫困孤寡老人全胜华、杜显忠、胡少珍、陈友珍等，每逢节日都会收到周家德亲自送来的零用钱、菜、油和大米。她们早已把他看得比自己儿子还亲。

打工道路上成长起来的周家德，时刻不忘父亲教诲："为孝之道，有家有德；渴时一滴如甘露，最后添杯不如无。"多年来，他勤俭节约，不抽烟、不喝酒、不赌博，一件夹克穿 9 年，一台电视机看 20 年。但他在扶贫济困、希望工程、抗洪救灾、见义勇为、非典雪凝、汶川地震、家乡建设、抗旱救灾、玉树地震等方面，捐助已近百万元。

在今年全省第二届道德模范颁奖晚会上，周家德获得贵州省第二届助人为乐道德模范称号。

（原载于 2010 年 11 月 23 日《贵州日报》，获奖）

学生对乡情"陌生"
乡村教师自编"乡土教材"补空白

几个志趣相投的乡村教师，花了2年多时间，欠债20000多元，自采、自撰、自编了一本像模像样的"乡土教材"，免费发放给全乡的2000多名中小学生学习。近日，这本独特的"乡土教材"在修文县谷堡乡首发，数十名学生手捧着这本溢满家乡浓郁乡土气息的"乡土教材"《花果之乡》，饶有兴致地阅读着。

学生对家乡很"陌生"

编撰这本"乡土教材"的发起人是该乡土生土长的老教师周志祥。"在新一轮的课程改革中，我们感到学校教育中缺少乡土教育的内容，这对于学生的健康成长是一个严重的缺失，我们感到忧虑的是，现在的年轻一代，对养育自己的这块土地，以及对这块土地的历史、人文、景观、人民产生了认识上的陌生感和疏离感。"

周志祥说，谷堡乡有着多元的自然景观、人文景观和丰富的物产。自然景观有著名的天生桥景区、猫跳河峡谷风光、被誉为水电博物馆的梯级电站等；人文景观有明初古驿道、王阳明亲手掩埋的"三人坟"、被载入《古文观止》的著名祭文《瘗旅文》（作者王阳明）碑刻、红军长征智取索桥遗址、解放初期剿匪战场遗址等。

周志祥说，现在的学生往往对自己土生土长的家乡感到很"陌生"，这不能怪他们，是因为他们没有学习的载体。而学生要爱祖国、爱人民，首先是从爱自己的故乡开始的。"所以我们要编写这本'乡土教材'，让学生了解家乡的自然、人文、历史等知识，从而激起他们对家乡、对祖国的热爱之情。"

采写风土人情，改稿 14 次

思考成熟后，两年前一个偶然的机会，周志祥把自己想编一本"乡土教材"的念头向身边的几位老师说了出来，立即得到同样在该乡乡村学校扎根任教多年的老教师惠玉明、毕成江、宋庆红、胡昭明等的赞同和支持。

说干就干，几个志趣相投的乡村教师开始行动了。从 2008 年开始，他们就分工协作，有的负责采集历史、人文资料，有的负责自然景观资料收集，有的负责地方特产、家乡名人以及图片的收集等。

为使教材生动易懂，他们利用课余时间，多次寻访古驿道、天生桥、长征路、剿匪战场等地，向当地老人访谈历史故事、民间传说、当地名人等。

采访、收集资料完成后，2010 年初，几个教师还成立了谷堡乡"乡土教材"编写小组，大家开始分工撰稿。"在撰稿的这一年时间里，我们每个人的稿子都修改了 14 次才定稿。"周志祥说，在撰稿、改稿期间，他们还多次请教县史志专家，对教材内容进行严格把关，力求做到精益求精。

欠债 2 万多，换来一本"土教材"

经过 2 年多时间的努力，今年 3 月，这本溢满着家乡浓郁乡土气息的"乡土教材"《花果之乡》终于付印了。

这本"乡土教材"涵盖了谷堡乡的政治、经济、文化、历史、人文景观和自然景观等内容，全书共 6 部分 25 课。有《可爱的家乡》《血染的风采》《厚重的文化》《腾飞的经济》《家乡的名人》等。

为编写这本"乡土教材"，几位老师花了两年多的心血。"这本教材第一次印刷了 2500 册，能满足目前全乡 2000 多名学生的需求。但印刷厂的 20000 多块钱印刷费还是欠起的，以后有新生进校，再版的费用都没有。"周志祥说。

这本"乡土教材"的出版，得到省内史志专家的好评。据史志专家介绍，编辑出版乡一级的乡土教材，在我省还不多见。"虽然我们欠起印刷厂的债还没有着落，但一看到全乡 2000 多名学生每生有一本'乡土教材'，我们心里感到很高兴。"老师们很有成就感地说。

（原载于 2011 年 5 月 30 日《贵州日报》）

一样的生命　一样的阳光

——第八届全国残运会贵州代表团直击

摘取残运会贵州团首金
韦仁明：我在游泳舞台炫起来

10月12日上午10点，绍兴体育中心游泳馆，第八届全国残运会男子蛙泳100米SB5级决赛即将举行。我省残疾运动员韦仁明，将在这里冲击贵州团首块金牌。他的劲敌，四川选手代国洪，是去年全国残疾人游泳锦标赛冠军。

开赛枪声响起，没有双腿的韦仁明双臂飞扬，劈波斩浪，疾速前行。然而，四川选手代国洪实力强劲，一直保持领先优势。50米掉头后，韦仁明突然发力追赶，终于在最后25米超越代国洪，并首先触屏，以1分48秒59的佳绩夺得第一，为贵州团斩获开赛以来首金。

"太激动了，泪水都要出来了！"教练姚红琼的喜悦溢于言表，对这个坚强又聪明的弟子，她倍感骄傲，"备战153天，大家都付出了汗水和心血。今天的战术用得非常好，前50米用九分力，后50米全力冲。他太棒了！"

在S11400米自由泳项目上，27岁的韦仁明是上届全国残运会冠军和项目的全国纪录保持者。虽然4年没参加任何大赛，但实力不减，风采依旧。

"成功需要朋友，更需要对手，真正的成功需要超越自己。"韦仁明在赛后对记者说。戴着一副黑框眼镜，长相斯文的他，用常人难以想象的意志和努力，实现了超越，实现了成功。

12 岁那年，一场车祸让韦仁明失去了双腿。14 岁时开始游泳启蒙，接受系统训练。他还记得自己第一次下水，就像秤砣一样沉入水中。但他很快掌握了技巧，并在这个项目上开创了新的辉煌。

"游泳为我建立了一个舞台，让我炫起来！"正如韦仁明所说，是游泳为他赶走了自卑，树立了自信，找到了自强。同时，他还在贵定县残联找到一份为残疾人服务的工作，他因此找到了更多快乐。

贵州羽毛球队表现不俗 好评如潮
爱心撑起的羽毛球之家

"请问你们是贵州的记者吗？"10 月 14 日下午，在本届全国残运会羽毛球赛场观众席上，看到记者采访贵州羽毛球队教练和队员，甘肃省羽毛球队领队张震南突然走过来询问。得到肯定的答复，他终于忍不住打开话匣子："贵州羽毛球队管理相当好，他们每天比赛后开总结会对第二天工作进行安排，教练很有爱心，不仅教选手比赛，还教选手做人，孩子们很乖，技术也强，看到你们付出很多，作为一个老的残疾人工作者，我很感动……"

突如其来的一番评价，在异客他乡既让人意外，更让人"长脸"。贵州羽毛球队的整体实力和管理水平窥见一斑。

据悉，羽毛球项目总共有 5 块金牌，而 10 月 17 日当天，贵州团就有 3 个夺金点。一支在上届比赛中奖牌为零，在去年全国锦标赛中也名不见经传的团队，在本届运动会中却异军突起，令人刮目相看。

贵州队领队车军说，比赛期间的休息时间，听到最多的就是对贵州羽毛球队的议论。大家说，贵州队有很多"明日之星"，照此趋势发展，贵州队在下一届比赛中会相当厉害。中残联国家队羽毛球教练董炯也评价说，贵州队基本功扎实，身体素质好，出球意识好。

242　　贵州羽毛球队此次派出 9 名实力不俗的小将参赛，女运动员孙守群还被选为火炬手，参加在杭州进行的火炬传递。

其实，这样一支团队能够有今天的不俗表现，不得不提到他们的"妈妈"——贵州残疾人羽毛球队教练张先明，是她用爱心拴住这群残疾孩子，用训练促进他们身体康复，用羽毛球为他们撑起一片自信和快乐的天空。

因上肢先天残疾以前从不肯穿短袖的孙守群，现在勇敢地穿上了短袖运动服；先天性髋关节脱位走路吃力的程和芳，现在病腿越发的粗壮，不是很颠簸。在这个新的大家庭，孩子们经常有开心爽朗的笑声和自信的笑容。

张先明曾是贵州省羽毛球队队员，现任贵阳阳光先明青少年体育俱乐部羽毛球教练，多年来一直从事羽毛球教学。一次偶然的机会，她通过省残联接手了一批残疾人运动员，此后便对这个队伍放手不下。放弃了许多高报酬的培训邀请，她不仅免费训练这批残疾队员，甚至还自掏腰包为他们提供吃、穿、住、用。

"我要帮他们创出条路来！"这是张先明的信念。因为她知道，如果比赛结束就解散队伍，这些残疾孩子回到老家，有的只能继续割猪草，有的只能无所事事或到处打工，羽毛球技能将会彻底废掉。她说，一定要用自己的能力和更多爱心人士的帮助，改变10多个残疾孩子的命运。

实现田径奖牌零突破
赵柳娟：每个梦都有机会怒放

"一样的拼搏路上，一样的拥抱辉煌，每个人都是主角，每颗心尽情释放，每个人都是英雄，每个梦都会怒放……"当全国残运会主题歌《我们都一样》响起，赵柳娟的内心总是一阵共鸣和感动。

因患小儿麻痹而下肢残疾的赵柳娟，首次参加全国残运会便怀揣了个奖牌梦，因为她知道，贵州在全国残运会的田径项目上从来没有得过奖牌。

10月13日下午，杭州黄龙体育场田赛场上，这个奖牌梦终于有机会怒放。在女子标枪F44级中，赵柳娟以27.61米成绩夺得铜牌，实现我省田径项目历届奖牌零的突破。

24岁的赵柳娟来自贵州盘县（今盘州市），3个月大就因病致残。为了她，其他兄弟姊妹只读到初中就开始打工挣钱供她读书到高中毕业。

但残疾带来的阴影总是挥之不去。学校出早操时，她只能以羡慕的眼光看同学们在操场上奔跑。直到16岁的一天，机遇降临了，有教练来学校选拔残疾运动员。试过举重、羽毛球，最终她被田径教练相中，开始投掷从来没拿过的标枪。

一天四五个小时的训练，标枪投掷不顺打到身上的疼痛以及辅助训练的劳累，都没让赵柳娟想过放弃。以前走路很痛的病腿，在强化锻炼后反而变得强健了些。

刻苦努力换来了收获。她连续两届获得贵州残运会的冠军，这一次为贵州田径队收获全国残运会铜牌，更让她在拼搏路上找到辉煌。

你是我的眼
志愿者和盲人运动员姐妹情深

什么都看不见，盲人如何打乒乓球？带着好奇和疑问，记者走进全国残运会的乒乓球盲人比赛场馆。

原来这是一个不能有观众，不能有掌声的神秘项目：在选手比赛时，观众和媒体记者是被谢绝进场观看的，比赛场所必须在封闭而隔音效果好的房间里进行，以此保证盲人运动员"听声辨位"判断球的来路。

虽然比赛已经结束，贵州队18岁的盲人选手罗丹还是非常热情地为记者演示了一次盲人乒乓球的打法。而她的"一对一"服务志愿者，来自嘉兴职业技术学院的23岁女生宋盼盼，则亲自为她戴上眼罩，在球桌旁观球并帮忙捡球。二人之间的默契几乎不用言语。近10天的志愿服务，让她们已成关系要好的姐妹俩。

"我很喜欢罗丹，她性格开朗活泼，很多志愿者都喜欢与她相处。"宋盼盼说，每天早上6点多到晚上8点多，除了睡觉时间，她们都一直形影不离。她不仅要带着罗丹吃饭、练球，还经常和她聊天交心。

"她是我的眼！对我的服务很细致，很有耐心。"罗丹说，有一天因为输球难过，自己没心情吃饭，是宋盼盼和几个志愿者的温情劝说，自己才放宽心，端起碗筷。

罗丹和宋盼盼互留了电话和QQ号码，相约比赛结束后有机会再相聚。残运会让她们有缘认识，志愿服务更让她们结下深情厚谊。

新项目里的老选手
夏刚："楚河汉界"的"大侠"

10月14日上午，夏刚结束全国残运会第5轮象棋比赛。走出赛场，他用手比画了一个"砍"的动作，传达了这场比赛的输赢——轻松拿下对手。他的"杀气腾腾"，让记者看到了一个"大侠"的气场。他在楚河汉界里练就的"武功"，就连观战的裁判，也忍不住说："漂亮！"

在9轮循环赛中，虽以总分1分之差屈居听残级比赛亚军，但他却以4胜5平保持了不败纪录，就连和本届冠军的交战也以和棋而终。大家不禁想起金庸笔下的"独孤求败"，纷纷向他跷起大拇指。

象棋比赛是本届全国残运会增加的新项目，而45岁的贵州听力残疾选手夏刚，却以30多年的棋龄，早已成为国内象棋界远近闻名的老选手。很多省外选手一眼就能认出他，知道他是来自贵州的常胜将军。

夏刚是遵义仁怀人，17岁失聪后，进入了无声的世界，逐渐也丧失了语言能力。缺少了重要的感官，本来爱好文学的他，观察体验生活的能力逐渐减少，兴趣也渐渐丧失。然而，换个角度，缺点也有可能变成优点。自从接触了象棋，不受杂音干扰为他创造了潜心研习的条件。

夏刚没有拜过师，一开始就是靠看棋谱自学。因为喜欢象棋，再加上更多的悟性，他的棋技越来越高超。在贵州找不到对手，他干脆上互联网下棋，因为网络里民间高人辈出，能够更有成就感。采访中获知他曾是2005年全国QQ网络游戏象棋比赛冠军，每个记者都露出对"大侠"的无比敬仰和钦佩之情。

出于对象棋的情有独钟，以及对自己水平的客观测评，夏刚开始自费参加各种象棋比赛，拿下的第一也不计其数。他积累的全国大赛经验已多达50多场，交战对手从健全人到残疾人都有，从而练就了沉着稳定的心理素质和霸气狠劲的棋风。在本届比赛中和内蒙古对手的一场鏖战，双方竟然交战了3个小时才和棋。夏刚其实最喜欢这样的棋逢对手，非常具有挑战性。在本次比赛中，他还经常主动为贵州队友做心理战术指导。

"在'楚河汉界'里，可以和别人交流内心，不再感到孤独。""大侠"夏刚用手语向记者"说"出了自己对象棋的感悟。

盲人象棋：摸的是棋子　拼的是记忆

"车九进八""炮八进七"……在盲人象棋比赛中，总是听到戴着眼罩的盲人选手们一边走棋一边说出这样的象棋术语，同时自己摸着棋子下棋。在首次成为第八届全国残运会比赛项目的象棋比赛中，盲人象棋的特殊性格外受人关注。

10月14日上午，记者在浙江残疾人体训中心的盲人象棋赛场看到，虽然规则相同，但比赛棋子、棋盘以及下棋方式却与常规有所不同：立体的棋盘上有定位槽，让棋子落入后可以嵌入其中不易滑落，棋子上则有盲文标识以方便触摸辨识。有别于"摸子走子，落子无悔"的一般象棋规定，盲人选手可以摸遍棋子再决定自己的落子，并自己现场报棋。

袁诗文是贵州唯一的盲人象棋参赛选手。他说，盲人象棋难在既要记忆，又要想棋路。不但要拼智力，更重要的还要比记忆力，比赛中要记住自己和对手的每一步棋，否则整个棋局就前功尽弃。他在此次比赛中的一次失误就是因为忘记了对手还剩下一颗边"兵"。不过，毕竟是第一次参加全国大赛，他承认自己在战术和心理上都还需要积累经验。他说，是象棋竞技的乐趣为他黑暗的世界带来了多彩的生活。

（原载于 2011 年 10 月 18 日《贵州日报》，获贵州省残疾人事业好新闻奖二等奖）

一路芬芳·妇儿聚焦

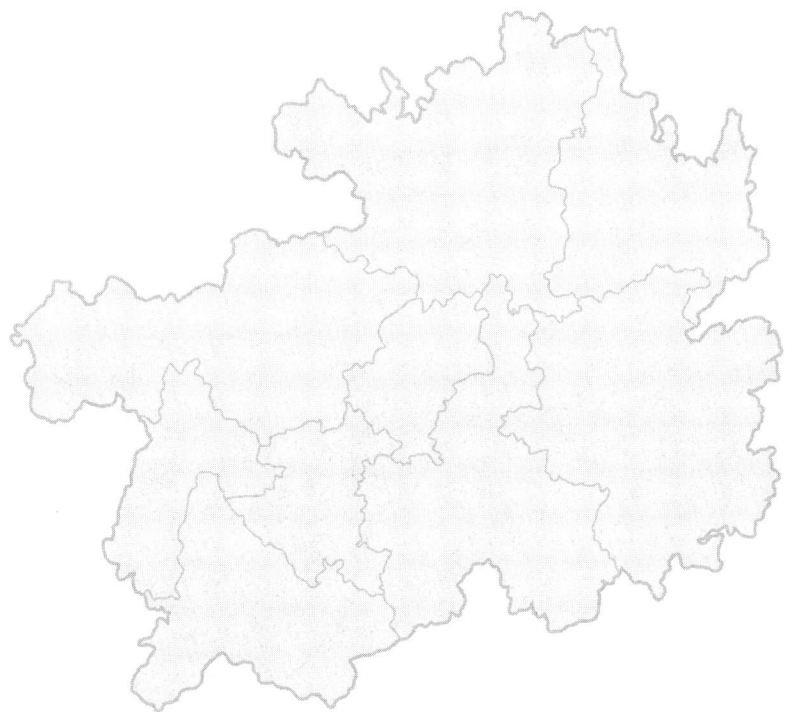

跨越国界　播种爱心

——日本 2050 组织援助我省女童就读侧记

这不是官方正式的国际合作——"日本 2050"只是一个民间自发的拥有 2500 个会员的非政府组织。

这不是大型巨额的援助项目——贵州作为 2050 组织在中国援助女童就读奖学金的唯一省份，每年共有 40 个女孩分别得到 100 美元的奖学金。

也许，这样的援助金额和援助范围让人有杯水车薪之憾，但当我们知道日本 2050 组织的跨越国界的援助资金，来自对日本普通民众"少抽一根烟、少喝一杯咖啡，尽力关爱他人"的号召时，终于理解了这个关注发展中国家妇女和儿童的民间组织，其精神的可贵之处。

2003 年 3 月中旬，在连续援助了 6 年之后，日本 2050 组织理事长北谷胜秀夫妇、技术顾问原道宏夫妇一行 4 人，在中国人口福利基金会秘书长苗霞、国家计生委和省计生委同志的陪同下，终于在项目实施县第一次亲眼见到了他们爱心援助的对象。

第一次亲密接触

"Welcome to Guizhou，thanks for your help to chinese girls……" 3 月 13 日，当正在黔东南师专就读的麻江布依女孩喻红用英语向日本客人致感谢辞时，北谷先生等人略受一惊，随后脸上流露出会心的微笑。女孩们第一次见到了心中的恩人，感激中也表现出腼腆和害羞。北谷拿出早已准备好的相机，为每个受援的女孩拍照，并仔细地记录下她们的名字。北谷说，虽然每年都收到项目报告，但是与孩子们面对面还是第一次，他要把这些珍贵的资料带给日本会员，让他们看看自己为发展中国家的贫困女孩带来的幸福。

自1996年的6月，日本2050组织和省计生委签订项目协议后，我省惠水、麻江、都匀、织金四个县、市，开始实施援助女童就读奖学金项目。6年来，先后共有60位女孩得到2050组织提供的奖学金共计21000美元。现在，这些女孩中，已有27人走上工作岗位，仍在接受援助的33人中，有17名中小学生、16名大中专生。所有受援的女孩都是品学兼优但家境贫寒的学生。

每到一个项目点，考察团都会收到受援女孩们的珍贵礼物：刺绣的鞋垫和手工艺品。3月15日，考察团来到惠水，受援的女孩们送上了更"沉甸"的礼物——各种形状的小石头。石头上，女孩子们用彩色的颜料绘出了美丽图画，"中日友好"的字样代表了她们对日本友人的感激之情。看着这些可爱的礼物，北谷胜秀夫妇和原道宏夫人的眼中透着惊喜。北谷夫人小心翼翼地装好，将这份沉甸紧紧地抱在怀中。

"你们这么大的年纪还在上班吗？"

当考察团与受援的女孩们交流时，一个小女孩提出这个纯朴的问题，让全场人都忍俊不禁。

听了翻译后，2050考察团的每个成员也笑了起来，但是回答问题却毫不含糊。

理事长夫人北谷昭子面带微笑地回答她："我今年75岁了，但是，自从担任2050组织的理事后，我的工作非常繁忙。因为2050组织提供援助的国家有尼泊尔、巴基斯坦、孟加拉国、菲律宾等，每年我们都要实地考察援助项目，与受援对象见面。"

北谷胜秀也认真地说："我今年71岁了，以前在联合国工作了30多年，1994年退休后发起创立了2050组织，希望大家能思考一下，到2050年的时候，这个世界会变成什么样？这个组织就是要通过对人口、环境、贫穷、妇女地位等问题的关注，提倡互助友好、关爱他人的品质，努力创造美好的 2050 年。"

正就读师专的麻江县龙山乡 17 岁女孩韦运兰感动地说，她决不能辜负关爱她的人，一定要回到家乡，为让乡亲们永远摆脱贫困落后贡献自己的力量，这也将是她给 2050 组织的最好回报。

"理想和现实的差距太大怎么办？"

在惠水，每个受援女孩都说出了自己的理想，有想研究农业的，有想当老师的，有想当环保专家的，还有想当企业家的。可是，她们感觉理想和贫困的现实差距太大了。

"我是日本岩手大学农学系教授，" 60 岁的原道宏先生耐心地说起自己的成长历程，"因为家境贫寒，父亲让我弃学务农，班主任给父亲做了很多思想工作，我好不容易上了高中。三年后，父亲说，好了吧，回家了，可我却越来越喜欢上学了，成绩一直是全校第一。我是受关怀资助才有了今天，我也要用同样的方式关怀我周围的人。希望你们明白，只要努力，理想完全是可以实现的。"

作为 2050 组织的技术顾问，原穗波女士也坦诚地说："我是北谷先生的表妹，没想到成为 2050 成员后，我的编织技巧能传授给发展中国家的妇女，为提高她们的收入发挥作用。我因此而明白，无论什么事，只要努力做，一定会有发挥作用的时候。"

只有伟大的理想才有伟大的毅力。北谷先生从小也生活在日本的贫困山村，能够到联合国为全世界工作是他一生的骄傲。他告诫女孩们，要让人生充实而富有成果，必须把目光放得长远，只有努力才有成功的希望。

"尽管不是所有女孩毕业后留在家乡工作，但我们希望，无论她们走到哪里，都能关爱身边需要帮助的人。"北谷胜秀说。

（原载于 2003 年 3 月 20 日《贵州日报》）

"母亲健康快车"开来了

"健康快车出京城,'三个代表'进乡村。送医送药送温暖,农村妇女好高兴……"7月29日,当"母亲健康快车"驶进凯里龙场镇,家家妇女穿上盛装,用独特的歌舞欢迎远道而来的客人。

从7月28日到30日,无论是在青岩、凯里还是麻江,"母亲健康快车"的到来,都仿佛给当地带来一个喜庆的节日。由全国妇联和中国妇女发展基金会为我省捐助的"母亲健康快车",将以巡回医疗的方式,免费为我省城乡贫困人口、贫困母亲、孕产妇及危急症病人进行义务巡诊和女性疾病普查。

凯里龙场镇,烈日炎炎,炙烤大地。在仡家人有着浓郁民族特色的两层木楼里人头攒动。附近各乡村专程赶来的仡家、西家妇女,排着长队向省城来的专家们诉说着病情。雕花的木窗外,还有不少等待就诊的妇女。一位母亲一边等待一边摇着怀中酣睡的孩子。她告诉记者,因为离县城远,平时身体不舒服都先忍着,实在不行才到乡卫生所看病。听说省城专家要来义诊,她一大早就赶来了。

在贵阳青岩镇,61岁的久安乡村民刘兴秀已是子宫脱垂重度。40年前,她生第一个孩子时因经济困难,请接生婆接生,产后20多天就下地干活,后来不慎摔跤,子宫脱出体外。40年以来,疾病使她丧失了劳动能力,家庭越发贫困。在省医妇科专家两个小时的手术后,她的病痛根源得以顺利切除。她也成为我省"母亲健康快车"项目启动后第一个接受治疗的典型病例患者。

在麻江县,"母亲健康快车"遇到了一位瘦小憔悴的"孕妇"杨昌兰。

然而，在她硕大的肚子里，并不是胎儿，而是一个巨大的子宫肌瘤。省医妇科专家心疼地说，这种子宫肌瘤如果早期治疗，用药物是完全能控制的，而现在只能做手术了。两个多小时的手术成功后，杨昌兰的丈夫和婆婆拉着专家的手，激动得连声道谢。

由于缺乏卫生常识，生活贫困，医疗卫生条件差，我省农村母亲健康水平与全国水平比差距甚大。一份资料显示，我省农村孕产妇住院分娩率低，高危孕产妇抢救绿色通道尚未建立健全，孕产妇死亡率高于全国水平一倍多。中国妇女发展基金会"母亲健康快车"项目负责人李璋告诉记者，由于财力有限，不可能为每一位查明病情的妇女患者进行免费治疗，因此比治疗更重要的是进行健康宣传。努力改善广大农村妇女的健康状况，送健康理念、健康知识、健康服务就是"快车"的宗旨。

（原载于 2003 年 8 月 12 日《贵州日报》）

爱子女，更爱子女般需要呵护的困难群众。她的母爱好似太阳的光芒，无私地温暖着周围每一个人——

杰出母亲喻朝芬

花白而简约的短发，略胖而硬朗的身材，平凡而慈祥的面容，一件穿了10多年的蓝底白花外衣几乎成了她标志性的着装，她就是62岁的喻朝芬。

这位平凡简朴、无私奉献的母亲，把子女培养成才后，将母爱升华为博爱，退休后不计报酬地担任黔西县城关镇水西社区党支部书记，用爱温暖周围每一个人。今年2月，喻朝芬当选为第三届"中国十大杰出母亲"，这也是贵州母亲首次获此殊荣。

教给子女做人美德

只有高中文化的喻朝芬，将四个儿女培养成一个博士、一个硕士、两个学士。他们在各自的工作岗位上都有出色表现。儿女教育的成功秘诀是什么？喻朝芬说，从小培养孩子诚实、守信、勤俭、助人等做人的基本美德，是作为一个母亲给子女最正确而深沉的爱。她回忆起几个印象深刻的片段……

关于守信——喻朝芬借出差毕节的机会，答应满足每个孩子一个需求。大儿子希望妈妈带回一套《十万个为什么》。在毕节，喻朝芬跑了4家书店都一无所获，并为此多停留了三天。为了千方百计兑现承诺，喻朝芬辗转找到一位熟人，请他从一位老同学手中退出一套旧书。"好多页都已经撕烂了，我又给重新粘补好。"当这套妈妈辛苦寻来的《十万个为什么》送到大儿子手上时，11岁的大儿子感动地说："妈妈，谢谢你！我一定要好好学习！""儿子，妈妈只想告诉你，答应别人的事情一定要办到，这叫守信。"如今，长子吴开谡已深造成博士研究生，在中国原子能科学院从事研究工作，这套充满母爱而意义深远的旧书，走到哪里，大儿子都随身携带。

关于诚实——一向学习名列前茅的老四上高中后，成绩直线下滑到全班倒数第五。女儿在妈妈面前极力隐瞒一切。喻朝芬看在眼里，急在心里。她向单位请假，连续跟踪女儿一星期，发现她逃课贪玩。女儿几次回家，都看见妈妈没有上班，情绪低落。有一天，喻朝芬对女儿说："孩子，你对妈妈说过假话吗？""没有。""爸爸在乡下管不了家，妈妈一人打两份工，整天这么起早贪黑辛苦工作是为谁？再这样下去，妈妈辞职算了。"女儿仿佛明白了一切，跪在妈妈面前，说出了真相。"你错就错在不该撒谎！今天你对我不诚实，明天你对工作、对别人都不会诚实，今后怎么做人？"这一夜，母女俩促膝谈心。一个月后，老四吴开昕成绩突飞猛进，成为全班第二名，最后以优异成绩考上武汉水利电力大学。现在任贵州省水利水电勘测设计研究院主任工程师。

关于助人——喻朝芬从小就教育四个孩子要有爱心，要帮助有困难的人。她家附近有一位孤老王奶奶，生活用水很不方便。喻朝芬要求四个孩子帮王奶奶解决水的问题。于是，周围邻居每天都会看见动人的一幕：吴家老大用肩挑水，老二、老三一起抬水，老四用开水壶拎水，四兄妹摇摇晃晃向王奶奶家走去……逢年过节，喻朝芬都要做一式两份菜，让孩子们给王奶奶端一份去。一家老小对王奶奶这样照顾了六七年，直到她离开人世。

关于勤俭——勤劳俭朴，不奢侈浪费，也是喻朝芬教育子女的关键词。家长是孩子的第一任老师，喻朝芬自己的生活就非常俭朴，衣服常常缝缝补补，从不讲究品牌。孩子们小时候常把吃不下的饭偷偷倒掉，为了让孩子们珍惜粮食，喻朝芬利用学校假期把他们送到乡下，让他们亲自下田插秧，收割苞谷。在农活中的亲身体验让孩子们知道了"粒粒皆辛苦"，此后再也没有谁浪费粮食了。

"任何偏爱、溺爱都是错爱，培养孩子的美德，不过分指责，不伤害自尊心，多给以鼓励，母亲的爱才会让孩子受用终身。"喻朝芬说。

社区群众的事就是我的事

儿女们长大成才，成家立业，喻朝芬也到了退休的年纪。但是，她却不计报酬地担任起黔西县城关镇水西社区的党支部书记，把母爱的无私和温暖奉献给了社区群众。

她自己出资创办宣传专栏，及时将党的方针政策宣传到群众中。她将"公民道德建设实施纲要"编写成家庭文明建设"三字经"，把计生政策编写成"优生优育人人夸""计划生育靠大家"等诗歌，把禁毒宣传编成"坚决杜绝毒品进家门，营造幸福和谐的家庭"等快板，使老百姓易读、易记、易懂，收到很好的宣传效果。

她帮助流动人口和移民子女解决就近入学问题，使社区适龄儿童入学率达100%。她帮教刘志祥等66名吸毒人员，戒掉毒瘾，使他们走上致富的道路……

在今年的雪凝灾害中，喻朝芬用荣获县劳模的奖金1万元购买了生产生活等物资，亲自为受灾群众和贫困户家送去米、煤、棉衣、棉被等生活物资。

现在的水西社区两委班子虽已换了好几届，但每到支部选举，社区党员都投喻朝芬的票。他们说，喻朝芬带出了水西社区一班好干部，带出了水西社区两委的好风气，好作风，大家心齐、气顺、干劲足，水西社区群众需要她。

（原载于 2008 年 8 月 28 日《贵州日报》）

家庭教育：留守儿童不能缺失的课堂

贵州作为劳务输出大省之一，在全国劳动力输出人数中排位第五，由此带来的"留守儿童"约有 150 万。由于父母外出，家庭教育的缺失成为农村留守儿童"成长的烦恼"。2007 年贵州省妇联、省家庭教育学会与贵州师大教育科学学院联手，对我省农村在校留守儿童的家庭教育情况开展了为时半年的调查研究。今天，本版邀请有关嘉宾就我省农村在校留守儿童家庭教育的现状、问题及对策共同进行探讨。

嘉宾：省妇联主席、省家庭教育学会名誉会长　吴坤凤

省妇联副主席、省家庭教育学会会长　李朝卉

主持人：肖菡

主持人：请简要介绍一下这次开展对我省农村留守儿童家庭教育情况调查的背景？

吴坤凤：农村留守儿童现象是伴随着我国经济社会转型而产生并将长期存在的一个社会问题。"留守儿童"是指父母一方或双方外出打工而被留在农村老家生活、学习的未成年人。这些孩子正处于个性形成、社会行为获得的关键时期，由于长期和父母分离，部分农村留守儿童在生活、教育、心理、安全等方面出现了一些突出问题，影响了他们的健康成长。但根据目前所查阅的资料和网上搜索结果来看，专门针对贵州农村在校留守儿童家庭教育方面的研究几乎没有。

李朝卉：为了使调查结果真实可靠，我们从省会城市周边的农村、中等贫困的民族混合居住的农村和国家级贫困县少数民族聚居的农村分

别抽取调查样本。共对 6 所留守儿童比较集中的学校进行了实地调查。发放问卷 1100 份，获得留守儿童有效问卷 1027 份，有效率为 93.4%。在所调查的学校中，留守儿童人数平均为在校生人数的 45.52%，其中父母双双外出务工的留守儿童比例达到 71.8%。

主持人：在调查中我省农村留守儿童家庭教育现状如何？

吴坤凤：目前，农村中留守儿童的照顾、教育主要有这几种形式：一是父亲或母亲一方照顾、教育；二是爷爷、奶奶等祖辈进行隔代照顾、教育；三是其他亲戚照顾、教育；四是同辈或孩子自己照顾自己。从调查结果看，隔代照顾教育的最多，占 50.6%；其次是单亲照顾教育占 27.6%；同辈或自己照顾的情况占 14.2%。农村老年人大多文化程度较低或根本不识字，对孩子学习基本无从辅导。父母中一方进行监护的大多是母亲，由于文化水平偏低，加上劳累心烦，管教上缺乏耐心，经常打骂，对孩子的成长也会造成诸多影响。哥哥姐姐充当看护人或自己照看自己，这样的留守儿童压力更大、更孤单，经受着生活和心理压力的双重考验。寄住亲戚家的孩子，因亲戚不便对孩子进行管束，家庭教育更为淡薄，孩子也难以体会到亲情，产生归属感。

一些外出务工的父母采用金钱弥补愧疚，但大量零花钱只能助长了孩子的不良习气。这种监护权的缺失和畸形补偿对孩子的人格发展、社会化和道德发展都会带来负面影响。

主持人：农村留守儿童和外出打工的父母沟通肯定也很少，这会给留守儿童的学习和心理状况带来哪些影响？

李朝卉：在调查的留守儿童中，有 92.4% 是通过电话与父母联系的。但沟通频率相当低，一个月能和父母联系一次以上的留守儿童占 71.56%，2~6 个月联系一次以上的占 13.25%，7~12 个月才联系一次的占 10.6%，还有 4.59% 从未联系过。大多数父母都比较关心孩子的学习，但短暂稀少的通话，无法弥补父母不在身边而造成的关爱的缺失，也难让两者进行有效的思想沟通和情感交流。儿童成长过程中，家庭始终发挥着举足轻重的作用，是他们平稳顺利地过渡到成长的不同阶段的重要保障。然而对于留守儿童来说，在他们早期社会化过程中，由于家庭成员的缺失而导致的家庭教育功能不健全，将对他们的成长造成难以估计的影响。例如良好的学习习惯就很难养成。调查中，只有大约三分之一的留守儿童能自觉学习。

一个完整而良好的家庭环境是儿童健康成长的必要条件。对于留守儿童来说，父母的决定只能被动接受，默默承受。从而使留守儿童的心理产生三种表现：一是自制力很好，可以管理好自己，希望以优异成绩回报父母；二是自制力很差，离开了父母就随心所欲，自由自在，逃学、上网；三是害羞、胆怯，害怕别人欺负，在校不积极参加任何活动，也不和别的同学玩耍。对于留守儿童来说，父母外出打工不仅让他们缺少了关爱和照顾，也同样影响了安全感和自信心。

主持人：目前，学校、社会对留守儿童的关注情况怎样？

吴坤凤：应该说，工作中的差距还很大。抽样的6所学校只有1所采取了主题班会、建立档案等措施来帮助留守儿童，其他学校对留守儿童的关注还没有具体措施。有关部门的关注主要还停留在表面形式上，如象征性地向小部分留守儿童赠送一些礼物等，解决不了实际问题。

主持人：针对农村留守儿童的家庭教育问题有哪些建议和对策？

吴坤凤：农村留守儿童是新农村建设的后备军，是千千万万个家庭的未来和希望，他们的健康成长关系到新农村建设人才的基础是否稳固，关系到社会的和谐与稳定。留守儿童家庭教育问题产生的原因是多方面的，解决这个问题也要从多方面入手，而不能仅仅解决家庭教育问题。

要在完善法律政策、保障权益上做大量工作，要把农村留守儿童等特殊儿童群体的权益保护纳入相关的法律法规；要加快户籍制度改革，取消对进城农民工子女的入学限制。加快寄宿制学校的建设，使留守儿童能寄住学校。加大对接收流动儿童学校的督导，从根本上杜绝城市学校对流动儿童的歧视性待遇和收费，确保流动儿童教育政策实施。加大对民工子弟学校的扶持力度。加大对农村中小学的投入和建设力度，改善农村教育环境。

教育部门及教育工作者应对留守儿童的学习、生活、思想以及心理健康等给予更多关注，用强化学校教育弥补他们弱化的家庭教育。农村中小学校要建立留守儿童档案，加强对留守孩子的特殊关心和监护。尽量完善寄宿制，把留守儿童集中在学校住宿，配备专门的生活教师和心理辅导老师。定期与留守儿童的父母联系和沟通，通报留守学生的学习生活情况，督促家长关注孩子成长。另外，应加强对农村教师的培训。学校还可发动全校学生积极团结帮助留守儿童，为他们的健康成长营造良好的校园氛围。

李朝卉：还有一点非常重要，那就是留守儿童的父母一定要履行自己的义务，承担起教育、抚育孩子的责任，省妇联、省家教学会最近给全省留守儿童的父母写了一封公开信，要求他们外出务工时，克服困难，为孩子创造良好的家庭教育环境。如尽量留下一方在家照顾孩子或尽量把孩子带在身边，选择好看护人，保持与子女的经常联系，常回家看望子女，关注子女的心理、学习和生活状况。保持与孩子班主任、看护人的联系等。

吴坤凤：希望全社会都来关心留守儿童，促进他们的健康成长。大家共同建立长效的工作、服务机制，构建农村中小学生健康发展的教育和监护体系，营造一个关爱留守儿童的社会环境，使留守儿童受到正常、健全、完善的教育，与同龄人一样健康、快乐地成长，进而使外出务工人员更好地服务于我国的现代化建设。

（原载于 2008 年 3 月 4 日《贵州日报》）

让企业扭亏为盈的巾帼掌舵人

——记中国妇女十大贵州代表马凤萍

　　她以巾帼不让须眉的开拓精神，让一个曾经借钱发工资的企业，探索出了快速脱困的有效模式，并通过一系列卓有成效的改革措施，让企业实现了持续跨越发展，成为全国同行业的佼佼者。她就是贵阳汽车客运有限公司副董事长、总经理、党委副书记马凤萍。在刚刚结束的中国妇女第十次代表大会上，她作为我省26个进京的妇女代表之一光荣地履行了职责。

　　1996年正是企业由计划经济向市场经济转轨过渡时期，十分艰难。马凤萍制定并推行《责任目标管理考核体系》，增强了企业的生机和活力。也是在1996年，时任总经理助理的马凤萍，参与创建并组织实施企业"全额抵押经营"模式，探索出了公有制的有效实现形式，促进了企业的快速脱困。企业1995年还借钱发工资，1996年实施"客车全额抵押"经营模式后迅速扭亏脱困，1997年以优势企业兼并特困企业贵阳市运输公司，当年就实现扭亏230万元。从此企业步入了稳定持续快速发展的轨道。这个敢为人先的模式也被全国同行业普遍推广。

　　在探索国有企业改革的途径上，马凤萍牵头承担起企业改制建现的组织策划工作。她分析研究省内外国企改制正反两方面的经验教训，结合企业实际，精心策划，反复论证，主持制定企业改革与发展实施方案，先后修改20余稿，将原纯国有企业改制为国有相对控股、产权多元的现代企业。她严格履行国有资产捍卫者的职责，在企业党委的领导下反复做两级班子和职工的工作，不动用一分国有资产为职工尤其是企业领导配股。同时积极协助党委完善了有职工代表参加的法人治理结构，理顺新老三会的关系，保证企业按现代企业制度的要求规范运作。改制后的第一年，就实现利润 793 万元，职工年人均收入超过 9000 元。

1995 年至 2006 年，企业资产由 3069 万元扩张到 2 亿元，营业收入由 771 万元增加到 8900 万元，利润由 18 万元增加到 1069 万元。职工人均年收入由 2200 元提高到 1.4 万元。企业被评为全国交通系统优秀企业、2006 年中国交通企业 100 强、2007 年全国道路运输百强企业。马凤萍荣获全国、省、市"巾帼建功"标兵等荣誉称号，1998 年至 2001 年连续四年荣获贵阳市人民政府颁发的"扭亏增盈成绩显著奖"。今年初，获得我省首届"十大优秀女企业家"称号。

原只有高中文化的马凤萍，以惊人的毅力克服各种困难完成了大专、本科的学习，并于 1998 年取得了中国社科院硕士研究生毕业证书。她把学到的知识创造性地运用于工作实践中，不论是规范企业管理，还是在策划企业改革都卓有成效。在工作中她大胆管理，敢于创新，为企业建立了卓越的功勋，为社会做出有益的贡献，也为广大城镇妇女建功立业做出积极的表率。

（原载于 2008 年 11 月 4 日《贵州日报》）

春风化雨润春蕾

——我省实施"春蕾计划"15年回顾

"'春蕾计划'让我获得了学习的机会，改变了我的人生，培养了我的爱心，更让我懂得滴水之恩必当涌泉相报。我们贫困山区的女童像春天里含苞欲放的花蕾，感受到春的希望，感受到大家庭的温暖。我们一定要努力学习，不辜负这么多爱心和期望。"这是赫章县城关镇卸旗小学八年级学生陈琳在作文里的心声。

家庭贫困的女孩陈琳从小渴望上学，她尽可能帮妈妈多做家务，希望妈妈能看在她学习成绩好、在家做事乖的优点给她按时交学费得以继续上学，然而她还是有了辍学四次的记录。2007年升入初中的她意外获得"春蕾计划"的资助，从此不用在辍学的担心中学习。

15年来，我省有许许多多个像陈琳这样的女孩在"春蕾计划"的资助下重返校园，圆了求学梦。

作为全国妇联发起各地妇联共同组织实施的一项社会公益事业，"春蕾计划"旨在资助贫困地区贫困女童接受教育完成学业，以及修建春蕾小学改善办学条件。在中国儿童少年基金会的帮助和支持下，1994年贵州省妇联开始实施"春蕾计划"项目。15年来，省妇联共争取中国儿基会资助和自行筹集社会资金3 879.7万元，资助贫困女童56 778人次重返校园，修建春蕾学校41所。"春蕾计划"在我省逐渐发展成运作规范、管理有力、群众受益、动员面广的公益品牌项目。

第四章 一路芬芳·妇儿聚焦

运作规范　获取更多爱心

1999 年，在实施项目初期，省妇联印制了《贵州省春蕾女童班登记表》和《贵州省春蕾女童名册》，发放全省各地妇联，要求用统一的表册对所有"春蕾"女童的基本情况逐项登记，实行格式化管理。表册中，受资助女童的姓名、民族、就读学校、家庭住址、父母姓名、家庭收入、受资助时间及起止年级、资助经费的来源等基本情况一清二楚。表册一式三份，由省、地、县妇联各保管一份。这样不仅使省、地、县妇联做到了底数清、情况明，还将此运用于监督检查工作中。省、地妇联干部到有"春蕾"女童班的县、乡出差，常常随身携带表册，到班上对表册所列资料逐一进行核对，以便及时发现问题予以纠正；同时，捐赠者也可根据表册的记录对自己的资助对象进行访查，监督资金的使用，提高公众对"春蕾计划"的信任度。

我省春蕾女童档案完备、资料翔实，不仅为各级妇联加强管理奠定了基础，也方便了捐赠者及全社会了解实施"春蕾计划"的具体情况。

为了让捐赠者放心，让更多女童受益，"春蕾计划"的资金管理做到公开透明，取信于民。省妇联制定了资助贫困女童入学工作程序及资金管理规定，对资助款的捐赠、受助女童的确定、资助款的发放、与捐款人的联系、有关资料的保存等工作程序做出详细规定，并向社会和捐赠人承诺，收支公开，随时接受社会监督，接受捐赠人查看。2002 年，香港某基金会汇来的港币兑换成人民币后多出近 4000 多元，省妇联及时向捐赠者反馈信息，征得他们同意后，将多出的钱作为生活补助费发给受助女童，确保捐赠款一分不少地惠泽女童。正是这样严格的管理，使省妇联、省儿童少年公益协会实施的"春蕾计划"赢得了良好的社会声誉，获得了越来越多的信任和支持。

香港陈占美老先生从 2006 年开始在水城、贞丰等县修建春蕾学校，目前，他已在贵州捐款 310.4 万元，修建春蕾学校 10 所；香港惠民基金会 2008 年初到贵州雪凝灾区捐款时，了解到"春蕾计划"后开始为贵州贫困地区修建春蕾学校，到 2009 年初，共资助资金 165 万元，修建春蕾学校 7 所。

还有中国空军部队、中国武警部队、深圳招商银行、腾讯公司、中国注册会计师协会、玫琳凯公司等许许多多的单位、组织、企业和个人，用他们的一片爱心，共同浇灌着黔中"春蕾"。

用好资金　实现可持续发展

有的捐赠者要求受助孩子每年给自己写一次信，有的捐赠者希望到农村看望孩子，有的捐赠者对受助儿童就读的学校或居住地提出明确要求……在"春蕾计划"实施中，各级妇联充分尊重捐赠者的意愿，尽量满足他们的建议和要求。在修建春蕾学校项目的实施中，省妇联尊重捐赠者的要求，签订了由捐赠者、省妇联、县妇联、县教育局共同遵守的项目协议书，明确职责，力求保证质量和按期交付使用。

正是妇联组织这种只要能让更多女童获益，任何时候都不怕"麻烦"的工作热情，坚定了许多"春蕾计划"捐赠方长期献爱心的信心。中国石化集团公司自 2004 年开始在我省威宁、赫章等 9 县资助 8700 名女童完成 4 至 6 年级和高中三年的学业。公司有关负责人考察了我省春蕾女童受助金发放情况后，对省妇联管理规范、资金透明和资助效果明显给予高度评价，并因此决定再连续三年每年资助 1200 名女高中生完成高中学业，资助金为每学年 1200 元。仅此，中国石化就向我省"春蕾计划"捐助资金 1896 万元。

完善措施　维护贫困女童合法权益

在"春蕾计划"实施中，省妇联在各项目县开展调研，及时发现农村女童接受义务教育和更高层次教育存在的问题和困难，努力维护受助女童的合法权益。

　　"在重男轻女思想影响下，不少学龄女童上学两三年，就辍学回家带弟弟妹妹和放牛喂猪、做家务；许多'春蕾'女童上学比较晚，到小学五六年级时已有十五六岁，被父母视为家庭的重要劳动力而被迫辍学回家干农活或外出打工挣钱；实施'两免一补'政策后，农村中小学九年义务教育基本实现，农村女童失学、辍学的重点人群转而集中在高中；还有少数捐赠者承诺按年度捐助一名女童三年学费，可后两年没捐款影响了女童继续上学。"省妇联"春蕾计划"有关责任人说，这些从调研中了解到的问题，迫使她们及时调整实施项目的措施，制定更加科学、合理、完善的管理制度。

　　对家长不送女童上学或中途辍学的情况，省妇联制作了"三方协议书"，要求在确定受资助女童后，由县妇联与乡政府、受助女童家长共签"三方协议"。协议中明确：女童在受资助期间，家长不能让女童中途辍学，违反协议的退赔全部资助费。"三方协议"的签订和实施，有效杜绝了"春蕾"女童的再次辍学。15年中，我省"春蕾计划"资助的女童全部按计划完成学业。

　　"两免一补"政策在全省实施以后，省妇联将资助重点调整为贫困的女高中生和特困大学生。对一些分期捐款者，省妇联耐心解释管理制度，劝说和建议捐赠者将捐款一次性存入省儿童少年公益协会账户，并明确告知，捐助款存入银行的利息均用于资助困难儿童而绝不会被挪作他用。

　　"'春蕾计划'的成功实施，使许许多多贫困女童实现了求学的梦想，培养了一批建设新农村的有文化、素质高的农村妇女劳动力队伍，同时还锻炼了妇联干部的管理能力，增强了妇联组织的影响力和凝聚力，赢得社会的充分肯定，也争取到了更多爱心捐赠者的支持。"省妇联主席吴坤凤希望，能有更多的人关注和支持"春蕾计划"。

（原载于 2009 年 5 月 26 日《贵州日报》）

开拓创新　玫瑰馨香

——"三八"节百周年之际看贵州妇女发展

3月8日，本是一个普通日子。源于百年前芝加哥的一场妇女运动，让这一天变成了妇女争取和平、平等、发展的节日。

一百年，一世纪。与中国妇女乃至世界妇女一样，在这一百年里，不管历史的天空是刮风下雨，还是艳阳高照，每一段进程，每一个篇章，黔中大地上妇女同胞，都以敢顶"半边天"的坚韧和勤劳，书写着贵州巾帼的风采。她们，如玫瑰铿锵，如玫瑰绽放，如玫瑰馨香。

贵州妇运史：推动进步　玫瑰铿锵

一百年来，贵州的妇女运动融入全国的妇女运动中，贵州妇女在不同时代为祖国、为民族，为和平、为平等、为发展，发出自己的声音，做出了卓越贡献。

1919年五四运动爆发，贵州妇女界积极响应。6月19日，遵义女子示范学堂和坤维女子两级小学等女校学生和其他学校学生相继进行罢课。在1925年的五卅爱国运动中，由贵州省立女师代表发起成立的"沪案后援会"，成为声援上海"三罢"斗争的主力。1935年，红军进入贵州，在党的影响和领导下，各族妇女支援红军，有的女青年还参加红军。

抗战时期，在抗敌后援会中设立的"妇女运动委员会"团结带领广大教师、学生、劳动妇女蓬勃开展抗日宣传、募捐、支前等活动。女共产党员蓝运臧、张露萍等人在国民党反动派的刑场上视死如归、慷慨就义。

解放战争时期，不少女学生积极参加"反内战、反饥饿"的学生运动，在罗盘区威宁游击团中还涌现了不少女英雄。在贵阳临近解放的"双十一"惨案中牺牲的刘家祥、杜荣、陈开秀、金芳云等女英烈的名字永远留在贵州人民的心中。

新中国成立后，我省广大妇女成为新中国建设发展进步的重要力量。1953年，时任息烽县养龙司乡堡子合作社妇女主任的易华先等女共产党员和女劳动积极分子，创造性提出"男女同工同酬"的分配方式，得到毛主席的亲笔批示，为推进农村社会主义改造提供了一个典型样板。

党的十一届三中全会后，我省各条战线涌现出大批先进模范人物，红水河边的女财神——李桂莲就是其中的杰出代表。

回顾贵州妇女运动史一百年间涌现出来的英雄和模范，永远值得我们景仰和自豪。

贵州妇女事业：成就卓著　玫瑰绽放

历史行进，新中国成立60年来，贵州妇女事业蓬勃发展。

1997年和2001年，省政府先后制定出台贵州妇女发展的五年规划和十年规划，确立了我省妇女发展目标。在政府主导、省妇儿工委牵头、部门分工落实以及全社会共同参与下，我省妇女事业发展成就卓著。

妇女与男子共享经济发展成果——

【镜头】　在2009"春风送岗位·妇女得实惠"关注女农民工专场公益招聘会上，从东莞返乡的女农民工张丽霞与一家餐饮企业签下了合约，她说，没想到返乡回来这么快就找到了工作。当天省内外260家企业，提供了2762个就业岗位。为期一天的招聘会有近1.2万人入场，初步达成意向的就有3000多人。

【背景】　"九五"期间我省就业总人口50.02万人，女性占44.5%，2008年女性就业人口已增至1085.3万，占就业总人口的47%；女性参加基本养老、医疗、失业、工伤保险人数从2000年几乎为零，分别上升到

2007 年的 58.6 万人、65.1 万人、46.3 万人、28.3 万人；职工生育保险参保职工从 1995 年的 0.24 万人飞跃到 2007 年的 38.3 万人。

妇女参与决策和民主管理的机会越来越多——

【镜头】 3 月，平坝县（今平坝区）高峰镇麻郎村女党支部书记刘乔英又登上飞往北京的飞机。作为我省全国人大代表，来自基层的她带着对老百姓多办实事的愿望，将在今年的全国"两会"上提出与农民生活息息相关的建议。

【背景】 2008 年全省女公务员达 4.1 万人，占公务员总数的 24%，省级党政部门女干部配备率达 70.49%，比 2000 年提高 26.7 个百分点；地级和县级党政领导班子女干部配备率已分别达 100% 和 98.86%；社区居委会成员中女性比例为 42%，村民委员会为 18%，呈逐届提高趋势；我省全国十一届人大代表中，女性代表占 22.7%，在省人大代表和省政协委员中，女性分别占 25.6% 和 23.1%。

妇女教育事业取得跨越式进步——

【镜头】 "'春蕾计划'让我获得了学习的机会，更让我懂得滴水之恩必当涌泉相报。我们贫困山区的女童像春天里含苞欲放的花蕾，感受到春的希望，感受到大家庭的温暖。我们一定要努力学习，不辜负这么多爱心和期望。"这是赫章县城关镇卸旗小学八年级学生陈琳在作文里的心声。

【背景】 我省提前实现"两基"攻坚，各级各类教育取得重大进展，妇女接受各级各类教育比例不断扩大。"普九"人口覆盖率达 100%，小学学龄女童净入学率、高中阶段女生毛入学率和初中三年巩固率继续保持在一个较高的水平。"两免一补""春蕾计划"等政策和项目，为贫困女童接受教育提供了保障和帮助。同时，我省还注重发展妇女成人教育、职业技术教育，开展以农村妇女为主要对象的"巾帼扫盲运动""双学双比"活动，增加了妇女接受职业培训的机会。

妇女健康状况明显改善——

【镜头】 安龙县龙广镇联新村四轮组村卫生员赵大富说，自实施"降消项目"以来，该组孕产妇住院分娩率达100%，8年来没有新生儿和孕产妇死亡，没有新生儿破伤风发生，这都得益于"降消项目"这个好政策。

【背景】 2009年，降低孕产妇死亡率和消除新生儿破伤风的"降消"项目已实现以县为单位的全省覆盖，全省孕产妇住院分娩率从1995年的18.32%上升到2009年的77.4%，孕产妇死亡率从1990年的238/10万下降到2009年的50/10万。2009年，孕产妇住院分娩纳入新型农村合作医疗报销范围，对农村和城镇无固定收入以及省籍流动的已婚育龄妇女实行妇科病免费普查，已为全省95%以上农村已婚育龄妇女开展生殖保健服务并建立生殖健康档案。

妇女维权获得法律保护——

【镜头】 在去年9月举办的南明区"流动妇女预防拐卖培训班"上，50余名流动妇女及19个乡、办分管领导在轻松、愉快的氛围中学习到了什么是拐卖、如何预防拐卖和防止子女被拐卖、如何发现自己被拐卖以及上网交友、外出游玩中的防拐知识等。活动旨在让参训学员在较短的时间内掌握大量实用的防拐知识及学习宣传方法，拓展眼界，提高素质。

【背景】 在严格执行《中华人民共和国妇女权益保障法》《婚姻法》等法律法规的同时，我省还在2005年出台了《关于预防和制止家庭暴力的决议》，2006年修订了《贵州省实施<妇女权益保障法>办法》；并通过省人大每年组织召开妇女维权联席会议、设立妇女法律援助站、建立"110"家庭暴力报警中心等，建立社会化维权网络。如今，保护和尊重妇女的意识得到社会广泛认同。

贵州妇女工作：开拓创新 玫瑰馨香

贵州妇联组织成立以来，不仅成为党联系妇女群众的桥梁纽带，更是广大妇女的安稳温暖的家。妇联不断创新的工作，为巾帼风采的焕发，为玫瑰馨香的持久，提供了贴心的服务。

近年来，我省各级妇联积极探索新时期妇女工作的新思路、新模式、新方法，紧紧围绕"一手抓发展，一手抓维权"的主要职能，以服务"三农"、促进城乡妇女创业和再就业为重点，以妇女宣传、妇女发展、妇女维权为主线，带领1900多万贵州妇女，为实现贵州妇女儿童事业全面发展做出了新的贡献。

省妇联主席吴坤凤用"以创新树品牌 促发展"来形容近几年全省的妇女工作特点。

宣传培训创品牌。在2008年"面对面宣传十七大，手把手传授新技术"活动基础上创新发展的"面对面宣传科技发展、手把手传送实用技术、心贴心维护妇女权益"的"面、手、心"活动，不仅受到妇女群众的热烈欢迎，而且成为2009年全省妇联主题实践活动的一大品牌，并得到全国妇联的充分肯定。

八大特色活动有创新。一是实施"5512"计划。为增强农村妇女社会竞争力，省妇联已连续两年启动并实施该计划，即创建50个"巾帼示范村"、建立50个以妇女为主的经济合作组织、培育1000个新型农村妇女骨干或农村女经纪人、培训20万人次农村妇女。二是开展"真情三月、关注女性"大型公益法律现场咨询活动，为返乡女农民工、城镇下岗失业妇女等提供了法律咨询、服务和援助。三是举办"春风送岗位"大型公益招聘会，为妇女就业提供了信息、沟通、签约的平台。四是举办"贵州妇女在共和国旗帜下成长"系列活动，并出版45万字的《巾帼情——贵州妇女在共和国旗帜下成长》一书，为我省妇女发展史留下一份珍贵档案。五是举办了两届"乡村女大厨烹饪大赛"，提升了全省"农家乐"从业妇女创业就业技能。六是积极筹建贵阳巾帼家政服务中心，打造贵州"黔灵女"家政品牌，并开展专业家政人员培训和"送温暖、促和谐"春节慰问家政服务员活动等，帮助、鼓励妇女群众创业就业。七是开展形式多样的和谐家庭创建活动，打造丰富多彩的群众文化活动品牌，如"平安家庭""绿色家庭"等的创建，四届家庭文化艺术节的举办，健身舞蹈大赛、"巾帼杯"网球邀请赛、全省妇女羽毛球和乒乓球比赛等特色活动的开展等。八是创新落实"春蕾计划"的"中国石化春蕾助学项目"，让符合助学条件的女孩能够在小学、初中后继续得到帮助，完成高中学业。

工作机制有创新。省妇联抓住两个平台，在强基固本上做文章。一方面充分发挥省妇儿工委办设在妇联的优势，大力整合成员单位资源，为妇女办好事办实事。2007年起，省直27个单位实施"两纲"工作情况进入省直机关目标绩效考评，这是妇儿工委制度建设的一个里程碑，更是妇联参与公共社会事务管理的有效保障。此外，省妇联积极协调解决乡村妇联组织和妇联干部待遇问题，2008年与省委组织部联合下发了《关于进一步加强"党建带妇建"工作的意见》，为妇联组织建设提供了重要指导。

百年行过，玫瑰馨香。展望新的百年，希冀贵州妇联组织带领全省妇女同胞弘扬百年妇运精神，为家庭、为社会、为幸福、为和谐，做出新的更大贡献。

（原载于 2010 年 3 月 8 日《贵州日报》）

公正无私，敢于维权，从未动摇过维护妇女儿童权益的决心，她就是全国维护妇女儿童权益先进个人、平坝县（今平坝区）司法局党组书记、局长卢凤——

一心撑起妇女儿童的维权伞

2006 年 8 月，城关镇塔山村 142 名妇女，因承包的 42 亩土地被塔山村委收回，多次聚集到乡镇和县人民政府进行上访。8 月 27 日，这 142 名妇女拖家属又到县人民政府闹访，不听劝阻，围堵县政府机关。领导指派卢凤负责接待处理。整整一天，卢凤连午饭都来不及吃，直到傍晚，不厌其烦地与她们交心谈心、耐心讲解法律法规，并承诺一定帮助她们讨个公道，才将她们疏导离去。后经协调，这 142 名妇女的承包地得到保护。从此，卢凤同志与她们结下了不解之缘。小到夫妻不合、妯娌矛盾，大到修路、村务公开、发展生产、争取项目资金等，只要有解不开、闹不明的他们都要找卢凤。就连有些部门、周边个体户与她们发生矛盾也请卢凤出面协调。只要能帮助妇女们维护权益，发展致富，卢凤从来不推辞。

据统计，卢凤所领导的妇女儿童维权工作站三年来共办理 486 件维权案件。其中，涉及因婚姻家庭、计生、土地流转、抚养等维权的农村妇女近 1000 人，涉及工伤保险的 69 人，涉及劳动报酬支付的 108 人。工作站为 43 名老年妇女，38 名残疾妇女维护了合法权益，为 69 名下岗再就业女工挽回经济损失 229 万元。同时，还协助相关部门帮助 560 名妇女实现再就业，与学校签订帮扶 4 名留守儿童从小学读到大学的协议。

卢凤是个大忙人。忙于妇女的维权宣传，忙于婚姻家庭纠纷的调解，忙得忘记周末休息时间。父母常责备道："你就知道忙，忙得我们要见你都非常困难。"卢凤心里充满愧疚，但是她克服不了"爱管闲事"的热心，只要听到哪位妇女儿童的权益受侵害，她就是要管到把事情圆满解决才罢休。

卢凤同志多年来一直从事维护妇女儿童合法权益的工作。到司法局上任后，她充分整合司法行政部门的职能，借助法律援助平台建立妇女儿童权益维权网络。经过近三年的努力，在全县范围内建立了38个法律援助妇女维权工作站，193个村级维权点，让妇女维权专业工作者充实到560人，妇女、儿童维权义务员达到286人。

因长期坚持妇女儿童维权工作，卢凤用具体维权事例宣传帮助妇女，引导她们自强自立，做法律明白人，赢得了广大妇女的信任。三年中，县委政府领导指派她办理涉及企业改制、农村土地承包、流转、林权制度改革以妇女居多的闹访、群体性事件达10件。这些案件，因历史遗留问题多，涉及的法律、政策性强，时间跨度大、处理难度大，事态平息后还需跟踪了解、定期回访，帮助协调解决在生产生活中遇到的困难和问题。通过长期援助，绝大多数妇女学法、守法意识明显增强，从原来遇事闹访、缠访到现在先咨询，再合理诉求；由原来无所事事还闹纠纷到现在一心只求勤劳致富，成为法律明白人。

在她上班的路上，经常有一些老妇见到她后双手合十以表感谢，妇女亲切地称她为"知心大姐""妇女的靠山"，她的办公室则成了妇女倾诉衷肠的场所。

（原载于2010年3月9日《贵州日报》）

智障女儿的母亲创办贵州首个"阳光家园"的梦想，历经三年终成现实——

从关爱一个到关爱一群

三年前，一个梦想的种子在吕昕烛的心田种下——

2007年踏入上海的"阳光之家"，看到许许多多走出家庭，融入社区的智障孩子快乐地参加特奥活动，努力地从事简单劳动，吕昕烛被他们多彩的生活和灿烂的笑容深深打动，一个梦想在她心里萌芽：能不能在贵州也创办一个"阳光之家"，让贵州的智障残疾人也能走出家庭，融入社会？

三年后，这个梦想的种子历经生根发芽，终于开花结果——

7月2日，吕昕烛亲手创办的贵州省首个"阳光家园"——占地5000多平方米的贵阳市林桧阳光家园在贵阳南明区小碧乡水坝村正式挂牌成立。它的挂牌，意味着我省民办非企业组织在为智力残疾人提供托养教育培训服务的道路上迈出了开创性的一步。

痛苦经历铸造执着追求

作为一个智障孩子的母亲，吕昕烛对智障孩子给家庭带来的不幸和绝望有比常人更深刻的体会。

女儿吕林桧从小因呛奶到肺里，造成脑缺氧，部分脑细胞死亡。突来的事实，让吕昕烛人生轨迹从此改变，医院和家就是她全部生活……丈夫放弃了整个家庭，吕昕烛独自一人把所有身心都倾注到了女儿的治疗和康复训练中：3岁训练玩滑板、爬山、拍球，6岁送到游泳学校锻炼。很快，智障女儿学会游泳了，吕昕烛却不知道她的未来在哪里。

2006年女儿参加全国特奥运动会拿到游泳项目两块银牌后，让吕昕烛意外的是，女儿有了这次踏入社会的经历后，竟开始会照顾妈妈了，不仅帮妈妈做些家务劳动，还学做简单的饭菜，甚至有自己的思想。她说要继续游泳，争取参加世界特奥运动会。此后她每天到游泳馆坚持训练。吕昕烛提笔给中残联领导写信，没想到竟得到中国特奥会的支持，让女儿获得参加世界特奥运动会的资格。

2007年10月，第十二届世界特奥运动会在上海举办。吕林桧一人夺得三枚游泳项目金牌。看到女儿脸上灿烂的笑容，吕昕烛欣慰地流泪了。也因在上海参加特奥运动会和特奥家庭论坛大会，吕昕烛第一次看到了那些走出家庭，进入社区，参加各种特奥健身活动的智障人生活是多么的丰富，脸上的笑容是多么的灿烂。当根据安排参观了上海的"阳光之家"后，那些能够从事简易劳动，快乐生活的智障者更让吕昕烛认识到，应该让智障孩子走出去，接触社会、融入社会。

吕昕烛心里有个想法渐渐萌芽——在贵州也创办一个"阳光家园"，为18至35周岁的大龄智残、智障生打造一个走出家庭融入社会的基地。

不过，对于一无所有的她来说，梦想变成现实的道路却并不平坦。

近三年的时间里，她奔波于财力、人力、物力的聚集，倾力于注册、选址、宣传的步骤……有的环节遭遇难以想象的困难，足以让吕昕烛的梦想破灭。

然而，一想到智障家庭的不幸，智障者悲观的生活前景，就有一种无形的力量支撑起吕昕烛实现梦想的信念。她在自己选择的道路上执着努力，不敢言弃。

众人拾柴 终于梦想成真

是吕昕烛的执着，感动了每一个知道她梦想的人，并尽己所能给予帮助。

中国特奥会、国家发改委社会发展研究所、省政协以及省、贵阳市的残联、民政等部门都给予了这个"阳光家园"关心指导和帮助。

挂牌当天，国家发改委社会发展研究所所长杨宜勇、省政协环资委主任郭万泉、省残联理事长刘强、贵阳市残联理事长陈光勇等出席给予支持。

来自贵州师大音乐学院的大学生志愿者、安利志愿者、武警贵州总队一支队的战士们也热情忙碌地为家园成立提供无偿服务。

一份来自社会各界的捐赠单也让人倍感温暖：国家发改委社会发展研究所所长杨宜勇捐赠中外经典名著光盘 1000 张；省政协办公厅捐赠旧桌、椅、柜、沙发等办公用品 130 余件；中国艺术研究院研究生院美术学访问学者老六先生捐赠山水画 21 幅；韬瑞惠悦咨询公司甄小蕾捐赠钻戒 1 枚；爱心人士许强捐赠篮球板和篮筐……

专程入黔为林桧阳光家园揭牌的国家发改委社会发展研究所所长杨宜勇说："我到过其他很多省区，这样的托养服务机构多是政府公办，在'欠发达、欠开发'的贵州，首个阳光之家就是民办，而且拥有很好的基础设施条件，有这么一个良好的开局非常不易。残疾不是一个人自愿的选择，社会各界应给残疾人、残疾人家庭、残疾人事业更多的关心。"

贵阳林桧阳光家园环境优美、设施完备，让每个首次进入家园的人都颇感意外。吕昕烛说，家园的主要任务是做好智力残疾人的托养工作，辅助开展教育培训、简单劳动、康复训练、特奥运动等，逐步提高智力残疾人的身体素质、智力、自信心、生活自理能力、社会交往能力和简单劳动力，最终让他们走出家庭，融入社会，成为对社会有用的人，同时也为智力残疾人家庭减轻后顾之忧。目前，家园已托养培训了 10 多名智力残疾人。

"看到学员们开心地学习，笑容灿烂，是对我最大的安慰。"吕昕烛说。

智力残疾人杨智锋是林桂阳光家园试营期的一名学员。原本自卑孤单的他，在家园不仅学到文化、参与特奥运动项目训练，还交了不少朋友。如今，他在"你行，我也行""走出家庭，融入社会"的特奥精神鼓舞下，已找到一份适合自己的工作。

阳光之家需要遍地开花

近年来，中共中央、国务院，贵州省委、省政府分别出台了关于促进残疾人事业发展的意见和实施意见，并明确提出，要"积极培育专门面向残疾人服务的社会组织，通过民办公助、公办民营、政府补贴、政府购买服务等多种方式，鼓励各类组织、企业和个人建设残疾人服务设施，发展残疾人服务业。"

吕昕烛创办的首个"阳光家园"无疑是个人建设残疾人服务设施的一次成功尝试。

据省残联教就部部长余品烈介绍，全省有近240万残疾人，其中智力残疾人约六七万人。而我省各种形式的智力残疾托养服务机构仅7家，能够托养的总数才300多人，其余都是居家托养，很难走出家庭，融入社会。

中国残联和财政部联合制定的"阳光家园计划"，计划从2009年至2011年，中央财政每年安排2亿元专项资金，用于补助各地开展就业年龄段智力、精神和重度残疾人托养服务工作。计划的实施，对于缓解当前的残疾人托养服务供需矛盾，推动以专业机构为骨干、社区为基础、家庭邻里为依托的残疾人托养服务体系的建立完善，推进托养服务政策制度建设，逐步形成长效机制，具有积极意义和促进作用。

余品烈说，按照中残联要求，"阳光家园"要办到乡镇、办到居委会。可以预见的是，今后"阳光家园"将实现全省范围内的遍地开花。国家发改委社会发展研究所所长杨宜勇说，"十二五"期间中央和各级政府将在残疾人事业发展上有更大的投入，希望贵州抓住机会，做好品牌，形成规范，不断迎来新的"阳光家园"。同时，他对吕昕烛创办的首个"阳光家园"寄予厚望，希望家园通过优质的服务标准，良好的管理制度，为此后的"阳光家园"打造一个成功的范本。

（原载于 2010 年 7 月 13 日《贵州日报》）

【高端访谈】

让农民工和他们的孩子感受到社会关爱

用感恩的心关爱农民工

记者：中华社会救助基金会是全国最年轻的一个公募性基金会，成立仅一年就推出了"幸福列车"公益品牌。基金会为何首先选择了农民工和留守儿童作为活动关爱对象？

许嘉璐："幸福列车"这个项目的策划几乎和基金会的成立同时起步。基金会筹备之初，就把孤寡老人、功臣模范、农民工等作为重点救助对象。社会救助的优先对象就是弱势群体，农民工及其留在家里的子女就是弱势群体之一。

农民工在我国改革开放的三十年里为全国人民做出了极大的贡献，我们从一个农耕社会转为工业化社会，工业化社会的特点就是城市化，大量农民工为我们的城市建设做出了重要贡献。

基金会的同仁常说一句话，城里人没有自己铺一寸马路，没有为大厦添一块砖，如果没有农民工就没各个城市今天的面貌。现在社会开始慢慢理解农民工。当然，更多农民工是为了生计来打工，他们工作的意义就是让中国大跨步往前走。现在，不仅是城市建设，连我们的衣食住行等都离不开农民工。他们把青春、智慧、力量献给了城市建设，在目前情况下，他们不得不离开家人，无法在父母面前尽孝，无法和妻子或丈夫过幸福甜美的生活，无法关照自己的儿女。长辈、妻子、丈夫都是成人，而儿童缺乏父爱或母爱，对成长很不利，他的心理乃至人格都可能缺失，这些恐怕是做奉献的人更大的牺牲。这些问题农民工自身难以解决，但如果全社会都看到这些问题，给农民工和留守儿童更多关爱，即使不能代替打工的父亲或母亲的爱，可毕竟可以让孩子感到温暖。

所以，在基金会成立之初，就开始策划这个公益活动。但一个小小的基金会要解决 1.2 亿农民工，以及他们的留守儿童的问题那是力不从心的。可是能够做起来，做成功，就可以给社会以启发。因为关心农民工和留守儿童的人很多，但却苦于找不到通道，想不出方式。除了经济资助、义务支教以外，"幸福列车"的方式是创新性的。我们不能解决所有农民工的问题，但如果做得成功，就能唤起社会的爱心，这个爱心的前提就是知恩，感恩，报恩。用对农民工感恩的心，采取不同的方式给农民工以关爱。让他们感受到社会的温暖，感到没有被边缘化，而是社会中活生生的一分子，最终实现整个社会的和谐发展。

公益事业的责任就是去掉灰尘 露出良知

记者：全国首趟"幸福列车"为何选择从贵州出发？首次登上"幸福列车"的 93 名农民工孩子与全国 5800 万农村留守儿童相比是一个很小的数目，但其社会意义远远大于救助意义，如何诠释这个社会意义？

许嘉璐："幸福列车"选择贵州为首发站，和中华社会救助基金会同仁们比较了解贵州有直接关系。贵州经济社会发展水平在全国处于后列，而且基本处于山区，由于交通不便，信息不通，人流不足，在山区深处的人难得进一次城。加上经济条件有限，农民工回家探亲或留守儿童看望父母就更为困难。我想，如果农民工和留守儿童是一个应该关心的弱势群体，按地域来说，贵州省应该是首先被给予关注的。

在整个活动筹备过程中，基金会也备受启发鼓舞，灵魂受到净化。"幸福列车"项目一提出，很多企业主动找上门问他们能做什么，有的捐钱有的捐物。孩子们登上火车的那一刻，他们喝的、吃的、穿的、戴的、背的、用的都是各个企业捐赠的。通过和贵州省民政部门合作，对留守儿童摸底，了解他们家里情况，同时在整个活动中社会各界的热情和媒体的关注，都让我们感到这个社会温暖无比。社会上的一些不良现象，不过是给我们的社会撒上一层灰尘。我们的责任就是去掉这层灰尘，让社会的良知露出来。不做不知道，当我们投身其中才发现，社会上其实广泛存在着我们希望看到的景象，原来那么多有爱心的人在关心农民工和留守儿童，这都是中华传统优秀文化在我们心里和血液里留下的基因，激励着我们把活动做得更好并探索创新更好的救助方式。

留守儿童的精神需求有时大于物质需求

记者：中华社会救助基金会募集到的资金为什么没有直接用于资助留守儿童的学习和生活，而选择了与父母团聚这样一种救助方式？

许嘉璐：我们大概算了一下，每个孩子和其家人身上要花一万多元，这一万多元对于贵州深山的孩子来说，是个不小的数字，可以解决很大的生活问题。为什么没这么做？这涉及我们"幸福列车"项目在这次活动里所寄寓的希望和期待。

留守儿童最大的问题不是物质的匮乏，而是父爱、母爱的缺失，这容易造成一个人性格的孤僻和抑郁。因此我们的活动项目，不是解决他们的物质需求，而想解决他们的感情需要和精神需求。孩子们到深圳后和父母团聚的时间是短暂的，但我想，父母和孩子短暂相处的喜悦带来的兴奋幸福感绝不是只有几天。有的孩子已两三年没有见到爸爸妈妈了，我虽然因工作原因没有和他们一同前往深圳，但完全可以想象他们相聚时刻幸福的眼泪。这是人生一大乐啊！随列车同去的基金会的叔叔阿姨以及随队医生等，和农民工孩子们素不相识，这些萍水相逢的人都来关注这个群体，这对一个人感情的满足是难以用言语表达的。一万多元是有数的，钱花完就完了，农民工家庭的确急需钱，但他们也需要感情上的给养。把钱花在精神需求上，给农民工和他们的孩子带来的安慰不是用金钱能衡量的。所以，我们最后还是决定，把善款用于满足农民工和留守儿童的团聚上，只要有力量我们还将把这个活动做得更好。

背景链接：7月29日下午，全国人大常委会原副委员长、中华社会救助基金会理事长许嘉璐专程前往贵阳火车站出席全国首列"幸福列车"首发仪式。当天上午，许嘉璐在贵州饭店接受了本报记者采访。中华社会救助基金会成立于2009年7月25日，是以民政部为业务主管部门的全国性公募基金会，其宗旨是"汇集海内外华人爱心，弘扬中华民族传统美德，救助城乡特困群体，促进社会救助事业发展，服务社会和谐文明"。"幸福列车"是中华社会救助基金会农民工救助专项基金发起的第一个公益活动。活动方式为，每年暑假从全国外出务工大省中，选择符合参与标准的农民工留守子女，到达父母工作所在城市，与父母相聚。

（原载于2010年8月19日《贵州日报》）

拜女企业家为师　取创业就业"真经"

——省妇联搭建平台扶持女大中专毕业生创业

"我是工商管理系大三学生郑丽丽，因母亲搞蜡染设计，我对服装行业兴趣浓厚，从大二起就兼职开服装店，曾亲自到广州进货，但衣服质量、定位、货源等问题常让我的小店艰难维系。请问布谷鸟民族实业发展公司执行董事王菁，怎样才能解决困境？"

"服装行业在贵州不算发达，但发展前景很好，产品需求旺盛。你的困境正是服装行业在创新、管理、生产等各环节人才匮乏的原因。希望你多看专业书，先从学习服装美学、设计、打板、材质等知识做起……"靠3台脚踏缝纫机起家的优秀女企业家王菁热情回答。

此次见面会是响应省委省政府"推创业促就业，关注民生"号召，贯彻落实省委省政府十大民生工程实施方案，服务大局、服务基层、服务妇女的又一新举措。喻培萱希望更多有远见卓识和创新精神的女企业家参与其中，帮助、引导和支持更多的女大学生实现创业就业梦想。也希望同学们树立劳动光荣、创业伟大的创业就业观念，积极参与校中见习，在导师及导师企业帮助下做好积累，为毕业后及时就业创业奠定基础。

会上，省妇联还为马凤萍等女企业家颁发了女大学生创业导师聘书，为获得贵州省"女大中专生创业实践基地"称号的贵州恒霸药业有限公司等5家企业授牌，并代全国妇联为获得全国"女大学生创业实践基地"称号的贵州好一多乳业有限公司等3家企业授牌。

省妇联副主席、党组副书记喻培萱表示，好一多是我省仅有的三个全国女大学生创业实践基地之一，总经理张琴获得全省首届优秀女企业家荣誉，在该企业举办见面会，既可展示妇女领办企业的风采，也能让女大学生代表们感受企业现代生产、管理模式，坚定创业信心。

女大学生就业难是备受社会关注的问题，全国妇联部署实施"妇女创业就业促进行动"，在全国启动了"女大学生创业导师行动"。省妇联从去年开始制定我省行动方案，通过建立"女大中专生创业实践基地"等，引领各级妇联组织结合实际服务全省女大中专生创业就业。今年，省妇联在推进全省妇女小额信贷担保工作的同时，选聘 15 名热心公益事业的女企业家组建女大中专生创业扶持导师团，命名了 5 个省级女大中专生创业实践基地，正式启动实施了全省"女大学生创业扶持导师行动"。

一边是创业激情澎湃，一边是成功经验分享。12 月 23 日由省妇联主办的贵州省女大中专生创业扶持行动导师见面会在贵州好一多乳业有限公司举行。来自省女企业家协会成员单位的 15 名优秀女企业家们，向贵州大学有创业意向的 35 名女大学生介绍了自己的创业史，并为她们的创业就业答疑解惑。

（原载于 2010 年 12 月 28 日《贵州日报》）

感恩　自励　友爱

——我省"祖国好·家乡美"系列活动助推未成年人思想道德建设

诗文比赛评委、省文联副主席何光渝说："考量一个民族素质的高低，文学素质始终是一种重要尺度。青少年是社会的希望和未来，开发中小学生的文学写作兴趣和才能，发挥中小学生的文学想象力，舒展、张扬他们的性灵，在今天显得尤为重要。"

多部门联手推进

全省 3893 所中小学校的孩子们以父母的爱为原动力，积极开动脑筋，认真思考，亲手制作了 76.46 万件爱心礼物。有给妈妈织的拖鞋、给爸爸缝的鞋垫，还有自制的针线盒、泥塑、幸福家庭小模型、感恩日记、装饰手工画等，秸秆、五谷、蛋壳、针线、塑料、毛线……各种生活物品都成了制作材料，每件礼物都凝聚着孩子们感恩的心。

在"诵一章经典歌颂中华"活动中，全省各地都组织了不同层次、形式多样的诵读比赛。不少诵读在层层选拔中走进了全省总决赛，同学们诵读的红色经典、传统经典和富有贵州人文特色的名人名作，声情并茂，感染力强，赢得观众阵阵掌声。

从诗文大赛，到"做一件礼物感恩父母""想一句感言献给老师""发一条短信激励同学""写一篇诗文赞美家乡""诵一章经典歌颂中华"的"五个一"系列活动，短短两年，我省"祖国好·家乡美"主题实践活动不断创新载体，丰富形式，充实内容，让社会主义核心价值观走进学校，走进课堂，走进教材，走进了学生们的心中。"祖国好·家乡美"逐渐成为加强和改进全省未成年人思想道德建设的响亮品牌。

全方位道德教育

2010 年，全省中小学校开展的"五个一"主题实践活动再次把多个部门的力量凝聚到了一起。省委宣传部、省文明办、省教育厅、团省委、省妇联、省关工委，以及全省各地各相关部门，统一品牌、统一部署、分部门牵头、分阶段实施，推动活动蓬勃开展。

有益探索好评多

操场上，小学生们把《三字经》等传统经典改编成寓教于乐、生动活泼的舞台表演。教室里，以赞美家乡、歌颂祖国为内容的主题班会声情并茂、各具特色。学校自编的《国学经典读本》系列校本教材也受到全省各地参观代表们的青睐，纷纷索取参考。

合力：

在 2009 年的全省中小学生"祖国好·家乡美"诗文大赛启动后，活动主办方省委宣传部、省文明办、省教育厅、团省委、省妇联、省关工委等有关部门领导多次召开专题工作会，安排部署相关工作。各地党委政府高度重视，成立了由宣传部、文明办、教育局、团委、妇联、关工委等有关部门为成员的活动组委会，对活动进行统一安排和部署。省妇联、省家庭教育学会联合发出《和孩子们一起唱响"祖国好·家乡美"——致全省家长朋友的一封信》，希望家长带着孩子去寻找家乡之美、发现家乡之美。

如果说 2009 年的"祖国好·家乡美"诗文大赛为我省未成年人的健康成长植根了建设家乡、报效祖国的精神基础，那么，2010 年的"五个一"活动把目光延伸到了父母、老师、同学等身边最熟悉、最亲近的视野，则更触动了未成年人感恩、自励、友爱的精神世界。

"祖国好·家乡美"活动创办之始就将多个部门的力量整合在了一起。为取得实效，各地各部门充分调动学校、家庭、社会的积极性和主动性，合力推进，共同构建未成年人思想道德教育工作新格局。

在全省各地的爱心礼物赠父母仪式上，当孩子们将自己精心制作的礼物赠送给父母时，微笑、幸福、拥抱、泪水使整个活动充满了温馨和感动。孩子们通过亲手给父母做礼物，在幼小纯洁的心田种下"感恩"的种子，也增加了他们对父母的亲情爱心和对家庭的责任感。

"祖国好·家乡美"系列活动开展以来，每年都有400多万中小学生参与到活动中。无论是活动持续时间之长、参与人数之众，还是活动所产生的社会影响，在我省都是前所未有。

遵义市精心策划并认真总结"五个一"活动经验，举办成果展，并集纳成册。遵义市委常委、市委宣传部部长、市文明委副主任张明辉说，"五个一"主题教育活动，寓教于乐，形式生动活泼，文集展示的成果，是加强和改进未成年人思想道德建设的生动教材，值得广大中小学生认真阅读、借鉴和思考。

省委宣传部、省文明办指导协调全省活动的开展，印发主题实践活动通知，要求各地将此项工作纳入重要日程，采取扎实有力措施推动活动开展，同时，以多种方式加大对主题实践活动的宣传力度，营造全社会关心、支持未成年人健康成长的良好氛围。省教育厅认真组织"诵一章经典歌颂中华"活动，在全省中小学广泛开展红色经典和传统经典的诵读活动。团省委聘请有关领导和专家组成评审组，对征集到的感言、短信和诗文进行评审。省妇联精心策划"做一件礼物感恩父母"活动，各级妇联围绕宣传启动、制作礼物、赠送礼物、评选优秀礼物、编制爱心画册等5个阶段，依托中小学家长学校及未成年人家庭开展活动。省关工委组织"五老"人员深入中小学校、农村、社区，围绕活动主题，在青少年中开展社会主义核心价值体系的宣传教育活动。

在尊师感言中，同学们把老师比喻成甘泉、春风、灯塔、天使……

真挚的情感，懂得感恩的心，深深感动了所有的评委老师；在友爱短信中，同学们互相鼓励，无论顺境逆境都要勇敢面对，要树立远大的人生目标，好好把握宝贵的青春时光，勤思乐学，在学习的过程中完善自己，实现自我价值；在赞美诗文中，同学们从自己的感悟出发，从不同的角度讴歌祖国和家乡。

创新：

与此同时，广大中小学生积极写感言谢师恩，发短信励同学，撰诗文赞家乡。

这仅是全省未成年人思想道德建设的一个缩影。近年来，"祖国好·家乡美"系列活动唱响的主旋律一直伴随全省中小学生健康快乐成长。

今年的"六一"儿童节，全省各地无数孩子们没有以获得礼物为乐，却以将亲手制作的感恩礼物送给父母为荣。

六盘水市文明办有关负责人认为，"五个一"活动找到了青少年学生的"兴奋点"。短信、感言等言为心声，真情流露，容易引起群体的共鸣，符合当下青少年学生的心理特征，所以能够将他们的注意力、兴趣爱好激发出来，使参与活动的积极性高涨，从而达到教育目的。

反响：

岁末的一天。遵义会议会址旁的遵义市文化小学。

"祖国好·家乡美"系列活动暂时落下了帷幕，也给全省广大中小学生留下了美好回忆。省内有关专家认为：作为我省广大未成年人思想道德建设的响亮品牌和提升未成年人思想道德建设工作水平的有效载体，它将为探索新形势下未成年人思想道德建设提供宝贵的经验和有益启示。

（原载于 2011 年 1 月 15 日《贵州日报》）

"母亲水窖"润泽我省15万农村群众

10年投入4000多万元

"大地之爱·母亲水窖"公益项目在我省实施10年来，累计投入资金4108.55万元，上百个集中供水工程、8000多个家庭集雨水窖，润泽了我省15万农村群众和10多万头牲畜。

由全国妇联等单位共同发起、中国妇女发展基金会2001年开始实施的"母亲水窖"公益项目，旨在重点帮助西部地区老百姓特别是妇女，摆脱因严重缺水带来的贫困和落后。项目实施10年，共投入资金4亿元，在以西部为主的23个省（区、市）修建水窖近12万口，小型集中供水工程1300多处。党和国家领导人专门作出重要批示，对"母亲水窖"工作10年成效给予充分肯定。

据悉，目前我省正在实施"母亲水窖"第十一期项目计划。其中，中国妇基会投入40万元，省内匹配资金108.55万元，在罗甸县沟亭乡政府驻地、桐梓县夜郎镇庙坝村（明星小学）、榕江县兴华乡高旧村、兴义市威舍镇云上村共建4个集中供水工程，将解决5个村541户2737人的饮水困难。

据省妇联介绍，在全国妇联、中国妇女发展基金会的关心和支持下，我省于2001年7月开始实施"大地之爱·母亲水窖"公益项目。10年来，中国妇基会投入资金1450万元，北京市妇联抗旱援助60万元（其中20万元修建水窖），天津市妇联援助80万元，共计1590万元。省级匹配资金2046.72万元，地县级配套324.19万元，群众投劳折资147.64万元，共计总投入4108.55万元。在全省58个县（市、区、特区）、145

个村（村组）修建了 153 个集中供水工程、8396 个家庭集雨水窖，工程优良率达到 98% 以上。15 万农村人口、11.5 万余头牲畜受益，极大地解决了我省农村人口饮水困难。特别是在去冬今春的特大旱灾中，"母亲水窖"在保障人畜饮水、农业生产中发挥了积极的作用，推动了我省农村经济建设的发展。

（原载于 2011 年 2 月 5 日《贵州日报》）

"全国三八红旗手"苏日新——

走进自己设计的梦想人生

苏日新从小就爱问为什么，善于思考的她因此有了比一般人更强的逻辑能力、推理能力，数学、物理成绩一直占强。在学生时代，当同龄女生都向往挤入"含金量"高的热门行业时，她却立志从事别人眼中非常冷门的领域——科研。

从未停止努力，从未停止对自我完善的追求。苏日新终于一步一步走进自己设计的梦想人生。

如今，36岁的苏日新已是中国航天科工集团公司061基地某设计研究所第五研究室主任和某系统总体设计主任设计师。

"我的工作和我的理想十分切合。"言语中，苏日新露出常人向往的幸福。

2003年初，基地研制的某国家重点型号进入关键的一年，苏日新刚刚研究生毕业不到一年就主动请缨，参加了该型号任务研制的技术攻关。她多次推迟婚期，放弃了春节与家人团聚的机会，连续几年的春节都是在靶场度过。

在研究生毕业后不到3年的时间内，由她负责并主要参与的预先研究项目就有5项。

自参加工作以来，苏日新一直从事我国航天重点技术项目和国家武器系统重点型号研究，先后主持和参与了多个关键技术的预先研究项目，她参与了基地新型号的研制及方案论证等全面工作，并被破格聘任为新型号研制某系统总体设计主任设计师。

她主持和参与的多个关键技术预先研究项目中，有 8 项研究成果已成功应用于国家重点型号武器系统的研制中。为能够在规定的时间内完成初步设计及初步的仿真验证工作，她与技术工作者们积极协作，克服时间紧、设计难度大等困难，组织技术攻关，较好地完成了方案的设计及论证工作。

思维活跃度不够往往是女性从事科研工作的短板和弱势。作为一名女性，苏日新深知，只有慢慢探索，不断积累，付出比一般人更多的努力，才能有所突破。

在科研的道路上，苏日新不断钻研探索，勇挑重担，努力攻关，善于创新，有效解决了一个个关键技术难题，清除了一个个新型号研制工作中的瓶颈。

在从事航天科研事业的工作中，苏日新坚持自觉学习，不断提高技术水平和研究能力。她的学习研究成果申报了国防专利 2 项，并均已应用到国家重点型号上。同时，她还撰写了大量的技术报告，通过专家评审并已内部归档的重要技术报告近百篇，发表设计规范 1 篇和论文 8 篇。

谦逊的苏日新却把这些成绩的获得归结于环境的造就。她说，研究所处在三线地区，对人的发展来说恰是一个机遇。"当许多人才都跑到沿海发达省区时，我们在这里的努力就有机遇脱颖而出。"

苏日新辛勤的付出、突出的贡献获得了各方肯定。她先后获得各项荣誉：一项国防科学技术二等奖；贵州省国防系统"建功十一五军工展风采"活动先进个人；贵州省"五一巾帼奖"荣誉称号；贵州省"五一劳动奖章"；中国航天科工集团十大杰出青年；"贵州省五四青年奖"；"贵州省青年科技奖"……今年"三八"节前夕，她的光荣榜上又添一誉：全国三八红旗手、全国三八红旗手标兵候选人。

【家事国是两会连线】

自信快乐的"黔灵女"

——我省积极引领就业困难妇女参与家政服务业发展

找准了定位，邓急莲工作起来得心应手，收入和付出让她感到平衡和满意。如今，她已是客户争相预定的"抢手"家庭保洁员，每个月的收入近3000元。"缓解了家庭的经济压力，我的地位明显提高了。"她笑着说。

邓急莲越学越觉得自己找对了方向，顺利拿到了结业证书。因为在实践中的勤劳诚信，她很快便成为省妇联创建的贵州"黔灵女"家政服务公司首批员工。

"感谢妇联、感谢'黔灵女'，让我重新找回自信、找回快乐，成为对社会有用的人。"3月6日，在贵阳市人民广场举办的"真情三月　关注女性"系列活动中，44岁的"黔灵女"邓急莲的就业感言发自肺腑。

"看到省妇联举办'黔灵女'培训班，免费为就业困难妇女提供家政服务培训的消息，我抱着试一试的心态去报名。"她没想到，这个选择，让自己的人生有了全新的开始。半个月的培训课，让邓急莲对家政服务业的看法有了彻底改变。

邓急莲是万山特区贵州汞矿企业下岗女工。下岗十年来，她尝试过很多工作，当过幼儿园的保育员，帮别人卖过服装，给别人做饭，还曾在小商铺里卖零售。

"没有一个工作真正适合我。我一直很失落，很迷茫，也很压抑，找不到自己应有的位置。"她对记者说，去年3月，报纸上的一则消息给她的人生带来机遇转折。

3月6日，省妇联"黔灵女"家政服务中心再次组织下属10余个家政培训示范基地和家政公司在贵阳市人民广场开展"黔灵女家政专场招聘会——春风行动送岗位"活动，提供了家政管理人员、家政高级助理、家居保洁员、居家养老护理员、高级育婴师、月嫂、餐嫂、家教、家庭助理、室外清洁员等就业岗位820个。招聘会上共有200余名妇女达成就业意向，400余名妇女报名参加就业技能培训。

"只要肯转变观念，勤劳踏实，就可以做一个快乐自信的'黔灵女'！希望还没有找到工作的姐妹们能和我一样在家政服务业中找到自信和快乐。"她说。目前，我省像邓急莲一样接受过"黔灵女"免费家政培训的家政服务员有1200多名。

为帮助农村妇女富余劳动力、城镇下岗女工、女大中专毕业生提升技能，促进妇女实现创业、就业及再就业，省妇联积极引领妇女参与家庭服务业发展，全力打造"黔灵女"家政服务品牌。2009年12月，省妇联成立了贵州省巾帼家政工作领导小组，组建了省妇联"黔灵女"家政服务中心，出台了《关于发展家庭服务业促进妇女创业就业工作的意见》，通过抓调研、做培训、做宣传、树典型，着力整合资源打造贵州"黔灵女"家政服务品牌。去年省妇联正式创建"黔灵女"家政服务有限责任公司，并在全省建立了4个家政培训示范基地，1个市县级家政服务工作站，树立了13个家政典型。在组织"贵州黔灵女队"赴京参加全国家政技能大赛中，三名"黔灵女"均获得全国优秀家政员荣誉称号，省妇联也荣获组织奖。

省妇联有关负责人表示，家政服务业是妇女创业就业的重要领域。帮助妇女提升家政行业从业技能、实现创业就业、增加收入，是妇联促进妇女发展的有效途径。她指出，家政行业的蓬勃发展既能向社会提供更多的就业岗位，又能缓解人口老龄化带来的社会保障压力，还能帮助职业女性从繁重的家务事中解放出来，更好地在自己的岗位上建功立业，是个市场发展潜力巨大的朝阳产业。希望"黔灵女"能让我省就业困难妇女在造福社会的过程中成就自己的一番事业。

（原载于 2011 年 3 月 15 日《贵州日报》）

突破心理"天花板"尽显女性领导风采

——全国女性领导干部健康成长与培养选拔工作交流理论研讨会速写

核心提示

女性参政状况是社会文明进步的重要标志，女性领导干部的健康成长和选拔是女性参政的核心问题。我们党历来高度重视培养选拔女干部工作，长期以来，一直对女性领导干部的培养选拔有专门的政策和措施，并随着时代变迁和我国经济社会发展不断加大力度。但从现实中看，女性领导干部仍面临诸如自动边缘化、小"位"即安、"高处不胜寒""习副怕正"等心理"天花板"，这除了女性发展的社会基础的局限和传统重男轻女的社会心理制约外，也与女性领导理论研究的薄弱直接相关。

由省委政策研究室、省妇联、全国核心期刊《领导科学》杂志社、贵州省科学决策学会共同举办的"全国女性领导干部健康成长与培养选拔工作经验交流"征文暨理论研讨会于4月19日在黔南州长顺县举行。来自全国10多个省、市、区的80多位专家学者，就如何推动女性领导干部健康成长和培养选拔工作展开热烈讨论。

"五多五少"带来心理"天花板"

北京市委党校校办副主任王春虹副教授说，"北京市党政女性领导人才成长规律课题组"研究发现，从领导班子结构看，女性领导人才任职结构仍呈现"五多五少"现象，即"副职多，正职少；处级及以下多，局级以上少；辅助性岗位多，主流岗位少；业务型多，政界领导少；局级领导年龄大的多，年轻的少"。而且越是高层越呈现"单棵独株"倾向。其原因，一方面是女性成才的整体后备力量素质薄弱，另一方面则是由于干部选拔任用中许多女性成才不利的外部环境因素影响，包括传统文化观念、不合理的制度规定、职场歧视、晋升机会不平等。同时，唯结构化倾向也不容忽视。调查中发现，女性领导干部大多往往是组织任命，被动从政，是制度性安排结果。出于制度安排的需要，使女性领导始终徘徊在是做官还是做摆设、是凭借平等竞争还是依靠各项配比的两难境地。

解放军西安政治学院李珊在征文中说，自动边缘化、小"位"即安、"高处不胜寒""习副怕正"等负面心理形成的心理屏障，逐步发展为女性领导干部的心理"天花板"。

把握公选契机　实现职务晋升

在干部人事制度改革不断深入，公开选拔领导干部的大幕开启之时，女性如何把握契机，实现职务晋升？江西省新余市妇联党组书记、主席袁芙蓉用自己的切身体会和大家分享了经验。

"12年前，我以笔试、面试、综合考评都第一的公选成绩走上副处级领导岗位，12年后也就是去年年底，在副厅级领导干部公选时我又取得笔试第一、面试第二、综合考评第二的好成绩，被列为副厅级后备干部。"袁芙蓉说，纵观各地公选实践，女性在公选大潮中报名人数少、入围人数少、录用比例低。其原因主要还是基础不实、备战不足。女性领导不仅承担着领导工作，还承担着生育的使命，事业与家庭、工作与学习的矛盾相对男性更突出，备战公选面临的困难更多。

袁芙蓉说，抓好捷径，首先要打好坚实基础，科学备战公选，要制定详细计划，掌握学习方法，做好知识储备，加强实践锻炼，提升领导能力，构建和谐人际关系。其次要把握女性特质踊跃参与公选，要树立竞争意识，科学报考职位，保持良好心态，掌握作战技巧，谨慎对待考核关。走上新的领导岗位，女领导干部要注重增强自身的发展后劲，以一流工作业绩回报组织信任和群众期望，践行自己的诺言。

家庭事业两不误的经营技巧

"女性领导的幸福和人生追求的最高境界是事业有成、家庭美满和谐。"来自江西萍乡高等专科学校的党委委员、校长助理，全国巾帼建功立业标兵陈永秀教授认为，进入领导层的女性领导绝大多数处于30岁至45岁的第二个发展黄金期，也是婚姻进入的第二个危险期，容易只顾工作不善于经营家庭而造成婚姻变故。因此，女性领导干部的健康成长还需掌握处理家庭事业两不误的经营技巧。

"作为现代女性，首先要在时间、精力、利益、家务上统筹兼顾事业与家庭。二是要在家庭中创造团结、民主、平等相待的氛围，不能把工作中的霸气和武断带回家。三是夫妻价值理念要求同存异，女性领导要努力使自己的多重身份和角色、职责趋于和谐统一，这也是社会对女性领导干部最大的考验和挑战，更是女性领导自身价值的最完美体现。此外，夫妻要身心交融，诚实守信，工作上互相取长补短。"陈永秀说，事业、家庭如车之两轮，不可偏颇，女性领导要善于寻找二者间的平衡点，让家庭美满成为事业发展的坚强后盾。

展示魅力风采　建功各项事业

如何推进女性人才成长？"北京市党政女性领导人才成长规律课题组"在优化制度、完善政策上提出对策思考：要继续强化培养选拔女性领导干部的倾斜保护政策，加大执行力度和有效监督；不断完善退休年龄规定，适当延长女性领导的社会价值实现期；着重优化任职结构，不断实现女性领导量质并重的整体提升；进一步完善公开选拔竞争上岗机制，促使更多女性人才脱颖而出；适当加快女性领导干部轮岗交流和挂职锻炼速度，疏通高层女性领导断层瓶颈；建立健全女性人才信息库，形成全覆盖的女性领导干部储备网络；建筑女性科技干部"蓄水池"，加强女性领导干部基础后备力量的储存等。

　　贵州省妇联主席吴坤凤对女性领导履职也有思考。她说，女性领导者除要按照领导干部的标准规范自己的行为外，更应从不同角度展示女性领导的魅力与风采。在各种政策的制定和参与实施中，要更具有性别敏感，反映广大妇女群众的心声，保护妇女合法权益，在推动妇女与经济、教育、健康、法律、环境和民主管理等各领域为妇女发展尽职，在推动社会性别意识纳入决策主流，推动男女平等的基本国策的贯彻落实上做出贡献。女性领导者在政治场所要把握女性优点发挥的"度"，充分彰显女性特色，赢得工作效率和成绩，建功各项事业。

（原载于 2011 年 5 月 3 日《贵州日报》）

旱灾面前　我们亲如一家

——省妇联在榕江县兴华乡开展抗旱救灾保增收系列帮扶活动纪实

8月30日，带着干粮，打上背包，换上便鞋，顶着炎炎烈日，穿越一路风尘，记者随省妇联干部一行16人组成的工作队，抵达地处月亮山腹地、都柳江畔的榕江县兴华乡高旧村。大家将以这里为驻点，开展抗旱救灾保增收的系列帮扶活动。

高旧村五组是一个江水环绕的水族寨子，村民们进出都靠撑船渡河。乡亲们说，今年的汛期一直没来。记者看到，河床的圆石成片裸露，江面已收窄了近一半。

登上细长木舟，撑船过河上岸，早已守候在寨前的水族妇女们唱着水歌迎接大家的到来，她们的脸上写满热情、感激和期盼。

村里有不少留守老人和儿童，妇联干部们分别住在他们家。床位有限，记者和一些妇联干部一样，索性把自备的棉絮往地下一展，打起地铺就当床。

兴华乡党委书记杨美文告诉记者，该乡自6月初以来，一直少雨，旱情严重。截至8月26日，全乡6540亩土地有4260亩受灾，其中重灾面积1815亩，绝收1170亩，5346人饮水困难。

省妇联干部此行先后深入兴华乡高旧村、摆贝村、星光村、巫秀村等地，和当地妇女姐妹同吃、同住、同劳动，与受灾群众亲如一家，了解她们的所思、所想、所需，为她们送知识、送技术、送项目、送资金、送物资，用面对面、手把手、心贴心的帮扶，在践行"万名干部下基层、扎扎实实帮群众"中，推动"贵州百万妇女创新业行动"。

水寨夜话：谋发展寻路子

夜幕降临，芭蕉树下灯光昏暗，蛐蛐的叫声此起彼伏，高旧村村民王妹家木屋前的坝子已围坐了整个水寨的妇女姐妹。光着脚丫的小孩、摇着尾巴的黄狗也来凑热闹。

省妇联党组书记、主席吴坤凤当起了主持人兼授课人，在不断抛出问题、抢答有奖的形式中，从中央政策讲到现实生活，从当前旱情讲到乡村发展。

"高旧今年遭受了旱灾，大家有什么其他增收致富的想法？"这个提问迅速引来妇女们的抢答。

"我想多喂几头猪！""我想搞林下养鸡、种食用菌！""我想种猕猴桃、养黑山羊！"……

"你们说得都很好，但是喂猪、养鸡、养羊的钱怎么来？"大家一时都没了声音。

省妇联发展部调研员杨娟立即向妇女姐妹们介绍妇女小额担保贴息贷款政策和申请方式。面对这样让妇女得实惠的好政策，水寨姐妹们纷纷表示要赶紧去申请。

"只要妇女们想干事，在好政策的推动下，就一定能干成事，成为水寨发展的'半边天'！"吴坤凤主席的鼓励引来姐妹们热烈的掌声。

抗旱灾：改水改厕建水窖

沿着崎岖的山路驱车蜿蜒爬行，一路颠簸扬起黄沙漫天。终于，帮扶工作队抵达山腰一个相对开阔的地带，这里便是巫秀村村口。

巫秀是一个边远偏僻、发展滞后的水族苗族村，村民大多居住在半山腰上。因为地势高，喝水用水困难常年困扰着乡亲们。山顶的引水只有筷子粗，村民们早上4点就要起床排队等候，剩下的用水必须到两公里外挑。

听说妇联要来修"母亲水窖",全村父老乡亲都沸腾了。大榕树下设下的拦路酒,让整个村子像过年一样热闹。村民们放鞭炮、端米酒,山歌相伴来迎接。

51岁的水族大妈潘老拉拨开人群,冲到省妇联主席吴坤凤面前,抓住她的手紧紧不放。她激动地用大家勉强听懂的水族话说:"太感谢你们了!你们来了,我有水喝了,不用再挑水了!"原来,潘老拉的三个姑娘嫁出去后,全靠自己天天到两公里以外挑水。

常年缺水又遇旱灾,许多村民的手都像潘老拉一样沾满泥灰。和乡亲们握手后,妇联干部的手上总留下一道道黑印。大家心里明白,不是乡亲不爱干净,只怪常年的缺水和今年的旱灾。

"只有改变缺水困境,才能换来妇女姐妹良好的卫生习惯和村容村貌的整洁,建设集中供水工程,对巫秀来说非常紧迫。"省妇联副主席喻培萱说,此次,省妇联把争取到的40万元资金用于修建巫秀村的"母亲水窖",就是对乡亲们最好的支持。

开工仪式结束后,记者的采访车刚开出没多远,就嵌进了山路边的沟坎,进退两难。巫秀的乡亲们赶紧追上来,一拥而上,把整个车子抬出来,才得以启程。小小的插曲,让我们看到了村民们的质朴和善良。

接下来大家又风尘仆仆赶往月亮山最古老的苗寨之一摆贝村,为当地20户苗族姐妹送去了1.2万元的改水改厕项目资金,并发放《农村饮水卫生手册》等。

促增收:送钱送猪　建互助组

9月1日一早,兴华乡政府大院里热闹起来。一张张关于妇女发展、儿童成长、反拐、环保、健康等的宣传画挂满楼前,吸引众多妇女驻足观看。

当天,14位兴华乡妇女从省妇联干部手中领取了共计8万元的农村妇女小额循环金和小额贷款。

"贷款是给你们发展生产的，可不是买银耳环、修房子的，更不是拿给男人们打酒喝的哟。"吴坤凤的提醒，逗得姐妹们会心地笑起来。

24户省妇联干部的帮扶对象还分别获赠一只小猪崽。当10多公斤重的黑毛小香猪发到水族、苗族姐妹们手上时，大家高兴得合不拢嘴。县里畜牧局专家现场就为大家开展了"两加一推·巾帼建功——贵州百万妇女创新业行动"养殖技术培训。

摆贝村的苗族妇女姜老本家今年虽遭受了旱灾，但她的苗绣和蜡染技艺精湛，刚刚卖出的一件"百鸟衣"为她挣了上万元，另一幅蜡染旗幡也有买家为之心动。为鼓励她带动全村妇女共同致富，省妇联干部曾专门邀请她到贵阳接受妇干培训。这次大家亲自来到她家，帮助建立妇女苗绣互助小组，并向她发放1万元妇女发展小额贷款。

"请你们放心，我要把妇女苗绣互助小组建好，带动姐妹们传承好手艺，一起发家致富。"姜老本一边展示新作品，一边充满信心地说。

解后忧：留守儿童视频见父母

月亮高挂，记者和妇联干部夜宿高旧村五组留守儿童雍文丰家。这幢水家木屋吊脚楼修好后并没给13岁的雍文丰渴望的家，因为父母为此欠下了5万元的债，不得不丢下他和姐姐、弟弟到外打工。记者看到，他常常坐在楼前的小山坡上，望着远方发呆。

为了更好地关爱少数民族儿童和留守儿童，省妇联为兴华乡中心校送去"母亲水窖·校园安全饮水计划"项目的同时，还争取了香港惠明基金会的捐助，送给该校一批电脑设备，建起"亲情聊天室"，为留守儿童们提供了一个与父母交流的空间，并开展留守儿童家庭教育知识培训。

"爸爸，你好啊，一年多没见你了，你打工累不累啊？"当在视频窗里看见朝思暮想的爸爸，雍文丰眼里满是思念的泪水。

"不累不累，奶奶身体好不好？你的学习好不好？"熟悉的声音传来，雍文丰忍不住用手摸了摸屏幕上爸爸的脸。

兴华乡中心校是全县寄宿生最多的寄宿制学校,像雍文丰、杨文蕾一样的留守儿童有120多个。

"'亲情聊天室'开通后,留守儿童们可定期与父母在网上'团圆',汇报学习和生活,也能让他们父母安心工作,解除后顾之忧。"省妇联副主席吴爱平说。

同劳动:走进稻田的帮扶

9月2日清晨6点多,天刚蒙蒙亮,一阵阵有节奏的拍击声打破了整个水寨的寂静。

吴坤凤主席总是帮扶工作队里每天起床最早的人,她循着声音爬到村后的山坡上。原来留守老人满叔满娘一家正在田里收割谷子。她随即叫醒了所有驻村的妇联干部,并带领大家到地里一起劳动。

因为旱灾,稻田里的土壤已经开裂。虽然大大减产,但还是小有收成。吴坤凤有多年的基层工作经验,干起农活来,有型有样。她抓住一把稻草,在打谷斗上奋力拍打,三下就能"达标"。而对于很多年轻的妇联干部来说,与其说是劳动,不如说是学习。满叔满娘向年轻干部和记者手把手传授镰刀割稻、打谷子、捆谷草的技巧,大家虚心学习,现学现用。当记者的手臂被刀刃般锋利的谷叶划出一道道红印时,满娘笑着说:"干农活可不能穿短袖哦。"充满欢声笑语的劳动场面为乡村平添了一份和谐。不一会儿工夫,整个地里的活路全部干完了。

"你们真能干,我们三个人准备干到12点的活路,现在才过8点,居然已经完成了。"满叔、满娘感激地说。

望着金灿灿的稻谷,大家很欣慰,可是想到旱灾造成的减产,大家又非常难过。回程路上,工作队的妇联干部们已开始静静思考,如何开展更多更好的抗旱救灾保增收帮扶措施,让乡亲们渡过难关,早日脱贫致富……

记者手记

心中装群众，群众视亲人

妇联干部们下乡是为了帮助群众抗旱救灾，保民生保增收，妇女同胞过得好不好？她们需要什么样的帮助？需要解决哪些问题？每一问都需要把群众的冷暖烙印在心头。

看着月亮山腹地的水族、苗族妇女，辛辛苦苦劳作，换来的却是靠天吃饭的菲薄收入，记者和每一个妇联干部一样感身受。三天的同吃、同住、同劳动，每到一处，都能亲身感受到贫困山区少数民族群众对干部的热情，基层妇女同胞对帮扶的渴望，寨里父老乡亲对大家如亲人般的照顾。

讲政策、送资金，传知识、送技术，建项目、解后忧……工作队开展的帮扶活动内容丰富，只期最大程度地让妇女同胞得实惠、基层群众普受惠。同吃、同住、同劳动，换来的是干部和群众间的深情、厚谊和信任。

旱灾面前，大家亲如一家。水寨、苗寨的父老乡亲对远道而来的帮扶发自内心的感激。他们不善辞令，只是早起悄悄为大家烧火煮饭；他们不善表达，只是端起米酒不肯放下；他们无以回报，只是在大家离别时抢过背包扛在自己肩上；他们说不出豪言，只是唱着山歌相送一路……

"你们走了，我们的村子又要冷清了……"这样的告别充满了群众对干部亲人般的牵挂。

"我们已是一家人，以后会经常回来，来了还住你家！"这样的回答充满了干部对群众的亲人般的慰藉。

无论是省委的"四帮四促"活动、"万名群众下基层，扎扎实实帮群众"活动，还是宣传系统"走基层、转作风、改文风"活动，都是倡导深入基层，与群众建立深厚感情，了解群众疾苦，解决群众困难。

记者在基层亲身参与的体验，也带来颇多感触。基层有"地气"，基层有"活鱼"。"只有我们把群众放在心上，群众才会把我们放在心上；

只有我们把群众当亲人，群众才会把我们当亲人。"身处抗旱救灾保增收的第一线，胡锦涛总书记在"七一"重要讲话中的这段话，让人有了更深的体会和认识。

（原载于 2011 年 9 月 6 日《贵州日报》）

帮扶干部被毒蛇咬伤之后

"那绺长发请帮我收好，我要留着纪念，永远记住群众的恩情！"9月21日，躺在省医病床上的省妇联副主席杨玲叮嘱前来探视的同事。

医生说，若不是第一时间用发丝缠住被毒蛇咬伤的脚，防止毒液扩散，就有截肢甚至丧命的危险。

奇迹背后，是一个干部真情帮扶、群众贴心回报的感人故事——

9月20日，省妇联党组书记罗宁和省妇联副主席杨玲一起，率省妇联"四帮四促"工作队到榕江县兴华乡驻村开展帮扶。

这已是不到一个月的时间里，省妇联干部第二次踏上月亮山腹地的贫困乡村。上一次妇联干部是来讲政策、送资金，传知识、送技术，建项目、解后忧……这一次是整合了各方资源，协调了近143万元的资金，帮助解决乡亲们提出的具体困难，同时向榕江县捐赠60万元抗旱资金，并带来贵州百万妇女创新业实践基地、利美康光彩职业技术学校和黔东南太阳鼓（刺绣）公司的老师们为妇女同胞做免费培训。

从调研座谈到捐款慰问，从政策宣讲到技能培训，一系列帮扶活动结束，天色已晚。和摆贝村刺绣小组的苗族妇女姐妹们热情告别后，工作队还惦记着高旧村的水寨乡亲。

晚上7时，终于抵达都柳江边的高旧村五组，因为曾经同吃、同住、同劳动，妇联干部和寨里村民结下深情厚谊。切身体会过村民靠几条破旧的小木船进出的不便，所以这次大家专门送来8000元，帮乡亲们造一条更安全的大铁船。

"没想到你们这么快又来了！我们上次反映的困难马上就得到解决，

你们真是太好了！"抵达水寨，听说省妇联专门送来了造船的钱，闻讯而来的乡亲们像迎接亲人一样，端着米酒、唱着水歌连连致谢。

慰问完帮扶户后准备离开，干部和群众仍难舍难分，盛情的水寨群众唱着"社会主义好"，把自己心中的"亲人"从寨子一直送到都柳江边。

正要登船，罗宁想起自己车上还有一床新棉被。"不如送给村妇代会主任潘玉云，这个最基层的水族妇女在帮扶活动中，为组织号召发动群众可起了大作用。"她和杨玲商量后，便硬拉着潘玉云上船一起过河。

抵达河岸，摸黑下船，杨玲忽然感觉脚背一阵刺痛，她惊呼一声，用电筒一扫，原来是条60多厘米长的蛇。

慌乱之中，大家捡起乱石将蛇砸死。杨玲正准备继续前行。潘玉云突然喊："不要动，赶紧坐下！"她解开包头巾，散下自己的长发，使劲拽下手指粗的一绺头发，一圈一圈绕在杨玲伤脚上。感觉不够，她竟又拽下几绺，一起绕上。

从河岸到公路还有一段难爬的陡坡，"你千万别动，脚别落地，让我们罗乡长背你上去。"

"我明天还要去巫秀村的结对帮扶户家呢，今晚先回乡里住。"杨玲说着，可车子却背道而驰赶往了乡卫生院。

晚上8时20分，乡卫生院医生看了看牙印，怀疑是毒蛇咬伤，紧急处理后建议赶紧送榕江县医院。大家驱车直奔县城。

晚上10时30分，杨玲被送到榕江县医院，可这里并没有解毒的血清，她的脚背已肿得像个馒头。

"全省只有4支，分别在四十四医院和省医。"罗宁得到的讯息，让大家不得不再次上车疾驰贵阳。

"罗书记，你们到哪里了，我们骑着摩托怎么都追不上你们！"接到潘玉云的电话，罗宁有些意外，原来乡亲们知道此事后，纷纷找来解毒草药托潘玉云送来。她坐着摩托车，不顾天黑路烂，追赶了两个多小时，还是没追上已转往贵阳的救护车。

车上每个人都被乡亲和这位水族姐妹的执着、真诚深深感动，赶紧劝她先回家休息。

21 日零时 15 分，直到省医医护人员为杨玲注射血清后，所有人才勉强松口气。医生说，这种蝰蛇毒性很强，幸好第一时间阻断了毒液的扩散。大家迅速想起了潘玉云那一绺救命的头发……

9 月 21 日早上天刚亮，潘玉云又来电话询问伤情，还想来送土草药。

"群众不仅是我的亲人，更是我的救命恩人。我们只有用一颗真诚的心，才能不辜负群众的这份真情。"被蛇咬后一直很镇定的杨玲，再难掩内心的激动和感动，眼睛湿润。

病房里，省妇联党组书记罗宁、省妇联主席吴坤凤，还有更多的妇联干部，坐在杨玲床边，商量起下一步对榕江县的三年帮扶计划来……因为，这是对乡亲们最好的报答。

（原载于 2011 年 9 月 26 日《贵州日报》）

干群相见互感恩　鱼水情深话帮促

——省妇联帮扶干部被毒蛇咬伤获救追踪报道

"多亏你和乡亲们，才让我有机会再次回到这里，你们是我的救命恩人！"

"妇联干部做了那么多好事，你们才是全村父老乡亲的恩人！"

11月1日至3日，省妇联副主席吴爱平、杨玲率省妇联帮扶工作队，再次来到榕江县开展回访慰问。当杨玲与水族妇女潘玉云见面时，两人紧紧相拥，热泪盈眶，声音哽咽，互相感恩的话怎么也说不完……

在兴华乡高旧村的水寨里，乡亲们纷纷围住杨玲，关切地看她脚上的伤口，询问恢复情况。

一个多月前，在兴华乡高旧村开展"四帮四促"帮扶活动时，杨玲被毒蛇咬伤，水寨妇女潘玉云拽下头发为她捆住伤口，防止毒液扩散，乡干部背着她辗转卫生院和县医院，乡亲们连夜为她寻找草药……

这一干群鱼水情深的故事被本报报道后，省委组织部印发信息专报上报中组部，中共中央政治局委员、中央书记处书记、中组部部长李源潮，省委书记栗战书分别作出批示，对此给予充分肯定。

听说栗书记还在批示中对榕江的乡亲们表达了谢意，水寨的群众更加意外和高兴，他们纷纷对记者说："这是我们应该做的！"

"妇联干部被毒蛇咬伤，我们一直都很担心。一是担心她的安危，二是担心从此妇联再也不来我们这个穷乡僻壤。"兴华乡乡长罗俊说，没想到杨玲这么快就康复，更没想到妇联干部还要加大帮扶力度。

罗俊清楚记得，事情见报后，他立即从网上下载打印报道，请人送到信息闭塞的水寨来。乡干部把报道一字一句念给乡亲们听，有的人竟然感动到落泪。

"其实觉得很对不住妇联干部，她们不嫌寨子地方小，条件差，不分地位，不怕吃苦，给我们讲政策，送资金，帮我们造新船，做了很多好事，我们更应该感谢她们。"潘玉云言语中总有些愧疚。

水族妇女韦友银说，杨玲受伤那晚，全寨乡亲都很担心她，大家打着电筒连夜上山找药草。她打电话把河对岸的舅舅叫醒，请他到更远一个山上去寻药。"今天看到她亲自来了，我们心头这块石头总算落下了。"大家听说妇联干部要来，一早就准备了鞭炮、米酒，盛情相迎。

都柳江上，一条崭新的大木船格外惹眼。两个月前，这里还只有两条又旧又朽的小木船。"这就是省妇联送钱给我们造的新船，以前的小船只能坐四五个人，现在三四十人都没问题，全寨老小进出安全多了，方便多了！"村民组长雍友成兴奋地说。

潘三妹一直想靠养猪改善生活，省妇联送了她三只小香猪。如今，在妇联小额循环金的帮助下，乡亲们都把发展香猪养殖作为脱贫致富的重要途径。"以前每家只养两头猪，自己吃一头，过年卖一头，现在平均每户养 8 到 10 头，我自己养了 14 头！"潘玉云说，全寨的香猪养殖渐成规模。

村民满叔、满娘每次见到妇联干部，嘴都笑得合不拢。满叔说："我家祖祖辈辈没领导来住过，今年妇联干部买来米、面、油、盐来我家同吃、同住，不嫌贫，不怕苦，还帮我收旱田，搞卫生，送我被子和床单，我们真不知如何感谢呢！"

"只要你们能过上更好的日子，我们辛苦点不算什么！我们都是一家人了，今后还要帮你们解决更多困难。"吴爱平、杨玲对乡亲们说。

省妇联为兴华乡高旧村专门送来一台电脑，并为困难户送去慰问金和过冬的棉被等。在省妇联的带动下，黔东南州委组织部也专程为高旧村送来 1 万元修路款。

话别时刻，潘玉云突然拿出两件她亲手缝制的水族妇女衣服，亲自给妇联干部穿上。干部群众身着一样的民族服装，都柳江边再次响起欢快的笑声。

当天，省妇联干部还就妇女小额贷款、培训妇女干部等挂帮工作，和榕江县有关部门进行了认真对接探讨。

截至目前，省妇联为榕江县捐赠和协调的资金已达到145万元，对榕江县三年帮扶工作计划也已成形。

（原载于2011年11月12日《贵州日报》）

农家女舞锅铲　创业就业好平台

——第四届全省乡村女大厨烹饪大赛见闻

11 月 26 日，凯里腾龙广场变得特别有"味"，一场特殊的厨艺大比拼在这里上演。由省妇联、省商务厅、黔东南州主办的第四届"蓝莓杯"贵州省乡村女大厨烹饪大赛进行得如火如荼。

苗家酸汤鱼、侗家牛瘪、老鸭点豆花、凉拌何首乌……一道道具有浓郁的民族风情和农家特色的菜肴端到评委专家面前时，他们脸上不时露出满意和惊喜。

这些色香味俱全的菜肴不是出自专业厨师之手，而是来自全省九个市、州、地 26 名乡村妇女的拿手菜。她们用自己长期摸索锻炼出的烹饪厨艺，赢得了专家的好评，更用自己的一技之长，寻找到妇女创业就业的好舞台。

围绕鸭子创新菜式一举夺魁

不走常规路线，不按专业做法，却能既营养又美味，还让专业评委们频频点头、赞赏有加。这就是凯里选手姜元柳自创的一道新菜——老鸭点豆花。

姜元柳的老家在三穗，一个麻鸭特多的地方。多年前，她在凯里开了一家"三穗私房菜馆"，以吃鸭为特色。不过，那时的她却不会做菜，丈夫才是真正主厨。每当客人对菜有意见她反映给丈夫听时，总得到一句奚落的话："你又不懂，还来评价！"备受怨气的姜元柳决心自己学做，以根据顾客要求改进菜味。没想到，她的兴趣挖掘出了自己的天赋，菜越做越好。为了锻炼和“深造”，她应聘到凯里千里山餐饮公司专门做鸭子菜。一年下来，她不断学习不断创新，已能围着鸭子做了三十四道菜。

此次参赛，她也鼓足了勇气，三道比赛菜全部与鸭有关：千里山扒麻鸭、老鸭点豆花、九转鸭胗。没想到半路出家的她，烹饪技能独树一帜，最终赢得评委一致好评，夺取此次大赛的一等奖。丈夫对他竖起大拇指：“你真行！”

“今后，我准备利用妇女小额贷款的好政策重新开店，争取把家乡的特色菜做得更好。”她说。

“十佳好媳妇”谋求新发展

参赛妇女张永春来自德江青龙镇。她的菜取名雅致：金丝红颜、用心良苦。

“‘金丝红颜’这道豆腐丝菜，前后需要10多道工序，加上我的祖传秘方，一直很受欢迎。”她解释说。而“用心良苦”是在苦瓜里夹上肉丸子。“这是我96岁高寿的老公公最喜欢吃的菜，应该算是‘长寿菜’吧？”张永春笑着说。原来，她的很多拿手菜都是在长年照顾自己瘫痪在床的老公公时不断积累创新的成果，她也因此获得德江县“十佳好媳妇”称号。

由于连续遭遇家人逝去的打击，她目前的家境状况不好，虽有好手艺也无法实现开店的梦想。“现在好了，有妇女小额担保贴息贷款的好政策了，我准备比赛回去后，抓紧时间贷款，在家附近开一家‘长寿菜馆’！”她信心百倍地说。

炒菜、旅游推介“两不误”

虽然是厨艺比赛，但赛场上不少选手也抓紧难得机会推荐家乡的旅游景点和自己的农家乐品牌。

“欢迎到我们‘柳岸水乡’乡村旅游景点来！”25岁的苗族妇女杨国

英来自黔西县洪水乡解放村，她准备了稻香肉、西红柿排骨汤等自己的拿手菜参赛。"柳岸水乡"是她们打造出的一个休闲旅游农家乐景点。场上，她一边舞弄锅勺，一边不忘向观众强烈推荐家乡的农家乐品牌。

"很高兴有机会展示我的厨艺，下次来百里杜鹃一定要到'大草原农家乐'找我哦！"彝族妇女陈英的火烟豆腐具有浓浓的地域风味。她说，随着杜鹃花节名声越来越响，她在毕节地区（今毕节市）百里杜鹃度假中心开的农家乐餐馆生意也越来越火。"明年第七届全省旅游发展大会将在百里杜鹃开幕，我非常想抓住参赛机会，打出自己的品牌，赢取更多客人。"

好平台助力创新业快发展

据悉，旨在提高乡村"农家乐"从业妇女综合技能、推动农村妇女就近就地创业，促进贵州旅游大省建设的全省乡村女大厨烹饪大赛，此前已连续办了 3 年，共推出 93 名优秀的乡村女大厨。历届获奖选手都获得很好发展，如息烽阳朗鸡经营户黄南武，在获得比赛金奖后，加快发展步伐，投入 200 多万元购置先进设备新建加工厂，并先后在息烽、贵阳、六盘水等地开了 7 家分店，年销售额达到 1000 多万元，带动周边500 多名妇女创业就业。兴义的陈艳获奖后，在顶效开发区开办了陈家清真馆，为 15 名妇女提供就业岗位，年纯收入达到 10 多万元。

通过比赛，不少乡村妇女拿起锅铲，找到了创业就业的好舞台。据不完全统计，参加全省乡村女大厨烹饪大赛的妇女们，在从事农家乐经营中带动妇女创业就业 2000 多人，产值达到 2000 多万元，利润达 800余万元。

（原载于 2011 年 11 月 29 日《贵州日报》）

第四章 一路芬芳·妇儿聚焦

学先进　庆三八

——我省巾帼风采点击

全国三八红旗手、贵州省体育局水上运动管理中心运动员岑南琴

在"激流回旋"中实现梦想

　　岑南琴说，从小就生活在山沟里，上学的时候每天都要过河，经常在河里玩。特别是下雨的时候，水流很急，照样在水里玩，从来没有感觉怕水。有时还专门在激流中抱一个汽车内胎，去享受激流带来的快感。

　　就是这样的玩法，让岑南琴走出了一条辉煌的体育道路。

　　28岁的布依族姑娘岑南琴1999年入选贵州省体育局水上运动管理中心皮划艇静水队，后转为皮划艇激流回旋项目，2003年进入国家青年队，2005年进入国家队。在练习激流回旋的7年里，岑南琴经历了常人无法忍受的伤病和苦累，头脑里牢固树立着"贵州体育精神"，比赛中发扬"不怕苦，不怕累，顽强拼搏"的运动员作风，刻苦训练，顽强拼搏，为我省和我国水上项目事业发展做出了积极贡献，取得了一系列优异的比赛成绩：2006年第五届亚洲皮划艇激流回旋锦标赛团体金牌、个人铜牌；2007年全国皮划艇激流回旋锦标赛三项金牌；中国水上运动会三项冠军；2008年亚洲激流回旋锦标赛团体金牌、个人银牌；2009年激流回旋世界杯划艇金牌，这是中国运动员在激流回旋世界杯上获得的首个冠军；2009体坛风云人物年度最佳新人奖提名、全运会银牌；2010年荣获皮划艇激流回旋世界杯划艇总冠军，成为贵州省竞技体育史上的第九位世界冠军，亚洲激流回旋锦标赛金牌；2011年世界锦标赛激流回旋女子单人划艇第二名。

正如《中国体育报》所报道的：中国皮划艇激流回旋队在三站世界杯比赛上，并非处于竞技高峰期，却实现了在竞技高峰顶点未能实现的梦想，而且为中国队实现梦想的不是曾经战胜过奥运冠军的"海榕号"，也不是中国女子水平最高的皮艇选手李晶晶，而是名不见经传的贵州姑娘岑南琴。

岑南琴说，比赛就是得放轻松，保持头脑清醒。"因为从小就喜欢玩水，比赛对我来说就是一个享受过程。"她说，人的一生做不了几件事，给你个舞台，就需要你尽力去表演。

"我从小就喜欢玩儿，特别爱与男生一起踢足球、打篮球、玩水……后来考入了黔西南州体校，开始从事水上运动。我比较喜欢自己所学的项目，我认为体育就是娱乐，虽然训练很艰苦，但也有很多的乐趣，投入其中，感觉玩得非常开心。我就是以玩的心态来对待生活中的苦和乐。"

参加完重要赛事后，她都要到妇联来给"妈妈"和"姐姐"汇报。她说，作为一个女运动员，一定要为全省的妇女姐妹增光添彩。

岑南琴先后荣获"CCTV 体坛风云人物提名奖"和全国三八红旗手等荣誉称号，今年更获得全国三八红旗手标兵提名。

全国三八红旗手、南明区二戈寨街道办事处八公里社区居委会主任郭英

心系社区和妇联　一心为民办实事

郭英担任八公里社区主任兼任社区妇代会主任 5 年以来，把全部精力和热情都投入到社区工作和妇联工作中，她的工作劲头和热情，得到了上级和群众的认同和赞扬。

2008 年贵阳市遭遇百年难遇的凝冻灾害，面对灾害，郭英首先想到的是受灾的居民群众，为缺水的群众联系消防支队，及时为他们供水，并为空巢、独居老人送水、米、菜等生活物资上门，避免老人们出门摔

跋。每天上班，她带领辖区的巾帼志愿者们铲冰除雪，为出行群众开辟平安道路。因为心系群众，为群众办实事，她获得了南明区"抗凝冻、保民生"先进个人称号。

她伸张正义，极力维护未成年人的权益。2009年9月，社区的流动人口张女士来社区，告诉郭英自己16岁的女儿被人骗后遭到强奸。郭英闻后，立即在查阅相关的法律法规并咨询司法所后，联系办事处司法机关给予法律援助。这家人得到帮助后，对社区的妇联干部表示衷心的感谢。

郭英还是一个创造家庭和睦、团结邻里的好同志。她结婚时，丈夫家中有一上小学一年级的幼女，长期患精神病的父亲，以及70多岁的老母。家中的所有重担落在他们夫妇二人身上，看见这种情况后，她没有推脱，勇于承担起家中重责，善待老人，安抚幼女，家庭也更加和睦。邻居中有一对老夫妇，属于空巢老人。这对老夫妇不管大事小事总是找到她，她也不厌其烦地为他们解决。她还长期帮助楼下的留守儿童补习功课，教导小孩的一言一行，让孩子远在他乡的父母放心。寒冷的季节里，她还组织辖区的巾帼志愿者为留守儿童、流动儿童编织爱心毛衣，在她的带领下，辖区的妇女都争当爱心妈妈，为社会献一份心。为此，她的家庭多次被区里评为"五好文明"家庭，成为大家眼里的好媳妇、好妈妈、好邻居。

郭英还努力做好宣传教育工作，带领辖区的妇女更广泛、更自觉地参与到"三创一办"工作中。依托贵阳市提出的"三创一办、人人参与、人人有责、人人受益"等载体，引领辖区的妇女为"三创一办"献一份力，鼓励辖区妇女争做绿丝带志愿者，帮助辖区的空巢老人、独居老人清理楼道堆放的煤块、杂物等，积极做好辖区居民群众的思想工作，让辖区的居民群众积极配合"三创一办"工作，摒弃陋习，养成良好的生活习惯，共同营造干净文明的城市环境。

正是郭英的勇于奉献，兢兢业业，树立了妇联干部真干事、干实事的良好形象。今年，她荣获全国三八红旗手称号。

全国三八红旗手、锦屏县茅坪镇上寨村女党支书刘翠桃

勤勤恳恳服务群众服务发展

刘翠桃是一位普通的农村妇女，为人纯朴、善良、贤惠，更是一位带领群众谋发展的好支书，工作积极，勤勤恳恳。

为发展地方经济带好头，她在茅坪镇街上开办了一个服装加工店，先后培训 36 名待业人员。2001 年，她当上村妇女主任和加入中国共产党后，坚持带头开展"双学双比"活动，使一批妇女人才脱颖而出。

妇女龙海桃建起了全村最大的沼气养猪场，每年养猪收入达 2 万余元，并形成"猪、沼、果"的良性循环体系。王佳玉一家以种植业为主，一年四季都有水果出售，收入非常可观。龙何兰、龙新贵、吴长新等妇女不怕辛苦，把旱田充分利用起来，通过远程教育培训，学到玉米移栽技术，年收玉米达 4000 斤以上。在刘翠桃的带领下，全村已有 100 多名妇女通过远程教育培训学习而掌握了实用技术，其中有 10 名妇女还获得了"绿色证书"。刘翠桃还利用每年的"三八"节组织开展各种活动，向妇女们宣讲党的政策，教育妇女遵纪守法、勤劳致富。

2004 年经过"两推一选"，刘翠桃当上了上寨村党支部书记。村主任潘承炳上任一个月就一病不起，直至病逝，因此村里大小事情全部都落在她的肩上。2005 年，三板溪电站输送电工程在茅坪镇经过，其中有 8 个铁塔坐落上寨村地界，涉及面广，纠纷多。为支援国家建设，她关掉自己的服装店。从 2006 年 4 月至 9 月近半年时间，她几乎天天跟着马帮运输塔材的路线，顶着烈日，跑遍了 8 个建在上寨村的每一座山顶。她多次跑到县移民局等单位联系，让村民们所受的损失全部按照国家标准得到合理的补偿。

任职以来，她参加调解民事纠纷 10 起，成功 10 起；组织远程教育

学习 60 期，受训人数近 800 人次；组织科技养殖爱好者外出参观学习 6 次，村内建有上万元以上的规模养殖场 5 个；牵头发展香桔产业，村内香桔种植大户有 32 户。此外，她还组建民间腰鼓队、山歌队、文艺队，成立村治安巡逻队、义务消防队等。由于措施有力，几年来没有发生一次火警，社会治安秩序好，农民人均纯收入在 3000 元以上，各项工作都走在全镇乃至全县前列。

刘翠桃居住的村山多田少，望天田多。长期以来，由于沟渠渗水，提高望天田水稻的产出率一直是个问题。她看在眼里，急在心上，利用到县镇开会的机会，积极向领导反映群众的呼声，终于在县水利局的支持下，得到 50 吨水泥，修复了水利沟渠 900 米，彻底解决了 50 多亩望天田缺水的问题。

近年来，刘翠桃先后荣获贵州省"双学双比"活动女能手、贵州省"双学双比"活动先进工作者称号。今年，她再添一誉，获得全国三八红旗手称号。

全国三八红旗集体、贞丰县国库集中支付中心

奉献在财政战线的"娘子军"

为国聚财、为民理财、巾帼建功，这就是贞丰县国库集中支付中心"娘子军"的真实写照，正是她们的真情付出和无私奉献，使国库集中支付中心成为各级领导高度认可、干部群众广泛信任的工作集体和战斗队伍，以"巾帼不让须眉"的干劲和韧劲撑起了贞丰财政科学化、精细化、信息化管理的"半边天"。

贞丰县国库集中支付中心现有女职工 18 人，占职工总数的 64%。近年来，贞丰县国库集中支付中心的"娘子军"在妇女工作委员会主任文萍的带领下，围绕推进财政科学化、精细化、信息化管理目标，抓管理、强素质、促服务、树形象，认真履行财务监督与管理的神圣职责，不断

规范各预算单位的财务收支行为，在预防和治理腐败，推进党风廉政建设，加强财政国库集中支付改革工作中，奉献青春、智慧与力量。

实行国库集中支付后，中心的主要职责是将全县 80 个单位的账务进行集中管理，工作量大，头绪很多。为练就过硬的业务本领，支付中心除按时参加局机关的政治学习和业务培训外，单位内部也经常组织全体干部及预算单位的财务人员，开展各类业务和规章制度培训，女干部更是以一种不服输的干劲和韧劲，带头学习、带头钻研业务，用"巾帼不让须眉"的精神撑起了"半边天"，为国库集中支付改革在全县全面铺开提供了可靠的技术支撑和人员支撑。

国库集中支付中心作为一个窗口服务单位，文明待人、热情服务是中心员工的首要要求。热情服务，忘我工作，是"财政支付人"娘子军的一贯风格，她们坚持用相关规定规范和约束自己行为，在工作中创先争优，用"一张温馨的笑脸、一杯清香的热茶、一句亲切的问候、一声友好的道别"的"四个一"服务理念，为大家提供温馨、热情、高效的服务，受到各单位好评。面对繁多的支付业务，她们需要加班加点查阅每一张财务票据、核对每一笔经济业务，除了经常指导报账员专业知识外，还虚心听取各单位的意见和建议，不断改善服务，改进工作。仅2011 年，她们共办理的国库集中支付业务 13400 多笔，支付资金高达74000 多万元，在全县建立起国库单一账户体系，实现了财政资金集中支付全覆盖，财政资金"直达"全覆盖。

在搞好服务的同时，这些平时和蔼热情的"温柔女子"还展露出铁面无私职业刚性。在工作中，她们坚持做到慎言、慎行、慎独、慎微，时刻保持自重、自省、自励、自警的良好作风，带头执行财务管理制度，带头遵守《会计法》《预算法》和有关法规制度，从不吃、拿、卡、要，以廉洁自律的良好形象认真履行自己的监督、监管职责，确保财政资金规范、透明、安全、高效使用。2010 年共办理各项支付业务 13400 多笔，要求补充完善支出手续 2400 多笔，资金达 980 万元；纠正不规范票据 45

笔，涉及资金 70 多万元。构建了"事前审核、事中监控、事后监督"相结合的"三位一体"监督体系，为预防和治理违法行为，严肃财经纪律，推动党风廉政建设和经济发展起到了很大的作用。

近年来，贞丰县国库集中支付中心先后获得贵州省文明单位、全省"五好"基层党组织、全省机关党建工作先进党组、贵州省财政系统先进集体、全省会计信息质量检查先进集体等荣誉，今年又获全国三八红旗集体殊荣。

（原载于 2012 年 3 月 8 日《贵州日报》）

女性创业：与贵州发展共振齐飞

——三位优秀女企业家的致富路

编者按

抢抓黄金机遇，实现后发赶超。贵州经济强行起飞的征程上，广大妇女如何顶起"半边天"，与贵州经济发展共振齐飞？入黔创业的包爱明、坚持理想的谭华、农村走来的邹贤英，她们虽来自不同地域，从事不同行业，有着不同的创业道路，尝试了不同的酸甜苦辣，但当分享她们创业的故事、成功的喜悦、回首的感悟时，能够看到她们身上的共性：既有女性的睿智与坚韧，又能在贵州经济发展中拓展属于自己的事业空间。在贵州，千千万万个类似的她们，汇集自己的一小步，推进了全省经济发展的一大步。当前，省妇联在全省大力实施"百万妇女创新业"行动，旨在促城乡妇女创业就业有新突破。三位创业成功的女企业家，值得有创业梦想的百万城乡妇女们借鉴。

包爱明——万绿城集团董事局主席、贵州万绿城投资有限公司董事长

演绎女性刚与柔　搏击商海立浪尖

【创业感言】

树立矢志不移的创业信念，把握国家政策，坚定创业信心，坚持以人为本的管理理念，建立企业战略合作伙伴关系，牢记明礼诚信、奉献社会的经营原则。

【创业荣誉】

贵州省三八红旗手、全国三八红旗手。

【创业故事】

和包爱明聊上几句，是一种享受，从她声音的细腻甜美，可以感受到一位柔情似水的资深美女形象；听包爱明讲创业，是一种震撼，从她经历的商海浪尖，可以领略到一位刚毅果断的女企业家风采。

虽年仅40出头，竟已有20年的创业史。包爱明说，沿海发达省区成长和工作的经历，培养了她立志创业的信念，也练就了勇立商海潮头的魄力。

早在大学期间，包爱明就立下志向，将来一定要靠自己创业成就一番事业。毕业后不久，她便辞去了公务员职位，下海寻找自己的方向。自1998年成立了福建好日子贸易有限公司后，她开始了艰辛的创业生涯。在创业的征途上，多少次运筹帷幄、果断决策，才造就了今日的辉煌。如今，万绿城集团已成为一个涉及投资、酒店经营、房地产开发、矿业等多领域的综合性大型集团，下辖11个全资子公司，1个控股子公司，总资产达30亿元。

来到贵州，算是一次偶然机缘。

一群朋友看好贵州安顺关岭投资建设酒店的项目，资金有限，她施出援手。可不久后，项目巨亏，包爱明3800万元的资金也全部飞灰湮灭。为了挽回损失，她亲自到贵州考察该项目后发现，不是项目本身不好，是朋友经验缺乏造成的。她深知，一个项目的成功，不是简单的运作复制，需要在时间节点、技术支撑、设计规划、专家支持、团队建设等各个方面共同努力，特别是在内控管理上，各专业部门要协调配合密切。作为公司一把手，必须做到思路清晰，决策果断。

当时，正值在安顺市委、市政府全力加快推进新型城镇化建设、高起点打造百万人口生态旅游城市的背景。因此她果断作出决策，先后在安顺成立了贵州好旺佳房地产开发有限公司、贵州万绿城投资有限公司，并收购了贵州关岭大酒店有限公司、贵州好佳缘房地产开发有限公司，为在安顺大干一场做好了充分准备。并先后投资开发了万绿城国际酒店（五星级）、万绿城假日酒店（四星级）、国际佳缘商住小区、水韵佳缘商住小区、佳缘时代广场等项目，总投资达20多亿元。由于始终牢记明礼诚信，她携手世界500强巨头——大润发、肯德基、星美国际影城等战略联盟、主力商家共同打造项目，为城市的商业繁华铺垫良好的基础，对安顺的经济发展做出贡献。

自己最初的损失早已挽回，更多更大的投资还在注入。更重要的是，包爱明发现，贵州的创业投资环境变化很大，企业来贵州投资非常安全。

包爱明常说，创业成功，时机是黄金。当前，西部大开发战略、国发2号文件出台等都为贵州经济社会发展带来难得的黄金机遇。

"贵州的投资环境大大改善，全省上下对企业全力支持，干部打造投资环境的理念变化很大，让人十分感动。企业来贵州投资很安全，只要企业自身具备团队、资金实力，在贵州看准了项目，就可以放心投入。"包爱明笑言，感受到贵州蓬勃发展的脉搏，体验到投资环境的改善，她接下来的投资项目，毫无疑问，首选贵州。

邹贤英——铜仁市石阡独特风味食品有限公司董事长
三分智慧两分运　还有五分靠打拼

【创业感言】

命运从不天注定，只有坚定信念，坚持选择，才能迈过创业路上的风雨坎坷，看到阳光灿烂和一路平坦。

【创业荣誉】

被团省委、省妇联、省工商联、省中小企业局共同评为"贵州省才智魅力女性"。

【创业故事】

今年 46 岁的邹贤英是地道的农村妇女，但田间地头的活儿阻挡不了她想像城里人那样生活的梦想。创业初期，她和很多普普通通的农村妇女一样，点亮的希望，一次次被无情地浇灭。

结婚后嫁到石阡县偏僻贫困的山村，让想像城里人一样生活的她很不甘心。于是她决定和丈夫到县城租房做生意。可租了房却没了生意本钱，靠朋友担保卖了一年鞋仅赚了 3000 元。娘家送给她一间路边旧木房，她贷款借钱做大米加工销售，第一个月就赚了 2000 多元。可是不久，米价下跌，越卖越亏。她又决定利用米糠发展生猪养殖。然而，一场无情的洪水冲垮了圈舍，好不容易救出的猪一连死了 18 头，仅剩 1 头卖掉后还欠 8 万元的债。

一连串的创业失败没有使倔强的邹贤英屈服，她向母亲借了 1000 元钱买了磨浆机开始了新的创业生涯，做起了水豆腐、豆腐乳、油炸豆腐果生意。还清债务后，因为建房又欠下新债。邹贤英利用温泉水资源，花小成本办起了家政服务，3 年便还清旧债，并新开了个副食品超市，生意平平。

就在日子看上去总算相对安稳平静之时，儿子竟然成为邹贤英迈向创业成功的最大动力。

原来，从小唱歌很有天赋的儿子，参加省内外大赛得过不少奖。听到评委夸赞儿子是棵好苗，邹贤英甜在脸上，愁在心底。儿子争气地考上中央音乐学院附中，当时粗略一算，读完大学至少要 30 万元，这么大的花销从哪里弄来？邹贤英想起在参加一次风味小吃比赛时，虽没得到大奖，但顺便带去的一块豆腐乳深受评委喜爱，并建议她包装一下走向市场。没想到，她付诸实践后，简装豆腐乳在当月就卖了 1 万元。

为帮儿子实现理想，邹贤英决定在这方向加倍努力。2006 年，她申请注册了"泉都豆腐乳"商标，在充分利用传统工艺加工生产豆腐乳的基础上，不断改进生产工艺，面向国内大型超市，创办的豆腐乳加工厂已由当年一家名不见经传的食品加工小厂，发展成为 3000 多平方米的石阡农业产业化经营重点龙头企业，正式挂牌成立了泉都独特风味系列食品厂，并投入 400 多万元资金扩大公司规模和更新设备，研制生产出"豆腐乳、糖大蒜、土蜂糖、绿豆粉"四大品牌，实现年销售额 500 多万元，"泉都豆腐乳"成为同类产品中著名品牌，企业发展前景潜力巨大。

为了实现儿子的理想而创业，这是母爱的伟大，历经磨难创业终于成功，这是女性的坚韧。回首创业路，邹贤英说，运气、努力、智慧，三者缺一不可。但三分智、两分运，还有五分靠打拼。

谭华——贵州康乐豆业有限公司总经理
找准市场空白点　开启创业这扇门

【创业感言】

女性在社会家庭上需要扮演好女儿、母亲、妻子、媳妇等很多角色，因此在创业的道路上，要比男性付出更多。但只要具备敏锐的创业判断力，找准市场空白点，就不会走出一条寻常路。

【创业荣誉】

被中国女企业家协会授予"2012 杰出创业女性"称号

【创业故事】

豆制品已有两千年的历史。豆腐、豆干都是千家万户饭桌上常见的食材。就是在这样一个看似寻常却关系民生的食品领域，谭华用敏锐的判断力，叩开了创业的大门，找到一条不寻常的创业路。

回首触动神经的那一刻，谭华依然记忆犹新。

2001 年的一天，谭华为父亲买了一杯豆浆。拿着豆浆，她突然开始琢磨起来：豆浆、豆腐在中国有两千年的历史了，可是放眼周围，生产豆腐、制作豆浆的都是小作坊，一贯沿用传统做法，卫生环境不讲究，生产标准也不统一。当时，在整个贵阳乃至贵州，没有一家规模化、标准化的豆制品生产企业。

有钱的人，不屑于做利润率、回报率相对较低的行业；没钱的人，没资本，没理念，没思路，当然做不成规模。这不正是自己一直在寻找的市场空白吗？有一定的创业资本，又有了自己创业的思路和理念，一股抑制不住的创业激情，在谭华身上迅速被点燃。

2001年，谭华在城基路开设豆浆加盟店并开始做豆制品。2002年北京华联邀请她进入超市开始豆制品现场制作、销售，之后又陆续进入沃尔玛、家乐福等大型超市制作豆制品，2007年她成立了贵州康乐豆业有限公司生产放心销售豆制品。这个以高起点、在本省还无先例的公司，在创立的最初两年，也曾面临资金短缺，人才奇缺，高层组织不稳定，生产、物流等大量基础工作需要组织、管理、协调和规范等难题。但是，谭华深知，她需要打造的是一个以坚决打破作坊方式生产和经营，以同行高标准要求和现代经营理念为主导思想的全新企业。

没有照搬的经验，谭华就用女人本能的坚韧和执着，带领企业团队克服各种困难，建立目标，统一思想，努力工作，逐步将企业从起步的亏损稳步带进了持平经营的成长期，并在贵阳全市各级市场和社会上赢取了好评。如今，谭华的豆制品，不仅在超市、农贸市场占有要席，而且也为大家熟悉的"老干妈""刘老四""黔五福"等品牌企业提供豆制品原料。

谭华率领的企业是一个服务大众生活，直击民众菜篮子的民生产品企业。企业不仅为了利润还必须兼有社会民生的责任。2008年的雪凝期间，各市场菜价不断飞涨，而他们在举步维艰的经营中，坚持不涨价，为做好菜篮子工程工作做出自己的贡献，得到相关领导的高度评价。

如今，谭华的康乐豆业有限公司生产规模已从日产1吨扩大到日产5吨左右，员工队伍从20人增加到80多人，年产值从300万元提升到现在的1300万元。公司的团队建设从原来的松散、无序和茫然，转变为现在的团结、稳定和提高。

在自己豆制品世界里，无论遇到任何困难，谭华的创业激情一直未减。她决心，今后还要继续扩大生产规模，进一步开发豆制新品，不断延伸产业链条，把简单的豆腐做成伟大的事业，创造出更大、更新的业绩。

（原载于 2012 年 4 月 26 日《贵州日报》）

一位老人退休返乡创办农村留守儿童幼儿园——

手牵手，你们不会寂寞

在普定县龙场乡大桥村，一处特殊的民居院落引人关注。三层小楼里不时传来欢快的音乐、稚嫩的童声，院落里玩着滑梯木马、彩球蹦床的孩子兴奋喜悦……这里，正是62岁的退休老人黄勇返乡创办的"波玉留守儿童家园"，92名留守幼儿在新家园告别无助和寂寞，获得关爱和温暖。

5月21日，当记者走进这个留守儿童家园，看见许多家长放下农活，带着两三岁的幼儿和老师一起玩早教亲子游戏"彩虹伞"时，瞬间有种"穿越"感。因为这样熟悉的场面一般只在城市幼儿园或早教机构才可见，如此偏僻的小山村竟也有城市儿童一样的亲子早教活动，让人诧异惊喜。

黄勇是土生土长的大桥村人，20岁就离开老家外出工作。退休前，他在安顺市人口计生部门负责管理流动人口。这个特殊的工作岗位，让他比别人更深入直接地看到了农村留守儿童的生活困难、亲情缺失、心理失衡……

"不如把他们收拢起来，集中安排教育指导。只要大家手牵着手，就不会寂寞。"为这些孩子们做点什么，一直成为黄勇的夙愿。

2011年，黄勇在城市退休，却在农村上岗。他说，要发挥余热，实现自己多年的心愿。他自己筹资150万元，在社会各界的关心支持下，回到老家普定县龙场乡大桥村，办起了这所为农村留守儿童服务的幼园。园内不仅开展婴幼儿早期教育、学前教育，黄勇还利用自己人口计生工作经验，开展农村妇女文化知识培训。

如今，来自该乡 11 个村的入园儿童已有 106 人，其中留守儿童 92 人。在所有入园留守儿童中，他对一个三岁半的小男孩的到来记忆犹新。由于父母都外出打工，爷爷奶奶全靠低保生活，小男孩刚来幼儿园时全身又黑又脏又臭。黄勇安排人帮他洗了个热水澡，穿上干干净净的衣服，并长期给予他资助。在波玉留守儿童家园，像小男孩一样父母双方外出打工的留守儿童就有 73 人，占总数的近八成。对许多孩子，黄勇都给予了特别扶助，并减免了他们的保育费用。

"干事业难，干公益事业更难。"黄勇感慨地说，留守儿童大多家境贫寒，入托费用常常还不够 9 名教职人员的工资开支，自己常要补贴投入更多资金。但资金困难还不能完全解决留守儿童的需要，"他们在精神上还需要更多的爱。"黄勇说，为此他印发了很多倡议书，寻找爱心妈妈、爱心爸爸、知心哥哥、知心姐姐，与孩子们结对帮扶。"哪怕是一个温暖的电话、一封鼓励的书信，都能为孩子们树立自信，点亮心灯。"

黄勇告诉记者，龙场乡有留守儿童 900 多人，"波玉留守儿童家园"入园的仅占十分之一。虽然场地有限，自己能力有限，但爱心和责任让他深信，能多为一名留守儿童送去关爱，农村人口素质的提高就多了一份希望。

5 月 21 日，当省妇联和省妇女儿童发展基金会为黄勇的波玉留守儿童家园送来价值 1 万元的玩教具，帮助该园创建省级"留守儿童之家"时，黄勇感动地说："我是一根引线，相信通过自己的爱心行动，能从社会各界带来更多对农村留守儿童的关注和关爱。"

（原载于 2012 年 5 月 31 日《贵州日报》）

汇集爱　回馈爱　感受爱

——央广音乐之声与爱心家庭赴三都结对资助贫困学童记

当城里的孩子们放学回家观看有趣的电视节目时，山区的孩子们得放下书包到田里帮父母干农活；当城里的孩子们在知识的海洋中自在徜徉时，山区的孩子们却随时可能面临辍学的危险。

在这个炎热的暑假，城里的孩子和山区的孩子终于有机会面对面，心连心，结下爱的善缘。

8月9日，三都自治县三合镇下排正村的村民迎来了远方城市的爱心家庭。没有车水马龙，没有游戏电视，在依山顺势的梯田间，在四面环山的村寨里，大家结下了一段难以忘怀的助学情缘。

由省妇联向中国儿童基金会争取项目，中央人民广播电台音乐之声主办，通过募集善款帮助生活在贵州省贫困农村地区学童的活动在贵州开展。8月9日至11日，来自北京、上海、深圳的6个家庭在明星艺人潘玮柏带领下，与音乐之声的工作人员一同来到位于黔南的三都水族自治县，对该县苗农小学的6户贫困学童家庭进行一对一的资助，并与当地贫困家庭进行三天两夜的生活体验。

贫困学童的家大多是木吊脚楼，依山建在山坡上，山路狭窄崎岖，汽车不能开到家门前。于是大家从山脚下徒步走到每一户农家，3天的生活体验正式启幕。

来自北京的尚海林先生带着自己的儿子与三合镇下排正村的白明宇一家一起生活。尚先生告诉记者，自己曾来过贵州多次，对于贵州山区贫困儿童上学困难的情况有所了解，通过音乐之声的网站知道了"我要上学爱@1200助学行动"后，立即报名参加。

烈日炎炎，爱心家庭与资助农户一起到井里挑水、到田地里放牛、到山坡掰玉米。中午时分，大家一同生火、淘米、洗菜，热火朝天地张罗午饭。门前的葡萄成熟了，孩子们摘下葡萄洗净后与大家分享。饭菜终于上桌，尽管只有两道菜，但吃着亲手采摘的劳动成果让尚先生和儿子很开心。当两家人围坐在火炉前，你一言我一语中，相互了解又更进一步。

10岁的白明宇上小学二年级，每天要走近1个小时的山路到苗农小学上课，直到傍晚才回家。父亲常年在外打工很难回家一次，白明宇只能和务农的妈妈留守在家。别看他是个腼腆的小男孩，他可是班里的学习委员。问到期末考试成绩时，他大方地说数学考了89.5分，语文考了96分。"每天可以和同学们一块读书画画，我很喜欢在学校的生活。"白明宇说。

午饭后，孩子们精心准备唱歌、相声、跳舞等节目，在村里小坝子上搭建的临时舞台一展才艺。大家吹芦笙，唱山歌，为爱心和友谊载歌载舞。夜幕降临，火炉生起，火锅煮沸，围坐一团，农家的饭菜对城市家庭来说异常可口，城市家庭的爱心资助也让农家儿童心存感激。夕阳笼罩着充满欢声笑语的一刻，霞光映照着每个灿烂的脸庞。

"这里人们的朴实热情让我十分感动，带着儿子一起来，就想让他和山区的小朋友互助，这样的体验会让他也会让我受益终身。"作为一名成功的企业家，尚先生表示将尽自己最大力量帮助山区的贫困学童。

3天的体验活动很快结束，城里的家庭和农村的家庭也建立起了深厚的情谊。离开前大家在苗农小学依依不舍地拍照纪念。省妇联儿童部部长潘利沙给孩子们送上了具有贵州特色的苗族木偶娃娃，她说，希望这些木偶娃娃能成为信使，连接起城里孩子和山里孩子们这跨越千山万水的友谊。

据悉，在中国儿童少年基金会通过中央人民广播电台音乐之声共同发起的此项公益活动中，爱心人士每人捐助 1200 元，总额已达到 24 万元，他们采取"一对一资助"的形式，对 2000 个家庭贫困的小学生提供 3 年的生活补助。本届活动以"爱 @1200"为主题，首次把爱心力量集中在一个省份——贵州，通过募集善款帮助生活在贵州省贫困农村地区的学童。活动旨在透过传播的力量，让更多人聚焦、关注生活在贵州省贫困农村地区学童的生活现状。潘利沙说，省妇联争取这个项目在贵州实施，就是希望让那些需要帮助的孩子感受到汇集的爱和温暖，并让更多有爱心的人加入爱的行列。

（原载于 2012 年 8 月 16 日《贵州日报》）

让公益之光普惠贫困妇女儿童

——我省妇女儿童慈善事业创新发展

"在我已山穷水尽、走投无路时，是你们伸出援助之手，给予我温暖，延续我生命，点燃我活下去的勇气和信心。真诚感谢妇联，感谢所有爱心人士！"2月13日，盘县（今盘州市）坪地乡莫西里村村民范敏的一封感谢信送到了妇联。虽然遭受乳腺癌病痛折磨，但妇联的一万元救助金和嘘寒问暖的呵护，让遭受身心打击的她看到了春天。

"两癌"项目实施以来，我省有999名农村贫困"两癌"妇女和范敏一样，受益于妇联争取的公益项目，获得人均1万元的救助，305739名农村妇女接受了"两癌"免费检查。

去年以来，省妇联不断创新为妇女儿童办实事、办好事的新渠道、新途径，在积极争取全国妇联、中国妇基会、中国儿基会大力支持的同时，拓展工作思路，创新工作方式，搭建慈善公益平台，通过自身发力、政府给力、社会借力，让公益慈善之光普惠更多贫困妇女儿童。

开拓思路，转变理念，破解资金难题

近年来，省妇联按照"党政所急、妇女所需、妇联所能"，聚力实施帮助妇女儿童发展的慈善公益项目，让"春蕾计划""母亲水窖""母亲健康快车"等国家级品牌公益项目在贵州的实施取得实效，获得信任。

为拓展公益慈善平台，创新工作手段，2012年初，省妇联抢抓机遇，积极作为，将注册成立贵州省妇女儿童发展基金会作为贯彻国发2号文件精神的重要举措加以落实。

为破解资金难题，省妇联开拓思路，转变观念，将依赖财政全部拨付注册资金的思想，转变为由政府出资和自筹资金相结合的思路求得新突破。

在省委省政府的高度重视关心下，省妇联从财政争取到首笔资金200万元。之后，省妇联党组领导进一步广开思路，上下联动，积极与"全国妇女教育基地""半边天"文化发源地息烽县政府联系，共享资源、合作发展，获得注资200万元。

短短两个月内，省妇联突破性地完成了400万元注册资金的工作，完成了基金会所有筹备工作，并于2012年"三八"国际劳动妇女节当日正式挂牌成立了我省首个专门扶助贫困妇女儿童的公募性基金会——贵州省妇女儿童发展基金会。

不到一年时间，基金会从无到有、从小到大，在弘扬公益文化、推动社会创新、促进社会和谐等方面发挥了积极作用。

整合资源，创新载体，建好公益平台

基金会成立后，如何打造形象，取信于社会是首要任务。省妇联指导基金会建立了公益项目资助申请、流程管理的有关制度，以及以基金会章程为核心的各项工作制度。还结合实际，推广带动"蒲公英"系列主题活动，以新品牌、新形象，为基金会的进一步发展夯实基础。

"蒲公英"系列主题活动取自蒲公英播撒关爱且生命力顽强的寓意，在妇女儿童教育、培训、创业、救助等方面给予了多方位的关爱——

为丰富留守流动儿童课余生活，基金会在全省九个市（州）建立蒲公英"留守流动儿童之家"47所，为"儿童之家"添置电脑、教玩具、图书及体育用品等，建成图书室和亲情聊天室，搭建了孩子们和父母沟通的桥梁。

为帮助贫困妇女创业就业，基金会走进普定县、息烽县等地，发放蒲公英"女性创业小额循环金"120万元，帮助60多名贫困妇女发展

种植养殖业、乡村旅游和创办留守儿童幼儿园，加快了她们脱贫致富的步伐，

为帮助贫困女学生圆大学梦，基金会用筹集的资金为我省考入一本、二本的贫困家庭女大学生发放一次性助学金4000元，并在大方县宣慰府广场启动蒲公英"助学成才"行动，为200名女大学生发放助学金80万元。

为给贫困、单亲、孤残妇女儿童带去更多温暖，基金会在"三八"节、"六一"节等特殊节日开展蒲公英"关爱行动"，慰问贫困妇女儿童；分别向贵阳市儿童福利院、品学兼优的孤儿"全省自强女孩"娄文莉、"外来务工子女"、患病儿童和贫困妇女送去关爱；同时争取专项资金30万元对留守儿童较集中的乡镇幼儿园进行改扩建等。

借力品牌，打造形象，提升社会影响

为提升基金会社会影响力，省妇联提出"沟通与借力"的工作思路，指导基金会走出贵州，借力品牌，打造形象。

基金会积极联系中国妇女发展基金会、中国儿童少年基金会等国家级基金会和香港惠明慈善基金会等境外慈善组织，争取到"消除新生儿贫血行动""亿家康专项基金"等大型项目在我省启动。

借助社会知名人士的影响力，也为基金会增加了"正能量"。去年7月，全国人大常委会副委员长、中国儿童少年基金会理事长陈至立亲自到贵州启动全国第二批项目县"消除新生儿贫血行动"，带来了价值500万元的爱心营养包；去年9月，基金会首次连线由李亚鹏、王菲夫妇发起的嫣然天使基金，在我省开展2012"天使之旅——把爱传出去"医疗救助贵州行，资助30万元对来自我省农村贫困家庭的75名唇腭裂患者提供了免费手术。嫣然天使基金创始人李亚鹏先生亲临贵州现场看望患者，新华社、湖南卫视、腾讯网、贵阳晚报等多家主流媒体的跟踪报道，也进一步提升了基金会的知名度和影响力。

公开透明，赢取信任，塑造品牌形象

为赢取社会各界对慈善公益事业的信任，省妇联以基金会为平台，开展大型公益活动 20 余场次，让爱心捐助者与基金会"零距离"接触，增加捐款使用透明度，让更多的爱心捐助者不断加入基金会的行列中。

据统计，去年，省妇联争取到的全国公益项目资金和物资共 2685.1 万元，较上一年增长 295.5%。基金会成立以来，共筹集款物价值 1818.5 万元，争取和整合部门项目资金和物资 1686.1 万元。省妇联募集的慈善公益爱心资金，普惠的贫困妇女儿童，都实现了历史同期最高增幅。

（原载于 2013 年 3 月 2 日《贵州日报》）

苗绣"牵手"国际时尚品牌

——我省推进妇女特色手工品产业化路径观察

核心提示

很多民间传统工艺正成为西方人眼中的奢侈品,被看成是一种文化,可以给品牌增加更多文化基因。

我省民间手工艺分散、低端、规模小,难以对接市场。筹建中的贵州省手工协会,将整合省内各地手工企业,使贵州手工产业拥有更好的集中发展平台。

我省提出"锦绣计划",依托特色手工业,促进妇女事业进步和实现勤劳致富;推动民族民间传统文化保护传承和产业优化;将把贵州打造为全国重要妇女手工产业创意、制造、交易基地。

苗绣,贵州最具代表性的少数民族妇女手工编织品。

SKAP(圣伽步),国内30多个机场候机厅都能看到的知名高端品牌。

当他们相约牵手会怎样?

7月11日,第十三届中国(深圳)国际品牌服装服饰交易会开幕。1号展厅内,精心布置的SKAP展区刮起一股浓郁的"贵州苗绣风"——

原生态"苗绣"服装在充满时尚前沿元素的阵地上独树一帜展示自己;贵州苗族"绣娘"穿针引线,现场展示精湛技艺;滚动播出的视频上,讲述着SKAP首席设计师深入贵州乡村对苗绣的一路探寻;展台上一块块苗族绣片被精心裁剪,成为做工考究的皮包、皮鞋上的亮睛一笔;模特儿们拿着植入苗绣元素的皮包新品,让民族民间文化换着花样频频走秀……

由贵州省妇联和SKAP品牌共同打造的这一切，似一股强劲的磁力，迅速吸引过往客商眼球，纷纷驻足流连。

饱含浓郁"乡土"气息的贵州苗绣与高端品牌"牵手"，实现华丽转身。"如何为贵州妇女特色手工产业开启高端门径，让贵州妇女编织品提升价值，从而找到创业就业的不竭动力？"这是贵州省妇联主席罗宁一直在思考的问题。

"如何把中国的传统手工艺植入品牌，打造富有文化内涵的奢侈品？"这是SKAP品牌负责人一直思考的问题。

两个意愿其实有不谋而合之处，于是，在他们共同努力下，"苗绣"和"高端"这两双"手"终于"牵"到了一起。

国际品牌相中苗绣：民族工艺是奢侈的艺术

从我们的视角看，很多传统工艺是一种即将失传的手工艺。但从西方人的角度看，它是一种奢侈品，是一种文化，可以给品牌增加更多文化基因。

在人头攒动的展厅现场，记者见到了SKAP的首席设计师，来自法国的Laurent Vigneron。交谈中了解到，他对苗绣的兴趣可以追溯到2011年夏天。当时，他带着设计师团队深入黔东南的村村寨寨，详细了解苗绣的发源地、文化和特点，寻找苗绣有可能和SKAP品牌结合之处。

Laurent被苗绣的工艺、用料、文化习俗深深吸引，在他看来，像苗绣这样的中国传统民族手工艺不仅仅是工艺，更是一种奢侈的艺术。它跨越了时间、空间和文化，值得全世界去崇拜。

回到深圳，Laurent做出了以苗绣为元素的系列设计方案，并计划在2013年春夏正式上市。正如此次亮相深圳国际品牌服装服饰交易会上一样，这个结合一亮相，反响非常强烈。

"事实上，SKAP一直在寻找这种有中国元素的奢华的传统工艺融入设计中。从我们的视角看，中国很多传统工艺是一种即将失传的需要保护的手工艺。但从西方人的角度来讲，它是一种奢侈品，是一种文化，可以给品牌增加更多的文化基因。"Laurent 说。

经营 SKAP 品牌的深圳龙浩天地股份有限公司总裁胡伟告诉记者，SKAP 的营销对象定位在有文化、有消费力的中国的中产阶级，公司更有义务去推广这种文化，所以下定决心做这个项目。

"让文化走向商业化，是一种很好的推广文化的方式，可以让这种文化更有持久生命力。作为一个有责任的中国品牌，更要把发扬中国传统文化，推广中国传统工艺作为自己的责任。选择贵州是一个很好的开始。"胡伟说，在贵州省妇联牵线搭桥下，他们认识接触了很多贵州的绣娘和生产苗绣的企业。

这次"牵手"仅仅只是一个开始，SKAP 未来将以苗绣文化为元素带动整个品牌的发展主线。明年的多场巡展、展览、时装秀、文化活动都要针对苗绣文化元素进行推广。

"我们尊重艺术，尊重文化。中国有许多的民族手工艺奢侈品，我们需要做成奢侈品牌。SKAP 希望借助苗绣元素的植入，在奢侈品价格上实现与国际品牌 PRADA、GUCCI 等抗衡。"胡伟同时也非常希望贵州苗绣走出大山，不仅和 SKAP 合作，还要和 LV、PRADA、GUCCI 等国际奢侈品牌合作。他说，作为中国的品牌公司，有义务把苗绣推向全世界，推荐给同行伙伴。据他透露，一些国际奢侈品牌的设计师已开始到贵州考察。

民族手工艺借力高端品牌：产业化、规模化迫在眉睫

分散、低端、规模小难以对接市场。筹建中的贵州省手工协会，将整合省内各地手工企业，使贵州手工产业拥有更好的集中发展平台。

从 2006 年开始，贵州连续 7 年举办了多彩贵州旅游商品设计大赛、能工巧匠选拔大赛及旅游商品展销大会"两赛一会"，把传统民间工艺以

两赛一会的形式进行推广。通过以赛代训、以会创业、以展聚财的形式，让沉寂多年的民间工艺品大放异彩，身怀绝技的能工巧匠大显身手。由此催生具有巨大发展潜力的贵州旅游商品特色优势产业，手工产业发展的优势也日益凸显。

据不完全统计，贵州绣、染、编、织等特色手工及关联产业产值约为10亿元，从业人员近20万人；手工产品主要以旅游商品、民族工艺礼品与民族服装服饰为主，基本是以"公司＋基地＋农户"或"公司＋农户"模式生产。

贵州手工产业发展潜力巨大，大量极具贵州原生态特色的旅游商品、手工产品也正在被挖掘出来。

贵州苗绣和SKAP合作的成功，为贵州特色手工产品"借船出海"找到了一条可行之路。

罗宁说，长期以来，贵州民族特色手工艺品总是在分散的、低端的、无法成规模生产的状态徘徊。这次成功与高端品牌对接，让我们更清晰地看到了贵州民族民间手工业走向产业化、规模化、集群化的迫切需要和现实路径。

胡伟也坦言，在与贵州"苗绣"的合作中深深感到，产业化是"苗绣"走出大山，走向高端奢侈品的关键。

"我们接触了贵州很多文化公司，可是要找当地的工厂或者绣娘组织生产比较困难，因为总是要面对单个的个体或某个村寨。"胡伟说，比如买苗族绣片，一是各家各户的生产都没有统一的规则，每次买到手的都不一样，很不利于产品的流水线开发；二是"绣娘"们作为单独的个体，一般只收现金，也不可能开发票，这对于大公司而言，操作起来难度较大。

"如果贵州有统一的平台让我们直接面对，或许合作起来就会简单很多。"SKAP的愿望也许代表了大多数品牌公司的想法。

据省妇联主席罗宁介绍，这个愿望即将实现。贵州省手工协会已在筹备组建中，将整合省内各地现有近百家手工企业的资源，使贵州手工产业拥有更好的集中发展平台。

贵州强力推进妇女手工产业："锦绣计划"即将启幕

"锦绣计划"提出，以特色手工产业为发展载体，促进妇女事业进步和实现勤劳致富；推动民族民间传统文化保护传承和产业结构优化；把贵州打造成为全国重要的妇女手工产业创意、制造、交易基地。

我省民族刺绣、蜡染、服装服饰等传统民族民间手工产业一直是我省广大城乡妇女从事的重要产业门类，具有低投入、高产出、就近就业的特点，特别适合在城乡妇女中发展。近年来，在"多彩贵州旅游商品两赛一会"的带动下，我省妇女特色手工产业从简单的个体劳动逐渐向专业化、产业化发展，成为贵州妇女的创业大舞台。

同时，人们还进一步看到了妇女特色手工产业发展的美好前景，及其具有保护传统文化、促进妇女就业、推动行业发展、调整产业结构的重要意义，已为贵州上下所共识。

为加快发展妇女手工产业，促进妇女事业进步，陈敏尔省长亲自部署，要求省妇联将妇女手工产业列为"一号工程"，"会同有关部门积极推进，制定一个规划和意见"。

自去年8月以来，省妇联开展了大量调研工作，两次前往北京、天津等地学习考察，数次到黔东南、黔南、铜仁等地进行实地调研，形成了《贵州妇女手工产业调研报告》《贵州妇女手工产业规划》等初步材料，并会同省发改委等部门对材料进行了咨询论证，四次征求各有关部门的意见和建议，形成代省政府起草的支持妇女发展特色手工业的意见草案，在对草案进行了修改并再次广泛征求意见后，联合向省政府呈报了代拟的文件。

省政府对代拟稿进行了最后的审定，一项名为"锦绣计划"的妇女特色手工产业计划已经正式启动。

据悉，该计划主要遵循了两条思路：一是以特色手工产业为发展载体，促进妇女事业进步和实现勤劳致富。二是发挥特色手工产业资源优势，推动民族民间传统文化保护传承和产业结构调整优化。

"锦绣计划"提出，把贵州打造成为全国重要的妇女手工产业创意、制造、交易基地，并细化为企业目标、产值目标、就业目标、培训目标等四个方面的量化指标。

同时，提出了七个方面的重点任务，分别是培育优质载体，构筑发展平台；明确发展方向，打造产业链条；探索产业模式，以点带面推进；扶持"绣娘"成长，提升品牌形象；加大培训力度，增强创业能力；鼓励大胆研发，促进传承创新；强化协同支持，扩大对外开放；另外，在加大投入力度、税收优惠支持、强化奖励政策、加强组织领导等四个方面我省也有具体措施出台。

贵州妇女手工产业的"大戏"即将拉开帷幕。

（原载于2013年8月20日《贵州日报》，获贵州妇女儿童好新闻评选报刊类一等奖）

快车来了　健康有了

——贵州实施"母亲健康快车"项目十年综述

　　凯里市龙场镇苗族绣娘袁兰，12岁时患乳房肿块无钱医治而辍学，"母亲健康快车"项目专家为其免费治疗后，她重返校园；花溪区黔陶乡农村妇女刘兴秀，因无钱治病而饱受40年子宫下垂痛苦，"母亲健康快车"项目专家为其免费手术后，她重获新生；遵义县（今遵义市播州区）洪关乡农村妇女邓德分，曾苦于家境困难而变卖耕牛筹钱生小孩，在"母亲健康快车"项目实施医院救助下，她顺利生产；

　　……

　　她们都是"母亲健康快车"项目在贵州实施10年来的受益人，更是850多万项目惠及群众的缩影代表。

138辆快车驶入黔中送健康　850万农村妇女儿童普受益

　　"母亲健康快车"项目是由全国妇联、中国妇女发展基金会主办的大型公益项目，旨在改善贫困地区缺医少药现状、维护妇女健康权益，为西部贫困地区母亲"送健康理念、送健康知识、送健康服务"。

　　2003年7月27日"母亲健康快车"开进了贵州，项目正式启动。

　　十年来，我省共接收全国妇联、中国妇女发展基金会安排分配的"母亲健康快车"138辆，分别分布在全省118家省、市（州）、县级医疗单位。

　　138辆母亲健康快车奔驰在贵州大地上，基本形成了"依托医院、点状辐射"的服务网络，为农村贫困妇女送去健康理念、知识和服务。

据统计，"母亲健康快车"项目已使全省 850 万名农村妇女儿童受益，62.51 余万名农村妇女儿童免费接受了健康普查，6 万名农村妇干、计生保健员接受了生殖保健知识培训，10 万余名危急孕产妇得到免费接送和救助。

2012 年，我省孕产妇死亡率由 2000 年的 137.87/10 万下降到 31.99/10 万，农村孕产妇住院分娩率由 2000 年的 24.2% 上升到 97.78%，婴儿和五岁以下儿童死亡率也大幅下降至 11.43‰、15.1‰，"母亲健康快车"在其中发挥了有效作用。

与此同时，通过该项目实施，我省锻炼出了一支以妇儿科为主的专家队伍，培养了一批基层医疗卫生骨干。据不完全统计，十年来全省各级项目医院为基层培训医疗卫生骨干 8 万余人次，培训农村妇女卫生宣传骨干 20 万余人次。

一以贯之实施项目　产生良好社会影响

十年来，贵州实施"母亲健康快车"项目始终坚持一以贯之的做法，围绕和突出"提高农村妇女的健康意识和水平，促进农村妇女的进步与发展"主题，充分履行为农村妇女"送健康理念、送健康知识、送健康服务"的项目宗旨，避免和防止把项目车仅仅作为医疗工作用车。

各地"母亲健康快车"坚持每月深入乡村，利用赶集、"法制宣传月"、"三·八"维权周、"6·26"禁毒日、"三下乡"活动等，用花灯、山歌、秧歌等形式，宣传妇幼卫生保健、法律、"两纲"、计生等知识，为广大群众免费健康检查、送医送药。

我省还注重项目运行的社会效益和经济效益，在实施项目过程中，始终坚持"三送"的服务宗旨，把支援农村卫生事业发展、"三下乡活动"和实施"母亲健康快车"项目有机结合起来，积极开展卫生保健和农业科技知识的宣传、咨询、教育、培训活动，形成了"一个主题多项内容，一次活动多项服务"的运作模式，不断扩大项目的社会影响。在服务广大妇女群众的过程中，各项目医院通过"母亲健康快车"品牌，与市场接轨取得较好经济效益，基本实现了以车养车，同时也有力地支持了"母亲健康快车"项目的可持续发展。

我省还把项目实施与提高农村妇女能力建设相结合、与人口与计生工作相结合、与社会主义新农村建设相结合。"母亲健康快车"开到哪，文艺宣传和科技咨询服务就跟到哪。如遵义市赤水市妇联协调团市委、市计生局等几家单位共同发出向"贫困母亲捐赠"的倡议。贵阳市妇联将"母亲健康快车"项目与婚育新风进万家活动相结合，送新型婚育文化、送健康知识、送法律知识到农村、到农户。

通过"母亲健康快车"项目的实施，各级妇联和项目医院实现了服务群众的思想观念由保守到创新的转变。铜仁地区（今铜仁市）每年都要组织两次大型的活动深入边远山区、厂矿社区、学校、福利院等开展"三送"服务。注重各级妇联和项目医院的能力建设，提高工作质量和效率，实现了工作模式项目化、实事化的转变。"健康快车"有专门的人员配置，如箭在弦上，一触即发，只要接到热线电话，第一时间赶到现场，为挽救危急病人和高危孕产妇赢得宝贵时间；项目化运作，引入竞争机制，促进了各级妇联和项目医院管理水平的转变；多部门合作，整合资源，共谋发展，不断推动项目运作由单一性向综合性社会化的转变。

通过十年的实践，"母亲健康快车"项目已成为深受广大农村妇女拥戴的一个品牌项目。它的实施，对提高我省广大农村妇女儿童的健康意识和健康水平，推动"两纲"目标实现，促进妇女儿童事业发展，增强基层妇联组织和卫生医疗单位能力建设，起到了积极的推进作用。

在群众路线教育实践活动中促进项目可持续发展

十年实践充分证明，"母亲健康快车"项目是深受广大农村妇女拥戴的一个品牌项目，是增强各级妇联组织和项目执行单位能力建设，进一步树立大局意识、服务意识和群众观念的有效载体。

服务群众，为了群众。项目的实施已经成为当前和今后贯彻执行中央党的群众路线教育实践的有效方式。

省妇联对实施好"母亲健康快车"项目体会也颇深：做好项目的重要前提就是要建立健全组织领导机构，培养一支技术精湛、热心公益、勇于奉献的志愿者队伍；保证项目顺利实施的关键环节，就是要依托媒体，利用典型，强化宣传，营造环境；多部门协作，整合社会资源，是深化项目内容、拓展项目影响的有效途径；建章立制，科学管理，市场运作，创新发展，是推动项目可持续发展的重要措施；认真总结，相互交流，提高认识，共谋发展，是促进项目创新发展的必要手段。

省妇联相关负责人表示，下一步，将按照全国妇联和中国妇基会的要求，不断深化"母亲健康快车"项目的可持续发展，为全面建成小康社会贡献力量。

（原载于 2013 年 8 月 25 日《贵州日报》，获贵州妇女儿童好新闻评选报刊类三等奖）

我省全力以赴推动农村妇女进村"两委"目标：

一个确保，一个达到，两个提高

10 月 24 日，省妇联在贵阳召开全省农村妇女参与村民自治推进会，对推进农村妇女进村"两委"进行再动员、再部署，全力以赴推动农村妇女参与基层群众自治实践。

据悉，在第九届村（居）"两委"换届选举工作中，妇女进村"两委"的工作目标是：通过换届选举，实现"妇女村民代表应当占村民代表会议组成人员的三分之一以上"，"正式候选人中至少有 1 名妇女候选人"，"村民委员会成员中，至少有 1 名妇女成员"，实现"一个确保，一个达到，两个提高"的目标，即：确保村委会成员中至少有 1 名妇女成员，实现农村妇女进村委会比例达到 90% 以上，女性在村"两委"班子任正职的比例大幅提高，村妇代会主任进村"两委"比例大幅提高。

据悉，省妇联及早谋划、源头参与，与省民政厅联合下发了《关于在全省第九届村委会换届选举中做好妇女参选参政工作的意见》。深入实施"414 培训计划"，赴榕江、黄平、都匀、三都、威宁等基层一线，以专门培训、以会代训、模拟竞职等形式，联合省委组织部、省民政厅多次举办农村妇女参选参政培训班，在省委党校主体班次开设性别平等专题课程，邀请中央党校和中国妇女研究所专家为学员授课，深入铜仁、黔南、遵义等地开展《男女平等基本国策》专题宣讲，通过"贵人善行——贵州六美女性"评选最美女村官活动，大力宣传优秀女村官先进事迹，为推动妇女参选参政营造良好舆论氛围。

会议要求，各级妇联组织要把握关键，深入调查摸底，严把"推荐关"，加强宣传引导，严把"舆论关"，提升能力配培训，严把"素质关"，突出工作重点，严把"督查关"，把握关键环节，严把"程序关"，把村民拥护的思想好、作风正、有文化、有本领，真心为群众办事的妇女选进村委会班子。妇女进村"两委"工作时间紧、任务重、要求高，要高度重视，落实责任，全程参与，主动作为，加强督查，定期报告，及时反馈，狠抓落实，确保农村妇女进村"两委"工作目标圆满实现。

盘县（今盘州市）淤泥乡岩博村党支部书记余留芬、贵阳市观山湖区碧海社区党委书记崔向前、百里杜鹃管理区普底乡红丰村党支部书记等来自基层的妇女干部代表在会上交流发言。

（原载于 2013 年 10 月 31 日《贵州日报》）

向着梦想　满帆启航

——中国妇女第十一次全国代表大会贵州代表团侧记

"风帆已挂满，我们启航，心连心手挽手迎着朝阳……"金秋十月，参加中国妇女十一大的贵州妇女代表们首次相聚北京，就用充满激情与活力的歌声拉近了彼此的距离，传递着共同的感受。

10月28日至31日，中国妇女第十一次全国代表大会在北京召开。我省34名妇女代表肩负全省2000万妇女同胞的信任和厚望，与全国妇女代表汇聚一堂，以饱满热情共商妇女事业发展大计，共筑妇女同胞的"中国梦"。

光荣承载梦想：群情激扬分享发展成果

除了专职妇女工作者，我省代表中还有全国道德模范"保姆妈妈"李泽英，公安部一级"英模"、贵安新区公安局副局长潘琴，十八大代表、观山湖区碧海社区党委书记崔向前，全国三八红旗手、贵州好旺佳开发有限公司董事长包爱明，以及团结带领村民群众致富增收的兴仁县鹧鸪园村党支部书记余必丽等，她们都是我省各行各界里涌现出的女性佼佼者。

肩负着同样的神圣职责和光荣使命，大家难掩激动之情。谈体会、话感受，几乎每个人都不约而同地提到了一个词——"第一次"。

"第一次坐在庄严神圣的人民大会堂里履行使命！"

"第一次近距离感受党和国家领导人对妇女的亲切关怀！"

"第一次与全国各族各界优秀女性一起共同感受身为中国女性的

骄傲！"

……

兴仁县李关乡鹧鸪园村党支部书记余必丽，特地在开幕式当天穿上了30多年前结婚时穿的花布鞋。她说："今天对我来说，心情的激动程度完全不亚于结婚！"

"能够亲耳聆听、亲眼所见、亲身所感党和国家领导人对广大妇女的亲切关怀，对妇女工作的高度重视，对妇联组织的殷切希望，让人终生难忘！"

大会审议通过的报告，全面总结了过去五年发展的累累硕果，特别是在惠及妇女的政策措施和民生项目，妇女参与经济发展、参与决策和管理，妇女受教育程度、健康水平、社会保障等各个方面的成就，鼓舞人心，催人奋进。

在这些看得到、摸得着、感受得到的成绩中，我省代表也由衷感受到贵州妇女事业的同步变化。

"春蕾计划""母亲水窖""母亲健康快车""消除婴幼儿贫血行动""贫困地区儿童营养改善试点项目"、农村妇女"两癌"免费检查、妇女创业小额担保贴息贷款、"妇女之家"建设……

报告中这些耳熟能详的关键词，引起我省各市（州）妇联主席们的共鸣。她们说，全国妇女事业和妇女工作的成就，正是贵州广大妇女姐妹已经获得的福祉和实惠。

省妇联主席罗宁代表介绍说，5年来，贵州妇女事业专项经费实现了两年翻番。此外，贵州还出台了加快妇女手工业发展的"锦绣计划"，成为贵州发展的新亮点。如今，贵州省、市、县各级四大班子都有女性，女性人大代表占比达28.5%，比全国平均水平高5.1%，创贵州历史新高。

展示贵州多彩形象：从外到内的"吸引力"

你来自森林草原、我来自雪山海洋。在各族各界妇女的盛会上，贵州代表团以自己的独特优势不断展示着从里到外的多彩形象。

"你的服装好漂亮啊，请你合个影吧，我已经追你三天了！"面对省外代表的热情，贵州侗族歌手杨春念代表总是掉队，她的侗族盛装走到哪里都夺人眼球，被迫频频留步。

每次亮相，贵州团都是一道靓丽的风景，苗族、布依族、侗族、彝族、仡佬族、水族、瑶族妇女代表的盛装让人目不暇接，无数手机、相机纷纷聚焦。

在新华社摄影记者何俊昌眼里，贵州团妇女代表在着装上的多姿多彩非常具有民族特色。从开幕式到闭幕式，新华社发出的大会新闻图片里，总是能看到贵州团的风采。

贵州妇女的内在美也绝不输于外在美。公安部一级英雄模范、全国老百姓最喜爱的十大人民警察、贵安新区公安局副局长潘琴代表，被大会安排为8位代表之一，接受各家媒体记者的采访。外表柔美的她将自己处理严重暴力犯罪和恐怖犯罪的特警故事娓娓道来，谈经历，说体会，讲梦想，彰显的是贵州时代新女性的风采，诠释着贵州巾帼不让须眉的新风貌。

牢记神圣使命：献巾帼之力，共筑"中国梦"

中国梦是国家的梦、民族的梦、人民的梦，也是亿万妇女的梦。中国妇女十一大为亿万妇女描绘了"巾帼建新功、共筑中国梦"的美好梦想，更指明了实现梦想的道路。

大会胜利闭幕了，贵州代表团带着党中央对妇女儿童的关怀、带着大会的精神满载而归。

贵州女企业家代表包爱明说："大会吹响了中国妇女建功立业的集结号。党和国家为妇女发展营造了有利环境。作为女企业家，我将自觉行动起来，在实现中国梦中创造自己的出彩人生，为更多妇女创造就业机会，并把关爱和支持更多地送到贵州妇女事业发展的需要上。"

省农业科学院植物保护研究专家杨学辉、贵医附院心血管疾病专家李洁琪、省公安厅科技信息处处长马晓晔、省国资委机关党委书记吴嘉陵、中国移动贵州公司安顺分公司总经理张丽等代表纷纷表示，将努力当好大会精神的宣传员和践行者，争做弘扬新时期女性"四自"精神的领头雁，一步一个脚印勇攀高峰，以更大的工作热情为推进妇女事业发展尽自己一分力量。

来自基层的妇女代表赫章县平山乡中寨村妇代会主任杨群、三都自治县中和镇移民新村农民潘秀梅等说，通过参加大会，切身感受到农村妇女发展的大好机遇和广阔空间。大家特别有信心和干劲，在农村的土地上辛勤耕耘，收获丰收，带领更多妇女姐妹走上富裕路。

台江县委书记戚咏梅代表说，作为基层领导干部，今后将坚决按照党中央的要求，充分了解和解决广大妇女的困难和需求，使男女平等真正体现在经济社会发展各个领域。

省妇联主席罗宁代表说，大会对广大妇女提出了"激扬巾帼之志、奉献巾帼之力、彰显巾帼之美、唱响巾帼之歌"四点希望。贵州各级妇联组织将紧密结合党的群众路线教育实践活动，立足妇女需求，彰显妇联所能，把"妇女之家"的温暖传递到广大妇女群众中，凝心聚力，团结带领贵州妇女姐妹在贵州科学发展、推动跨越、同步小康中发挥半边天的重要作用，在中国特色社会主义伟大实践中撑起半边天！

（原载于 2013 年 11 月 5 日《贵州日报》，获贵州妇女儿童好新闻评选报刊类一等奖）

逐梦筑梦　尚德善行

——记"贵州最美女企业家"包爱明

"很不错，这就是我想象中的城市综合体。"在今年全省第二次项目建设现场观摩会上，省委副书记、省长陈敏尔给予安顺万绿城城市综合体作出这样评价。

获得赞誉的这个项目是贵州省"五个100工程"中先行带动示范的城市综合体之一。谁会想到，投资几十亿元的"大手笔"，却出自一位"小女子"之手。

在刚刚召开的中国妇女第十一次代表大会上，记者见到了她——贵州女企业家代表、贵州好旺佳开发有限公司董事长包爱明。

一位中国宋庆龄基金会理事为她题诗：

"包拯公正史留名，爱明尚德施善行，

最堪盛赞豪气爽，美丽花香源心灵。"

"70后"的包爱明是福建省尤溪县人，外表娇小甜美，声音温柔细腻，一张娃娃脸始终充满慈善的亲和力，全身上下十足一个"小女子"的温婉味。

然而，只要和她聊上几句就会发现，在这"小"与"柔"中，竟然绽放的是大谋、大勇、大智和大爱。

每个人都有实现人生价值的梦想，身为福建人，回首"逐梦"贵州的过程，包爱明彰显的是巾帼不让须眉的力量，把握机遇之大"谋"，决战商海之大"勇"。

2009年，她慷慨相助的朋友在贵州关岭投资项目失败。消息传来，包爱明没有慌乱和放弃，亲自到关岭找寻项目症结后发现，不是项目本身不好，而是经营管理出现问题。

"无论是在公务员队伍还是在企业，都可以为社会做贡献。"她不顾父母反对，毅然放弃"铁饭碗"，亲自到关岭背水一战，"下海"成为一个创业者。

西部大开发的号角，坚定了包爱明心中的信念。第一次踏上安顺这片土地，她就被这里清新的空气和优美的环境及淳朴的民风所吸引。

从贵州关岭的水韵佳缘住宅小区、四星级的万绿城假日酒店到安顺的国际佳缘住宅小区、五星级的万绿城国际酒店、万绿城国际广场、万绿城城市综合体……每一个项目都凝聚了她的智慧和胆略，每一个项目的成功，都是她筑梦的垒石。

虽然"命苦不能怪政府，不找市长先找市场"是包爱明一贯坚持的理念，但她说，项目成功和贵州全省上下"重商、亲商、帮商、扶商、爱商"的好环境是分不开的。企业深受感动，不想发展都不行。

"当前省委、省政府正提出要大力实施工业强省和城镇化带动主战略、强力推进'5个100工程'，这些都更加坚定了企业发展信心。"包爱明说，她还会在贵州加大投资，争取做出更出彩的项目。

除了胆识魄力，包爱明管理企业的大"智"，热心公益的大"爱"也让人看到了她身上传递的正能量。

买地、建房、卖房，这是地产开发企业的本职流程，可是包爱明的思路却在公司内部引起怀疑。她以3倍价格竞拍到土地决定做城市综合体时，却在住宅项目售卖之前，先把资金投入到捐建市民广场和横二路等公共基础设施建设上，这有些令人不可思议。

然而，实践证明，包爱明是正确的。赠人玫瑰，手有余香。虽然公司先行投入公共基础设施，对于财务资金流动不利，但项目口碑却大增。住宅楼开盘时销售红火，甚至有人半夜就在售楼部前排队等待。

包爱明说，成功源于责任。"成功的企业应该是有社会责任的。企业不仅要争取利益最大化，更要对社会做出贡献。只有企业对社会真诚到永远，社会才会承认企业的价值到永远。"

她的这种责任和担当，也充分地释放到大量公益事业中。不仅个人资助了 350 名大学生、高中生和留守儿童，她所率领的企业还先后为安顺市抗旱救灾、见义勇为基金会、贵州省妇女儿童发展基金会等爱心捐款，加上捐建市民广场、市政道路等公共公益事业，包爱明累计捐赠款项总额已超千万元。

在逐梦筑梦中，包爱明非常清楚女性自立自强的渴望。她不仅捐资助学贫困女大学生，还用"一条龙帮扶"模式，帮她们选择创业就业方向，提供创业就业平台；她走进高校，将成长心得和创业经验与女大学生共享；她带着贵州女企业家，前往女性创业发达的厦门考察，请厦门大学专家给大家传授先进的企业管理经验和资本运作模式……

一个具有大"爱"正能量的人，走到哪里都会散发"光"和"热"。

刚从北京参加全国妇女第十一次代表大会回来，包爱明又因获得"贵州最美女企业家"称号而走上宣讲台。

"作为企业家，善行最美！"走下宣讲台，她立即走进紫云县猴场小学，为留守儿童们送去关怀和慰问品，在被孩子们深深触动的同时，也坚定了善行的步伐。

"中国梦、巾帼梦、事业梦是一致的。把企业做好、做大、做强，挣更多钱帮助更多人实现梦想，这就是我所有梦想的出发点！"包爱明追逐筑造的"梦"简单又伟大。

（原载于 2013 年 11 月 12 日《贵州日报》）

省委书记赵克志真情牵挂，社会各界倾力帮扶，贵阳"摆摊救母"小哥俩——

为了妈妈，好好读书

"我们受省委书记赵克志的委托前来看望你们，大家都很关心你，希望你坚强地生活下去，早日把病养好。孩子们有什么困难，我们会尽力帮助的。"

12月23日，省妇联副主席吴爱平、魏俊，带着省委书记赵克志的牵挂，前往受到媒体热切关注的"摆摊救母"李秋鹏和李鸿昆家亲切看望他们。

一张高低床，一个旧衣柜，一张旧桌子，加上一些必备的炊具，这就是10岁的李秋鹏和9岁的李鸿昆两位小兄弟的家。

当记者和省妇联同志推开家门时，小哥俩正在拖地。看到有客来，他们利索地把挂在房中间的衣服划拉到门后，并招呼大家进屋坐。

"妈妈去医院做透析了，阿姨你们请坐。"小秋鹏边说边摆放好家中仅有的三张小凳。小鸿昆走出门外，借来几张塑料凳，边请大家坐，边对秋鹏说："哥哥，你该去接妈妈了。"于是，小秋鹏向大家打了个招呼，走出门去。

懂事的小鸿昆一边和来访的妇联阿姨们聊天，一边动作熟练麻利地煮了一碗面条等着妈妈回来吃。

当小秋鹏扶着妈妈王燕回家后，大家围坐在她床边，夸这两个儿子很乖很孝顺，王燕含着泪水直点头。

吴爱平主席拿出 5000 元慰问金，递到王燕手里。

"谢谢书记、谢谢大家，有你们的关心关爱，我们一家再苦也是幸福的，我们会好好生活下去。"王燕的泪水夺眶而出。

......

近几天来，小哥俩的故事已经牵动众人心——

妈妈王燕是毕节市长春镇合庄村开塔组人，去年 6 月被确诊患有尿毒症晚期，丈夫承受不住生活的巨大压力，离家出走。王燕带两个儿子，租住在大营坡汪家湾一处民房。今年年初，王燕病情恶化，在省二医院住院治疗。为给母亲治病，两个小兄弟上街摆摊筹钱。

12 月 19 日，工人日报、腾讯网刊载了贵阳市少年李秋鹏、李鸿昆小哥俩摆摊救母的新闻，报道了两兄弟的坚强感人故事。12 月 20 日，省委书记赵克志要求省妇联等部门积极了解关注。

小哥俩的故事感动了很多人，一场爱心接力在贵阳市迅速掀起，对王燕母子三人实施爱心救助。

连日来，省、市、区的妇联同志多次前往小哥俩家中，详细了解王燕的治疗、生活和两个孩子的学习情况，鼓励王燕坚定生活信念，勇敢面对生活，勉励两兄弟克服困难，好好学习，照料好母亲，也要照顾好自己，并送去爱心救助金，以及小哥俩的御寒衣服等生活用品。

兄弟俩感动地说，谢谢这么多人的帮助，为家里缓解了医药费的后顾之忧。"为了妈妈，我们要好好读书。"

吴爱平说，省、市、区妇联将把王燕一家作为重点帮扶对象，明确专人做好跟踪服务工作。一方面要照顾好孩子妈妈，帮助其坚定信心与病魔斗争，另一方面要帮助兄弟俩好好读书。他们正在征求孩子意愿，帮助联系家教志愿者，提供爱心学习辅导。

据悉，王燕已收到社会各界爱心救助款 8 万余元，社会各界的爱心接力活动还在进行中。

"摆摊救母小哥俩"新闻故事引发社会热议——

美在孝心善行　贵在责任担当

爱母之情令人动容，爱心涌来令人温暖，抛妻弃子令人愤慨。连日来，有关"摆摊救母小哥俩"的新闻报道，引起社会各界关于个人品德、社会公德、家庭美德等传统文明道德价值观的热烈讨论。

小哥俩就是身边最好的孝心美德故事

瓮福集团退休职工卢桂菊是从报纸、电视上看到摆摊救母小哥俩的故事的。

"娃儿这么小，就晓得去挣钱救妈妈，真太让人感动了。"她说，"和一些直到长大成年都还在啃老的年轻人比，这么成熟懂事的小兄弟其实是他们的道德榜样。孝心就是要用最纯真的感情，发自内心地去关爱父母。"

省府路小学老师孙静说："百善孝为先。鸦有反哺之义，羊有跪乳之恩。孝敬父母是中华民族的传统美德，自古以来就流传着'汉董永卖身葬父''晋王祥卧冰求鲤'等许多关于孝心的美谈。小哥俩小小年纪就知道摆摊救母，我要把这个新时期身边最好的孝心美德故事在课堂上讲给学生们听。"

贵阳金阳新区碧海社区党委书记崔向前说："孝心是美德，它能使不幸的家庭得到慰藉，使幸福的家庭更添快乐，使人类文明得以传递。无论健康还是疾病，美丽还是丑陋，富足还是贫穷，都不应阻止对父母的孝爱。可以说，小哥俩用自己的孝心，感动了社会，赢得了关注，也将会扭转自己未来的命运。"

1月14日，记者来到小哥俩家，哥哥李秋鹏说，他喜欢新转入的茶店小学，因为学校有专门的阅读区。他们已决心不再摆摊，利用寒假好好补习功课，多看看好心人送来的课外书，丰富文化知识。

社会的关爱让这个世界四季如春

1月14日大早，贵州省教育发展基金会副秘书长林怀闽就带着1万元慰问金送到"摆摊救母"小哥俩李鸿昆、李秋鹏手里。这是近段时间来，一间不足10平方米的小屋里不断上演的温暖场景之一。

省教育厅学生资助管理办公室秦郁说："看到有普通百姓送去米、油、肥皂、作业本、祖传草药，也有各级妇联、民政、教育部门和爱心企业登门送上的援助资金和今后的帮扶措施，真心感到乐于助人的社会美德一直围绕在我们身边。"

持续关注小哥俩故事的贵州师范大学大三学生刘小霞也向记者表达了自己的观点："幸福的家庭都是相似的，不幸的家庭各有各的不同。王燕一家令人同情，也让人看到了希望。扶弱济贫、扶危济困这种社会公德，能使这个世界四季如春，能使未来的日子灿烂如花。有这么多爱心在，就算今后妈妈不在了，小哥俩的学习和生活肯定也会有着落。"

"携起手来，拒绝冷漠，一起在他人遭受困难之际扶一把、拉一把，善良美德会闪烁光芒。小哥俩的故事让我发现这种善良一直都在身边，并且总在关键时刻闪耀光芒。我相信，一个社会人人追求善良，就能彼此收获温暖。"省志愿者行动指导中心余跃对记者说。

目前，小哥俩一家已收到各界爱心善款共计20万元。得到及时救助治疗后，王燕的病情得到控制。

"责任和担当才能赢得幸福"

在小哥俩摆摊救母的新闻故事里，有一个角色始终让人如鲠在喉，那就是不辞而别、长期失踪的王燕丈夫、孩子爸爸李术贵。

王燕丈夫李术贵是四川达州人，夫妻在深圳打工相识并结婚生子。王燕说，丈夫一直懒于打工，挣钱不多却又好赌，在家庭最困难的时候，他却消失在茫茫人海。

王燕丈夫这种逃避责任的做法也引起各界热议。

省妇联权益部部长任亚军说："家庭是社会的细胞，和谐社会离不开家庭和谐。家和万事兴，在家庭生活中，父母应当依法履行对未成年人的监护职责和抚养义务。一人有难，全家相助，才能形成一个相互关心、相互帮助、具有美德的和睦家庭，这样的家庭越多，整个社会才会越和谐。希望王燕丈夫早日回家，承担应尽的责任和担当，逃避始终换不来幸福。"

在律师事务所供职的张鹏说："夫妻在抚育子女和教育子女上的权利和义务是平等的。儿童没有独立的生活来源，尚处于长身体、学知识的时期，需要父母的抚养和教育。只追求自己的解脱，忽视孩子的感受，造成孩子心理的伤害是不道德的。庆幸的是，就算父亲始终不再回来，这小哥俩还有社会持久的帮助。当然，如果父亲哪天主动回来了，社会也应给予包容和理解，祝愿这一家能早日团圆。"

大营路社区居民张雪军曾亲自去货摊上买过东西。他说："遇到困难不可怕，可怕的是逃避和胆怯。王燕家的故事启示我们，只有坚守勤俭自强、正直善良、明理知耻，提升个人品德、公民道德，才会不惧任何艰难困苦，换来个人和家庭的幸福。"

（原载于 2014 年 1 月 15 日《贵州日报》）

"摆摊救母小哥俩"追踪报道——

鲲鹏基金献出爱心　道德呼唤丈夫归来

1月24日，"摆摊救母"小哥俩的家门再次被爱心叩开。省妇联主席罗宁、副主席魏俊以及金沙酒业集团和贵州省妇女儿童发展基金会负责人，带着鲲鹏爱心专项基金2万元善款，专门看望慰问了母亲王燕和李鸿昆、李秋鹏小哥俩，送去社会各界的关怀爱心，详细了解他们生活的最新情况。

据悉，爱心企业金沙酒业集团得知小哥俩的故事后，专门以他们的名字命名启动百万元资金成立了"金沙鲲鹏基金"，并作为省妇女儿童发展基金会的专项基金，专门救助我省贫困儿童，以及社会重点关注对象的特殊救助。

在王燕家，大学生志愿者正利用假期给小哥俩辅导功课。

刚刚做完透析的王燕，身体虚弱，无法步行，幸好贵大明德学院志愿者陈飞，在辅导小哥俩学习之前，先亲自把她背回了家。

罗宁向记者介绍，目前，从党中央、国务院到省委、省政府，以及各级党委政府和有关部门，都非常关心和牵挂这个特殊的家庭。她让王燕放心，在妇联、民政、教育、卫生等部门，以及社会爱心企业、爱心人士的倾力帮扶下，生活的缕缕阳光一定会不断温暖这个家。

另据了解，目前《工人日报》通过微信、平面网站等平台发起了寻找孩子父亲的倡议。《四川工人日报》也联合介入，并派记者到孩子父亲李术贵家乡四川达州采访，巧遇李术贵回老家。当地工会、镇政府将陪同李术贵于近几天回贵阳。

得知丈夫可能要回来的消息，王燕喜忧参半，她最大的担心是丈夫会不会带着两个儿子再次离家出走。罗宁安慰王燕说，家庭以和为贵，现在经济压力已大大减轻，希望王燕顾及自己的病情，也给予李术贵信任，耐心劝说他履行好丈夫和父亲的责任，照顾好妻儿，承担起家庭责任。

（原载于 2014 年 1 月 25 日《贵州日报》）

"摆摊救母小哥俩"追踪报道——

爸爸归来：我会克服困难撑起家

在社会各界倾力帮助下，"摆摊救母小哥俩"故事迎来最让人期待的一幕：1月25日，孩子父亲李术贵回到母子身旁，实现了一家四口弥足珍贵的团圆。

1月27日，省妇联副主席吴爱平带着慰问品再次登门小哥俩家。秋鹏、鸿昆听到有客来，赶紧礼貌招呼："吴主席好！记者阿姨好！"从比以往高八度的音调中，大家都感受到了小哥俩抑制不住的喜悦——爸爸终于回来了！

和小哥俩幸福的声音形成鲜明对比的是，坐在卧床休息的王燕身旁李术贵那满脸的愧疚和无奈。

"出去这么久，挂念孩子挂念家吗？"

"自己的小孩哪里可能不牵挂？我在外面一直非常想他们。"

吴爱平的问话，让李术贵打开了话匣子，也把失踪一年的原因慢慢道来。

李术贵说，自己身患肝炎六七年，一直边打工边治病。有一天，看见王燕脸色焦黄，于是带她抽血化验，才知她已得尿毒症。

"我带着她到北京、南宁、山东治疗，从来没有想过放弃。"他解释说，自己一直在工地打工，本想换个工作多赚点钱，却被人蒙骗到缅甸捡垃圾打黑工，手机被没收，与家人失去联系。

"因肝病越发严重，水土不服全身长疮，老板才放我回家。"他边说边卷起衣袖给大家看手臂上的疮印。老家尚有老母亲，所以回到达州老家。没想到一到家，镇干部立即带他上网，看到一条条妻儿的新闻和图片，自己也泪如雨下。"镇长亲自把我送到车站，让我登上了回家的火车。"

"非常感谢整个社会所有好心人的关心支持。但是我有病，也病得不轻。老家有个中医的药，以前吃过很管用。我打算等过了春节，就回去抓药。"

"我现在说话都上气不接下气，洗衣服都困难，不抓紧治病无法照顾好妻儿。"听到爸爸这么说，鸿昆马上接话说："爸爸，只要你在家，我们自己完全可以照顾自己。"秋鹏也说："大年初十就是我生日，我想你在这里和我一起过！"担心丈夫再次失踪，王燕提出，他可以把化验单寄回去，请老中医把对症的药寄回来。

纵有难，家齐合，天地宽。看到团圆的一家面临的窘迫，吴爱平耐心劝慰李术贵，党委政府、社会各界都在倾力帮助这个家庭。接下来还将帮助他们解决一间大点儿的房子，改善住宿条件，同时，有关部门还将为李术贵提供保洁员等岗位工作。

"家庭和谐美满永远是幸福生活的基础。夫妻之间要相互信任和体谅，家庭以和为贵，有福同享、有难同当。无论作出怎样的决定，夫妻都要好说好商量。孩子是家庭的未来和希望，任何时候都不能以影响孩子的前途为代价。有什么困难，社会大家庭都在伸出援手，自己更不能放弃。"吴爱平说。

"谢谢党委政府，谢谢所有好心人。"李术贵坦言，自己在外这一年，眼泪几乎未曾干过，思想压力很大。"我的离去的确应该受到谴责，但是，也请大家谅解我的苦衷。我会积极治疗自己的肝病，养好身体，克服困难，担起责任，撑起这个家。"

提到两个儿子的名字，李术贵马上露出了对儿子们无尽的爱和期盼。"一个名字里有'鹏'，一个名字里有'鸿'，就是希望他们……"话音未落，秋鹏立即接话，大声答道："希望我鹏程万里！"秋鹏也不甘示弱地回答："希望我一展鸿（宏）图！"两兄弟精神一振倍儿来劲的样子，让李术贵、王燕都忍不住笑了起来，不足十平方米的小屋，第一次流淌着令人慰藉的幸福音符……

（原载于 2014 年 1 月 29 日《贵州日报》）

爱心牵挂坚强小哥俩

2月15日，羊年新春来临之际，省妇联副主席吴爱平、专职纪检员何娉来到身患重病的贫困母亲王燕家中进行探望慰问，送去2000元慰问金和价值近千元的米、油和年货以及妇联组织的问候和祝福。

一年前，"摆摊救母小哥俩"一家的故事引起社会关注。母亲王燕是毕节市长春镇合庄村开塔组人，2013年6月被确诊患有尿毒症晚期，其丈夫承受不住生活的巨大压力，离家出走。王燕带着两个儿子李秋鹏和李鸿昆独自在贵阳生活。由于王燕无法劳动，一家人的生活重担压在了孩子身上，两个孩子小小年纪被迫通过摆摊维持一家生计。

当时，王燕一家的生活困难也引起省领导关注，要求妇联等部门重视。妇联积极响应，多次上下联动，共同关心关爱王燕一家，发动社会为王燕一家捐款。截至去年底，王燕共收到爱心捐款40余万元，她的疾病治疗得以正常维持。爱心企业金沙酒业集团在省妇联协调下，还以此为契机，以两个孩子名字为名，成立了关注贫困儿童和家庭的"金沙鲲鹏"专项基金。

王燕看见妇联"娘家人"到来，发自内心的感动和高兴，脸上露出久违的笑容。她给"娘家人"诉说了自己的治疗、恢复、生活情况。两个小兄弟也向阿姨们汇报了学习成绩和照顾妈妈的情况，对社会各界的关怀不胜感激。

看见王燕在社会各界的关心下，从原来潮湿、黑暗、窄小的房屋搬到现在采光较好、面积较大的新租屋，精神状态也很好，大家十分欣慰，鼓励她要坚强起来，好好生活，也勉励小哥俩刻苦学习，照顾好妈妈。

（原载于2015年2月26日《贵州日报》）

巾帼芬芳谱华章　同心筑梦共路上

——贵州省妇女联合会成立六十周年回眸

六十载沧桑巨变，一甲子春华秋实。1954 年 3 月，在最美的春日，贵州省妇女联合会正式成立。从此，贵州的妇联组织从无到有、由小变大，成为推动妇女运动与发展的中坚力量。

风雨兼程、星光璀璨，六十年历史的丰碑上，深深镌刻下贵州妇女不可磨灭的功绩，时代的洪流中，奔腾着贵州"半边天"铿锵执着的激情。

60 年来，省妇联围绕党在各个时期的中心任务，履行职能，解放思想，充分发挥党联系妇女群众的桥梁纽带作用，团结和带领全省广大妇女，以维护妇女权益、促进妇女进步为己任，以实现男女平等、推动社会进步为目标，励精图治、开拓进取，团结动员全省妇女积极投身社会主义伟大事业，奋力推动我省经济社会发展和妇女事业进步，以巾帼不让须眉的魄力，撑起贵州科学发展、后发赶超、同步小康的"半边天"。

妇女事业：蓬勃发展结硕果

60 年来，贵州妇女事业发展成就卓著。特别是近年来，伴随贵州经济社会发展的提速，贵州妇女事业也在支持中不断迈上新台阶——

妇女健康状况明显改善。我省不断加强公共卫生服务体系和城市医疗救助、新型农村合作医疗制度建设，建立了孕产妇住院分娩绿色生命通道，将流动妇女卫生保健纳入常规管理，妇幼保健水平和生命质量明显提高。孕产妇死亡率明显下降，人均寿命明显提升。截至 2013 年底，孕产妇死亡率、住院分娩率、孕产妇系统管理率、出生缺陷发生率、妇女"两癌"早诊、早治率等五个指标已达到或超过妇女发展规划 2015 年目标要求。

妇女接受教育的机会逐步增多。我省女性高中阶段在校学生逐年增加，人均受教育年限提高到 7.64 年。按照"实用、实际、实效"的原则，逐年加大农村妇女科技致富能手的培训力度，女农民技术职称评定工作力度进一步加大，我省每个村至少已有 1 名女农民技术员。

妇女平等享有经济资源的权利和机会得到保障。我省以基层平台建设为重点，妇女占从业人员比例保持在 40% 以上，城镇单位女性从业人数逐步增长。各类科技计划项目向女科技工作者倾斜，城乡基本养老保险制度全覆盖，农村居民最低生活保障制度全面实施。

参与国家和社会事务管理的妇女人数不断增加。我省出台了一系列培养选拔女干部的政策措施，大力推进女性参与国家和社会事务管理，女性参政议政的比例逐步提高，重要岗位、地方和部门主要负责人中的女性人数逐步增加，女干部队伍不断壮大。省十二届人大女代表所占比例为 28.5%，省十一届女政协委员比例为 22.26%，分别高于全国同期人大、政协女性 5.1 和 4.56 个百分点；省级党委、政府和地（市）级政府领导班子中女干部配备率达 100%，全省女性公务员数和县处级正职女干部数较上一轮规划终期评估结果均有所增加；第九届村委会换届选举中，有 13965 个村选出女性成员，占已完成换届选举村数的 93.67%。

妇女儿童的生存和发展环境不断改善。各级党委、政府支持妇女发展的力度进一步加大，开展了男女平等基本国策进机关、进学校、进企业、进社区、进农村、进家庭宣传教育活动，全社会关爱女孩、尊重妇女合法权益的公民意识不断增强，以"四在农家、美丽乡村"为行动载体的小康路、小康水、小康房、小康电、小康讯和小康寨六项基础设施建设，为我省的妇女营造了良好的生存与发展空间。从 2000 年开始实施的中国妇女发展基金会"母亲水窖"项目，援助资金共计 2666.7 万元，加上省、市、县匹配资金和群众投工投劳共计总投入 8885.25 万元，在全省 60 个县（市、区、特区）、187 个村（村组）修建了 201 个集中供水工程、8396 个家庭集雨水窖工程，解决了我省 24 万农村人口饮水难题。

妇女儿童权益得到有力保障。我省维护妇女权益相关政策法规体系进一步健全，妇女司法保护和对侵害妇女儿童违法犯罪的打击力度不断加大。建立了县以上各级人大牵头的妇女维权联席会议制度，设立了维权热线和维权解困资金，构建了社会化维权网络工作机制。

妇女发展：凝心聚力建新功

1978 年改革开放拉开序幕，全国妇联明确妇联"一手抓发展，一手抓维权"的工作方针，妇女发展成为妇女工作一项长期而重要的工作内容。

为响应全国妇联号召，结合我省实际，改革开放初期全省各级妇联组织积极发动、组织妇女开展多种经营，发展农副业生产，充分调动广大农村妇女的生产积极性，提高农村妇女学文化、学技术的积极性。1989 年起我省成立了以"学文化、学技术、比成绩、比贡献"为主要内容，由 20 余家省直部门组成的"双学双比"活动协调小组，自活动开展以来，"双学双比"活动成员单位围绕省委省政府的工作重心，以"巾帼创业行动""巾帼扶贫行动""三八绿色示范工程"等活动的开展鼓励广大妇女积极参与到经济和社会建设中；以提高妇女素质，抓好文化技术培训为重点，开办妇女扫盲班、实用技术培训班等提高妇女素质，激发了妇女参与农村改革发展的热情，提高了妇女的素质和地位，促进了农村物质文明和精神文明建设。

随着新形势新任务的变化，"双学双比"活动也不断深化。近年来，为落实省委"两加一推""三化同步"的工作要求，贵州省妇联提出"百万妇女创新业""百亿贷款促发展行动"，积极为扶贫攻坚添力，为妇女创业发展搭台。结合贵州省"五个 100 工程"建设，贵州省妇联推出了百强"巾帼示范基地"创建活动，以巾帼现代农业科技示范基地、女大学生创业实践基地、巾帼家政培训示范基地、手工编织促就业示范基地、三八绿色工程示范基地等5类基地为创建主体，积极探索"专业合作社＋基地＋农户"模式，大力发展农村妇女专业合作经济组织，培育农村女致富带头人，带动和帮助更多的妇女发展特色农业。以示范作用强、科技含量高为创建标准，组织开展星级"巾帼示范基地"评选活动，各级妇联共申报280个基地，评出了20家五星级、32家四星级省级基地，有6家被全国妇联认定命名为全国巾帼现代农业科技示范基地。

从2009年底起，为努力推动全国妇联积极争取的妇女小额担保贴息贷款政策的落实，省妇联开展"百亿贷款助发展"行动，积极争取党委政府支持，由党委政府分管领导主持召开工作会、联席会，协调出台文件，明确财政、人社、金融等部门的职责任务，推动落实担保资金和财政贴息资金，并从2012年起将妇女小贷作为妇联系统年度主要目标任务开展考核，要求妇联组织做好宣传动员、规范管理、风险防范等工作，发掘、树立和宣传妇女小贷创业示范典型，有效发挥了妇女小贷在推动妇女创业就业、拉动地方经济发展的作用。在政策出现调整、贴息资金不到位、担保资助金不足等情况下，各级妇联加强协调沟通，通过寻找突破口，探索多元化的担保方式，创新服务方式等，不断总结经验、研究问题，真正实现妇女小贷扶小、扶弱、扶贫、可持续发展的宗旨。2009年至今已累计发放妇女小贷60多亿元，帮助20多万妇女实现创业就业。

结合我省民族手工产业资源丰富、特色鲜明、文化底蕴厚重、发展前景广阔的实际，省妇联积极探索促进妇女创业就业的方式，从2012年起将促进手工产业发展作为一项重点工作，并得到全国妇联、省四大班子领导的高度重视，得到了省直有关部门特别是省中小企业局的大力支持，2013年推动出台了《省政府办公厅关于实施妇女特色手工产业锦绣计划的意见》，启动实施"锦绣计划"，明确了特色妇女手工产业企业目标等 7 项重点任务，提出了切实有力的保障措施，规定了税收减免、资金扶持等各项优惠政策。各级妇联组织帮助企业、手工从业者引资、引智、引技术，找订单、找市场，提供政策、资金、项目服务，积极为产业发展搭台，推动手工小产业走向传承民族文化的大产业，为妇女更多居家灵活就业实现增收致富铺设一条锦绣之路。据不完全统计，2013 年我省手工产业产值已达 8 亿元，16 万妇女通过手工产业实现居家灵活就业。为保证"锦绣计划"的实施，省财政今年增加了妇女手工专项资金投入，省妇联与省科技厅联合设立了"贵州省妇女创新创业合作基金"，明确 2013 年至 2015 年每年双方共同出资 100 万元用于提升妇女特色手工产业技术水平。省妇联牵头成立贵州省妇女手工协会，加强与相关职能部门协作，积极承接政府项目，为妇女特色手工企业争取发展中的税收、资金、项目、金融服务方面的政策扶持；组织手工企业开展全省手工技能比赛、新品发布、展示展洽、招商引资等活动；开展形式多样的交流联谊活动，搭建会员之间、会员与业内知名企业、会员与相关职能部门间交流协作平台。

贵州省妇联将家政服务业作为一大抓手，从 2009 年开始打造了"黔灵女"家政品牌，经过与民营企业联合，公司化经营等市场运作，通过几年的发展，以省为中心辐射带动各级妇联共建"黔灵女"家政连锁服务体系，在全省启动 9612388 黔灵女家庭服务信息平台，有效利用网络、电话等方式，实现"定期宣传、人员组织、集中培训、转移就业、跟踪服务"一站式工作体系，通过培养家政服务业专业人才，推进进城农村妇女实现就业，帮助她们尽快从农民转变为市民，还解决妇女尤其是中老年妇女就业难的问题。目前已在贵阳市建成含总店在内的 10 个社区家庭服务站（点），在各市（州）均建起了"蒲公英家政创业小屋"，累计开展家政培训 1 万余人次，帮助 6000 多名妇女实现就业，为城镇化建设发挥了积极作用。

省妇联每年都积极开展妇女培训工作，还联动"双学双比"各成员单位，实施"5512"计划（创建 50 个"巾帼示范村"、建立 50 个以妇女为主的经济合作组织、培养 1000 名新型农村妇女骨干或农村女经纪人、培训 20 万名农村妇女），通过创建示范活动，把思想道德教育、法制宣传教育与科学文化教育相结合，把职业技能培训与创新能力培养相结合，把提升身心健康素质与倡导文明生活方式相结合，大力开展有针对性、覆盖面广、实用性强的妇女教育培训，帮助广大妇女学习新知识，掌握新技能，成为全面建设小康社会的高素质劳动者。

为鼓励各行各业妇女立足岗位创立新功，省妇联积极拓宽创建领域，与银行、税务、通信等窗口服务行业联合开展"巾帼建功"活动，评选表彰巾帼文明岗、"巾帼建功"标兵，树立了妇女岗位建功榜样。通过表彰先进，树立典型，激发广大城乡妇女及妇联组织岗位建功，服务妇女发展的热情和激情。

女企业家协会是省妇联牵头创办的为贵州省内女企业家相互交流并开展公益和爱心帮扶活动的平台。通过这一平台为女企业家们解决发展中遇到的实际问题，帮助我省女企业家实现信息交流和资源共享。借助省女企业家协会搭建创业平台，省妇联组建女大中专生导师队伍，打造了贵州好一多等 10 个女大中专生创业实践基地，开展女大中专生创业导师行动，邀请创业成功女性进高校，了解女大中专生创业就业难点，研讨当前女性创业就业难题，共同商议对策，推动全省女大中专生创业就业。

省妇联还举办了五届乡村女大厨比赛，产生了大量的优秀乡村女大厨人才，大赛对充分发挥农村妇女参与社会主义新农村建设的积极性，展示农村妇女烹饪技艺，加快我省乡村旅游发展步伐起到了较大的推动作用。

在慈善公益事业上，省妇联的创新工作也为民生服务不断增彩。积极争取全国妇联、中国妇基会、中国儿基会的大力支持，通过贵州省妇女儿童发展基金会积极开展社会化动员，累计争取和募集爱心资金及物资上亿元，实施了"母亲水窖""春蕾计划""母亲健康快车""消除婴幼儿贫血行动"等慈善公益项目以及"蒲公英"系列项目，为急需救助的弱势、贫困妇女儿童提供健康、上学、就业等帮助。仅2013年分配我省1079万"两癌"救助金占了全国总额的1/10；在此前118辆基础上，又新投放我省"母亲健康快车"20辆。

为弘扬社会主义核心价值观，省妇联发挥"三八红旗手（集体）""五好文明家庭""巾帼文明岗"三大宣传品牌的教育引导作用，深入挖掘各行各业的优秀妇女，推评选树一大批妇女先进典型，发挥先进妇女典型的激励示范作用，向广大妇女传递自尊、自信、自立、自强的核心价值观。为加强思想文化建设，引领广大妇女为文化传承、生态文明建设做贡献，省妇联着力开展了"贵人善行·女性展风采"——争做最美贵州女性主题活动，推荐、宣传、评选最美巾帼志愿者、最美家政员、最美女民工、最美女村官、最美女企业家、最美贵州妈妈"六美"贵州当代女性60名；开展"春暖三月"三八系列活动，举办"幸福贵州·健美女性"——妇女健身操大赛、"美丽贵州·文明生态"——学雷锋巾帼志愿服务示范活动、体育彩票杯巾帼网球邀请赛；开展全省少年儿童生态道德教育实践活动。深化巾帼志愿服务活动，聚合更多社会组织、爱心企业和志愿者队伍，以关爱留守妇女儿童、空巢老人、残疾人和进城务工人员为重点，做好人文关怀、情绪疏导、释疑解惑、爱心帮扶、文明建设等志愿服务。着力道德建设和素质提升，扩大"优秀成功女性进高校"覆盖面，开展"现代女性大讲堂""和谐家庭大讲堂"活动，举办女高级科技人才论坛和生态文明贵阳会议妇女论坛。加强家庭文化建设和妇女健身活动，开展节能减排家庭社区行动，创建"五好文明家庭"，以家庭和谐促进社会和谐。培育和宣传妇女先进典型，发挥榜样作用，凝聚妇女力量。加强未成年人思想道德建设，开展"祖国好·家乡美"等活动。以"双合格"家庭教育实践活动为载体，开展"家庭教育大讲堂"活动，深化家庭教育工作，加强家庭教育课题研究。

被誉为"半边天"精神发祥地的息烽县养龙司乡堡子村具有妇女发展的光荣历史。解放初期，堡子村以易华先同志为代表的妇女们，率先提出"男女同工同酬"，付诸实践产生了极大的社会反响。1955年毛泽东同志在《中国的农村社会主义高潮》的序言中指示："建议各乡各社普遍照办！"由此，"男女同工同酬"在全国普遍推广，形成了"妇女能顶半边天"的时代风尚。半个多世纪以来，"半边天"精神得到传承和发扬，内涵不断丰富。2009年，堡子村获"全国妇女教育基地"荣誉称号，时任全国人大常委会副委员长陈至立亲自授牌。全国、省、市三级妇联协力配合，着力挖掘妇女"半边天"文化的新内涵，在息烽县委的高度重视和大力支持下，建立了"半边天"文化陈列馆，创造妇联组织参与社会管理创新、建设"妇女之家"、组建留守妇女"半边天合作小组"的先进经验，得到全国妇联肯定。

妇女维权：开拓创新，撑起保护伞

贵州妇女维权工作发展的60年，尤其是改革开放30年来，伴随着中国践行依法治国方略和推进社会主义法制化历程，妇女权益保障工作得到党委和政府更多的重视和支持，工作环境不断优化，工作领域不断拓展，工作影响不断扩大。

省妇联积极推动省人大牵头组织开展立法调研和论证，相继审议通过并实施了多个地方性法规：《贵州省维护妇女儿童合法权益的若干规定》《贵州省实施〈中华人民共和国妇女权益保障法〉办法》《贵州省人民代表大会常务委员会关于预防和制止家庭暴力的决议》《贵州省实施〈中华人民共和国妇女权益保障法〉办法（修正案）》……这一系列政策法规的相继出台，从源头上给予妇女维权提供了保障。

省、市、县三级妇女法律援助工作部、妇联陪审员制度、贵州省维护妇女儿童合法权益联席会议制度、"妇女维权解困金专项资金"、"12338"妇女维权热线、110家暴报警机制、家暴伤情鉴定中心、妇女儿童维权工作站……省妇联逐步建立健全一系列维权工作机制，并以此为支撑，形成"妇联组织上下联系、多个部门横向联合，社会力量广泛联动"的维权工作格局，构建起一个多层面、全方位的社会化维权网络，有效维护了受侵害和贫困妇女儿童的合法权益。

"平安家庭"创建、"妇女普法大讲堂""妇女维权绿色行动""心贴心维护妇女权益""'真情三月·关注女性'——三八妇女维权周""千万妇女学法律，家庭平安促和谐"等省妇联开展的形式多样内容丰富的普法宣传活动，营造了尊重妇女儿童权益的良好社会氛围。

2013年，省妇联主动在省直系统率先开展妇女信访代理制工作，以此探索社会管理创新路径，在全省9个县试点推行。半年多来，各地结合实际、大胆创新，探索出与法律援助对接、在联合接访中心专设妇女信访窗口等各具特色、务实有效的新做法，进一步丰富和拓展信访代理工作内涵，把信访代理过程作为听妇声、知妇情、解妇忧的过程。"有事就找妇女信访代理员"成为基层妇女的共识。据不完全统计，全省已建信访代理员队伍30余支，代理员近1000人。

为推动多部门合作，共同开展反家暴工作，省妇联与省民政厅联合在全省现有"流浪人员救助站"基础上，同时挂牌建立"反家暴庇护站"，实现资源共享，合作开展反家暴工作。为遭受家庭暴力侵害后暂时无处安身的妇女、儿童、老人提供免费、临时的庇护救助，帮助受害者度过暂时困难。截至2013年12月，全省已建立庇护站（中心）97个，为103名妇女提供临时性庇护。

每年以"两会"为契机，通过提案、议案等方式畅通基层妇女群众的合理诉求表达渠道，为基层妇女群众的困难鼓与呼，已成为全省各级妇联一个很好的惯例。2013年全省妇联组织通过"两会"提交提案议案52个，有力推动源头维权。其中根据省妇联提案拟定的《贵州省农村妇女创业就业情况调研》列入省政协2013年调研计划，并经过深入调研，形成的调研报告报送省委省政府。

锤炼自身：提升能力同筑梦

加强妇联组织自身建设，是实现妇联工作创新发展的重要保障。省妇联不断丰富"妇女之家"内涵，努力强化坚强阵地建设。

通过实施"妇联199能力建设示范工程"，推进"四个一"能力建设，积极争取各级妇女儿童活动中心纳入政府立项，充分发挥现有妇女儿童活动中心阵地作用，探索实体化运行机制，将各级妇女儿童活动中心建成妇女温暖之家精品，打造富有贵州特色的"妇女之家"品牌。将妇联组织在基层的各项工作内容、各个工作载体融入"妇女之家"，促进"妇女之家"建设实现工作规范化、活动常态化、服务实事化。深化党建带妇建内涵，强化示范引领，三级联创200个星级示范"妇女之家"。

在工作作风上，省妇联开展解放思想"十破十立"大讨论，按照"十破十立"的要求，打破阻碍发展的思维习惯和发展模式，保持攻坚克难、知难而进、追求卓越的主动性和进取心，以解放思想的动力助推贵州妇女事业的跨越发展。深入开展群众路线教育实践活动，认真贯彻中央关于改进工作作风、密切联系群众的"八项规定"和省委"十项规定"，建章立制、严格管理、奖优罚劣，实行责任追究，解决工作中存在的突出问题和薄弱环节，坚持立说立行、边学边改，深化"讲访帮促""下基层、访妇情、办实事"活动，切实为妇女群众办实事、解难题，以优良作风赢得广大妇女的信任和拥护。

在"四帮四促""帮联驻""下基层、访妇情、办实事"和党建扶贫活动中，省妇联结合自身特点，开创了注重小细节、建好小阵地、争取小项目、策划小活动、用好小资金的"五小"举措，工作组成员扎根基层与群众同吃、同住、同劳动。"同步小康驻村"工作组帮助开展村级道路改造、互联网接入、资助贫困妇女儿童，举办技能培训等，真帮实助解决群众生产生活困难。省妇联多次赴挂帮县榕江，结对子、修水窖、筑广场、建公路，利用有限资源取得"四帮四促"工作的最大实效。"帮联驻"工作经验多次在省的专题会议上作介绍。省妇联副主席杨玲赴榕江开展帮扶被毒蛇咬伤，当地妇女群众扯下头发实施急救，父老乡亲齐心接力帮助她脱离了生命危险；省妇联干部职工筹款捐物，积极救治榕江脑瘤患者李胜梅，谱写了妇联干部与妇女群众鱼水深情新篇章。

为加强妇联干部专业化队伍建设，省妇联深化素质提升工程，分级分层分类加强妇女干部的教育培训和实践锻炼。争取与相关部门协作开展"社会工作者培训工程"，使妇联干部成为社会工作的专业人才，把握社会工作的关键，建立社会工作的思路。将妇联工作从行政思维向社会化转变，工作活动向项目化转变，努力实现思维社会化、工作项目化、手段信息化，提高妇联工作的科学化水平。

踏上新的征程，省妇联必将团结动员全省广大妇女，为实现科学发展、后发赶超、同步小康的贵州梦，为实现中华民族伟大复兴的中国梦而努力奋斗！

（原载于2013年12月25日《贵州日报》，获贵州妇女儿童好新闻评选报纸类三等奖）

为了心中那份挂念

——省妇联在榕江县开展进村帮扶回访活动

"多买点糖果小吃，待乡亲们来见我们时有招待的，毕竟我们是去走亲戚嘛……"这是省妇联主席罗宁在去榕江县前，特别交代给省妇联驻村干部侯清华的事。

4月1日，省妇联主席罗宁与机关党委书记陈月蓉带领省妇联部分新老驻村干部驱车前往榕江县开展帮扶回访活动。虽然省妇联2012年帮扶工作结束后离开都什村已一年多了，帮扶联系点已换至别的乡村，可曾经帮扶过的村民生活生产情况依然让省妇联的帮扶干部们放心不下。

为了心中的那份牵挂，她们又回来了。

四月初的春天触手可及，到处一片盎然，晚上一场大雨后，贵州山水更加清新迷人，但也让上涨的河水对进村造成一定困难。

天刚亮，村民们就打来电话询问妇联回访组的行程，听说榕江县报告都柳江河水涨高不能进村，村民拍着胸脯说没问题，一定保证出入安全。这份渴盼相聚的心情，省妇联的帮扶干部们何尝不是与村民们一样呢！

深入田间助春耕

洪水拦住去路，省妇联帮扶回访组一行迫于安全考虑，只好先到榕江县古州镇车江大坝。

车江大坝是省妇联2013年在"同步小康"中帮扶过的点。葛根是村民们产业调整的主打种植业之一，每亩可收入1万余元，目前正值葛根移栽的季节。

罗宁与陈月蓉带头下地，和村民们一同栽起葛根来。种得歪了扭了没关系，村民们笑着上来帮忙指导。在一行行垒高的移栽田埂上，妇联干部与村民们有说有笑，零距离同劳动的鱼水之情，温暖了周围每个人。

栽种结束后，就在田间地头，刚参加了北京全国"两会"的全国人大代表罗宁，向村里的妇女姐妹们传达会议精神，并转达了"三八"妇女节那天习近平总书记对贵州妇女同胞的节日问候。随后，省妇联帮扶回访组还查看了葛根加工厂，为企业良好的发展态势感到欣慰，也提出了许多建设性意见和建议。

"亲人"相见泪纵横

待及都柳江上的水位下降许多后，省妇联帮扶回访组一行立即驱车来到都什村。由于该村不通公路，一条小船是村民们出行的唯一交通工具。省妇联帮扶回访组刚走到渡口，就看见村里的渡船早已恭候在岸边，河对岸许多盛装穿戴如同迎接重大节日的妇女和孩子们，都自发前来迎接她们心中的"亲人"。

船靠岸，村民们涌了过来，有的牵着妇联帮扶干部的手，有的帮着拿行李。看到曾经直接驻村为大家服务了一年的干部侯清华出现，好几个妇女跑上来，一把抱着她飞转起来，久别重逢后的喜悦，挂在每个人脸上。

精心打扫过的村寨干净整洁，环村连户路全都硬化，加上雨水冲洗后，村子比一年前更加靓丽。

省妇联帮扶工作组一行来到村民李胜梅家门前时，李胜梅已走到屋檐下来迎接。

"李胜梅，听得出我是谁吗？"侯清华喊了一声。

"我晓得，你是'省妇联'！"说完，她与妇联干部们抱在了一起，开怀的笑声掩盖了在场的所有问候。

一年前，侯清华在家访时发现村民李胜梅患脑瘤7年，手脚趋于瘫痪，眼睛已失明，医生宣告她的生命最多只有半年。侯清华立即向省妇联领导报告并获得支持后，帮联驻工作组为李胜梅打通了绿色医疗通道，筹集资金并组织村民为李胜梅积极捐款，并用"母亲健康快车"将李胜梅接到省医接受开颅手术。手术成功，李胜梅得救了，如今手脚不再发抖，眼睛也有了光感，生活已能够自理。

真心帮扶换来真情

和李胜梅拉着家常，省妇联机关党委书记、曾担任帮联驻工作组组长的陈月蓉脸上已挂满了感动的泪水，这既是为李胜梅恢复健康而高兴，也是为帮扶工作扎实有效而欣慰。

来李胜梅家的村民越来越多，驻村干部侯清华立刻将之前准备好的糖果、糕点分发给大家。没有更多的语言，村民们就用最朴实和灿烂的笑容，表达着对远道而来的亲人最诚挚的欢迎。

省妇联帮扶干部们拉着李胜梅的手询问不停，与其说是在询问，不如说是在当众宣告她渐渐康复后的每一个喜讯和细节。

省、市（州）、县妇联干部分别为李胜梅送上了慰问金，送上"娘家人"的关怀，备受感染的随行人员，也纷纷掏腰包表达心意。

正当大家准备吃晚饭时，村"妇女之家"成员龙家丽气喘吁吁地跑来，递给侯清华一个白色塑料袋。"你驻村结束离开村时，我设计的这副枕套的刺绣还没有完成，现在你来了，我把它送给你作为嫁妆带回去吧！"龙家丽的举动让侯清华满眼是泪花，感动得说不出话来。

晚饭在李胜梅家的小院里进行，来的村民都留下来吃晚饭，气氛很热烈。熟悉的侗族敬酒歌再次唱起来，几位妇女姐妹还跳起了侯清华曾教过她们的舞蹈。帮扶往事历历在目，沉淀情感永驻心间。

聚散总相依，告别之际，都什村村民依依不舍来到渡口目送心中最亲的客人。车已启动，村民们的身影远远地，还没有散去，省妇联帮扶干部们的心中也久久不能平静。

　　只要真心帮扶，就能换来真情。从驻村到回访，省妇联与村民群众间这份鱼水深情，越久弥浓……

　　（原载于 2014 年 4 月 17 日《贵州日报》，获贵州妇女儿童好新闻评选报纸类一等奖）

贵州省工商局广告监督管理处主任科员陈燕——

我骄傲，我是军人的妻子

"放心吧，家里有我呢！"这一句朴实的话，陈燕不知对丈夫说了多少遍。从没厌倦，也从不敷衍。

陈燕是省工商局广告监督管理处主任科员，是一名军嫂。嫁给军人做妻子，就等于嫁给了军队，意味着牺牲和奉献。十多年来，丈夫几乎将自己的全部精力都献给了部队，献给了神圣的国防事业。而陈燕默默承担了家的重任，全力支持着丈夫。

两地分居的困难可想而知，何况家里还有年迈的婆婆和一对双胞胎。

双胞胎儿子是早产儿，照顾起来甚为辛苦。孩子7个月大时，白天忙上班，晚上忙孩子，陈燕累得只剩39公斤重，不久就因胰腺炎住进医院。丈夫在部队工作忙离不开身，她每天在医院都独自照顾自己。胰腺炎不能吃不能喝，只能靠输液补充营养，好几次晕倒过去，一不注意就有生命危险，医生都愤愤地叫她赶紧叫丈夫来陪护。可她考虑到丈夫工作任务重，坚持没给他拨过一个电话，自己挺过了20多个日夜。丈夫知道后深感内疚，可她反而安慰起丈夫来。

陈燕与婆婆生活十五年了，婆媳间从没红过一次脸。每年婆婆生日，都是陈燕和孩子一起陪老人庆生。婆婆说："儿子没来，有女儿跟孙子陪我就行。"婆婆把她当女儿看，她何曾不是把婆婆当亲妈？婆婆生病，她耐心陪着到医院，婆婆不识字，她细心按照种类分量分好每日三顿药……婆婆跟别人介绍她时，说的都是"我家小燕"而不是"我家媳妇"，不知道的人一直认为她们是亲娘俩。结婚这么多年，跟婆婆生活在一起的时间远比跟丈夫生活在一起的时间多。她笑言："别的女人是嫁了一个老公，我可是'嫁'给了一位妈妈。"

除了照顾老人，陈燕还独自挑起教育引导孩子的重任。如今，已上初中的双胞胎兄弟个头都快一米七了，成了大小伙子。大双当上了班长，小双当上了数学科代表，两个孩子多次被评为"阳光少年""三好学生"等。今年四月，他们参加全国希望杯数学竞赛还分别获得全国二等奖和三等奖。

没有国哪有家？没有家哪有我？陈燕理解丈夫献身国防的艰辛和不易，但她心中只有一个信念：当好贤内助，为丈夫解除后顾之忧。

"真正的男儿，你选择了军旅，痴心的女儿，我才苦苦相依。世上有那样多的人离不开你，我骄傲，我是军人的妻……"陈燕说，《我是军人的妻》这首歌唱出了她内心的共鸣。

（原载于 2014 年 7 月 16 日《贵州日报》）

见
证

紫云自治县烟草分公司宋云香——

你若不离不弃，我便生死相依

"你若不离不弃，我便生死相依"——这句感天动地的话深藏在宋云香脑海，更成了她生活的真实写照。

宋云香在紫云自治县烟草分公司工作。2007年，与丈夫赵劲松认识。

"第一次见面他就说，找对象外表不重要，关键是对方要有一颗善良、诚实和孝敬父母的心。"

坦诚和孝心深深地打动了有同样信念的宋云香，他们幸福地走到了一起。婚后，和公婆一起居住，生活美满，其乐融融。

2009年一天，宋云香突感视线模糊，头晕无力，就医确诊为"脑垂体瘤"，需尽快手术，否则会失明。手术期间，丈夫关怀备至，嘘寒问暖，30个日日夜夜的悉心照料、700多个小时的须臾不离，让宋云香倍感这份情的温馨，一次次留下感动热泪。出院后，一家人的生活又恢复了宁静。

然而，不幸又再次降临。

2012年12月，赵劲松忽感头部像被电击一样，瞬间倒地，陷入昏迷。经医院检查确认为严重"脑溢血"，病情非常危急。因县里医疗条件有限，当晚就被送到安顺市人民医院，次日就是第一次开颅手术。

看到丈夫痛苦的表情，宋云香心疼不已，默默为他祈祷快点好起来。然而10天过去，病反而越来越严重，还未愈合的伤口又开始流血。丈夫处于昏迷状态，情况非常危急。家属被要求做好心理准备，病人需第二次开颅手术。望着躺在床上的丈夫，宋云香感觉自己拿着签字表的手有些颤抖。

终于，丈夫又一次从死亡线上回来了。

"他若流泪，湿的总是我的脸，他若悲伤，哭的总是我的心。"在医院几个月的护理中，尽管每天只有两、三个小时的睡眠，但第二天宋云香总是精神抖擞地鼓励丈夫坚持。

经过重创，丈夫虽保住生命，却留下半边瘫痪的后遗症。出院后，丈夫生活基本不能自理。突然从健康人到完全依赖别人服侍，丈夫无法接受，情绪低落，甚至想死。宋云香经常开导和鼓励丈夫："人生失意寻常事，越过坎坷是坦途。只要不放弃生命，敢于直面现实，就一定可以在生命的旅程中收获更多的价值。"

宋云香一边坚持上班，一边照顾丈夫。每天干活无论多忙多累，她都要扶丈夫在院子里练习走路，为丈夫擦洗身子、端茶送饭，陪丈夫进行按摩、针灸理疗，每晚坚持用生姜熬水帮丈夫泡手、泡脚和足部按摩。

功夫不负有心人。时间一天天过去，在宋云香及家人的细心护理下，卧床的丈夫奇迹般可以拄着拐杖慢慢行走了。他的心态一天天乐观起来，久违的笑容重新绽放。

"这，就是我付出的回报，再苦、再累也是值得的！"宋云香说。

（原载于 2014 年 7 月 26 日《贵州日报》）

工商银行贵州都匀分行黄芸——

当好慈孝贤　自有幸福甜

　　黄芸是工商银行贵州省都匀分行南工区分理处员工，她有一个传统平凡的家：夫妻俩是 20 世纪 60 年代少有的独生子女，上有年迈双亲，下有两个可爱的女儿。这也是一个充满温暖幸福的家，因为有黄芸这样一位慈母、贤妻、孝女。

　　常说"久病床前无孝子"，一个人孝敬照顾一下父母并不难，难的是日复一日地坚持，而黄芸就是这样做的。

　　母亲曾因哮喘病发作突然倒地，导致右手和右腿髋骨粉碎性骨折。当时她与丈夫分居两地，女儿尚小，父亲高度近视无力帮忙。她一人在医院护理母亲，每天为母亲定时翻身、按摩，甚至亲自用双手帮母亲排便解决长期卧床的便秘情况。出院后，她仍坚持每天给母亲擦洗、翻身、按摩、上药。如今，母亲恢复很好，已能下地走路。

　　没过几年，父亲突发脑出血，病重入院并引发多病症，胃大出血需输血。她主动要求医生抽自己的血给父亲。父亲昏迷，已下病危通知。面对几分钟就要拉一次血的父亲，她寸步不离，不停为他清洗。在她无微不至照顾下，父亲渐渐康复，但留下后遗症，常大小便失禁。她每天起床第一件事就是先观察父亲是否弄脏了床单或裤子，需不需要擦洗。这样的日子，她任劳任怨，毫无怨言。

　　不仅是个孝女，黄芸也是个贤妻。生活中她与丈夫勤俭持家，结婚二十多年从未红过脸吵过架。丈夫是一名敬业奉献、吃苦耐劳的老师，深得师生好评，连续两年被学校评为"优秀共产党员"。夫妻俩对对方的事业都充满理解和支持，只要有一方忙于工作，另一人就默默担起繁重的家务。黄芸用自己的贤惠善良，和丈夫互敬互爱、相互理解、相互关心、相互支持，共同支撑起一个温馨和睦的家。

作为两个女儿的母亲，黄芸最看重美德教育。她从小教育孩子爱爸爸、爱妈妈，爱身边的亲人，关爱和帮助有困难的人。大女儿小学一年级时，班上有一位女同学因父母离婚，父亲弃她而去，母亲经常动手打她。女儿经常带这位同学到家玩，感受到家庭的温暖后，小女孩甚至提出希望被黄芸认养。出于爱心，黄芸默默资助她，直到小女孩初中毕业。母亲言传身教的爱也感染着女儿。汶川地震后，女儿主动把自己的压岁钱汇到了灾区。

"人可以平凡，可以普通，但只要真正当一个好女儿、好妻子、好母亲，幸福就会来敲门。"黄芸最大的幸福就是拥有这个温暖的家。

（原载于 2014 年 9 月 21 日《贵州日报》）

见证

新闻里的贵州20年

鱼水之情心暖心　帮扶发展心贴心

——省妇联榕江县帮扶见闻

"下面，再增加一个节目，侗族大歌！"主持人的声音激情澎湃。在陆续表演了8个节目之后，榕江县八开乡庙友村梦东侗寨的村民们仍迟迟不肯散去，大家还沉浸在与省妇联帮扶队联谊活动的开心里，欢声笑语把以往入夜后寂静的村寨变成了歌舞的天堂。

"知道你们要来，我们提前一个星期就开始排练，去县城买碟子在家自学，还准备了舞蹈服装，我本来要去外地打工的，也留下来排练节目了。"村民卫美英兴奋地说，这些年来乡亲们对省妇联帮扶干部都无比感谢和挂念。

9月10日，省妇联副主席杨玲率省妇联"五去五求"工作队到榕江县八开乡开展驻村帮扶，这已是省妇联连续第六年走进榕江的贫困乡村。

走在熟悉的都柳江畔，住进熟悉的侗寨木楼，面对一张张热情的笑脸和一双双渴望致富的眼睛，省妇联帮扶干部们深知，对榕江县父老乡亲情深意长的最好回报，就是为更多困难群众做实事、解难事。

3天里，省妇联干部先后深入八开乡摆奶中心村、常寨村、庙友村、都江村、腊酉中心村等地，结合当地妇女发展实情，深入了解她们的困难所需，为大家寻计策、谋发展、找路子，在实实在在帮群众，贴心贴意扶村民中践行"五去五求转作风，结对帮扶促发展"的群众路线教育实践活动。

"妇联为我们出钱办我们的事情，我们也要一起出力！"

地处都柳江上游、月亮山腹地的八开乡，距榕江县城有23公里。妇联的热心帮扶，不仅给八开乡妇女儿童的生活带去温暖关怀，也在不断改变着他们的生活状态。

9月10日中午，刚刚抵达八开乡的省妇联帮扶工作队，立刻与摆奶中心村的村主任田俊良一起，赶往他所在的村寨参加妇联援建的新桥过桥仪式。

沿着蜿蜒曲折的山路一路颠簸，帮扶队终于来到一处相对宽阔的分岔路口。这里就是摆奶中心村，路口下方就是村寨新修的桥。

摆奶中心村是由两个村寨结合而形成的村寨，以前分为摆奶村和摆柳村。因为地处偏僻，交通滞后，粮食运不出去，发展也带不进来，村民祖祖辈辈都过着自给自足的生活。

仪式开始，鞭炮声响起，孩子欢声笑语地过桥，妇女们跳着舞过桥，男子们吹着芦笙过桥，牛儿摇摇摆摆过桥，车子也畅通无阻过桥去，好不热闹！

"桥没修好前，孩子上学都是大人背着过河，下雨天，根本不能过河。现在好了，孩子们上学安全了，真心谢谢你们！"摆奶中心村小学的杨老师不断向省妇联帮扶队道谢。

今年3月底，村民田桥仙因为突发性流产，当时山路没通，只能靠村里壮汉轮着抬出来。虽然母子最终平安，但杨玲主席听闻此事后仍深受震惊。她立即联系帮扶工作队，向摆奶中心村捐赠2.5万元帮扶基金，用于全村交通改善。

摆奶中心村的村民为了节约成本，自己凿石，自己挖沙，10天建成了新桥，25天开辟了12公里的山路。

"妇联为了我们出钱，我们自己也要出力，因为这是在办我们自己的事情！"村主任田俊良兴奋地说。

"修好这座桥，是好的开始。希望孩子们努力读书，大家出行安全，生产生活有更快发展！"杨玲话音刚落，村民们又送上阵阵掌声。

"鱼水之情烙印在心，我们必须体贴乡亲帮助乡亲！"

9月11日一早，帮扶干部们，迎着朝霞，拿着镰刀，走进田间地头帮助村民严俊妮家收割稻子。

"手要顺着拿稻子底部，用镰刀一割就可以了，可不能反手拿，不然要割到自己手。"因为多年的基层工作经验，杨玲做起农活来一点儿也不含糊。她边说边做示范，大家虚心学习，割稻子、打谷子、捆谷草，现学现用。

"她们还是蛮厉害呢，很是熟练哦！"严俊妮望着汗如雨下的帮扶干部们笑嘻嘻说道。众人劳动效率高，不一会儿，一大片稻谷顺利收割完毕。

这天正好是八开乡的赶场日，妇联干部在乡镇开展了"榕江县妇女防邪教禁毒节能减排宣传"活动，一本本关爱女孩的"春蕾计划、护蕾行动"家长手册，一张张反邪教、健康教育宣传单，吸引了众多妇女的驻足观看。

炎炎烈日，八开乡八开小学因为"米阿卡"助学活动而清风送爽。在省妇联帮扶队联系下，江西仁和中方医药股份有限公司企业员工捐助的32万元，将用于资助全县200名贫困学生。

顶着暑热，扶贫队马不停蹄地赶到庙友村参加"母亲水窖"项目工程开工仪式。由中国妇女发展基金会捐赠、省妇联落实实施的此项工程项目投入经费15万元，将解决全村523口人的用水问题。

在得知潘宇成绩优异却家庭经济困难后，省妇联为潘宇联系了爱心人士，一年为她捐助2500元学习基金。"一定要让孩子读书，不能轻易放弃！"杨玲握着潘宇爸爸的手叮咛嘱咐。

一幕幕帮扶场景在榕江县贫困乡村不断上演。连续6年的扶贫工作让省妇联与榕江县的老百姓结下了深厚情谊，水族妇女曾经扯下头发第一时间抢救被毒蛇咬伤的妇联帮扶干部的感人事迹已成为这段鱼水之情的深深烙印。

杨玲说，妇联永远不会忘记榕江乡亲的恩情，必须切切实实帮助群众解难事、办实事，使挂帮工作取得实实在在的效果。乡亲们说，大家不会忘记妇联的恩情，是她们改善了大家的生活，看到了发展的希望……

（原载于 2014 年 10 月 4 日《贵州日报》，获贵州妇女儿童好新闻评选报纸类二等奖）

扬女性美德　耀和谐之光

——全省"明礼知耻　崇德向善在家庭"主题活动唱响文明新风尚

"园长妈妈"汪艳，艰辛办起农村幼儿园，为留守儿童送出慈母厚爱；情义贤妻穆智秀，为丈夫捐出自己右肾，用生命诠释爱的真谛；新时代敬老孝女潘启美，用稚嫩的肩膀挑起家庭责任传为美谈；五代"教育世家"的刘深灵，自办书院向乡邻们传播文化赢得赞誉……

一个个普通女性，尊老爱幼、勤俭持家、自立自强、科学教子，传承着妇女美德，幸福着每一个家庭，温暖着整个社会。

今年初，省委宣传部、省文明办发出开展"明礼知耻·崇德向善在家庭"主题活动的号召，全国妇联在全国范围内发起寻找"最美家庭"活动。

2月，省妇联召开覆盖省、市、县、乡四级4500多名妇联干部参加的部署工作电视电话会。3月，省妇联联合省文明办、省文联在贵阳孔学堂举行启动仪式，动员全社会共同寻找"最美家庭"，寻找"慈母、贤妻、孝女"，传承和弘扬家庭美德。此次启动仪式作为贵州省践行社会主义核心价值观、开展"明礼知耻·崇德向善在家庭"主题活动的总启动仪式，受到广泛关注和宣传。

针对本次主题活动，全省各级妇联联合各级文明办举行了形式多样的启动仪式；各地在"妇女之家"张贴活动宣传海报2.5万张，举办家风家训评议会和"最美家庭"故事会7000多场次，讲家风家训、秀家庭故事、谈家庭美德一时蔚然成风；各级妇联依托遍布城乡的"妇女之家"，开展自评、自荐、互推、互评候选人活动。

同时，在贵州省新闻门户网站——多彩贵州网开设活动官网，在突出位置展示最美候选家庭、慈母、贤妻、孝女的事迹，晒出"最美"照片，征集家风家训，以及面向全社会开放点赞、投票窗口。据统计，各地推荐报选"最美家庭"600余户，"慈母、贤妻、孝女"800余人，其中11户"最美家庭"被全国妇联推荐在央视网、中国妇女网、新浪网的"最美家庭"栏进行展示。

在积极开展寻找"最美家庭"，寻找"慈母、孝女、贤妻"活动的同时，还启动了百场家庭美德大讲堂活动、百场家教公益讲座活动、"巾帼风范·家园情怀"歌唱大赛、"共享知识、共建和谐"家庭读书系列活动等与家庭美德建设相关的活动，并邀请知名学者于丹到贵州作"家和万事兴"公益讲座。同时，积极联系各大媒体宣传"明礼知耻　崇德向善在家庭"活动，在《贵州日报》《贵州新闻联播》《贵州都市报》分别开设"巾帼共筑中国梦、寻找慈母贤妻孝女"专栏。据不完全统计，中央媒体和我省主流媒体对相关活动内容的宣传达200多条。

十个月活动，十个月感动。在候选的全省1400余户（人）中，50户"最美家庭""十佳慈母""十佳贤妻""十佳孝女"脱颖而出。汪艳、刘深灵、潘启美、穆智秀等部分代表将走上领奖台，分享女性贤良美德的最"美"故事。

本次主题活动在全社会引起了强烈反响，不但激发了各级妇联组织的工作活力和热情，并且通过遍及村村寨寨的宣传及推选活动，将中华传统美德"慈孝贤"和新时代"真善美"有机结合起来，形成家家争做"最美家庭"，人人赞扬"慈母、贤妻、孝女"的新风尚。"践行社会主义核心价值观"正以有效的活动载体不断走向基层，落到实处，向全社会传递出正能量。

长期家暴终酿祸端　妇联伸手法律援助

"我只想向法官和公诉人员求情，求少判我几年，我周身都是伤，我挨不住了。"庭审上的胡某英不断地向法官重复，不停地掉着悔恨的眼泪。不识字的她，甚至连公诉人员所提出的问题也不能理解，回答问题紧张又胆怯。

眼前这样一个朴实的农村妇女，让人很难与数月前砍杀自己丈夫的凶手联想在一起。

12月4日，安顺市中级人民法院举行公众开放日活动，同时在中院第一中法庭正式开庭审理胡某英故意杀人一案。

忍辱家暴二十八年终于以暴抗暴

5月19日晚，因担心胡某英一个人回家路上不安全，其老板侯福（化名）便骑摩托车送她回家。

回家途中碰到了胡某英的丈夫王某清，胡某英便下车与丈夫步行回家。两人刚进家，王某清便以妻子在外面与其他人有不正当男女关系为由，大骂妻子，并将胡某英身上多处打伤。

晚上9点，胡某英进房间休息。不一会儿，王某清提着斧头进房间吓唬她，并持斧头在另一张床上睡觉。胡某英见丈夫睡熟后，想着丈夫以前对自己经常拳打脚踢，害怕睡着后被丈夫伤害，便从丈夫手中拿过斧头，朝他头部连砍数下……

作案后，胡某英叫儿子主动打电话向公安机关报案，并在家中等待公安机关处理。后经法医鉴定，胡某英之伤属轻伤，被害人王某清系颅脑损伤死亡。

"其实我从来没有想过想要他的命，我只是因为害怕他醒来砍死我，我才想到用斧头砍他的。"法庭上胡某英解释道。

"我的大儿子有多大，他就打了我多久。"胡某英的大儿子今年已28岁，也就是说，在过去整整二十八年里，胡某英每天都过着被辱骂殴打的日子。

"他的脾气很不好，有时因饭菜做得不好也要打。因为生活中琐碎的事情打我是家常便饭。"胡某英边擦眼泪，边告诉记者。

当记者问为什么不与王某清离婚时，胡某英沉默了几秒后说："我想到了我的孩子，我希望给他们完整的家，村委会和派出所都有出面调解过，他当时说过会改，过后却又继续殴打我。"

妇联高度关注，伸手法律援助

了解到胡某英的特殊情况后，妇联组织高度关注，上下联动，跟踪进展。为维护受家暴妇女胡某英的合法权益，确保其得到公正审判，关岭自治县妇联代表妇联组织依法向安顺市中院递交司法建议书，建议法院酌情考虑妇联提出的量刑情节，并派出省妇联公职律师王晓翠作为胡某英的代理律师为其提供法律援助，保证其在司法程序中能够得到公正的对待。

庭审现场，公职律师王晓翠与被告家属聘请的律师共同向法官呈交了搜集到的胡某英长期遭受家庭暴力的证明材料，并代表妇联组织和被告向法官表达了意见。不仅如此，胡某英所在村40余民村民共同署名联名信，要求法院宽大处理胡某英。

故意杀人罪，被判有期徒刑八年

中院审理认为，被告人胡某英在长期遭受其丈夫被害人王某清家庭暴力的情况下，没有寻求法律上的帮助以维护自己的合法权益，当其再次遭受王某清无理殴打受伤后，竟采取以暴制暴的方式，使用斧头将王某清杀死，其行为已构成故意杀人罪。

被告胡某英杀人手段残忍，后果特别严重，本应严惩，唯因案发后，胡某英明知他人报警而在现场等待，抓捕时无拒捕行为，如实供述犯罪事实，应认定为自首，可从轻或减轻处罚。

本案的发生，系被害人王某清长期对妻子胡某英实施家庭暴力以致埋下祸端。案发当日，王某清又无端猜疑胡某英，并殴打胡某英成伤，激起胡某英杀人恶念，被害人王某清在案件的起因上有重大过错，为此当对被告人胡某英酌情从轻处罚。

中院作出一审判决：被告人胡某英犯故意杀人罪，判处有期徒刑八年。

反家暴需早防早干预依法处置

省妇联有关负责人表示，目前妇联公职律师出庭参加刑事案件审理在我省还属首次。家庭和睦是社会和谐稳定的基石，家庭暴力危害受害人的身心健康和生命安全，也影响社会的安全和稳定。这个家庭的悲剧是必然的，丈夫的长期打骂，妻子的长期忍让，这给过后的悲剧早已落下铺垫，而家庭暴力需要积极预防、早期发现、及时干预、依法处置。妇联组织希望反家庭暴力法早日出台，不断完善政府主导、多部门合作的反家暴工作机制，提高家暴受害人的主体意识和自我保护意识，推进反家暴工作的深化，遏制家暴违法行为的频繁发生。

（原载于2014年12月18日《贵州日报》，获贵州妇女儿童好新闻评选报纸类二等奖）

我省"明礼知耻·崇德向善在家庭"主题活动创新推进家庭文明建设

让核心价值观在"家"生根开花

秀家庭，晒幸福，给美德点赞，让善行群发。

2014年，省妇联以"明礼知耻·崇德向善在家庭"主题活动为载体，在全省开展了历时10个月的寻找"最美家庭""十佳慈母""十佳贤妻""十佳孝女"活动。通过全方位多视角呈现和美之家的典型形象，创新推进全省家庭文明建设，让社会主义核心价值观在"家"实现落细落小落实。

活动开展以来，全省寻找到"最美家庭"2200多户，慈母、孝女、贤妻3300多人，征集"好家风好家训"2078条。50户"最美家庭"及30名十佳慈母、十佳贤妻、十佳孝女获省级表彰，11户家庭获全国妇联表彰。

以家庭为阵地

为了将"大主题"转化为"小故事"，将"大社会"转化为"小舞台"，将"大道理"转化为"小人物"，省妇联将遍布城乡社区的1.8万个"妇女之家"作为发动妇女和家庭参与家庭文明建设、展示家庭文明风采的第一平台，建立活动宣传栏，张贴活动宣传画2.5万张，举办家庭文明故事会、文明家风交流会7000多场，让家庭自编自演文艺节目，让群众在活动中唱主角，成为家庭文明的宣传队和良好家风的播种机。

以创新为动力

创新活动载体，将中华传统美德"慈孝贤"和新时代"真善美"有机结合，形成了以寻找"最美家庭"，寻找慈母、孝女、贤妻为核心，百场家庭美德讲堂和家庭教育公益讲座为两翼，家风、家训大家谈为支撑的家庭文明建设工作体系，构建了理论工作者、家庭教育专家、普通家庭和家庭成员、社会各界广泛参与的家庭文明建设新格局。

创新组织方式，没有设定群众参与门槛，充分激发了广大家庭的积极性、主动性和创造性，一大批蕴含着夫妻和睦、孝老爱亲、教子有方、热心公益、勤俭持家、邻里和睦等家庭美德元素的典型涌现出来，通过深入挖掘，实现充分展示。

创新宣传手段，形成传统媒体和新兴媒体、业内宣传阵地和专业宣传机构整合并进的态势。在多彩贵州网开设专题网页，在贵州电视台、贵州日报、贵州都市报开设专栏，到央视网、新浪网等宣传展示先进事迹，制作宣传片在"妇女之家"播放，运用省妇联官方微博、微信等展示典型事迹。在多彩贵州网设立网友点赞区，持续5个月发动网友为喜爱的家庭和个人点赞，活动官网创造了逾10万人次的月浏览量。中央媒体和我省主流媒体对活动及典型的宣传报道达200多条。

以典型为引领

全省涌现出的"最美家庭"、慈母、贤妻、孝女典型，有上至七十多岁的老人、下至十多岁的学生。公众在参与中受到了道德的洗礼。

"园长妈妈"汪艳，艰辛办起农村幼儿园，为留守儿童送出慈母厚爱；情义贤妻穆智秀，为丈夫捐出自己右肾，用生命诠释爱的真谛；新时代敬老孝女潘启美，用稚嫩的肩膀挑起家庭责任传为美谈；五代"教育世家"的刘深灵，自办书院向乡邻们传播文化赢得赞誉……

11月的总结暨宣讲报告会上，孔学堂明伦堂座无虚席，坐在观众席上的大学生、社区干部、企业家、机关干部职工、记者、获奖代表及其家人或乡邻等，专心聆听4名家庭美德榜样代表作事迹宣讲。当听到不辞辛劳创业还债，并捐肾为丈夫治病的十佳贤妻穆智秀的感人事迹时，大家无不感动落泪。

一个个普通女性，尊老爱幼、勤俭持家、自立自强、科学教子，传承着妇女美德，幸福着每一个家庭，温暖着整个社会。

（原载于2014年12月22日《贵州日报》，获贵州妇女儿童好新闻评选报纸类三等奖）

把维权服务送到妇女群众身边

——信访代理制探索我省妇女维权新模式

修文的"家事纠纷调解室",六盘水的"约访制",思南的"暖心大姐",贵定的"便民代理",桐梓的信访代理三级联动工作网络,安顺的"妇女维权走转访,信访代理日日行",赫章把代理服务窗口建在各乡镇群众工作中心,瓮安把代理窗口建在法律援助中心……

自 2013 年全省推行妇女信访代理制工作以来,我省各级妇联结合实际、大胆创新、丰富模式,为全省整体推进,完善试点探索了经验,积累了范式。

目前,全省已建立信访代理机构 1636 个,信访代理员队伍 874 余支,代理员近 4646 人,向各级党政部门反馈案件数 500 件,排查重大上访隐患 751 个,成功代理案件 1788 件。

妇女信访代理制在引导妇女群众依法有序表达诉求,推动解决妇女合法权益问题,化解基层矛盾纠纷,促进社会和谐稳定中发挥了积极作用,在基层妇女群众中形成了"有事就找妇女信访代理员"的良好氛围。

"暖心大姐"温情消融矛盾

2013 年以来,思南县妇女信访代理工作探索建立了代言、代访、代办,服务暖心、倾听耐心、调解用心、代理细心的"暖心大姐"信访代理品牌。

按照自愿原则,"暖心大姐"免费替信访妇女代言,反映问题和行使部分权利,为妇女群众说话,争做妇女群众的"代言"人。

"暖心大姐"充分发挥协调代理作用，担当信访妇女"代访"的重任，向有关部门反映妇女群众的合理诉求，争做妇女的"娘家人"，搭建干群"连心桥"。

针对家庭暴力、未成年人保护等侵害妇女儿童合法权益的信访事项，"暖心大姐"勇于担当妇女群众"代办"的职责，争做信访妇女的"贴心人"，积极争取公、检、法、司等部门的支持配合，切实有效维护妇女儿童的合法权益。

截至目前，该县已组建妇女信访代理员队伍140人，为妇女成功代理信访案件128件，为28名贫困妇女提供法律援助，得到基层群众的肯定和欢迎。

"接访"变"约访"，化堵为疏

六盘水市妇联在巩固日常信访接待处理工作的基础上，不断拓宽维权领域，针对妇女群众长期反映无果、诉求得不到解决、情绪比较激动的的涉及诉讼、人身伤害、财产分割等方面的信访案件，变被动"接访"为主动"约访"。

通过整合多方资源，构建了接访、联动、约访、代理、庇护、回访"六位一体"的"约访"维权服务体系，并聘请人大、信访、公安、司法、检察院、法院、政法、劳动、律所等部门的专业人士，将所有执委、驻京、住贵阳办事处主任聘为信访代理员，组建市妇联法律顾问队伍，开展集中"约访"，为她们提供专业的法律咨询服务和法律援助，有效整合了部门资源，延长了工作手臂。

同时，积极与信访等部门沟通，主动介入信访、企业、社区中的妇女信访案件，有针对性地开展"约访"活动，主动化解矛盾纠纷，为党委政府分忧。

在开展"约访"的同时，还不定期对妇女群众进行回访，了解矛盾纠纷协调处理后状况，对有需要再次帮助协调解决的，依法进行协调，有效遏止了可能扩大的信访苗头和隐患。

截至 2014 年底，六盘水的"约访"制成功处理信访案件 200 宗。

"信访代理"变"便民代理"，服务群众更贴心

贵定县妇联积极拓展维权手臂，根据代理员的工作岗位，信访代理范围不仅仅限于婚姻家庭矛盾，还扩大服务项目，积极围绕妇女群众生活、发展需要，主动代办代理，让"信访代理"成为"便民代理"，让妇女群众真正感受到"娘家人"的温暖。

县妇联根据信访代理员的工作领域和专业优势，明确了不同的代理事项。妇联干部代理婚姻家庭矛盾，公检法司干部和公职律师代理家庭暴力和侵权事项，人力资源和农业系统的干部代理劳资和土地权益事项，社区干部和离退休老同志代理生活困难和邻里纠纷，工商局的同志代理妇女创业就业指导，心理咨询师提供心理抚慰和疏导……

有事找代理，代理员人人能代理，代理事项件件有回复的良好格局逐渐形成。

一年多来，一支支活跃在社区、村寨的信访代理员队伍，在基层妇女群众与党和政府之间架起"连心桥"，不仅为群众反映诉求提供了方便，提高了解决妇女信访问题的质量和效率，赢得了妇女群众的信赖和支持，更促进了社会的和谐稳定。

（原载于 2015 年 4 月 15 日《贵州日报》）

怀善心　做善行　聚善友

——我省妇女儿童慈善事业创新发展

募集 6338.14 万元资金和 622.3 万元物资，开展"蒲公英"等系列活动让 30 万妇女儿童受益；为摆摊救母小哥俩送温暖，感动爱心企业成立专项基金；携手做强本土公益项目，100 辆"爱心号"大巴让 5000 余名贵州农民工回家团圆过年……

一系列的行动，见证着我省妇女儿童慈善事业创新发展的点滴努力。

怀善心——搭建贫困妇儿公益平台

善行源于善心，善心成就善行。如何让筹资渠道更通畅、运作机制更合理、项目管理更顺利，让更多慈善爱心加入关爱妇女儿童的行列？搭建专门针对妇女儿童的慈善公益平台成为省妇联工作迫切之需。

为破解资金难题，省妇联开拓思路，转变观念，将依赖财政全部拨付注册资金的思想，转变为由政府出资和自筹资金相结合的思路求得新突破。

在省委省政府的高度重视关心下，省妇联从财政争取到首笔资金 200 万元后，积极与"全国妇女教育基地""半边天"文化发源地息烽县政府联系，共享资源、合作发展，获得注资 200 万元。

短短两个月内，省妇联完成了 400 万元注册资金的工作，完成了基金会所有筹备工作，并于 2012 年"三八"国际劳动妇女节当日正式挂牌成立了我省首个专门扶助贫困妇女儿童的公募性基金会——贵州省妇女儿童发展基金会。

通过积极协调沟通，采取现场募捐及网络募捐等形式，基金会争取到了中国妇女发展基金会、中国儿童少年基金会、香港惠明慈善基金有限公司、嫣然基金等项目及资金支持及省内外企业、爱心人士、港澳台同胞踊跃募捐和慷慨解囊。

2012年以来，贵州省妇女儿童发展基金会多方筹措，整合资源，先后募集争取资金6338.14万元，物资价值622.3万元，开展了以关爱妇女儿童为主题"的蒲公英"系列活动，受益妇女儿童达30多万人。

做善行——慈善公益惠及城乡贫困妇孺

一腔热心倾注，脚踏实地躬行。"春蕾计划""母亲水窖""母亲健康快车""妇女两癌救助""消除婴幼儿贫血""母亲邮包"等国家大型品牌公益项目等迅速开展，为妇女儿童送去"及时雨"。

这是一连串有温度的故事： "蒲公英"助学行动为我省近660名贫困女大学生提供每人4000元的部分学费补助，助力她们顺利走进大学校门；在全省九个市（州）建立蒲公英"留守流动儿童之家"120多所，搭建了孩子们和父母沟通的桥梁；在普定、息烽、赫章、印江发放小额循环金，帮助当地贫困妇女种植烤烟、发展种养业、乡村旅游和创办留守儿童幼儿园；在九个市（州）建立"黔灵女"家政服务公益店19个，为每个点提供创业资金5万元；走进省内高校开展了11场"青年女性职业飞翔"讲座活动，为将要踏入社会走入职场的女大学生提供就业和创业指导……

同时基金会还争取到香港惠明慈善基金有限公司支持，投入500万元在息烽县开展妇女创业就业贷款的风险补偿金，目前已有271名妇女受益。基金会引进中国红十字会嫣然天使基金贵州医疗救助项目，对我省75名来自农村贫困家庭的唇腭裂患者提供免费手术。"母亲邮包"项目，已惠及我省55个县区市3万余名贫困妇女。"安康计划"儿童弱视项目筛查义诊活动，为贵阳市、黔东南州的250多名家庭困难患弱视儿童开展义诊、筛查，65 名儿童到北京接受免费治疗。

聚善友——见善思齐，携手共创品牌

2013 年 12 月，摆摊救母的小哥俩故事感动众人。金沙酒业集团主动联系加入爱心队伍，以小哥俩名字命名启动百万元资金成立了"金沙鲲鹏基金"，专门救助我省贫困儿童。

在善心善行的共鸣下，一个个爱心组织、爱心企业，汇入到关爱贵州妇女儿童的慈善热流中……

天津慈善协会支持我省"春蕾计划"资金 40 万元，每年为 100 名贫困女高中生提供 1200 元的奖学金，连续三年资助我省镇宁县民族中学高中品学兼优的女学生，帮助他们克服生活上的困难，顺利完成高中学业。

广东嘉宝莉公司在毕节民族中学资助 25 名家庭困难的高一年级优秀学生每人每年提供 2000 元助学款，连续资助 3 年，直到高中毕业。

爱心企业为安顺市镇宁县大山镇养马小学的 150 名学生送去了一套崭新的校服，帮贫困地区的孩子们圆了校服梦。

海南成美慈善基金会在我省的黔南民族职业技术学院建"成美巾帼励志中专班"，帮助 100 名初中毕业生学到一技之长，提供三年资助共计60 万元。

怀善心，做善行，聚善友，省妇女儿童发展基金会 3 年来，持续创新发展，探索出了一个可以循环的爱心公益之路，让更多贫困妇女儿童得实惠、普受惠、长受惠。

（原载于 2015 年 4 月 24 日《贵州日报》）

把贵州刺绣的文化价值带给世界

——服装业界知名设计师为锦绣计划点赞

7月24日，在中国（贵州）第一届国际民族民间工艺品文化产品博览会妇女特色手工（刺绣）技能大赛现场，108位全省各地层层选拔出的顶级绣娘，同聚一堂，斗技斗艺。

百位身着各自民族盛装的绣娘飞舞着针线，织出美轮美奂的锦绣，场面甚是恢宏，规模蔚为壮观。花鸟鱼虫人、天地日月山，一切美好的事物和愿望重现于原汁原味的传统手工艺中，精美绝伦的刺绣技艺各具特色流光溢彩。

前来观赛的国内服装行业的设计专家们非常看好贵州刺绣的未来前景，纷纷为贵州锦绣计划点赞，乐意为贵州刺绣走向世界出策出力。

国内著名服装设计师，国内第一个设计师品牌"例外"的创始人马可对贵州刺绣的钟情已十年有余。在比赛现场，非物质文化遗产三都水族马尾绣的技艺让她驻足留恋，与绣娘交流时间良久。遇到很多类似很受启发的作品，她都让助手记下绣娘的名字和联系方式。

"贵州的绣娘，其数量和规模在全国都是罕见的。"在全国各地采风寻找灵感，马可在贵州待的时间最多。她说，贵州刺绣最打动她的是其中蕴含的情感。无论小孩的背带还是女子的嫁衣，老的民间手工艺绣品都包含了刺绣者对家人的关爱。同时，许多没有文字的民族，把民族历史用刺绣的形式传承下来，不仅有很高的工艺美术水平，其价值和意义更是人类历史的瑰宝。

马可一直认为，单纯的、不带任何商业目的才是手工艺品的最高境界，但捧着金饭碗要饭是可悲的。传承和创新是必须面对的课题。如何为绣娘带来生活质量的改善，同时又保护好里面的淳朴情感，是她长期思量所在。

"中国的手工艺不应只是我们这一代人独享，而应属于全中国炎黄子孙和全世界人民。贵州的传统刺绣在其中占有很重的份额。绣娘是有土地的农民，和产业工人有本质的不同，如何平衡好她们务农和刺绣的关系，让手工技艺焕发新的生命力，需要大家共同思考。"马可说，设计师能够通过设计为作品提升附加值。她非常乐意在设计上为贵州锦绣计划贡献力量。

"不仅是保护民族手工技艺，更要把其中蕴含的文化价值观带给世界，要为国际时尚舞台带去中国独有的时尚文化，引领新的流行趋势，这也是在 21 世纪中国能够带给世界的宝贵财富。"马可说。

中国服装协会荣誉会长李欣曾在北京遭遇过寻一位老师傅做盘扣的艰难，在贵阳观赛后，她激动不已："贵州这么多高手在民间，我看到了民族手工艺发展的未来和希望！"她说，整个服装界都在寻找绣娘，因为老的绣娘年纪大了，而年轻人又不愿意学，贵州还能有这么多绣娘的储备非常难能可贵。因此，她对贵州省政府把绣娘培训纳入十件实事之一，贵州省妇联倾力牵头实施锦绣计划非常支持。继承保护的同时如何创新？她建议，拓宽元素思路，可以借助科技，让贵州刺绣的图案通过数码印花、转移印花，实现新的承载和传播。

环球夫人北京赛区执行主席爱新觉罗·刘藻一直在国际时尚传播的高端领域工作，第一次到贵州就被赛场上绣娘们的作品深深吸引："这些作品非常具有历史传承感，她们完全是用心在作画，是发自内心的热爱，把生活和艺术完全融为了一体。"

高端个性化定制是爱新觉罗·刘藻的特长。看着各色绣品，她的脑海里一直在构思这些元素该怎么呈现在钥匙包、沙发靠垫等生活用品上。同时，她说："我非常想让这些元素走出贵州，登上国际时尚的舞台！"

中国第一代服装设计师、江西服装学院华服研究院院长王化正在编写一本《绣娘实用手册》。她希望通过中国顶级专家为贵州绣娘做高端专业培训，让贵州刺绣走出国门走向世界。

（原载于 2015 年 7 月 29 日《贵州日报》）

向家庭暴力说"不" 为妇女儿童"撑伞"

——省妇联积极参与推动立法保护妇女儿童合法权益

核心提示

近日，我国反家暴法已进入立法调研、论证阶段，"嫖宿幼女罪"已从刑法中取消。在国家法治化进程中，这两项涉及妇女儿童权益保护的法律制度能够取得成效，妇联组织等人民团体监督法律的实施，并代表相应的团体发出声音功不可没。近年来，省妇联在推动反家暴立法、取消嫖宿幼女罪工作中，积极作为，发出妇联组织声音，努力为维护妇女儿童合法权益发挥更大作用，不少工作走在全国前列。

省妇联信访案件家暴超三成

据悉，家庭暴力在全省各级妇联组织接待的信访投诉中超过三成。2011 年，我省各级妇联共接待婚姻家庭类来信、来访、来电 4048 件次，其中家庭暴力投诉 1284 件次，占 31.7%；2012 年，家庭暴力投诉 861 件次，占总数的 33.2%；2013 年，家庭暴力投诉 529 件次，占 43.2%；2014 年家庭暴力投诉 762 件次，占婚姻家庭类投诉的 35%。

其中，家庭暴力受害人女性比例大大高于男性。根据 2013 年统计，女性反映遭受家庭暴力的比例达 94.1%。

此外，家庭暴力手段多种多样，一些手段十分残忍。较多使用的是殴打、捆绑、强行限制人身自由等暴力手段，严重的有用利器伤人，用水烫、火烧，殴打致死等，更有的手段极其残忍，触目惊心。

我省反家暴工作走在全国前列

一直以来，省妇联都高度重视家暴问题，很多反家暴工作都走在全国的前面。

积极从源头上立法预防和制止家庭暴力。为促进反家暴立法，2000年至2005年，省妇联会同有关部门开展了三次全省性的家庭暴力情况调查和调研，2005年4月省妇联在九个市、州、地开展家庭暴力问卷调查，对家庭暴力情况进行全面摸底分析，得到了家庭暴力现状第一手资料。在省妇联的积极促成下，2005年7月30日省十届人大常委会第十六次会议通过《贵州省人民代表大会常务委员会关于预防和制止家庭暴力的决议》。这在当时是全国为数不多的出台反家暴法规性文件的省区。决议中对各级政府组织及职能部门，公、检、法、司、人民团体的工作职责进行了明确。2014年初，绥阳县妇联借村（居）换届和村民自治制度完善等契机，117个行政村都将反家庭暴力纳入了村规民约，实现了全覆盖。各村《村规民约》中规定，凡有女性、孩子或老人在县妇联、乡镇妇联或村妇代会主任反映受家暴伤害的记录，该施暴人都会被打入反家暴信用"黑名单"，在参与村民自治或公共事务管理时，都必须先接受村委会的法制教育。

努力整合资源，形成反家暴网络。2003年2月，贵州省"维护妇女儿童合法权益联席会议"制度建立，由省人大内司委牵头，联合省高级人民法院、省人民检察院、省公安厅、省司法厅、省劳动和社会保障厅、省教育厅、省卫生厅、省统计局、省妇联、团省委等部门组成。其主要任务是：通报全省妇女儿童维权工作的重要情况和突出问题，分析研究相应对策。在2005年召开的第三次联席会议就以"预防和制止家庭暴力是全社会的共同责任"为主题召开了会议。2009年通过的《贵州省法律援助条例修正案》将遭受"家庭暴力"列入了可以申请法律援助的范畴。2010年全省各县区开通了妇女维权公益热线12338，妇女可以通过热线反映家暴问题，2014年起，12338维权平台升级成功，形成语音、人工、网络三位一体的12338维权服务平台。2013年省妇联联合省民政厅在全省"救助管理站"挂牌建立"反家庭暴力庇护站"，目前全省已建立190余个庇护所（庇护中心），分布在救助管理站、养老院等机构。

2014年11月25日，国务院法制办就《中华人民共和国反家庭暴力法（草案）》（征求意见稿）向社会公开征求意见。省妇联随后立即召开《反家暴法（征求建议稿）》征求意见座谈会，邀请省人大内司委、省法制办、省司法厅的相关部门负责人，省社科院、贵州大学、律协的法律专家，基层妇联、心理咨询机构等长期接待家暴受害者信访、咨询的一线工作人员结合自身工作领域和实践，提出了很多有建设性的修改意见，经省妇联汇总梳理出三条宏观方面、十四条具体条文的修改意见，报送全国妇联、省政府法制办。

2014年7月，安顺市关岭自治县妇女以暴制暴杀害丈夫的案例引起了省妇联领导的高度关注，并派出公职律师作为被告人代理律师，同时多次派出权益部同志会同安顺市、关岭自治县妇联实地了解案件进展。2014年12月4日国家宪法日当天，安顺市中级人民法院将该案作为公众开放日审理案件，省妇联公职律师出庭参与案件审理，提交了被告可以减刑的相关证据，确保妇女在诉讼中得到公平公正对待。最终法院在酌情考虑被告具有的从轻、减轻量刑情节后判处有期徒刑三年。

参与刑法修改，为幼女"撑伞"

2008年贵州习水嫖宿幼女案被媒体曝光后，"嫖宿幼女罪"和"强奸幼女罪"到底有什么不同，引发了社会的广泛关注，"嫖宿幼女罪"的存废之争已达7年之久。妇联组织一直秉持维护妇女儿童合法权益的宗旨，坚持呼吁取消"嫖宿幼女罪"，此类行为应按"强奸罪"论，从重处罚。

前不久，《中华人民共和国刑法修正案（九）（草案）》（二次审议稿）面向社会公开征求意见，妇联组织高度关注的"取消嫖宿幼女罪"的建议未被采纳。按照立法程序，全国人大常委会将在综合常委会委员和社会公众意见的基础上形成三次审议稿。

为抓住社会公众提出修改建议推进立法这一最佳时机，7月20日，省妇联召开"积极参与刑法修改、支持取消'嫖宿幼女罪'专家意见征求会"，邀请省人大、省政协、省法制办、省检察院、省司法厅的资深法律人士，贵州大学、安顺市文联、贵阳市家教专委会、律师事务所等长期从事法律、儿童工作的专家，基层妇联维权干部参加座谈并发表意见。同时，省妇联也号召各级妇联召开有人大代表、政协委员、法律权威人士等参加的讨论会，形成从上而下对"嫖宿幼女罪"的大讨论。目前刑法修正草案三审稿已删除了现行刑法中的嫖宿幼女罪。

在法治化进程中持续发声

8月24日至29日召开的十二届全国人大常委会第十六次会议对反家庭暴力法草案进行了初次审议，多位全国人大常委会组成人员及列席会议的全国人大代表认为，专门制定反家庭暴力法，赋予公权力干预家庭严重暴力行为的责任，是尊重和保障人权的体现，也凸显了我国社会文明的进步。

省妇联主席罗宁表示，下一步省妇联将运用新媒体建立贵州省妇女维权微信公众平台，开展妇女维权知识宣传，方便妇女群众及时反映诉求。其次，要发挥反家暴庇护所的作用，为家暴受害者提供帮助。同时，要进一步探索通过政府购买服务等模式，大力培育社会组织、民间组织、志愿者队伍等加入反家暴工作中来，通过社会化运作，推进我省反家暴工作。

目前，反家暴法进入立法调研、论证阶段，"嫖宿幼女罪"已从刑法中取消，表明在国家法治化的进程中，需要妇联等人民团体监督法律的实施，代表相应的团体发出她们的声音。

"随着国家加强群团工作意见的出台，妇联等群团组织将会在团结动员群众围绕中心任务建功立业，引导群众自觉培育和践行社会主义核心价值观，维护群众合法权益等方面发挥更大的作用。"省妇联巡视员吴爱平说。

（原载于 2015 年 9 月 10 日《贵州日报》）

"锦绣计划"主题展——

锦绣生活　巧手织就

钱包、提包、电脑包，项链、手镯、化妆镜，皮鞋、抱枕、钥匙扣……

平绣、挑花、打籽绣，辫绣、锁绣、马尾绣，贴布、堆花、破线绣……

当琳琅满目的生活物品，与贵州妇女一针一线的巧手结合，竟然创生一个五彩斑斓、灵动精美的全新世界。

9月24日，走进中国（贵州）第一届国际民族民间工艺品文化产品博览会"锦绣计划"主题展馆，以刺绣、蜡染、服装服饰为主的锦绣展区内，一件件精品、一幅幅照片以及滚动播出的视频，展示我省"锦绣计划"妇女特色手工产业的发展成果。

我省实施"锦绣计划"以来，已带动手工从业妇女近30万人，手工及相关产业产值近15亿元。今年，"锦绣计划"被列入省政府十件民生实事中。

"好美好精致！"来自广西的参观者刘玉详拿起一双有苗绣元素的品牌女鞋对记者说，"真没想到贵州的妇女传统手工艺能与高端大牌合作得这样好！完全颠覆了我对传统手工的印象！"

和他一样，很多进入锦绣计划展馆的参观者都忍不住拿出手机拍个不停，对贵州妇女手工作品的传承创新赞叹不已。

"看到国家领导人称赞侗寨绣娘绣出民族之美、勤劳之美，看到贵州绣娘作品被作为礼品送给联合国秘书长，我真替贵州绣娘们感到高兴自豪！"贵阳市民杜箐看到展区的图片资料后说。

来自榕江县的绣娘欧君梅，是侗族打籽绣传承人。她现场为大家展示自己的刺绣绝技，引来不少观者驻足求合影。

48 岁的欧君梅从 13 岁就开始向外婆学习刺绣，如今已开办了刺绣工艺厂，带动三个村 60 多个绣娘一起用手工技艺致富。她们的产品不仅热销省内外，还远销韩国、日本。

当天，还有 4 位和欧君梅一样的绣娘不仅现场展示技艺，还因夺得全省妇女特色手工技能大赛大奖，而获得主办方省妇联现场颁发的证书和奖金。

针起针落绘就的流光溢彩，民族传承中创造的创业创新。此次贵州国际"民博会"，"锦绣计划"主题展馆受到全国妇联的关注和肯定。

"贵州的'锦绣计划'把地域特色、民族特色、妇女巧手特色结合起来，让妇女就地就近就业，富了口袋又照顾了下一代，为解决留守儿童、留守老人、留守妇女问题找到一条根本解决之路。"全国妇联发展部副部长邰烈虹说，全国妇联将邀请贵州的"锦绣计划"参加即将在义乌举办的中国妇女手工制品博览会。

除了展示成果的锦绣展区，"锦绣计划"主题展馆还设立了"海尔＆苗绣创意设计展区"。苗绣等贵州妇女特色手工的元素被运用在家电产品的设计上，实现了大胆设想、大胆创新。

主办方省妇联有关负责人表示，苗绣传统文化植入生活实用品中，将助力绣娘们开拓创新思维，拓展贵绣产品谱系，也可以让更多的企业关注贵绣，关注贵州妇女创业精神。

（原载于 2015 年 9 月 28 日《贵州日报》）

健康扶贫出实招

"两癌"救助金温暖全省 3434 名农村贫困母亲

12 月 15 日下午，贵阳气温还不到 5 摄氏度，贵州省人民医院乳腺外科病房的温暖如春。铜仁市思南县杨家坳乡川塘村堰田组的石珍春和其他 9 位患乳腺癌的农村贫困妇女在这里听她们的"娘家人"送来的好消息。

"大病来临是不幸的，但党和国家给了咱们贫困妇女一个温暖的好政策，只要你们按照程序流程申请，就有机会获得 1 万元救助金。"省妇联主席罗宁一边叮嘱，一边把农村贫困母亲"两癌"救助项目宣传卡和慰问金送到每个患病的母亲手中。患病母亲们的脸上满是惊喜和感激。

据了解，为关注女性健康，落实国家惠民政策，近年来，省妇联与省卫计委在抓好农村妇女"两癌"免费检查项目的基础上，努力争取中央彩票公益金，对农村贫困"两癌"患病妇女进行救助。项目救助对象为我省贫困线以下、农村户口、年龄在 35 岁~65 周岁并患有 II 期宫颈癌和浸润性导管乳腺癌的妇女。每名患者一次性可获救助资金 1 万元。

自 2012 年项目启动实施以来，特别是国发 2 号文件出台后，省妇联紧紧抓住这一良好契机，积极向全国妇联汇报贵州贫困面最广、程度最深的基本省情，得到全国妇联的重视和政策倾斜。

2012 年以来，我省共争取"两癌"救助资金计 3434 万元，为 3434 名农村贫困两癌患病母亲及其家庭送去了温暖。贵州已连续 3 年成为获得项目资金最多的省份，这是省妇联努力争取来的贵州优待，更是全国妇联对贵州妇联抓好项目落实工作的肯定。

据介绍，我省在项目推进中，每年集中录入信息两次，年底对符合救助条件并还在接受治病的患者进行申报。申报对象名单必须分别经过省、市、县卫生部门审核盖章，并公示后方能生效。同时，项目规定了资金下发期限，原则上采取集中发放的形式，确保项目资金在每年春节前后发放到患者手中，并要求各地逐级书面报告项目执行情况。此外，还要通过电话抽查、入户走访、座谈等方式对项目工作进行督导、检查和回访，确保资金发到患者手中。

"健康扶贫"是贵州"大扶贫"里的一项重要内容，"农村贫困母亲两癌救助"项目则是"健康扶贫"里非常惠民的一项政策。罗宁说，将农村妇女作为受益主体，是保障和改善民生的重大实践，是健康扶贫的具体落实，更是惠及千万妇女健康的巨大福祉。全省妇联系统将继续抓好抓实此公益项目，为更多不幸的贫困母亲送去温暖。

（原载于 2015 年 12 月 18 日《贵州日报》）

别忘了家中眼巴巴的娃

——团省委关爱留守儿童"圆爱工程"赴东莞慰问演出记

核心提示

为了唤醒在外打工的贵州老乡们对家乡留守儿童的责任和关爱，2015年12月22日到23日，共青团贵州省委"圆爱工程"赴东莞慰问演出活动在广东省东莞市万山区举行。来自东莞、江门、惠州、深圳等地的500多名贵州籍务工人员，在观看演出之时，深受触动、潸然泪下，有的立即拿起电话拨通了老家的号码……

看着舞台屏幕上播放的《圆爱工程》微视频，听到留守儿童们流着泪喊"爸爸妈妈，我想你们"，三穗县长吉乡贵碑村42岁的打工妈妈田仁芸泪水止不住地流。

"我想起了在老家的娃，四五岁就留在老家，最小的现在都上初三了，这么多年每年才见一次面！"田仁芸抹着眼泪对记者说，自己1991年就出来打工，婚后的一儿三女都是快到上学年纪就送回贵州老家由爷爷奶奶代管。

"总觉得我们这一代人欠孩子太多，虽然他们的物质生活没有我们小时候苦，但也没有我们小时候守在父母身边长大的幸福。他们真的好可怜！"田仁芸哽咽着说，每次回家又要分离的时候，都会听到孩子说"妈妈不要走了，好不好"，自己的心也深深刺痛。

2015年12月23日上午，东莞市万山区华亚印刷有限公司的厂区广场上，这台前所未有的慰问演出，让许许多多像田仁芸一样的贵州在外务工者，都在热泪中想起了自己的留守在老家的孩子，心情久久不能平静。

当天，共青团贵州省委"圆爱工程"组织我省青年委员和高校学子，编排了《家乡的月亮》《多彩贵州》等贵州人耳熟能详的歌曲、舞蹈以及小品等内容丰富的节目，以"唤醒"留守儿童父母监护责任和关爱子女为主线，为来自东莞、江门、惠州、深圳等地的500多名贵州籍务工人员进行慰问演出。节目之前播放的《圆爱工程》微视频，将留守儿童生活现状和父母陪伴的重要性做了通俗易懂的诠释，许多打工爸爸打工妈妈，深受触动、潸然泪下，甚至立即拿起电话拨通了老家的号码……

活动现场还发放了介绍留守儿童面对的生活危险及自护自救知识的《圆爱工程——关爱留守儿童宣传图册》和《漫说家庭教育》宣传手册。

精彩的舞蹈、诙谐幽默的相声、悦耳动听的歌声让现场不时传来阵阵如潮的掌声。台下观众纷纷表示，能够在异客他乡看到家乡的演出，得到来自家乡的慰问，真是做梦也不敢想，一辈子都不会忘。

慰问演出前，团省委"圆爱工程"慰问组一行还深入华亚印刷有限公司厂房和员工宿舍看望了杨书伟、罗利秀、杨晓琳等贵州籍务工青年，带去家乡人的问候和召唤。

"贵州这些年发展速度飞跃，家乡的面貌日新月异。父母是孩子的第一任老师，对孩子成长的影响是任何人也无法替代的。你们回到家乡创业就业大有可为，同样有人生出彩的机会和平台，同时可以共享天伦之乐。如果你们选择留在外地，希望你们担负起父母应有的责任，经常和孩子沟通联系，关心他们的学习和生活，逢年过节多回家团圆。期盼孩子在您的陪伴和关爱中快乐成长！"团省委副书记徐锡广对在场的所有外出务工者如是说。

（原载于2016年1月7日《贵州日报》以及《政前方》微信公众号）

"锦绣计划"进村　精准帮扶致富

——省妇联"同步小康"驻榕江县工作队工作纪实

"我们苗家妇女祖祖辈辈绣花，仅仅是为绣件美丽的嫁衣。如今妇联来实施锦绣计划，让我们的绣片成了家庭的致富宝。"榕江县兴华乡摆贝村苗族妇代会主任姜老本说。

"过去外出广州打工，把娃仔丢在家，常常担心娃仔衣食安全，在外吃不安睡不安。现在回来参加锦绣计划手工协会，我们在家绣花就能挣钱，还能管好娃仔的生活学习。"古洲镇侗族妇女赖书琴说。

"这些年农村年轻人外出打工的多，绣花的少了，我就怕我们民族的绣花技能和图案失传。现在妇联来开展锦绣计划，是对民族刺绣工艺的重拾，我要好好将刺绣技艺传授给年轻人，不能让民族文化在我们这代人手中丢失。"荣获全省第一届国际民族民间工艺品文化产业博览会刺绣大赛三等奖的寨蒿镇苗族妇女欧君梅说。

"我们车江妇女绣的绣片、织的土布、做的民族服装和饰品销路很好，我们已经开起锦绣网店，集中在网店销售。"车江乡苗族妇女杨春懿说。

在榕江县各个省妇联"同步小康"扶贫联系点，受益于"锦绣计划"的农村民族妇女们，纷纷表达肺腑感言。

2015年3月，省妇联同步小康驻榕江工作队按照省委统一部署，来到榕江县八开乡的腊酉村、摆列村、摆奶村开展驻村帮扶工作。在入户调研，发动群众，组织培训，联系市场中，妇联工作队精准发力，帮助农村妇女们找到一条锦绣致富路。

走村入户，摸底查找优势

驻村之后，在队长省妇联副主席周培芝的带领下，工作队立即与县、乡、村干部座谈，进村入户调研了解县情、乡情、村情、民情。

工作队走村串寨调研中发现，家门口、村子口，三五成群的妇女们都在绣嫁衣、绣花带、绣背带，很多家门口还晒着染好的土布。帮扶的乡村村民大多是苗、侗、水、瑶等少数民族，基本上家家户户有纺车，妇女人人会刺绣、会织布、会蜡染。由于青壮年外出打工的多，当地妇女既是家庭的当家人，又是农业生产的主力，还具备刺绣、纺织、印染的技术优势。

这不正是"锦绣计划"最该扶持的对象吗？如何让"锦绣计划"在榕江县成为帮助妇女发展增收的有效途径成为工作队的思考重点。工作队再次走进农户家中，与妇女交流，动员她们转变观念，将绣织本领变为增收途径。工作队员把绣品和织布拍照后，到贵阳、凯里为绣品找市场，努力让产品变商品。在工作队联系下，贵阳黔粹行民族工艺公司和凯里太阳鼓苗侗刺绣公司，不仅收购了榕江的绣品和土布，负责人还多次亲自到榕江各乡村农村妇女家中看绣品、土布，指导她们按市场需求设计图案。

强化技能培训，提升致富能力

为让榕江县更多妇女加入锦绣计划中来，工作队到省妇联、省科协争取到两期"锦绣计划"培训项目。第一期为刺绣能手"金种子"培训，第二期为刺绣"二传手"培训。全县 19 个乡镇的农村民族妇女 130 多名踊跃参加培训。有当地的妇女刺绣能手，也有小刺绣作坊的女老板，每期报名都爆满。

培训班邀请贵阳黔粹行民族工艺有限公司总经理付国艳、黔东南州太阳鼓公司总经理杨建红为学员讲解刺绣技能、图案设计、市场销售。

榕江县本地民间刺绣艺人欧君梅在培训班上与学员分享创业心得体会和榕江民族绣品特点。

在培训班上，黔粹行公司和太阳鼓公司就与妇女刺绣能手们签下了订单，不少妇女的绣品、土布、蜡染直接被公司买走。

锦绣之路聚力，收获多方成就

经过一年努力，工作队组织农村妇女通过锦绣计划实现了"公司＋农户"的合作模式，帮助榕江妇女实现靠刺绣、纺织、印染增加了收入。贵阳黔粹行公司已在榕江收购了50多万元的绣品、土布、蜡染成品，目前还有20多万元的订单正在生产中。黔东南州太阳鼓公司签订了600件绣品的订单。参与刺绣的妇女在家能挣到钱养家，她们感到自身的价值提升，增强了自信心。

塔石乡宰勇村袁仁芝说："过去织的土布赶场天一匹一两百元都没人买，现在有公司收一匹三四百元还催着要货。"车江乡杨胜敏高兴地说，"现在绣花挣的钱可给孩子交学费、买衣物、贴补家用，我在家里的地位提升了。"

看到了刺绣增收的甜头，不少在外打工的妇女也纷纷回家加入刺绣行列，留守儿童问题也随之减少。工作队做了统计，去年3月刚进驻榕江县八开乡腊酉村时，全村有留守儿童72名，到去年12月，留守儿童已减少到48名。

古洲镇侗族妇女赖书琴过去外出广州打工，把孩子丢在家，常常各种担心惦记孩子的生活学习。"现在我参加了锦绣计划手工协会，在家绣花就能挣钱，还能管好娃仔的，比出去打工强多了。"她感慨地说。

"看到减少的留守儿童数据，听到留守儿童妈妈的心声，我们感到选择的项目是符合群众需要的，工作艰辛的付出值得！"妇联工作队队员说。

贵州少数民族刺绣精美绚丽，是重要的民族文化遗产，锦绣计划正是传承和保护民族文化的有效载体。锦绣计划让更多年轻的农村妇女拿起针线，在增收致富的同时传承了民族文化。正如荣获全省第一届国际民族民间工艺品文化产业博览会刺绣大赛三等奖的寨蒿镇苗族妇女欧君梅所说："现在年轻人打工的多，绣花的少了，我就怕民族绣花的技能和图案失传。妇联的锦绣计划这么重视民族刺绣工艺，我要好好将技艺传授给年轻人，不能让我们民族的文化在我们这代人手中丢失。"

在刺绣和营销中，一些手工作坊已不甘心"公司＋协会＋农户"的合作方式，寻找更加便捷、广阔的销售途径。车江乡苗族妇女杨春懿开网店销售绣品、彩染土布，她说："我们车江妇女绣的绣片、织的土布、做的民族服装饰品做工细销路好，在自己网店可卖好价钱。"在妇女手工协会做志愿者的小詹也开起了网店，帮助农村绣娘销售产品。

（原载于 2016 年 1 月 7 日《贵州日报》，获贵州省妇女儿童好新闻评选报纸类三等奖）

我省建立全国首个传媒领域性别平等监管机制

3月15日，记者从省妇联获悉，为深入推进男女平等基本国策的贯彻落实，发挥媒体在促进妇女发展和推动性别平等方面的积极作用，省委宣传部、省妇联日前联合下发了《关于建立完善传媒领域性别平等监管机制的通知》，这是我省建立的全国首个向传媒领域推进性别平等理念的工作机制。

《通知》明确了建立完善传媒领域性别平等监管机制的指导思想，指出要坚持马克思主义妇女观和男女平等基本国策，认真落实《妇女权益保护法》《广告法》以及国家关于大众传媒的相关管理规定，将性别平等理念贯穿大众传媒各领域、媒体宣传全过程，坚定不移地为妇女宣传好政策、发出好声音、树立好典型、推广好经验，团结引领全省广大妇女为实现"两个一百年"奋斗目标建功立业。

《通知》明确了建立该机制四个方面的主要任务。

一是增强媒体人员性别平等意识。加强传媒领域的社会性别意识培训，提高媒体管理者及从业人员的社会性别意识和责任意识，在全社会倡导性别平等、尊重妇女的进步观念。维护妇女权益、展示妇女风采，宣传自尊、自信、自立、自强的妇女形象，提高全社会对女性社会价值的认识和认同，为妇女发展创造良好的舆论环境，形成性别平等的社会风尚。

二是发挥主流媒体的舆论监督引导作用。主流媒体要坚持社会效益至上原则，坚守社会责任，发挥自身优势，壮大主流声音。要大力宣传妇女在推动经济社会发展中的积极作用，充分展示妇女参与和推动经济发展及社会进步的成就、价值和贡献，作传播男女平等价值观的表率。要关注舆论走向，拒绝传播违背男女平等价值理念的信息，禁止在主流媒体中出现包含贬损、否定妇女独立人格等性别歧视内容的报道和广告。

三是要建立传媒领域性别平等传播激励机制。广大媒体及从业者要认真履行宣传倡导责任、舆论监督责任和媒体自律责任，以有效的传播，扩展男女平等基本国策的社会影响，汇聚推进性别平等的正能量。要结合实际设置体现性别平等意识和未来发展趋势的议题，策划活动载体，搞好舆论宣传。

四是要帮助妇女提高运用媒体的能力。主动为不同阶层的妇女接触、学习和运用大众媒体提供条件和机会，特别要支持和促进少数民族地区、边远农村妇女和流动妇女使用媒体和通讯传播的能力。要加强对媒体从业妇女的培训，提高其传播、管理、制作和研发的能力。要充分运用市场手段，鼓励民间机构和企业等运用各类信息通信技术帮助边远和少数民族地区妇女获得信息和服务。

《通知》要求，各相关部门要高度重视，深刻认识建立完善传媒领域性别平等监管机制的重要意义，结合实际制定具有正确社会性别意识的传媒措施，探索设置涉及性别平等相关内容的监测指标，切实将性别平等意识贯彻到传媒工作中。省妇联要聘请社会监督员，开通12338举报电话，设立公共电子邮箱并结合微博微信等新媒体，对贬抑、否定妇女独立人格等性别歧视的传播文化进行社会监督。针对举报投诉内容，组织社会性别专家进行评估。各级党委宣传部门要积极联合当地妇联组织建立宣传工作机制，组建宣传策划队伍，构建信息发布机制，明确责任，多形式宣传男女平等基本国策，努力营造良好的社会舆论氛围。

（原载于2016年3月17日《贵州日报》，获贵州省妇女儿童好新闻评选报纸类三等奖）

大数据告诉你贵州妇女儿童幸福指数提升

——"十二五"时期贵州妇女儿童发展状况正式发布

核心提示

经济社会的快速发展，让妇女儿童事业发展有了更好的氛围、更优的条件、更足的底气。4月20日上午，省妇儿工委办在贵州饭店国际会议中心举办新闻发布会，正式发布《贵州省妇女发展规划（2011—2015年）》和《贵州省儿童发展规划（2011—2015年）》实施状况及我省"十二五"时期妇女儿童发展突出成就。省妇儿工委办主任、省妇联党组书记、主席杨玲，以及省教育厅、省卫计委、省扶贫办、省统计局分管领导出席发布会，详细解读我省"十二五"时期妇女儿童发展状况。透过各种大数据，贵州妇女儿童的"生活态"一目了然。

贵州经济社会五年来的赶超跨越，为全省妇女儿童事业发展赢来了更好的氛围、更优的条件、更足的底气。

4月20日，透过新鲜出炉的《贵州省妇女儿童发展规划终期评估报告（2011—2015年）》，我们看到，全省妇女儿童正在"良好生态"的道路上极速前行。

至2015年底，贵州省"十二五"时期妇女儿童发展目标绝大部分已实现，"两规"总达标率为94.87%，其中妇女规划达标率为95.38%，儿童规划达标率为94.23%，为推进妇女儿童的发展交上了一份满意的答卷。

以人为本——妇女儿童生命健康状况明显改善

"两规"终期评估结果显示，在涉及妇女与健康的 8 项主要指标中，除"性病感染人数有所上升"外，其余 7 项指标已达到目标要求；在涉及儿童与健康的 15 项主要指标中，有 12 项指标已全面达标，"低体重率""义务教育阶段学生每年进行一次体检"等两项指标未达标，"18 岁以下儿童伤害死亡率"无数据。

五年来，贵州始终把保障妇女儿童的健康生命权放在首位，2015 年全省卫生经费投入从 2010 年的 127.65 亿元增加到 316.66 亿元，妇幼保健经费从 1.45 亿元增加到 6.26 亿元，新增三甲医院 22 所，医疗卫生服务体系逐步完善，基层群众就医条件不断改善。将"降低孕产妇死亡率和婴儿死亡率"等核心指标纳入政府年度考核，加强妇幼健康管理，建立妇女儿童健康档案，实施"农村孕产妇住院分娩补助"等项目，为 200 多万名农村妇女进行"两癌"筛查，为 50 万 6—24 月龄儿童每天补服一包营养包，全面推行校园营养午餐，持续改善贫困地区妇女儿童营养状况。

2015 年底，全省孕产妇死亡率由 2010 年得 35.40/10 万降为 24.64/10 万，降低了 10.76 个十万分点；婴儿死亡率由 2010 年的 18.21‰降为 8.67‰；5 岁以下儿童死亡率由 2010 年的 22.91‰降为 12.22‰。儿童贫血患病率、生长迟缓率大幅下降。

教育优先——妇女儿童素质提升工程快速推进

扶贫先扶智，扶智靠教育，发展的关键靠人才，贵州把教育作为彻底拔掉穷根的关键之策，以穷省办大教育的决心，"勒紧裤腰带"推进教育发展。

"两规"终期评估结果显示，在涉及妇女与教育的 9 项主要指标中，共有 7 项全面达标，"推动妇女理论研究和高等院校女性学科建设""提高青壮年妇女识字率"等 2 项基本达标；在涉及儿童与教育的 8 项主要指标中，有 7 项指标已全面达标，"促进 0~3 岁儿童早期综合发展"基本达标。

五年来，新建、改扩建乡镇（街道办事处）公办幼儿园 1650 所、村级幼儿园 3290 余所，完成中职"百校大战"，基本建成花溪大学城、清镇职教城和贵州大学新校区一、二期工程。自 2013 年起压缩行政经费 5% 用于教育"9+3"计划，启动普及 15 年教育，确保人人有学上，人人上好学，走出穷省办大教育的图强之路。

2015 年，全省学前三年毛入园率达 80%，高中阶段毛入学率 87.6%，19 个县市区实现了义务教育发展基本均衡，义务教育进入以巩固提高为主、保障水平更高的免费教育时期。针对职业教育的"短板"，在全国率先实施免费中职教育举措，2015 年我省中等职业教育在校生达 85.65 万人，比 2010 年增加 48.08 万人。

平等参与——妇女共建共享改革发展成果

五年来，贵州坚持鼓励和推进全省妇女在跨越发展中勇挑重担、创立新功，妇女平等依法行使民主权利、平等参与经济社会发展、平等享有改革发展成果达到新水平。

"两规"终期评估结果显示，涉及妇女与经济的 9 项主要指标均已全面达标；在涉及妇女参与决策和管理的 9 项主要指标中，有 7 项已达标，"政协委员、常委中女性比例""逐步提高职工代表大会、教职工代表大会中女性比例" 2 项指标未达标。2015 年，县级政府班子配备率达 98.86%；地（厅）级正职女干部占同级正职干部的比例为 12.84%；第十二届省级人大女代表 171 名，达到 28.5% 的历史高位。

五年共实现城镇新增就业 267 万人，女性就业比例一直保持在 40% 以上；精准扶贫行动减少贫困人口 130 万人，35 个贫困县、744 个贫困乡镇摘帽，"锦绣计划"、妇女小额担保贴息贷款、"三女（锦绣女、持家女、家政女）培训工程"等专门为促进女性脱贫设计的项目，让女性贫困人口比例由 2010 年 49.43% 减少至 2015 年的 35.01%。

一大批精彩女性成为时代的弄潮儿，向红琼、杨永英、曾瑜等奋战在改革发展最前沿的州长、书记、县长，韩卉、孙袁等勇立文化教育卫生最顶端的书记、院长，陶华碧、窦启玲、马凤萍等倾力经济建设第一线企业家等，用非凡智慧浇灌出彩人生，用人间大爱诠释生命真谛，用虔诚执着铸就时代丰碑。

全面改进——营造关爱妇女儿童良好环境

五年来，性别平等、儿童优先成为各级党委政府、各有关部门和社会各界的共识，从法规政策、民生项目、金融扶持，到理论研究、宣传引导、舆论氛围，性别平等、儿童优先的理念贯穿各领域、各板块、各环节的始终。

"两规"终期评估结果显示，涉及妇女与社会保障的 9 项主要指标、涉及儿童与福利的 8 项主要指标均已全面达标；在涉及妇女与环境的 14 项主要指标中，有 13 项指标已达标，"妇女儿童活动阵地建设"基本达标；在涉及儿童与社会环境的 10 项主要指标中，有 8 项指标已达标。"每个街道和乡镇至少配备 1 名专兼职的儿童社会工作者""90% 以上的城乡社区建立 1 所儿童之家"等 2 项指标基本达标。在涉及妇女与法律的 7 项主要指标、涉及儿童与法律保护的 11 项主要指标均已全面达标。

五年来，省委、省政府先后出台《关于加强和改进新形势下妇女工作的实施意见》《关于进一步加强留守儿童困境儿童关爱救助保护工作的实施意见》《关于进一步做好农村留守妇女关爱妇女工作的实施意见》《关于预防和制止家庭暴力工作的实施方案》《贵州省实施"锦绣计划"发展妇女手工产业的意见》等一系列政策。妇女儿童突出问题多次成为省委常委会专题研究重点，纳入政府民生实事，成为人大、政协督办提案建议；女性参与村民自治、农村妇女土地承包权益等通过省人大立法予以保障，维护妇女儿童权益联席会议制度不断完善；法规政策纳入性别平等审查，大众传媒开启性别平等监管，成立"性别平等与妇女发展研究中心"，启动"贵州妇女发展蓝皮书"项目，寻找"最美家庭"、评选"贤惠之星"等，为妇女儿童发展构建了良好的法律、政策、人文、生态和自然环境。

截至 2014 年底，全省城市污水处理率达 87.31%，城市生活垃圾无害化处理率达 78.82%，农村自来水普及率达 86.74%，1394.61 万农村居民和 5852 所农村学校 200.33 万学校师生的饮水安全问题得到解决。

五年共建成乡村学校、少年宫 826 所，5 个市（州）建成妇女儿童活动中心；设立受暴妇女儿童救助（庇护）机构 194 个，874 人次妇女儿童得到救助（庇护）；建设各类家长学校达 1.27 万所，培训家长 8.98 万人次，全省妇女获得法律援助累计人数 34399 人，全省获得法律援助的未成年人达 6431 人。

（原载于 2016 年 4 月 21 日《贵州日报》，获贵州省妇女儿童好新闻评选报纸类二等奖）

让好家风成为社会最宝贵财富

5月15日是第23个国际家庭日。家风清,则民风淳、社风正、国兴旺。我省妇联各级组织努力创新家庭文明建设,夯实社会和谐之基,让蔚然家风成为家庭最宝贵财富。

万人宣讲:树清廉家风,创最美家庭

我省"最美家庭"代表吕昕烛,将智残女儿培养成世界特奥游泳冠军,并白手起家创办"阳光家园"托养教育服务机构,为更多智残孩子送去温暖阳光。她用绝不放弃的笃定之爱,乐助传善的清朗家风,诠释了何为家的"富足"。

"传承中华美德、树立清廉家风,是每一个家庭的责任担当。"吕昕烛说。在5月13日举行的全省"树清廉家风 创最美家庭"好家风万人宣讲启动仪式上,吕昕烛向全省广大家庭发出倡议。

2014年以来,省妇联以"明礼知耻·崇德向善在家庭"活动为主线,以寻找最美家庭为抓手,共发动180多万户家庭参与评选,征集到好家风好家训3016条,推选出各级"最美家庭"3500多户,慈母、孝女、贤妻6300多人,其中36户获全国表彰。

据介绍,此次万人宣讲活动将以全省遍布城乡的10000个"妇女之家"为依托,让贵州最美家庭的故事如种子一样播撒,让好家风"吹"出社会好风气。

拓展创新：让家庭文明建设连天线接地气

近年来，我省妇联组织不断拓展载体、创新形式，把培育和践行社会主义核心价值观工作落实到家庭、见效于家庭。

省妇联对新时期家庭文明建设工作重新定位，将中华传统美德"慈孝贤"和新时代"真善美"有机结合，形成了以寻找"最美家庭"，寻找慈母、孝女、贤妻为核心，百场家庭美德讲堂和家庭教育公益讲座为两翼，家风、家训大家谈为支撑的家庭文明建设工作体系，构建了理论工作者、家庭教育专家、普通家庭和家庭成员、社会各界广泛参与的家庭文明建设新格局。

遍布城乡社区的1.9万个"妇女之家"成为发动妇女和家庭参与家庭文明建设、展示家庭文明风采的第一平台。建立活动宣传栏，张贴活动宣传画，举办家庭文明故事会、文明家风交流会，自编自演文艺节目。"妇女之家"以丰富多彩的活动吸引群众踊跃参与。一大批夫妻和睦、孝老爱亲、教子有方、热心公益、勤俭持家、邻里和睦的家庭美德典型涌现而出。

同时，"寻找最美家庭"活动还在中央、省主要媒体积极宣传，运用省妇联官方微博、微信等展示典型事迹，发动网友为喜爱的家庭和个人点赞。

典型引领：让好家风吹出社会好风气

"寻找最美家庭"活动中，全省各地张贴宣传海报2.5万张，举办家风家训评议会和家庭故事会7000多场，寻找到"最美家庭"3500多户，慈母、孝女、贤妻6300多人，征集到"好家风好家训"3016条。网友为家庭美德榜样点赞5000余万，活动官网创造了逾10万余人次的月浏览量。中央媒体和我省主流媒体对活动及典型的宣传报道达200多条。

全省涌现出的"最美家庭"、慈母、贤妻、孝女典型，有上至70多岁的古稀老人，有下至 10 多岁的小学生。其中有 36 户获全国妇联表彰，100 户获全省"最美家庭"、60 人获十佳慈母、十佳贤妻、十佳孝女表彰，50 户家庭和 90 人获省提名表彰。省妇联还编印了《贵州家庭美德榜样》一书，充分呈现他们的先进事迹，向全社会进行广泛宣传。

"园长妈妈"汪艳，艰辛办起农村幼儿园，为留守儿童送出慈母厚爱；情义贤妻穆智秀，为丈夫捐出自己右肾，用生命诠释爱的真谛；新时代敬老孝女潘启美，用稚嫩的肩膀挑起家庭责任传为美谈；五代"教育世家"的刘深灵，自办书院向乡邻们传播文化赢得赞誉……

（原载于 2016 年 5 月 16 日《贵州日报》）

【关注第二十三个国际家庭日】

蔚然家风　最美于斯

核心提示

家庭是社会的细胞，是社会和谐稳定的基础。家是最小国，国是千万家。5月15日是第23个国际家庭日，省妇联组织"明礼知耻·崇德向善在家庭"活动以来，在全省寻找到"最美家庭"3500多户，其中不少获得全省乃至全国表彰。今日让我们一起走近部分获得表彰的贵州"最美家庭"，感受润泽心灵的优良家风……

【荔波县张雁泉家庭】助人善行　和睦之家

张雁泉一家用小善积大爱，以和睦生和谐，用一个家庭的力量，改变了贫困乡亲和留守儿童的命运，影响了更多人的信念，收获的是整个社会的祝福和尊敬。

在茂兰生态保护区工作的张雁泉，工作职责就是要保护好区内的自然生态。开荒种植马蓝是荔波村民历来的习惯，但传统种植方法产量不高对森林破坏性很大。

在妻子的提议和陪伴下，他们一起深入村民家里，了解情况，思考解决办法。通过3年的探究，夫妻二人掌握了马蓝的生物学特性和一套用稻田种植马蓝及青黛加工较成熟的新技术，并经常到村民家中手把手传授。他们帮助建立青黛加工专业合作社，马蓝种植面积从最初的8户16亩试验示范田已发展到如今的326户986亩，户均收入近4万元，年产值2958万多元。

张雁泉还专门申请注册中国南方喀斯特农村社区技术培训学院，聘请专家为村民传授技术，自己和妻子一起主持并担任指导教师对村民进行培训。他亲自执教开展竹编艺术培训，学员们用茂兰喀斯特优质慈竹编制成薄如蝉翼、细如发丝的平面竹编作品，实现了不出门打工就能赚钱致富的愿望。乡亲们都把他和妻子视为最亲的贴心人。

为帮助贫困山区孩子上学，夫妻二人十年网上奔走，集结八方关爱，与国内外近 2 万名网友爱心接力，为贵州贫困山区孩子募集爱心物资和善款价值 200 多万元，帮助山区近千名留守儿童重返课堂，为他们建成存爱图书室 26 个、环境教育中心 2 个、爱心医务室 10 个。

张雁泉的网络博客"爱存青山"与希望大地助学工作室已累计资助山区留守儿童 2266 人，存入首次资助款 80.66 万元，并在每年新学期开始前续存，为众多贫困学子提供助学资金支持。

寒冬来临，因家里棉被紧缺，不少贫困孩子每逢周六把棉被背回家，周日又将棉被背回学校。夫妻二人设立了"爱存青山·温馨被子"暖冬行动计划，通过互联网将爱心慈善给予指定的贫困受众对象。目前，已购床上用品 214 件套，价值 51240 元，建立爱存青山筑梦宿舍 4 个，解决了 214 名留守儿童背着棉被来回跑的困境。

夫妻二人还挑起了救助贫困重病儿童的重任。6 年来他们先后为患先天性脸部巨型肿瘤的覃免，患脑部肿瘤的郭兴畔，患先天性风湿心脏病的何伟伟、申晗熙、莫朝浪，患腹腔肝脏巨大囊肿的女孩蒙彩秀，发起爱心救助，募集爱心善款 68.36 万元，并分别将他们送到北京、上海、成都等各大医院救治，拯救了他们稚嫩的生命。

深受父母行为影响，女儿张高令子也积极主动帮助身边的贫困同学。在参加由中国少年儿童基金会、共青团中央影视中在京举行"奥运福娃牵手"活动中，张高令子讲述了家乡孩子因贫辍学的故事，在场的企业家们无不热泪盈眶，竞相购买她带去的仡佬族民族服装。张高令子将所得善款捐赠给荔波县玉屏镇第二小学购置体育教学器材和学习用品，受到了全校师生的热赞。

【花溪区黄永绂家庭】阳光妈妈　温暖之家

71 岁的黄永绂是贵阳市花溪区 3537 厂退休职工，现为贵阳市花溪区阳光妈妈志愿者协会会长。

她和普通家庭的贤妻良母一样，尊老爱幼，勤俭持家，还有一手好厨艺。但她也有一点不一样，她把母亲的爱送给了一个需要帮扶的特殊群体。

自 2012 年到花溪阳光就业家园当一名阳光志愿妈妈后，在她的教育和感召下，全家人都成为爱心志愿者，加入爱心行动队伍。

黄永绂常说："我们多挽救一名戒毒员工，也就多挽救一个家庭，同时给社会带来一份平安。"

退休以来，她一直从事传统文化及禁毒公益宣传教育活动，用亲身经历和体会，到单位、社区、学校、戒毒场所、阳光家园等进行禁毒预防和传统文化知识演讲，并用真情去帮扶戒毒康复人员树立自尊，早日身心康复，回归家庭和社会。

早在四年前，黄永绂就被新闻媒体评为"公益达人"，并多次被贵州省禁毒委推选为"优秀禁毒工作者"。她所带领的阳光妈妈志愿者团队于 2013 年荣获省妇联"贵州省三八红旗集体"称号。2015 年 6 月，阳光妈妈志愿者协会被推荐为"全国禁毒工作先进集体"，黄永绂作为阳光妈妈志愿者协会代表去北京出席全国禁毒工作先进集体代表、先进个人表彰大会，受到习近平总书记等党和国家领导人的亲切接见，并在表彰大会上作事迹报告。她的先进事迹曾多次在中央、省、市电视台、广播电台及有关报刊报道。

黄永绂于 2010 年开始介入社区戒毒、社区康复工作，2012 年初走进花溪阳光就业家园帮扶戒毒员工。她不计时间和报酬，每天与员工坐交通车上下班，并同进午餐。为更好地帮扶戒毒员工，她提出了"有家就有妈，有妈才是家"的宗旨，发起成立阳光妈妈志愿者团队，用母爱去打开孩子们的心扉，让党的阳光照进他们的心田。

2013年底，贵阳市花溪区阳光妈妈志愿者协会成立后，黄永绂担任协会会长和法人代表。在她的感召下，阳光妈妈志愿者由几十名发展到今天的500余名。她带领广大志愿者，帮扶救助戒毒员工200余人次，走访戒毒员工家庭100余次，为3对戒毒员工在阳光家园举办了婚礼，化解矛盾50余起，为多名戒毒员工回归并自主创业建立了跟踪服务工作机制，开展禁毒预防宣传"七进"活动近百次，进场所为戒毒学员送关爱100余人次，放映禁毒宣传片50余场。同时在阳光家园举办了员工与志愿者"生日同乐会"、联谊会、传统文化讲座、书画笔会、趣味运动会等，并经常与员工开展谈心及进行家访，帮扶和救助困难家庭。目前黄永绂已成为康复人员最信赖的倾诉对象，大家亲切地称呼她为"老妈"。

经过艰苦细致的教育感化工作，戒毒员工有了归属感，劳动积极主动了，身心得到不同程度的康复，精神面貌和文明行为习惯明显好转。黄妈妈说，能够带领一群人，做好一件事 ，干好一辈子，这就是我们家的家风。

【修文县李正磊家庭】共抗病魔　真爱之家

12年的陪伴照料，让修文县国税局的李正磊把妻子从癌症死亡线上拉了回来。这份执着的爱，抗击了病魔，创造了奇迹，演绎了现代爱情神话，撑起了大写的家。

2002年，妻子被查出"脑癌"中期，晴天霹雳击懵了李正磊。他不相信，平时爱唱爱跳、身体结实的妻子从此就要在病榻上度过年轻的一生。他将即将中考的儿子托付给年迈的母亲照看后赶到了医院，悉心照料妻子。

在手术、放疗、化疗期间，李正磊每天给妻子喂饭、喂药，给妻子讲故事、谈人生、谈儿子的将来……胡素琴的病情有了基本好转后，出院回家疗养。然而，3个月后，癌细胞复发，胡素琴全身瘫痪，大脑失去记忆。医生诊断癌细胞已入晚期，生命无法挽回，基本上不可能活过当年的"国庆节"。

争取是生的希望，放弃是死的归宿。李正磊将妻子接到县医院后，一边配合医生为妻子进行保守治疗，一边四处打听治疗癌症的良方。一位老中医建议他用新鲜的三角风和艾草等中药煎制后，将药水倒在木盆里给病人泡澡，会有一定效果。他立即请木匠打了一个直径1.2米的木盆抬到医院病房里，利用周末时间走乡串寨购买三角风和艾草等中药材。由于每次需要大约10公斤药材才能煎制，他只好动员生活在农村的战友和亲朋上山采药。无论春夏秋冬，每天下班后的第一件事就是为妻子煎药泡澡，并进行搓脚按摩。

12年来，为妻子煎药的锅烧烂了六口，耗去的中药材要用吨数来计算。

听说贵阳有一个中药方子效果好，他背着妻子来到贵阳治疗，并将一疗程33天，药价5000元的药购了回来，至今还在坚持服用。听说镇远县一名病友长期服用当地的一种中草药，后复查癌细胞已不复存在，他立即赶往该县寻访。无论医生的治疗方法有多奇特，他都照办。昆明一名战友告诉他，云南有一种名叫雪莲花的中草药与新鲜牛奶混合服用能治此病，他不加思索地赶到昆明购买……

在他的眼里，只要有一线希望，哪怕是天涯海角他也要去走一遭，哪怕是上刀山下火海他也要试一次。在他的悉心照料下，妻子的病情逐渐好转。从县医院回到家里后，胡素琴能慢慢下床，扶着床沿挪动脚步，但记忆力差，神志不太清楚。李正磊中午下班回家，一字一句地教妻子说话识字；下午晚饭后，搀扶妻子散步，锻炼腿部肌肉；晚上，放妻子爱听的音乐，随着妻子咿咿呀呀的声音唱歌，锻炼妻子的发音能力。

2012年底，经省医专家复查，脑内残留的20%的癌细胞已钙化。患病至今12年了，胡素琴已能正常与人交谈，还能料理日常家务。

李正磊和妻子与癌症抗争绝路逢生的故事在社会上传开后，四面八方的病人及家属，甚至移居意大利、法国的华人都来向他请教。2010年7月至今，有来自全国30个省市区及港澳地区的近1000多个病人或家属向他寻求帮助。面对众多病人，李正磊都无私地将医生的联系电话、药的配方和自己的QQ号发给大家。在他内心，永远愿与广大病友之间搭起一座拯救生命的爱心桥梁。

（原载于2016年5月19日《贵州日报》）

打造指尖上的多彩贵州

——我省合力推进锦绣计划工作取得阶段性成效

50 万绣娘，飞针走线，创造着指尖上的多彩贵州。

7 月 11 日，记者从省政府召开的 2016 年锦绣计划联席会议工作调度会上获悉，在政府部门、企业、学校、协会以及绣娘等多方共同努力下，我省锦绣计划有力推进，取得阶段性成效。

2015 年，全省妇女特色手工产业产值达到 30 亿元，培育造就了 50 家优强企业和 100 家专业合作社，妇女特色手工企业和专业合作社达到 1000 家，从事特色手工产业的妇女达到 50 万人。

千万资金培训，提升绣娘技艺

2015 年"实施锦绣计划，培养绣娘 1 万人"列为省十大民生实事之一，在省妇联、省人社厅、省扶贫办及省中小企业局、省民宗委、省文化厅等部门的共同努力下，2015 年共投入资金 1096 万元，培训 13761 名绣娘。

今年上半年，各部门已完成培训 5400 余名。各级党委政府重视支持，各相关部门、学校、企业、协会协调配合，采取多种培训方式，使培训任务顺利落实。各职业院校和企业加强人才培训合作，培养技能、设计、销售一体的复合型后备人才。

《贵州省农村青壮年劳动力规范化技能培训实施方案》《贵州省传统手工技艺助推脱贫培训计划（2016—2020 年）实施方案》《贵州省民宗委扶持少数民族传统手工技艺发展方案（2014—2016 年）》和《2014—2016

年贵州省民族民间工艺领军人才培训培养规划》等的出台，都将锦绣计划培训纳入其中，并进行分层级培训安排。

强化措施扶持，培育手工企业

各成员单位通过支持企业技术改造、新产品开发、营销网络及平台建设、扶持基地建设、保护性建设，落实有关小微企业发展政策和税收优惠政策等，推动妇女手工企业不断发展。

省中小企业局支持妇女手工企业的技术改造，支持民族民间工艺品销售网点建设项目，扶持企业在机场、高铁站、风景区建立民族民间工艺品销售网络，打造贵州手工艺品销售平台。

省文改文产办制定出台文化产业扶贫"千村计划"实施方案，明确大力支持"公司＋农户""公司＋合作社＋农户"等运作模式，积极创建一批保持传统技艺、具有示范带动作用的保护性生产基地，鼓励民族文化元素与现代生活、时尚创意相结合。

省民宗委安排手工艺专项资金700万元，扶持刺绣、蜡染、银饰等传统手工艺企业152家，扶持项目涉及技术培训、技术推广、产品设计、扩大生产等。

省妇联安排资金170万元，对44家妇女手工企业在实体店和网络销售平台建设上给予奖补；省妇联与省科技厅联合下发妇女创新创业合作基金项目投入136万元对23家妇女手工企业在技术与产品创新上给予扶持。

在落实税收及金融政策上，省国税局继续推进民族特色产业税收试点工作，降低试点企业税负，试点企业增值税税负下降了1.46个百分点，试点纳税人不断增加，税负普遍降低。省地税局落实支持重点群体创业就业、小微企业免征营业税政策，减轻妇女特色手工业企业税收负担，同时贯彻落实农村金融税收优惠政策，扶持手工产业妇女创业就业。省工商局落实"3个15万"政策，鼓励支持妇女手工人员创办微型企业。

各地发挥妇女小贷对妇女手工的支持作用，优先为需要贷款的手工企业获得妇女小贷的扶持提供指导。

各地结合实际积极推进锦绣计划

全省各市（州）及贵安新区党委政府高度重视，狠抓落实，结合实际积极推动本地实施锦绣计划。各地妇联认真履行锦绣计划联席会议办公室职责，强化协调，督促落实有关工作。

黔东南州制定出台《黔东南州2016年妇女特色手工产业"锦绣计划"工作要点》，组织开展妇女手工协会活动，促进妇女手工企业间合作。

安顺市组织妇女手工企业积极参与到市级相关活动中。市妇联积极推动，促成安顺投资有限公司与四川南充嘉美集团联合成立中国蜡染艺术研究院，推进蜡染产业创新发展，深入实施锦绣计划。

六盘水市、黔南州组织召开锦绣计划专题会议，从开展调研，强化培训，贷款扶持、赛事推动，培育新人，打造典型等方面，引领妇女手工从业者在传承民族文化的同时增收致富。

黔西南州制定了"百家基地""千家绣纺""万名绣娘"的工作目标，将妇女手工技能大赛纳入第四届中国美丽乡村·万峰林峰会内容，展示少数民族文化及绣娘风采。

遵义市组织40余家妇女手工企业参加第四届旅发大会展销活动，丰富了旅游节会活动内容。

搭建多个平台，助推精准扶贫

省妇联积极推动各地妇女手工企业与妇联签订携手精准扶贫承诺书，联手开展精准扶贫，有50余家妇女手工企业与贫困村寨或贫困户签订合作协议，开展订单生产，既培育了绣娘，又提升了产品生产的规模化水平。

为提升设计水平，省经信委和省妇联相关人员一同到珠海，与知名服装设计师马可洽谈合作事宜并达成初步意向；为吸引更多合作，省妇联邀请为 APEC 会议领导夫人设计服装的著名服装设计师赵卉洲来黔考察，并在深圳文博会期间开展的公益平台活动中，开展了"苗乡苗绣"展示，提出了设计扶贫的理念及设想，并将与贵州省合作开展有关工作。

与此同时，各部门和各市（州）指导帮助妇女手工企业加强市场研究，根据市场需求，调整产品方向，增加适销对路的产品；开展线上线下的营销，开展体验式营销活动，积极扩大产品销售；指导手工企业间加强生产合作，建立乡村手工基地；各手工企业注重品牌培育，积极打造自己的手工品牌。松桃苗绣已获得地理标志注册，其他企业自有品牌不断发展壮大。

抓活动节点机遇，扩大效应

在我省重大活动和展会中，妇女手工元素的植入大大提升了锦绣计划知名度和影响力。

去年第一届民博会上首次举办妇女手工技能大赛，并设置锦绣专题展馆。今年 2 月省政府在北京举办的"2016 贵州年货节暨贵州特色商品展示交易会"上，多家贵州妇女手工企业向社会各界展示了贵州民族民间工艺品魅力。5 月，深圳文博会期间以"山地公园省·多彩贵州风"为主题，24 家文化企业及文创产品集中展示，涵盖蜡染、刺绣、银饰等民族民间手工艺品等类别，实现直接销售额 45 万元、订单金额 500 万元，深度意向合作项目 190 项；全国妇联组织妇联组团首次进驻深圳文博会，贵州省妇联作为 6 个省份之一组织企业参展，得到了中央领导称赞。在"山地公园省·多彩贵州风"全球推广系列活动中，贵州省民族民间工艺品走进捷克开展了文化交流展示活动，妇女特色手工的企业和非遗传承人随团访问，展示了我省民族民间手工的精湛技艺，宣传了我省民族民间文化。

省旅发委组织部分妇女特色手工企业参加了"2016 中国国际旅游商

品博览会暨第八届中国旅游商品大赛"和"中国国际旅游交易会暨全国特色旅游商品大赛",企业手工产品寻求到更好的宣传推广销售平台。

省文改办积极推动"多彩贵州非遗村"落户深圳,设置了刺绣馆、蜡染馆、工艺馆、银饰馆及其他等8个展馆,目前已入驻企业63家。

省妇联编印了第二期《锦绣之路》宣传锦绣计划成果,与省文联联合出版了纪实性报告文学《绣娘》,积极争取中央电视台大型电视纪录片《指尖上的中国》摄制组到我省拍摄。

（原载于 2016 年 7 月 14 日《贵州日报》）

让家成为梦想启航的地方

——省妇联积极推进家庭文明建设扬家庭文明新风

千千万万个家庭是国家发展、民族进步、社会和谐的重要基点，是人们梦想启航的地方。爱国爱家、相亲相爱、向上向善、共建共享的社会主义家庭文明新风尚，将助力百姓富、生态美的贵州蓝图早日绘就。

挖掘好家风　发挥先进典型引领作用

毕节市金沙县西洛街道如今已是著名的"好家风一条街"。

"我们田家先辈来到金沙，以紫荆花为家花，表示团结兴旺。几代人长期和睦相处，生活不走歪门邪道，不巧取豪夺，只讲朴实勤劳。"西洛街道开化社区田云福、张登静夫妇说，能够继承严谨家风，恩爱和睦，朴实正派，勤劳创业，共同呵护温暖的家就是幸福。76岁的婆婆陈忠先说："儿子媳妇继承了我们田家好家风，尊老爱幼，邻里和谐，不做违法乱纪的事，我这一生就放心了。"

这团结和睦的一家人只是西洛街道35户好家风示范户代表之一。整条街上，有关家风家训家规的展板、漫画、对联、宣传牌、灯箱画不仅美化了环境，更营造出健康清廉、文明向上的家庭文明主题浓浓氛围。

5月11日至12日，全省家庭文明建设现场观摩暨寻找"最美家庭"工作交流会在金沙县召开，来自全省各地妇联系统和最美家庭代表，实地观摩了金沙县西洛街道开化社区"家风一条街"、全国"最美家庭"金沙县平坝镇杜吉芬家庭组建的业余文艺宣传队家风家教宣传展示，并聆听了2017年全省"百场家庭教育公益大讲堂"首场报告。省妇联和"最美家庭"代表向全省广大家庭发出争做"最美家庭"倡议。

生根又开花　推动形成核心价值观

家庭工作一直是妇联组织的传统优势领域和主阵地，党的十八大以来，全省妇联组织将推进家庭文明建设作为践行社会主义核心价值观的具体实践，常态化开展寻找"最美家庭"活动，以寻找慈母、贤妻、孝女为核心，扎实开展"明礼知耻·崇德向善在家庭"主题实践活动，以优良家风家训引领社会文明新风尚，推进家庭文明建设，实实在在把培育和践行社会主义核心价值观的工作落实到家庭。

全省先后启动了百场家庭美德大讲堂、百场家庭教育公益大讲堂、举办了"巾帼风范·家园情怀"歌唱大赛、"共享知识、共建和谐"家庭读书和"书香飘万家·阅读驻我家"亲子阅读系列活动，邀请知名学者于丹作"家和万事兴"公益讲座，以丰富的活动载体将"践行社会主义核心价值观"具象化。

特别是"明礼知耻·崇德向善在家庭"主题活动暨寻找"最美家庭""十佳慈母""十佳贤妻""十佳孝女""家庭美德之星"活动，依托各地"妇女之家"进行层层发动、广泛宣传，组织群众积极开展自评、自荐、互推、互评，讲家风家训、秀家庭故事、谈家庭美德，涌现出一大批事迹突出、感人至深的先进典型。

"当代女愚公"邓迎香，带领村民开山辟路、脱贫致富；"草根"文艺宣传队"当家人"杜吉芬，自编自导节目，寓教于乐，倡导好家风；"园长妈妈"汪艳，艰辛办起农村幼儿园，为留守儿童送出慈母厚爱；情义贤妻穆智秀，为丈夫捐出自己右肾，用生命诠释爱的真谛；新时代敬老孝女潘启美，用稚嫩的肩膀挑起家庭责任传为美谈；五代"教育世家"刘深灵，自办书院向乡邻传播文化赢得赞誉……

2011年以来，全省共发动城乡300余万户家庭参与家庭文明建设活动，寻找"最美家庭"8915户，慈母、贤妻、孝女9300多人，征集"好家风好家训"万余条，表彰省及全国"最美家庭""五好家庭""文明家庭"330 户，表彰省"十佳慈母""十佳贤妻""十佳孝女""家庭美德之星"70 人，开设专网 4 次，网友点赞 6000 余万人次，月浏览量逾 10 万余人次，中央和省主流媒体对活动及典型的宣传报道 1000 多条。

跑好接力赛　常态化推进最美家庭活动

省妇联主席杨玲表示，全省各级妇联组织将深入学习贯彻省第十二次党代会精神，适应妇联组织改革需要，"接过'接力棒'，就要跑好'接力赛'"；要更好地开展家庭文明建设和寻找"最美家庭"工作，营造尊崇"最美家庭""五好家庭""文明家庭"等家庭文明典型的良好社会氛围；让"夫妻和睦、孝老爱亲、科学教子、勤俭节约、邻里互助"的家庭文明之风吹拂黔中大地，通过广泛寻找"最美家庭"活动，团结凝聚全省广大妇女和家庭的力量，共同奋力开创百姓富、生态美的多彩贵州新未来。

为建设和弘扬新时代家风文化，用社会主义核心价值观引领家庭文明建设，切实让家庭文明建设成为服务党政中心工作的有效载体和有形抓手，密切配合 2017 年贵州省"文明家庭"评选表彰活动的开展，省文明办、省妇联今年将在全省深入开展"树家庭美德，扬文明家风"家庭文明建设系列活动——

通过广泛开展文明家庭在机关、在学校、在社区、在企业、在村寨、在家庭"六在"活动，推动"明礼知耻·崇德向善在家庭"主题活动深入基层，其间将在遵义市、六盘水市、安顺市举行"文明家庭在农村""文明家庭在社区""文明家庭在企业"全省文明家庭建设示范交流活动。

通过开展"家和万事兴"好家风展示活动，动员全省广大家庭以"家和万事兴"为主题，以建设"好家风好家训好家教"一条街、一个社区、文化广场（长廊）、"道德榜""慈孝贤榜"宣传墙（栏）为载体，以"好家风好家训好家教"互评互议、群众点赞、主题研讨为内容，通过歌舞、说唱、故事会、情景剧、亲子摄影、阅读等家庭才艺等丰富多样的表现形式，开展好家风好家训好家教展示活动，潜移默化地教育带动身边群众。

通过开展寻找"最美家庭"活动，动员百万家庭参与、开展千场宣传、万个"妇女之家"联动共建，深入寻找、推荐"最美家庭"和"慈母、孝女、贤妻"，最终寻找省级"最美家庭"50户，"家庭美德之星"10人。把寻找"最美家庭"作为推选"五好家庭""文明家庭"的"蓄水池"。

通过在全省党政机关开展"树清廉家风创文明家庭"活动，举办清廉家风家规家训征集、清廉家风征文、清廉家风故事分享、家庭助廉等活动，引导党员干部立家规、传家训、树家风、重家教，做家庭美德和家庭文明的践行者、示范者。

通过举办"百场家庭美德大讲堂"活动，以讲座、报告、故事会等生动鲜活的形式，弘扬传统文化、传承家庭美德、树立文明新风、传递正能量。

通过举办"百场家庭教育公益大讲堂"活动，邀请省内外专家深入基层社区，以"让爱留守·伴随成长"家庭教育公益大讲堂为示范，强化广大家长和监护人的家庭监护法律意识，提高道德修养和科学育儿知识，形成良好家庭教育氛围。

通过举办"亲子阅读家庭"教育主题实践活动，充分发挥亲子阅读在传递良好家风、培育科学家教、促进儿童健康成长中的重要作用，营造良好的家庭读书氛围，推动书香贵州建设。

通过开展"社会主义核心价值观进家庭"优秀案例征集活动，广泛征集家庭中培育践行社会主义核心价值观和文明家庭创评活动开展的经验做法及生动案例。

（原载于 2017 年 5 月 16 日《贵州日报》）

实干建新功　共铸巾帼梦

——我省妇女儿童事业发展成就五年回眸

习近平总书记在全球妇女峰会上表示："在中国人民追求美好生活的过程中，每一位妇女都有人生出彩和梦想成真的机会。"

五年春风化雨，五年砥砺奋进。过去五年，在省委、省政府的坚强领导下，在全国妇联的关心指导下，全省妇女工作实现了跨越发展，妇女事业发展取得了历史性突破。贵州各族妇女在全省各级妇女组织的团结引领下，在守底线、走新路、奔小康的道路上，激扬巾帼之志，奉献巾帼之力，创造巾帼之绩，铸就巾帼之梦。贵州各族妇女同胞，在追求美好生活的历程里，撸起袖子，实干建功，奏响了贵州妇女事业发展的璀璨乐章。

牢记使命　凝心聚力有担当

坚持党的领导，才能坚定正确方向。政治性是妇联组织和妇女工作的根本特性，只有引导广大妇女更加紧密地团结在党的周围，坚决听党话、跟党走，做党的好女儿，才能保证各项工作方向不偏、立场不移，沿着正确的道路前进。

党的十八大以来，以习近平同志为核心的党中央高度重视做好妇女工作、促进妇女事业发展。习近平总书记在多个场合，就妇女工作和妇女事业发展发表了重要讲话、作出了重要指示。

五年来，全省妇联组织深学笃用习近平总书记系列重要讲话，将之作为做好妇女工作的"主心骨"和"定盘星"，用以武装头脑、指导实践；

先后开展"巾帼心向党·扬帆新征程"主题系列活动，举办系列研讨班、培训班，组织各类宣传宣讲，推动学习贯彻步步深入、全面覆盖；扎实开展党的群众路线教育实践活动、"三严三实"专题教育和"两学一做"学习教育，广大妇女干部的"四个意识"更加牢固，道路自信、理论自信、制度自信、文化自信不断增强。

妇女发展离不开夯实的政治和经济基础。全省各级妇联组织紧紧按照中央和省委、省政府关于妇女工作的重要决策部署，推动出台我省妇女儿童发展规划、加强和改进新形势下妇女工作的意见、实施妇女特色手工产业锦绣计划的意见等，逐步落实省市县三级妇女发展工作经费。积极促进妇女参与经济发展和政治活动，全社会就业人员中女性比例保持在40%以上，全省地（厅）级正职女干部占比达到12.15%，县（处）级正职女干部占比达到20.59%，98.4%的村（居）两委配备女性成员。

服务大局　团结引领有作为

全省各级妇联组织紧紧围绕省委中心工作和全省发展大局，将妇女事业融入贵州经济社会发展的总体布局，为妇女参与大扶贫、大数据、大生态三大战略行动搭建广阔舞台，动员组织妇女在守底线、走新路、奔小康的伟大实践中实现自身发展。

五年来，全省广大妇女英姿勃发、群芳争艳。

邓迎香，贵州省黔南布依族苗族自治州罗甸县董架乡麻怀村的一名普通农民妇女。十三年来，她和丈夫一起带领村民，共同创造了在艰苦地理环境中人工开凿216米隧道的壮举，为改善当地生产生活条件做出了卓越贡献，被评选为"全国三八红旗手标兵"。

还有全国优秀共产党员村支部书记余留芬、被誉为"中国大山里的海伦·凯勒"的盲人女教师刘芳、蜚声海内外的"老干妈"陶华碧、多年默默无闻照顾着七位行动不便老人的肖飞、独自坚守在大山深处的"最美乡村医生"钟晶……在中央文明委开展的第一届全国文明家庭评选表彰活动中，贵州有 8 户家庭受表彰，得到习近平总书记的亲切会见。在共建社会主义家庭文明新风尚、构建和谐社会大潮中，她们都是最先进、最闪亮的那颗明珠。

为推动民族手工产业发展，帮助妇女精准脱贫，2013 年，省政府出台了《关于实施妇女特色手工产业锦绣计划的意见》。在"锦绣计划"的推动下，全省妇女以针为笔，以线为墨，以布为纸，意气风发地迈上通往致富的"锦绣之路"。

"只要勤快，我们一个月能挣到 4000 多元呢，我们不仅在家有收入，还可以照顾老人和孩子。"凯里市苗族妇女欧阳珍珍创办了九黎苗妹工艺品有限公司和民族文化生态博物馆基地。公司已经成为贵州省的手工龙头企业，年产值 5000 万元，帮助千余妇女增收致富。

如今，"锦绣计划"已成为贵州省妇联的一号工程，大力实施"锦绣计划"，打造 10 余个手工产业示范基地，培育近 1000 家手工企业和专业合作社，实现产值 50 亿元。

2015 年，李克强总理视察贵州时，夸赞黎平侗寨绣娘绣出了"民族之美，勤劳之美"！同年，全国妇联副主席、书记处第一书记宋秀岩出席联合国妇女地位委员会第 59 届会议期间，将贵州妇女的马尾绣和蜡染作品作为扶贫成果赠予时任联合国秘书长潘基文，贵州妇女手工编织作品已经走出国门，走向世界。

与此同时，开展"百万妇女创新业"行动，打造"黔灵女"家政服务品牌，联动开展持家女、锦绣女、家政女职教扶贫培训，累计培训 6 万人。2014 年，全国人大常委会副委员长、全国妇联主席沈跃跃考察"黔灵女"家政，对省妇联打造品牌带动妇女创业就业的做法给予充分肯定。目前，全省共建成总店、直营店、分店 50 余家，辐射带动就业 3.5 万人。发放妇女小额担保财政贴息贷款 90 多亿元，培育 300 余个"巾帼示范基地"，帮助 20 余万妇女实现创业梦。大力实施"母亲电商"培育行动计划，引导妇女投身大数据发展，共享大数据红利。

此外，全省各级妇联组织以家庭家教家风建设为抓手，举办家庭美德大讲堂，寻找"最美家庭"8915户，评选"慈母、贤妻、孝女"等家庭美德之星9300人，其中，获全国最美家庭61户，全国五好家庭50户，全国五好家庭标兵3户，全国第一届文明家庭8户。表彰省级三八红旗手（标兵）367人，三八红旗集体202家，巾帼文明岗159个，巾帼建功标兵126个，巾帼建功先进集体84个，农村致富女能手59名。

造福妇儿　温暖之家赢民心

五年来，我省妇女儿童工作坚持以人民为中心的发展思想，让全省妇女儿童的获得感、幸福感越来越强。

省妇联搭建贵州省妇女儿童发展基金会慈善公益平台，五年累计募集资金和物资1.49亿元。

广泛开展的"助学行动""女性创业小额循环金""蓓蕾关爱行动""关爱女性·暖心工程"等慈善关爱活动，帮助1115名大学生圆梦大学，建成儿童之家275个，帮助2000多名妇女创业就业，为7000多名大学生提供创业就业指导和职业规划，修建"母亲水窖"120多个，累计向5051名农村贫困"两癌"患病母亲提供每人1万元的救助。

为了让温暖更实在，让留守儿童过年与父母团圆，省妇联、贵州金沙酒业集团共同发起"金沙回沙·接老乡回家"大型公益活动。自2014年启动以来，这项活动已免费迎接数千名农民工回乡过年。"金沙回沙·接老乡回家"获得了第三届中华女性公益慈善典范十大女性公益品牌项目。

"每年春运期间回家过年都很不容易，现在有了接老乡回家的活动，路再远我们也不怕。"沿河自治县泉坝镇水田村村民赵有平不再担心每年回家辗转坐车费时费力。

我省还大力实施"百万妇女促维稳"行动，推动建立法规政策性别平等审查评估机制、全国首个传媒领域性别平等监管机制，推动出台《贵州省未成年人家庭教育促进条例》，建立妇女维权工作庇护站 134 个。

通过创建"暖心大姐"信访代理员队伍、"家事纠纷调解室"、留守妇女互助组、"信访代理"县乡村三级联动网络等，多角度、全方位为妇女儿童提供维权服务。

位于贵阳市世纪城社区的明珠歌舞团妇女之家拥有成员 3615 人，其中妇女占比 96%，62 岁的社区妇联副主席、妇女之家负责人、巾帼志愿服务者杨朝群五年来每天坚持给妇女群众上"十分钟党课"，向大家宣传习近平总书记系列重要讲话精神。2017 年 5 月，全国妇联副主席、书记处第一书记宋秀岩在考察明珠歌舞团妇女之家时，为杨朝群的坚持和付出点赞，称赞杨朝群这样的做法真正让妇联组织实现了"海纳百川、一呼百应"。"妇女之家"3 万多名巾帼志愿者活跃在农村和社区，为服务群众、促进社会和谐贡献力量，有效实现了把"家"建成宣传政策的阵地、展示妇女风采的平台、联系和服务妇女群众的窗口！

作为妇女娘家人，妇联紧扣妇女需求，坚持人往基层走、钱往基层花、情往基层注。让广大妇女切实感受到妇联如"娘家"般的温暖，实现了干群互帮互助的爱心良性循环。

深化改革　积极实践勇创新

五年来，通过全面深化改革，我省妇女工作的抓手更实、活力更足、成效更好。

省妇联不仅号召全省广大妇女要做改革创新的积极实践者，更要成为积极践行改革实践的带头者。围绕保持和增强政治性、先进性、群众性，克服机关化、行政化、贵族化、娱乐化，我省全面深化妇联工作体制机制改革，着力增强各级妇联组织特别是基层组织的创造力、凝聚力、战斗力。

省妇联推动出台《贵州省妇联改革实施方案》，各市（州）、县（市、区）妇联陆续出台各自改革方案。建立纵横交错的网格化组织体系，推动"妇女之家"向两新组织拓展，60%以上专项经费向基层倾斜，巩固妇联组织的基层基础。

同时，省妇联注重延长手臂，充分发挥女企业家协会、妇女手工协会、家庭教育学会等作用，扩大组织覆盖面。

此外，还依托大数据建设"网上妇联"，培养了一支3000余人的网宣队伍。

为加强对妇联干部的培训，提升干部能力素质，共举办各类培训60期，参训人数5000人。

在全省各级妇联组织的团结带领下，全省妇女工作紧紧抓住建设国家大数据综合试验区、国家生态文明试验区、内陆开放型经济试验区等政策性机遇，适应经济新常态，践行发展新理念，勤于学习，善于思考，敢于创新，勇于实践，以改革创新精神开创各项工作新局面，不断汇聚改革开放、创新创业的"她力量"。

过去五年，贵州女性斗志昂扬，开拓进取，聚力奋斗，谱写了贵州妇女事业发展的新篇章；新的五年已经起航，贵州各族妇女不忘初心，牢记使命，攻坚克难，奋发有为，立足本职、创新创优，实干苦干加油干，必将继续发挥半边天作用，为决胜脱贫攻坚、同步全面小康、开创百姓富、生态美的多彩贵州新未来贡献新的力量。

（原载于2017年8月28日《贵州日报》）

舞动指尖　脱贫有路　幸福可期

——贵州省妇女特色手工产业锦绣计划实施五周年回眸

提要

李克强总理视察黎平时，称赞侗寨绣娘绣出"民族之美，勤劳之美"。黔粹行设计制作的特色手工产品被全国妇联选用并赠送联合国前秘书长潘基文。绣娘蔡群、王菁、石丽平、宋水仙、杨昌芹、韦祖英等先后当选为全国人大代表，顾兰花当选全省脱贫攻坚优秀党组织书记，陆婷、杨胜娇当选全省脱贫攻坚优秀共产党员……

五年来，贵州省大力推动实施"锦绣计划"，不仅让 50 万舞动指尖的贵州妇女，以针为笔、以线为墨、以布为纸，铺就产值 60 亿元的脱贫致富锦绣之路，更用实践证明了"锦绣计划"已成为政府牵头跨部门联动的民心工程、提高妇女经济社会地位的发展工程、助推家庭脱贫的小康工程、解决农村空巢留守问题的和谐工程。

合力推动促发展　助力驶上快车道

2013 年，省政府办公厅下发了《关于实施妇女特色手工产业锦绣计划的意见》，在全省推动实施锦绣计划。省锦绣计划实施联席会议各成员单位、各市（州）政府及贵安新区管委会、各级相关部门的合力推动，促进"锦绣计划"快速良性发展。

锦绣计划实施以来，沈跃跃、刘延东等党和国家领导人、全国妇联、文化部多位领导批示肯定。省委书记、省长进行工作指导。省委分管领导对保护指尖技艺、激活指尖经济给予深度指导。省政府分管领导召集成立省锦绣计划实施联席会议，连续五年召开联席会议，连续三年召开全省锦绣计划工作推进会，锦绣计划18家成员单位共同推进实施。安顺市、黔东南州等8个市（州）和六枝等11个县（市、区）成立了锦绣计划实施联席会议。

五年来，省财政投入专项资金8500万元，各级各部门累计投入资金近10亿元。省妇联发起成立了贵州省妇女手工协会。省妇联、省科技厅出资300万元设立"贵州省妇女创新创业合作基金"，共实施项目46项，支持蜡染防脱色技术、刺绣技法融合创新研究等，转化推广科技成果30多项。实施妇女手工扶贫行动，在台江、三都、册亨、织金、松桃、镇宁建立全省"锦绣计划巧手脱贫示范县"。在全省建成千余个巧手脱贫基地，1354家妇女特色手工企业和专业合作社，锦绣计划连续三年列入贵州省政府十件民生实事项目，全省妇女特色手工产业产值达到60亿元。

加大培训提技能　创业就业齐步行

人社、扶贫、经信、文化、文产、妇联等部门通力协作，整合锦绣计划培训、农村青壮年劳动力培训、职业技能培训、民族传统手工艺人才培训、星光培训工程、非遗传承人培训等项目和资金，出台了针对不同群体和对象的培训方案和计划，大力推动院校、企业合作，以赛代训、以会创业，为贫困妇女搭建学习和提高的平台。五年来，各成员单位整合开展锦绣计划培训6.5万人次。

通过鼓励和支持职业院校开设民族手工技艺学历教育，在相关专业增设妇女手工技能培训内容，培训课程从技艺理论与实操技术向文化、营销、设计、管理、互联网等多方面扩展，有效促进绣娘和企业负责人综合素质的提升。

2015年起实施了"三女培育"三年行动计划，2018年，人社、扶贫、妇联又联合开展"三女培育"助推脱贫攻坚三年行动计划，围绕我省脱贫攻坚和产业发展需要，规划至 2020 年，培养具有手工技能、巧手脱贫的"锦绣女"4.5 万名。

骨干企业强培育　产品供给丰优强

培育和壮大市场主体，不断构建品种丰、品质优、品牌强的贵州妇女特色手工业产品供给体系，是锦绣计划的重要工作内容。

五年来，各级各单位通过支持企业技术改造、新产品研制开发，推动妇女手工企业不断发展。民贸民品企业扶持、文化产业扶贫"千村计划""贵州民族手工规范性生产工具创新""巧手脱贫示范基地""创意设计示范基地"建设等，培育扶持了一批具有引领效应、地域特色和民族特色的骨干企业。同时，积极创建一批保持传统技艺、具有示范带动作用的保护性生产基地，鼓励支持妇女手工人员创办微企，在同等条件下优先享受创业扶持政策。

落实有关政策减轻妇女特色手工企业税收负担，支持金融机构针对妇女特色手工企业创新推出文化金融产品"绣娘贷""文企贷"等，并建立贵州省中小微文化企业融资风险补偿基金，有效解决企业融资难、融资贵问题。

手工企业以"公司 + 绣娘""公司 + 协会 + 绣娘""能人 + 基地 + 绣娘"等模式发展，从单一渠道向多元模式转变，实现妇女手工产业从分散生产转向适度规模化、标准化发展。"三变"改革引入锦绣坊建设，黔东南、六盘水等地推行"巾帼促进会 + 合作社 + 绣娘"模式，巾帼促进会以资金入股，合作社以农民画、刺绣、蜡染产品入股，绣娘以手工技艺入股，按比例进行分红。

在贵州电商云建设运营的贵州文创产品电商平台，锦绣计划涉及的妇女手工企业产品获得重点推广。省妇联拿出专项资金对实体店和网络销售平台建设给予扶持，鼓励手工企业创新营销方式，企业营销从单一的订单生产，到订单生产 + 线上线下销售 + 旅游体验式销售相结合。目前，全省有运营良好的妇女特色手工企业和合作社 1354 个，从事特色手工产业及辅助行业的妇女近 50 万人。

文化产业相交融　乡村振兴富内涵

重视传统与现代相结合，传承和弘扬具有民族特色的民族民间文化，锦绣计划为实现乡村振兴和城乡和谐发展注入了动力。

邀请著名服装设计师马可、李欣等为手工企业出谋划策，提升本土妇女特色手工产品的审美价值和商品附加值。组织实施《黔东南民族工艺品制作工艺关键技术研究及产业化》项目等，推动了以银饰、蜡染、刺绣为代表的民族工艺品产业升级。在景区、机场等对外展示窗口设立特色商品专区，打造贞丰土布小镇、台江姊妹街等一批特色文化小村镇和文化街区。

引导企业加大自主品牌建设力度，培养品牌意识。扶持发展了"黔粹行""苗妹银饰""村寨故事""三都桃花马尾绣""太阳鼓""黔羽""花花布艺""对坐"等省内知名手工企业和品牌，一批兼具设计独特、工艺精湛、地域特色的妇女手工精品脱颖而出。安顺蜡染、松桃苗绣、三都水族马尾绣等获国家地理标志产品。省政府出台的打造"黔系列"民族文化产业品牌工作，更加着力构建一主多元、主次分明、品类丰富的产业品牌体系。

安顺市牵手花之卉时尚集团服装设计团队，黔西南州牵手依文中国手工坊。织金蜡染牵手电商平台唯品会、新丝路时尚集团，建立"唯爱·妈妈制造贵州蜡染合作社""妈妈制造新丝路合作社"，已获得洁丽雅、天王表等 10 余个知名品牌 1000 多万元的订单，并进驻唯品会非遗专场进行扶贫销售。

扩大开放广交流　巾帼脱贫展形象

各成员单位和各级政府多次组织妇女手工企业参加深圳文博会、中国国际旅游商品博览会暨中国旅游商品大赛、国际创新创业博览会、"黔货进京——中信国安助推贵州扶贫系列展销活动""山地公园省·多彩贵州风"全球推广系列活动走进捷克、墨西哥、俄罗斯、法国巴黎国际博览会等活动，开展"千年窝妥——云上丹寨"苗族蜡染文化展、"千户苗寨——雷山苗绣高级定制"等展览和赛事活动。纽约时装周、温哥华国际时装周等世界时装周顶级舞台上也呈现了贵州锦绣创新产品的身影。

省锦绣计划实施联席会议办公室连续三年举办全省妇女特色手工技能大赛，今年还增加了创新产品比赛项目。设立锦绣专题展馆、锦绣集市、锦绣摄影展，展示锦绣风采，促进交流合作。贵州承办了由全国妇联发展部、全国妇女手工编织协会主办的"对话锦绣·巧手脱贫"系列活动，召开对口帮扶城市精准帮扶调研座谈会，举办对话锦绣助力脱贫论坛、民族文化服饰展演等活动，探索锦绣脱贫新模式。全国妇联书记处书记杨柳认为，贵州探索出了一条既体现妇女手工优势、传承民族文化，又促进经济发展、帮助妇女脱贫致富的扶贫开发新模式，为全国各地通过巾帼巧手助力脱贫攻坚提供了可资借鉴的成熟经验。

锦绣计划还助推了贵州传统手工艺传习的热潮。黔东南州建成了48家传统手工艺传习所，贵阳市云岩区等区县开展了传统手工艺进企业、进校园、进社区活动，黔粹行、小妮木人手工坊、宁航蜡染等开展公益传习活动，激发了大众参与的热情，也让更多的消费者爱上了手工技艺和产品。

锦绣计划的务实举措、贵州绣娘美丽脱贫的一系列故事引起社会高度关注。中央及省级媒体在重要版面、以大篇幅进行报道，对妇女手工创业典型进行系列采访。央视纪录片《指尖上的中国》到织金、六枝、凯里、施秉进行了现场拍摄，央视公益短片《幸福是奋斗出来的》，讲述了贵州绣娘杨丽的故事。省妇联联合省文联对贵州绣娘进行采写出版纪实文学《绣娘》。文艺精品电视连续剧《云上绣娘》拍摄完成，并获得国家广电总局剧本大奖。

回眸五年，"扶在根上，帮在点上"的举措，让锦绣计划得到社会广泛认可，成为我省广大妇女脱贫致富、建功立业、展现风采的重要平台。展望未来，在习近平新时代中国特色社会主义思想指引下，在落实抓好大扶贫、大数据、大生态三大战略行动中，锦绣计划将向着就业人数增加、企业提质增效、市场美誉度增高、妇女群众增收的"四增"目标迈进，延展贵州妇女幸福美好的锦绣前程。

链接·经验交流

【黔东南州】手工技艺入股　绣娘成"股民"

黔东南州在全省率先探索了"协会＋公司＋基地（合作社、锦绣社、锦绣坊、妈妈工坊）＋绣娘＋电商"的模式强力推进，全州呈现出"人人会手工，家家有绣娘，村村有作坊（锦绣社、锦绣坊），县县有协会，处处有产业"的良好态势，开发投入市场的手工产品已成为具有黔东南地理标志和鲜明苗、侗民族特色的朝阳产业，实现了妇女民族特色手工产业从单打独斗向抱团发展转变，从观赏物品向实用商品转变，从单一渠道向多元模式转变的"三个转变"。

全州以台江县为试点，探索"十户一体"抱团脱贫模式，成为帮助贫困绣娘实现精准脱贫的有力措施。同时创新思路，变"输血"为"造血"，在绣娘相对集中的贫困乡镇、贫困村推行"三变"模式，带动农村贫困绣娘通过土地、资金、技能、劳动力等方式入股，使绣娘成为"股民"，对贫困绣娘采取一帮一、多帮一、一帮多的传帮带模式帮助提升技术、承接订单，激发绣娘创业热情。

如今，全州形成了"政府主导、部门联动、群众参与"的产业发展格局，率先在全省成立州级妇女民族手工产业协会和妇女创业就业发展指导服务中心，相继被全国妇联命名为"首批全国妇女手工编织就业创业示范基地"和"巾帼文明岗"、省妇联命名为"首批贵州省特色手工促就业示范基地"。2016年，台江县成为全省第一个"锦绣计划巧手脱贫示范县"。凯里绣娘杨科礼创办的阿科里绣娘农民专业合作社获"全国巾帼巧手致富示范基地"称号，她也荣获"全国商贸流通服务业劳动模范"。

【织金县】牵手品牌提质升级　扶贫销售紧跟市场

织金县与妇基会、唯品会深度合作，邀请希腊、法国和国内知名新锐设计师为苗族蜡染进行美学重构，丰富蜡染刺绣服饰的美观时尚性和收藏实用性，扩大市场文化价值和经济价值，大力拓展省外海外市场。蔡群蜡染博物馆"唯爱·妈妈制造贵州蜡染合作社"项目启动以来，已获得洁丽雅、天王表、罗西尼表、品立男装、生活在佐女装、裂帛女装、罗莱家纺等 10 余个知名品牌订单，产品涵盖巴拿马礼帽、腰封、时尚手包、飞亚达表带等各种品类。目前，已顺利完成 4 批 2730 个订单。

2017 年以受邀参加世界互联网大会为契机，织金县与新丝路公司联合成立了"新丝路公益行·妈妈制造合作社"，获赠 20 万元扶持基金，将织金蜡染刺绣与国际时尚服饰融合推向国际 T 台。2018 年 6 月，应中国妇基会和唯品会邀请，织金绣娘杨林先将织金蜡染刺绣作品带到英国伦敦时装周和德国参展，向外国朋友现场演示了蜡染刺绣制作的精妙过程，受到关注和点赞。

该县制定了《脱贫攻坚"织金绣娘"品牌发展规划》，健全"织金绣娘"人才奖励机制，大力推进"织金绣娘"品牌商标注册、地理标志申请和运用，打造织金蜡染、刺绣等知名品牌。织金蔡群蜡染博物馆已获得省级"非物质文化遗产生产性保护示范基地"称号。通过实施"锦绣计划"，全县涌现出了蔡群、杨晓珍、杨林先等织金绣娘带头人，多次受邀登上清华大学、北京大学等知名高校的讲坛。并走出国门，赴日本、英国、德国等国授课，为织金"绣娘"品牌赢得了良好的国际声誉，使"织金绣娘"成为织金乃至全省的特色民族文化产业品牌。

【黔粹行民族文化发展有限公司董事长　付国艳】不忘初心传技艺锦绣计划促发展

2013 年锦绣计划的实施，不仅使贵州原生态的民族民间手工技艺优势得以蓬勃发展，促进妇女创业就业，改变贫困农村妇女命运，也为黔粹行这样的贵州民艺手工企业提供了参与精准扶贫，实现跨越发展的良机。

在锦绣计划的大力推动下，黔粹行在榕江、贵定、普定、黄平等地乡村开展民族手工艺培训，并回收绣娘产品。2017年，黔粹行在贵定县成立两个小花苗民族手工艺合作社，为村民及贫困户培训，帮助当地苗族妇女在家灵活就业。今年，受关岭自治县邀请，双方多次互动交流考察后，黔粹行在关岭自治县开展了9次培训，收购当地手工产品1000多件，带动两个村的贫困妇女在家灵活就业。今年7月，黄平县委书记将"黔粹行爱心扶贫培训基地"扁牌授予翁板村，标志着黄平县谷陇镇翁板村黔粹行爱心扶贫培训基地正式成立。实实在在的帮扶，为贫困户、农户找到了就业脱贫增收之路。

由黔粹行设计生产的马尾绣公文包通过省妇联推荐，被全国妇联采用作为国礼赠送给时任联合国秘书长潘基文先生。四川省妇联、陕西省妇联、香港妇联等全国各地的妇联组织、有关机构的负责人多次到黔粹行参观体验，并给予了高度赞誉。今年8月，黔粹行产品在香港裕华国货进行展销，产品获得香港市民好评与喜爱，反响相当热烈，受到中新网、中国经济网等主流媒体及省妇联官微公众号报道称赞。

【松桃梵净山苗族文化旅游产品开发有限公司总经理　石丽平】坚定"松桃苗绣"路　播撒扶贫创业种

在充分调研的基础上，我于2008年创办了贵州省松桃梵净山苗族文化旅游产品开发有限公司。公司的苗绣产品畅销国内，出口美国、马来西亚、沙特阿拉伯等67个国家。经过18年的艰辛努力，"松桃苗绣"终于从边远的苗寨走出大山、面向全国，迈向世界，为家乡的苗族姐妹闯出了一条脱贫致富的好路子。

创业初期，公司仅有3名绣娘。在省委、省政府、铜仁市委、市政府和松桃县委、县政府实施一系列惠民利民工程的大背景下，在"锦绣计划"的深入实施中，一批传统手工技艺传承人受到培训。公司建立了一支 260 人的精英刺绣队伍，其中大部分是县城下岗女工、农村苗族妇女和务工返乡人员。通过她们普及培训了 10000 多传统手工技艺传承人。公司绣娘石维仙，因家庭贫困曾外出打工，后来经过培训开始从事苗绣，工资能达到每月 3800 元。

采取"公司 + 基地 + 农户"的灵活就业模式，实行"计件为主 + 效益 + 产品提成"的薪酬模式，实现了 130 多名贫困人口脱贫，为全县 4000 余名妇女提供了在家就业和创业平台。2016 年至 2017 年，我们开展了"一企扶一村"计划，与当地村寨结成帮扶对子，开展"一村一品"项目，目前有 34 户贫困户积极参与。

【丹寨宁航蜡染有限公司负责人　宁曼丽】蜡染画娘走出大山走上讲坛

第一次走进大山深处的丹寨排莫苗寨，看到这里家家户户竟然都会做蜡染，所有女孩到了八九岁都要和妈妈外婆奶奶学习蜡染技艺。在多次进山劝说后，她们中的不少人终于愿意和我一起走出大山，改变命运。从最初 6 人到现在 200 多人，我们组成了一个特殊的大家庭：她们中有 70 多岁的老人，有 90 后花季少女，还有 4 个残疾姐妹。

杨乃金、杨光艳因家贫都没上过学，凭借蜡染技艺参加过上海世博会、深圳文博会、海峡两岸文化交流会，现在她们又分别被黔东南职院、广西柳州学院聘任为客座教授，走上了高校讲坛。

苗族残疾妇女杨而郎 9 年前跟着我走出大山，凭着一只精通蜡染技艺的手，培养儿子留学深造。2017 年她被选拔参加中央电视台魅力中国城节目比赛，蜡染技艺惊艳全场。苗族残疾妇女龙光美，一度对生活失去信心，到厂里和姐妹们一起画蜡生活后，竟在全省残疾人技能大赛蜡染比赛中获一等奖。

2016 年黔东南州州庆日，由公司几十位画娘集体创作的 80 米大幅蜡染《百苗图》被中国民族博物馆收藏，丹寨蜡染第一次走进了中国最高艺术殿堂。全体画娘被中国民族博物馆邀请了到北京民族文化宫参加苗族蜡染特展。

公司以"锦绣计划"项目的实施为推动，采用现代化的设计理念和"公司＋基地＋绣娘"的生产运营模式，通过一体化经营，辐射带动了更多丹寨苗家妇女巧手脱贫致富。公司也被授予"国家级非物质文化遗产生产性保护示范基地""省级非物质文化遗产生产性保护示范基地""全国巾帼文明岗""贵州省锦绣计划创意设计示范基地"等荣誉称号。

（原载于 2018 年 10 月 11 日《贵州日报》）

晓风舞月·随笔时评

阳明祠里寻桂香

桂花初绽、茶香四溢、皎月登空。中秋之夜，品茶、赏月，闻闻花香、想想往事，妙不可言。位于贵阳城东扶风山景区的阳明祠无疑是个好去处。

阳明祠内的桂花厅因厅前两株距今 800 多年的桂花树而得名。宋之问名篇《灵隐寺》中写有"桂子月中落，天香云外飘"。白居易的《忆江南》中亦有"山寺月中寻桂子，郡亭枕上看潮头"。看来，桂花与月的联系密切相关。据说，杭州灵隐寺多桂树，寺僧曰："此月中种也。至今中秋望夜，往往子坠。"有桂树就有桂子，是不是月中掉下来的并不重要，甚至有没有桂子也不重要，能在桂香前赏月已经令人兴趣盎然了。

中秋之夜，阳明祠内的桂花树正值花期，这是令人向往的。一抹雕栏，清香桂花初绽，阳明祠内古色幽香、肃穆清雅，能在先贤灵地度佳节当然绝妙。

中秋时节，阳明祠将推出三天的赏月茶会。农历八月十四、十五、十六的活动分别以"待月""赏月""追月"命名。在花香满厅中品茶、赏月，得来全不费功夫。然而，令人抱憾的是，若想佳节登临，需电话预约。而现在 100 多座已近订满。如能在月圆之夜登上扶风山揽月也颇有意趣，却又得到遗憾的回答：因安全防范措施尚不到位，届时将关闭进山门。哎，此事难全。

其实，中秋赏月在于赏那份意境。马路边、庭院里、高山巅、河水畔，只要心中也有一轮永不消逝的皓月，就能时刻走入心远地自偏的境界。

（原载于 2000 年 9 月 5 日《贵州日报》）

浓墨淡香一片心

鸟近黄昏皆绕树，人当岁暮定思乡。客居苏州半个多世纪的贵阳籍著名书画家谢孝思先生近日终回故里，圆了还乡梦。96岁高龄的谢老曾在贵阳达德中学求学任教，春去秋来几十载，如今重返家乡，谢老仍不忘走进学校，关怀晚辈的成长。9月6日，谢老与我省著名书法家年逾八旬的王蘧华、年过花甲的朱德荣、省青年书法家协会副主席刘宝静一同来到贵阳六中，参观指导该校学生的书画作品。

在贵阳六中图书馆、教学楼、实验楼的走廊里挂满了装潢好的书画作品，这些作品全部出自该校学生之手。谢老走到一幅作品前，鉴赏起来。这是该校初一学生赵良的书法作品。"这个孩子笔资好，有悟性。"谢老一边指着作品，一边评价道，"他在书法艺术上很有功夫，如果在此基础上能够得到专家的指点，将来必定大有前途。"

当天，50多名小小书画家挥毫泼墨，尽显风采。贵阳六中校长刘伯明告诉记者，该校热爱书法绘画艺术的学生非常多，他们在各种比赛中拿过奖。从本学期起，学校已决定利用课外活动课的时间专门开设书法课，请书法专家亲自指导赐教。

四位老、中、青书法家不吝纸墨，纷纷为贵阳六中留下墨宝。谢老为贵阳六中题校名并挥毫书下"光风霁月鸟语花香"，他说："把这八个我最喜欢的字赠给六中，是因为，我觉得人生最快乐的事是热爱大自然。雨过天晴后，风清月明、鸟语花香的景象怎不令人胸襟开阔、心地坦荡？"王蘧华先生为贵阳六中办的英语实验学校题校牌名，朱德荣先生则留下了"栋梁砥华夏，桃李芳九州。"书法家们用自己的浓墨淡香表达了对教育事业诚挚的关怀与祝福。

（原载于 2000 年 9 月 12 日《贵州日报》）

安顺屯堡：明代遗风扑面来

今年 5 月，安顺七眼桥镇的云峰八寨被吉尼斯世界纪录上海分部确认为"最大的、保存最完整的明代文化村落群——屯堡，是六百年前的汉族活化石"，公园省贵州又增添一大人文景观。

屯堡文化是仅存于我省安顺境内的一种独特的历史文化现象。起源于明朝朱元璋大军征南和随后的调北填南。明朝军队征服南方后，为长久统治南方，命令大军就地屯田驻扎，士兵亦兵亦民，耕田种菜，与从江南家乡迁徙而来的家眷一起生儿育女，过着自给自足的生活。因历经六百多年风雨仍固守着自己的文化习俗而形成今天独特的"屯堡文化"。

金风送爽的时节，记者前往云峰八寨之一——本寨。未到目的地，便远远看见高高的云鹫山下一片风格统一、错落有致的石房群，它们自成一体又与青山、绿水、金色的稻田交相辉映。本寨村党支部书记梅德安带着我们走进这座具有明代历史活化石之称的古寨。

寨子的巷口街边，屯堡妇女有的坐在家门前聊天，有的在坝子里晒玉米、晒葵花，而她们的装束十分奇特，乍一看令人怀疑是某个少数民族的着装——宽衣大袖、大襟长袍，领口、袖口、前襟边缘皆镶有滚绣花纹，腰间系着织锦丝带，长发挽成圆髻网罩绕于脑后。"其实这正是明朝中原发达地区汉族服饰的特点"。梅德安向我们介绍。

石屋顶、石的墙、石地面、石街巷令人目不暇接。梅德安说："屯堡民居以石头营造正是为了增强防御功能。宅院之间有后门相通也是为了在情况不妙时便于逃向后山。"走在石巷里，可以看到，很多曾是大户人家的宅院门上都有雕琢精致的垂花门罩和隔扇门窗，在一家宅院的天井里，我们欣喜地发现下水道入口竟然也有栩栩如生的透雕石龙。

屯堡人的语言也很有特色。若是有人问："你家打破沙呢？""想不想要青山绿？""两叉一，劳动模了吗？"可别瞠目结舌，这正是屯堡人的"展言子"，那三句话即是问："你家哥（锅）呢？""想不想要水？""吃（尺）饭（范）了吗？"

梅德安告诉记者，目前他们已集资编两万本屯堡文化旅游画册，估计国庆前印好。之所以这样做是因为今年 8 月 19 日在本寨举行的一次屯堡文化节竟然引来两万多游客。这让大家看到了旅游带来的美好前景。如今，他们计划在国庆期间增加银饰展、木雕展、屯堡生产生活用具展等来丰富屯堡旅游的内容。

漫步在厚厚的毛石路，穿过古朴的石头巷与屯堡人拉拉家常，不时来段"展言子"，再尝尝炕腊肉、血豆腐，听听屯堡山歌、地戏、花灯。入夜，躺在屯堡人家的雕花木床上，怎能拒绝明代余韵入梦来？

（原载于 2000 年 9 月 19 日《贵州日报》）

清光一片抱城来

"人之初，性本善……"70岁高龄的蒲永林对幼年在私塾里读书的情景仍记忆犹新，他甚至还清晰地记得，当年坐在私塾里时，窗外那座古色古香、飞檐翘角的神秘阁楼总是让他充满好奇。今天，随着贵阳城区东隅一片片低矮破旧的民宅与商铺陆续拆迁，这座青瓦黛檐、造型独特的楼阁越来越多地吸引着过往行人的视线。

它就是筑城省级文物保护单位之一——文昌阁。

晨曦中，文昌阁与现代建筑交相辉映。它那古朴的风格却阻挡不住世人想要探究其悠久历史的欲望。

400多年前，文昌阁的雄姿便跃然于贵阳城的最高点东门月城。据文昌阁重修碑记载，建立文昌阁是为了培养地方文风和扶掖教化。因此，阁楼自上而下三层，分别祀奎星、文昌和关羽三位主宰地方科甲禄位的神。而阁楼选址全城最高点，也有"万般皆下品，唯有读书高"之意。卫既齐《重修文昌阁碑记》称："阁成，而人文蔚起，科目夺省榜之半。荐南宫、宴鹰扬者从不乏人。"连外籍宦黔官史，也因阁的"灵信"，"不数岁辄迁擢。"文昌阁在清代多次重建大概也缘于此。

在文昌阁，记者巧遇一位来自德国柏林工艺大学的古生物学家史丹尔博士。记者临时充当导游，向他介绍起来。

构思巧妙、结构缜密是文昌阁最负盛名的特征。三层三重檐木结构的阁楼，底层平面为方形，二三层均为不等分九角形，这种形式在国内阁楼建筑中独树一帜。难怪民间传说它是"鲁班师下凡掌的墨"。

54 根柱、81 根梁，9 个角的屋顶、18 根楞木，文昌阁的许多建筑数据都含 9 或 9 的倍数，正应了中国传统文化中"极大、极多"之意。

史丹尔博士顿时兴趣倍增，亲自爬上阁楼一一数起来。嘴里不停地说："very nice（太妙了）！"

岁月潮起潮落，文昌阁的面貌也几经变迁。阁内那些已被风化的石碑用其依稀可见的刻痕向后人证明了文昌阁走过的一段段历程：始建于明万历二十四年（1596 年）。康熙八年（1669 年），总督卞三元、甘文焜、巡抚佟凤彩重建。乾隆六年（1741 年）布政使陈德荣重修。嘉庆四年（1799 年）郡人张大学等复整理维修。道光二十年（1842 年），巡抚贺长龄"捐廉倡修"……

然而，也有令人遗憾的记载：民国年间失修，常为驻兵之所，机关亦任意占用，一度为囚禁进步人士之所。

住在文昌阁附近的老居民告诉记者，"文革"中，文昌阁的神像、壁画均被捣毁。阁内成为市民杂居的大杂院，住户达 18 家之多。院中搭篷架屋，炉灶相望，阁楼岌岌可危。最令人震惊的是 1976 年秋的那场大雷雨竟把阁楼的宝顶击落。在文昌阁的二层，记者看到了已成展览品的宝顶。铜铸宝顶造于康熙年间。底座铸有文字："大清康熙戊辰夏月日吉旦，京陵匠士杨起月、邓文月、张五造宝顶一座，重八十斤"。下刻"文昌阁住持僧海洪，系云南人，徒弟寂有。"座上八瓣莲花则分刻"贵州等处承宣布政使蒋寅"等人名。塞翁失马，焉知非福？如果宝顶没有被击落，也许这些内容就鲜为人知了。

文昌阁中最清晰的一块石碑记载了 1983 年国家文物局、省政府、贵阳市人民政府拨专款对该阁楼进行的再次维修。此后，文昌阁便正式对外开放。

今天，再登文昌阁，透过雕刻精细的木窗，举目四眺，现代建筑、交通工具尽收眼底。遥想当年，阁楼初建，四方宾客驻足于此，顶礼膜拜，虔诚至致；阁楼复修，"浓翠万重当槛出，清光一片抱城来"。据文昌阁景区管理处黄主任介绍，今后，这里将形成以文昌阁为核心，绿地环绕的休闲胜地。同时，附近还会有步行街、古玩一条街等。

（原载于 2000 年 11 月 7 日《贵州日报》）

莫让老人"空巢"更"空心"

据《北京晨报》报道，1月5日北京一位80岁的空巢老太太从4层楼上一跃而下，结束了自己的生命。此前，她曾跪求相伴两年的保姆今年不要回老家过春节，但是遭到了拒绝。老人还有一个住在不远的儿子，但是很少回家。

一幕悲剧的上演，折射出空巢老人内心无比的孤独和寂寞，更对闻悉者的内心是一次深深的撞击。

人生自古谁不老？老来又有谁依靠？依靠什么？仅仅是优越的物质条件，吃好、喝好、玩好吗？绝对不是。子女和亲人精神上的关怀和慰藉，心灵上的交流与沟通，才是人到老时不可或缺的依靠。

记者曾走入多个百岁老人家庭，他们大多生活在物质条件非常一般的普通家庭里，有的甚至可以用简陋来形容。但是儿女子孙绕膝而居的百岁老人却精神矍铄，耳聪目明。亲情关怀对一个老人来说也许比任何物质的馈赠都更能益寿延年。

"孝"是中华民族最古老的传统美德，但是激烈的竞争和忙碌的工作让现代的年轻人往往以为给父母足够的钱就算尽了孝道，忽视了老人更需要的是子女在心灵上的慰藉。得不到子女的关爱，老人，尤其是"空巢老人"更容易产生空虚感、孤独感、衰老感、抑郁症、焦虑症等一系列"空心"症状。发展到极端，难免上演悲剧。

十七大报告指出："努力使全体人民学有所教、劳有所得、病有所医、老有所养、住有所居，推动建设和谐社会。"其中，实现"老有所养"，需要进一步建立健全社会养老保险制度，需要社会共同营造尊老敬老的浓厚氛围，需要发展以社区服务为依托的新型养老模式，更需要子女们尽好"精神赡养"义务，让老人养"身"同时，养好"心"。

春晚上的《常回家看看》唱出了人人都该尽的一份孝道。无论是节日还是在平时，身在异地的子女，除了托人照顾老人，更要经常通过电话进行感情和思想的交流。子女离家较近的，更应常回家陪老人聊天。千万莫让老人"空巢"又"空心"！乌鸦尚知反哺之恩，且莫等到"子欲养而亲不在"。

（原载于 2008 年 1 月 10 日《贵州日报》）

究竟谁该为污染的代价下跪

据东方网报道，山西临汾尧都区魏村镇吴家庄中心小学附近一家非法化工厂长期肆意排放含苯废气和废水，导致该校学生和村民出现不同程度的头痛、恶心等症状。当地村民在工厂门口抗议，并集体下跪，要求工厂停产。然而持续三天的抗议并未取得实质成效，该厂相关负责人闭门不见，厂内运作依旧。直到记者赶到现场后，该厂才暂时停止一切生产。

下跪，是人类自古表达至诚心意极致方式中的一种。在这场有关污染的纠纷中，没有任何特权，没有任何背景，处于弱势地位，生存受到威胁的村民，迫不得已用下跪的方式表达了他们对污染工厂的至诚而无力的哀求。受害者给施害者"下跪"是何等令人同情、震怒、悲哀、酸楚的无奈之举。"跪求治污"绝不应该是公民的姿态，更不是维护合法权利的正确路径。同时，令人深思的是：究竟谁该为污染的代价下跪？

对利益的追求让这家企业障住了眼，竟然对村民的举动漠然无视，闭门不见，运作依旧。这种要自己的钱，不要别人的命的企业负责人难道不应该下跪吗？

但是，更应该下跪的是为这样的污染企业撑腰、撑伞的人。消息报道称，该化工厂并未通过环保环评，亦未办理建厂土地手续，属于违法建设生产，应予关停。然而，该厂对于政府的关停建议充耳不闻，不予落实。试问，当地究竟有怎样一只玩忽职守、徇私舞弊的政府官员和环保执法队伍，竟然让这样的污染企业能见天日？他们为何睁一只眼、闭一只眼，甚至还制定各种"土政策"，千方百计保护污染企业？"理由"

很简单，那就是真正关停这些污染企业会影响到地方政府的 GDP，影响到官员的政绩和升迁。因此，环境污染的罪魁祸首其实就是这样一些地方政府、地方官员。如果没有他们的纵容和庇护，污染企业就是有天大的胆子，也不敢跟法"斗"。如果树立正确的政绩观，正确处理发展地方经济与保护环境的关系，如果从思想深处真正树立可持续发展的观点，即使是利税大户，若违法超标排污，也绝不迁就。为了眼前一点经济利益，对企业污染环境不积极查处，反而或明或暗地充当保护伞，实为一种对社会、对人民的犯罪行为，这样的官员才真正应该为污染的代价向受害的村民下跪。

山西临汾作为中国唯一的高污染城市代表已经被美国一研究机构列入 2006 年世界 10 大污染地区。自然的污染并不可怕，人们善加治理，其害是受控制的。可怕的是污染了的人、污染了的心、污染了的思想和行为！这些污染不除，自然污染不绝。

（原载于 2008 年 4 月 3 日《贵州日报》）

打击网络欺诈与"破窗理论"

日前，一条关于网络欺诈的新闻被多家媒体转载。据《金陵晚报》报道，市民王小姐在一家购物网站买东西，付完钱后却等不来货物。百般电话催促后，不堪忍受的骗子给她发来短信："求求你们别再骚扰我了，我跟你们直说了吧，我是骗子，别再打我电话了！"

这条新闻之所以转载率这么高，正是文中网络骗子明目张胆、气焰嚣张、偷换"受害者"概念的行为令人可笑，更令人可气。可是，网络骗子为何骗术低劣却屡试不爽？也许可以从"破窗理论"中窥见一斑。

多年前，美国一位心理学家进行了一项试验。他把两辆一模一样的汽车分别停在一个中产阶级社区和一个相对杂乱的社区。他把后一辆车的车牌摘掉，车顶打开。结果不到一天，这辆车就被人偷走了。而前一辆车停了一个星期也安然无事。后来，他用锤子把这辆车的玻璃砸个大洞。结果仅仅几个小时后车就不见了。以这项试验为基础，美国政治学家威尔逊和犯罪学家凯琳提出了"破窗理论"：如果有人打破了一个建筑物的窗户玻璃，而这扇窗户又得不到及时的维修，别人就可能受到某些暗示性的纵容去打烂更多的窗户玻璃。久而久之，这些破窗户就给人造成一种无序的感觉。结果在这种公众麻木不仁的氛围中，犯罪就会滋生、增长、蔓延。

将"破窗理论"运用到打击网络欺诈中，网购的安全性犹如"崭新的轿车"，是容不得任何人对其有"破窗"行为的；假如有了"破窗"行为，而又未被严惩，它会暗示其他人——可以破坏，且破坏后没有任何后果，这也是某些网络骗子嚣张的原因所在。

随着互联网的飞速发展，它在改变我们生活、工作、学习方式，促进经济社会发展的同时，也滋生了系列犯罪行为，网络欺诈就是其中之一。而网络购物从出现的那天起，就一直与安全隐患难脱干系。在新浪网最近一次有近2万人参与的在线调查中，超过6成的被调查者对网上购物的安全性表示怀疑。

目前我国涉及网络购物方面的纠纷主要依照《合同法》《广告法》《消费者权益保护法》《产品质量保护法》等法律，尚没有一部全国性的专门规范电子商务的法律法规。由于网络购物的特殊性，这些法律法规的针对性和适用性都不强，甚至有时在处理一些网络纠纷时束手无策，远不能适应网络时代的要求。诚然，也是由于网络的特殊性，使网络犯罪受理和取证都比较困难，致使有关部门不得已呼吁网民自己提高警惕，加强自我保护意识。但是，网络骗子到了大方向受害人承认自己是骗子，大耍无赖之时，加大打击严惩网络犯罪力度，就已到了刻不容缓的地步。否则，一旦"破窗"之人逍遥，群起效之，更多"破窗"之人便会涌出。

（原载于2008年4月24日《贵州日报》）

"限塑令"的堵与疏

6月1日，全国"限塑"活动正式拉开帷幕，根据规定，所有超市、商场、集贸市场等商品零售场所，实行塑料购物袋有偿使用制度，一律不得免费提供塑料购物袋。

"限塑令"的出台无疑是倡导环保理念，建设生态文明的一次重要举措，也让人们切身感受到了政府在解决污染、造福子孙上的决心和力度。与此同时，社会各界有环保觉悟的商家和群众对此表示理解和支持。

然而，在塑料袋与我们的生活已经紧密相连，难以割舍的年代，限制塑料袋的使用无疑是对传统购物习惯的一大挑战。就在"限塑令"已开始实施的第三天，笔者发现菜市场里的商贩一边提醒买菜人使用塑料袋是违规且可能遭罚的，一边却在悄悄为所卖的菜套上塑料袋。买菜人也欣然接受。这不得不让人对"限塑令"的实施畅行感到怀疑，更对关于"限塑令"的堵与疏产生思考。

"限塑令"的实施，不仅对人们日常购物产生影响，也影响到了生活的方方面面，包括家中的垃圾怎么处理等。诚然，消费者需要提高环保意识，主动摒弃使用塑料袋的不良习惯，但是，面对突然不准使用免费塑料袋的现实，如何为塑料袋的方便快捷寻找到更好的替代品，如何让消费者感觉环保理念带来的实惠，这也许是有关部门和各商家应该为消费者考虑的现实问题，而不能只是让塑料袋涨价和收费了事，让"限塑令"沦落为"卖塑令"。

其实，国外的一些经验可以给我们在"限塑令"上的"疏"找到一点可鉴办法：在美国加州大超市里，顾客每自带一个购物袋，在收款台

第五章　晓风舞月·随笔时评

485

结账时，收银员就会给顾客 5 美分的优惠。日本政府规定，商家在结账时应主动提示顾客，需要塑料购物袋必须付费，并给自备购物袋的顾客提供积分优惠。德国有着严格的垃圾分类系统和较完善的物质循环再生体系，使塑料袋回收和再利用的比例几乎达到 100%。韩国一些超市将商品包装用纸箱免费提供给消费者，顾客将用过的纸箱放到指定地点回收，既满足了顾客需要，又实现了废物有效循环利用。

因此，政府必须围绕"限塑令"寻找新的办法让市民意识到不使用塑料袋的好处和利益。同时应该提供一种方便而又实惠的替代品，比如淀粉制作的包装袋、短期可供反复使用的纸袋以及可以长期使用的棉制袋或其他布袋等，从而让消费者在生活的快节奏中自觉奉行了环保。

寻到更好的办法去解决塑料袋问题，比硬性限制消费者使用塑料袋来得更有效。为"限塑令"找到具有可操作性的"疏"，应该还有更多的途径可寻。

（原载于 2008 年 6 月 12 日《贵州日报》）

一幅地图

当新南行记的采访车队从贵阳出发，经过 3 个多小时的驰骋，来到滇黔交界处的胜境关时，已是下午一点半。

领队终于发话，可以解决解决肚子问题了。于是，车队就近下了高速路，来到了此条线路上贵州进入云南的第一个县，也是云南的东大门——富源县。

在一条餐饮业相对发达的街上，我们走进了一家小菜馆。

等菜间隙，店内墙上张贴的一大张中国地图吸引了众人眼球。大家纷纷上前，仔细查看富源究竟在地图上的什么地方。这是一张严格说来已陈旧得泛黄的地图，不知谁曾不小心撕破它，上面还用两寸宽的透明胶布进行了补救。当每个人发现地图上那小小的"富源"二字时，都会用略为开心的口吻，指着那个老花眼绝对看不清的字说，看，我们就在这里。其实，地图上这两个字已有些模糊，南来北往数不清有多少客人曾用指头在上面点击，地图上"富源"二字及其周围因而充满了比地图上任何一个地方都更多的污迹，但丝毫未影响下一个点击人的欲望。

小餐馆里挂地图，而且不是县图、市图、省图，乃是中国地图，这在别处是不多见的。老板用意明显，服务很是到位。同时，也可见小店的客源遍及全国。他们或旅游、或贸易、或运输、或公差，在此作个停留，顺便打探剩下的路程，有个地图，一目了然。

富源县处于云贵交界处，历史上由黔入滇较为完整的古驿道至今还在这里完整保存。如今，镇胜高速、曲胜高速交会于此，往来于滇黔的车辆络绎不绝。物流始终伴随着人类的历史由古至今，这是渴望交流合作的人们亘古不变的追求。

（原载于 2010 年 4 月 19 日《贵州日报》，系列报道《泛珠东盟·新南行记》获 2010 年度贵州新闻奖二等奖）

与《贵州读本》有缘的《云南读本》

抵达昆明的当晚，云南日报报业集团领导说，要送给每个新南行记采访成员一本图书，有利于大家了解云南。

乍一听，以为这将是一本向导书，例如介绍一下云南基本概况、旅游景点，民俗风情等。

然而，大错特错了。

当封面印着《云南读本》的一本厚书送到每个人手上时，我们感觉到了它的内涵和分量。

正如扉页内所注释的："这是一本严肃庄重的书，是一本受过中等以上教育的云南人都应该读的书。地方精英（包括党政官员、知识分子和商界成功人士等）更应该关注它……"

我们所知道的《美国读本》，被视为理解美国文化和民族精神的权威读物。那么这本 2008 年出版、2009 年再版的《云南读本》究竟要表达什么？

徐霞客的《鸡足山绝顶四观》、沈从文的《云南看云》、萧乾的《血肉筑成的滇缅路》、闻一多的《最后一次演讲》、楚图南的《论读书》……在文本、作者、解读三位一体的阐释中，我们看到了一篇篇云南人或与云南有关的人的经典文献，以及全书所张扬出来的云南文化和云南精神。

当前，云南省委省政府提出"两强一堡"战略，其中一强，就是要把云南打造成民族文化强省。一系列政策措施和制度安排，激活了云南的本土文化特别是民族文化。《云南读本》一书的目标、定位、传播、出版、再版，足以反映和佐证。

　　除了《美国读本》,《云南读本》的编者在前沿导论中坦言,他们是从《贵州读本》里找到了创意的根源。他们力求更具"经典性",同时加以创新,对选文进行解读。

　　在传统文献浩瀚,现代信息爆炸,阅读娱乐化、快餐化的时代,如何继承先贤精神,发展本土文化,弘扬本土精神,留住自己文化的根?永远不要忘记《贵州读本》里,钱理群教授曾发出的一个呼吁:"认识我们脚下的土地!"

　　(原载于 2010 年 4 月 19 日《贵州日报》,系列报道《泛珠东盟·新南行记》获 2010 年度贵州新闻奖二等奖)

磨憨口岸巧遇"低碳"行者

如今，随国际大通道的建成，从磨憨到西双版纳的景洪市仅 2 小时车程，到泰国清孔 3 小时，到金三角地区 4 小时，到老挝的朗勃拉邦只需 5 小时。亨利从曼谷如果是开车来的话，则需要 16 个小时。不过，他居然是骑自行车来的。

在地图上，从西双版纳傣族自治州的州府景洪市出发，南行 181 公里，进入云南最南端，也是中国陆地最南端的磨憨，这是中国通往老挝唯一的国家级陆路口岸，也是中国通往东南亚最便捷的陆路通道。

在昆曼公路穿越中国和老挝的边境口岸磨憨，泛珠东盟新南行记的记者们遇到了这个已满脸胡茬、晒得黝黑但热情友好的英国帅哥亨利。

亨利骑着自行车从曼谷来，准备经昆明前往上海，然后去日本，再回曼谷。这一个大圈，他计划一年半的时间完成。磨憨成为他进入中国的第一站。

在磨憨口岸，还有大批挂着上海牌照的自驾游车队。据说，贵州的自驾游车队也曾到此一游。磨憨可是中国唯一一个需落地签就可自驾出境游玩 7 天的口岸。这对更多的自驾游爱好者来说无疑是个令人神往兴奋的消息。

正如有人说的那样，昆曼公路的畅通为中国打开了面向东南亚的一扇门，昆曼公路上的必经之地磨憨则成为打开这扇门的钥匙。

亨利的宏大计划要完成，就必须用上这把"钥匙"。

磨憨是个小镇，坐落在热带原始密林的怀抱中，四周郁郁葱葱，满目充满生机与神秘。干净整洁、鲜花绽放、规划有序的街道，充满了浓郁的东南亚民族风情。竣工使用不久的通关联检大楼则显现现代派的艺术气息。磨憨特殊的地理位置，让它成为中国面向东盟最具象化的"桥头堡"。

　　骑上一辆自行车，载上简单的行李，揣上执着的梦想，踏上一个人的"低碳"旅程。

　　（原载于 2010 年 4 月 23 日《贵州日报》，系列报道《泛珠东盟·新南行记》获 2010 年度贵州新闻奖二等奖）

后 记

《见证》一书将要出版时，儿子将升初三，女儿刚满两岁，手上的工作繁多，每天超级忙。但是在新媒体摸爬滚打的时间越久，越觉得曾经在纸媒留下的不仅是新闻作品，更是珍贵记者生涯的见证。整理书稿的时间，或在下班后回家前，或在娃熟睡后深夜里。每次再读当年的稿子，记者生涯20多年的一幕幕又浮现眼前。发自内心感谢曾经给予我关心和指导的领导们、给予我支持和帮助的同事们。特别是在贵州日报时政部担任时政记者时期，高强度高压力之下，我的领导和战友们给予的信心和力量，让我收获了新闻人苦乐交织的美好时光。

特别还要感谢我的川大学长、原贵州日报社老领导张兴老师，拜读了他很多本个人专著后，才让自己萌生的出书念头有了落地的方向。感谢张兴老师欣然同意为本书作序。

如今，虽然我转战到了新媒体，在互联网时代新的领域拓荒探索，但始终念念不忘在纸媒工作时期的传播方式的单纯美好，念念不忘转瞬即逝的青春时光。

家有记者意味着没有固定的双休日，没有固定的八小时以外自由，意味着随时待命，无法顾家，这是每个记者家属的共鸣。从踏进贵州日报社工作之始，我就得到家人默默地支持和理解。借此机会，表示深深的谢意。

2021.7.11 于贵阳